suhrkamp taschenbuch 2206

Der meisterhafte Roman *Eine Frau erkennen* des großen israelischen Erzählers Amos Oz legt die Zuordnung zur Gattung des Spionageromans nahe: Sein Hauptakteur ist der 47jährige Exagent des israelischen Geheimdienstes Joel Ravid, der versucht, sich von seiner vollständigen Identifizierung mit dem Agentendasein zu lösen und ein Gleichgewicht zwischen Öffentlichem und Privatem herzustellen.

Joel Ravid hat sich, nach dem Tod seiner Frau, ins Privatleben zurückgezogen, wird aber immer wieder mit der Vergangenheit konfrontiert: Der Geheimdienst versucht, ihn zur Rückkehr zu bewegen, und er selbst kann seine in jahrelanger Tätigkeit erworbene Einstellung, hinter jedem Ereignis eine andere Wahrheit verborgen zu sehen, nicht ablegen. Und so erzählt Amos Oz von den Abenteuern bei der Suche nach der Wahrheit – es stellt sich aber heraus, daß die Suche nach ihr gerade der falsche Weg ist, sich ihr zu nähern.

»Amos Oz plädiert insbesondere für die Beendigung des latenten Krieges der Israelis mit sich selbst. Er träumt von einer Normalität in Frieden und Bescheidenheit, der Aufhebung von Politik durch Menschlichkeit. In stetem Wechsel zwischen Handlung und Reflexion beschreibt er die allmähliche Selbstfindung eines geläuterten Patrioten. So ist dieser von Ruth Achlama vorzüglich übersetzte ›Anti-Spionage-Roman‹ auch ein Buch von utopischer Kraft und zugleich ein sehr aktueller Appell an die Menschlichkeit.«

Matthias Wegner, Frankfurter Allgemeine Zeitung

Amos Oz, geboren 1939 in Jerusalem, wurde 1992 mit dem Friedenspreis des Deutschen Buchhandels ausgezeichnet, zuletzt erschien der Roman *Der dritte Zustand* und die Erzählung *Der Berg des bösen Rates*. Als suhrkamp taschenbuch liegen vor: *Im Lande Israel* (st 1066), *Mein Michael*. Roman (st 1589), *Der perfekte Frieden*. Roman (st 1747), *Black Box*. Roman (st 1898) und *Bericht zur Lage des Staates Israel* (st 2192).

Amos Oz
Eine Frau erkennen

Roman

Aus dem Hebräischen von
Ruth Achlama

For Peter,

Shalom!

Amos Oz

27.8.05

Suhrkamp

Titel der Originalausgabe:

לדעת אישה

Lada'at ischa
Umschlagillustration: Pablo Picasso, Die Liebenden
© VG Bild-Kunst, Bonn, 1993

suhrkamp taschenbuch 2206
Erste Auflage 1993
© 1989 by Amos Oz
© der deutschen Ausgabe
Insel Verlag Frankfurt am Main und Leipzig 1991
Lizenzausgabe mit freundlicher Genehmigung des
Insel Verlags Frankfurt am Main und Leipzig
Suhrkamp Taschenbuch Verlag
Alle Rechte vorbehalten, insbesondere das
des öffentlichen Vortrags, der Übertragung
durch Rundfunk und Fernsehen
sowie der Übersetzung, auch einzelner Teile.
Druck: Ebner Ulm
Printed in Germany
Umschlag nach Entwürfen von
Willy Fleckhaus und Rolf Staudt

1 2 3 4 5 6 – 98 97 96 95 94 93

Eine Frau erkennen

I.

Joel nahm das Ding vom Bord und betrachtete es aus der Nähe. Seine Augen schmerzten. Der Makler dachte, Joel habe seine Frage nicht gehört, und wiederholte sie deshalb: »Werfen wir einen Blick hinters Haus?« Obwohl Joel sich bereits entschieden hatte, beeilte er sich nicht mit einer Antwort. Er war es gewohnt, seine Antworten hinauszuzögern, sogar bei simplen Fragen wie: Wie geht's dir? Oder: Was haben sie in den Nachrichten gesagt? Als seien die Worte persönliche Dinge, von denen er sich nicht gerne trennte.

Der Makler wartete. Und inzwischen herrschte Stille in dem Zimmer, das luxuriös ausgestattet war: breiter, dunkelblauer Hochflorteppich, mehrere Sessel, Couch nebst Mahagonitisch im englischen Stil, Fernsehgerät ausländischen Fabrikats, ein mächtiger Philodendron in der richtigen Ecke und ein roter Backsteinkamin, in dem sechs Holzscheite kreuzweise übereinandergestapelt lagen – zur Zierde, nicht zum Verfeuern. Vor der Durchreiche zur Küche stand ein schwarzer Eßtisch mit sechs ebenfalls schwarzen hochlehnigen Stühlen. Nur die Bilder hatte man von den Wänden genommen – der Putz wies helle Rechtecke auf. Die Küche, in die man durch die offene Tür sehen konnte, stammte aus Skandinavien und strotzte vor modernen Elektrogeräten. Auch die vier Schlafzimmer, die er vorher gesehen hatte, entsprachen seinen Erwartungen.

Joel prüfte mit Augen und Fingern das Ding, das er vom Bord genommen hatte. Es war ein Ziergegenstand, eine kleine Figur, das Werk eines Amateurs: ein Raubtier aus der Familie der Katzen, aus braunem Olivenholz geschnitzt und mit mehreren Lackschichten überzogen. Die Kiefer waren weit aufgerissen und die Zähne geschliffen scharf. Die zwei

Vorderläufe spannten sich in großartigem Startschwung in die Luft, der rechte Hinterlauf, noch gekrümmt und muskelschwellend von der Sprungkraft, hing ebenfalls in der Luft, und nur die linke Hinterpranke verhinderte die Ablösung und band das Tier an eine Edelstahlplatte. Der Rumpf ragte in einem Winkel von fünfundvierzig Grad auf, und die Spannung war derart groß, daß Joel den Schmerz des festgehaltenen Fußes und die Verzweiflung des gestoppten Sprungs fast am eigenen Leib spürte. Unnatürlich und unwirklich erschien ihm die Figur, obwohl es dem Künstler hervorragend gelungen war, dem Material katzenhafte Geschmeidigkeit aufzuzwingen. Es war wohl doch kein Laienstück. Die detaillierte Ausarbeitung der Reißzähne und der Pranken, die Krümmung des sprungfederhaften Rückens, die Anspannung der Muskeln, die Innenwölbung des Bauches, die Fülle des Zwerchfells in dem starken Brustkorb und sogar der Winkel der fast flach bis an den Hinterkopf zurückgezogenen Ohren – all das zeichnete sich durch präzises Detail und das Geheimnis kühnen Ringens mit den Grenzen der Materie aus. Dem Anschein nach handelte es sich um eine vollkommene Holzfigur, die sich von ihrer Hölzernheit befreit und grausame, wütende, fast sexuelle Bestialität erlangt hatte.

Und doch stimmte was nicht. Irgend etwas war falsch, übertrieben, gewissermaßen zu vollendet oder nicht ganz zu Ende geführt. Worin der Defekt lag, vermochte Joel nicht zu entdecken. Die Augen taten ihm weh. Wieder kam ihm der Verdacht, es sei das Werk eines Laien. Aber wo steckte der Fehler? Leichter, physischer Ärger stieg in ihm auf, verbunden mit dem spontanen Drang, sich auf die Zehenspitzen zu recken.

Vielleicht auch, weil die kleine Figur mit dem verborgenen Mangel augenscheinlich die Gesetze der Schwerkraft verletzte: Das Raubtier in seiner Hand wog schwerer als die dünne Stahlplatte, von der das Tier loszukommen suchte, aber an einem winzigen Berührungspunkt zwischen Hinterlauf und Basis festgehalten wurde. Genau auf diesen Punkt heftete Joel nun den Blick. Er sah, daß die Pranke in eine millimetergroße Vertiefung eingelassen war, die man aus der Stahlplatte herausgearbeitet hatte. Aber wie?

Sein dumpfer Unwille vertiefte sich, als er das Ding umdrehte und zu seiner Überraschung an der Unterseite keinerlei Zeichen jenes sicher erwarteten Gewindes fand, das die Pfote an der Platte hätte befestigen müssen. Er drehte die Figur erneut um: auch im Fleisch des Tieres, zwischen den Krallen der Hintertatze, fehlte jede Spur einer Schraube. Was stoppte dann den Höhenflug und bremste den Beutesprung? Gewiß kein Kontaktkleber. Das Eigengewicht der Figur hätte jeden Joel bekannten Stoff daran gehindert, das Geschöpf dauerhaft an einer derart begrenzten Verbindungsstelle am Boden festzuhalten, während der Rumpf in scharfwinkliger Schräge von der Basis nach vorn ragte. Vielleicht war die Zeit gekommen, sich mit einer Lesebrille abzufinden. Was hatte es für ihn als Witwer von siebenundvierzig Jahren, Frühpensionär, ein fast in jeder Hinsicht freier Mensch, schließlich noch für einen Sinn, stur eine Binsenwahrheit abzuleugnen? Er war einfach müde, brauchte seine wohlverdiente Ruhe. Die Augen brannten ihm manchmal, und gelegentlich verschwammen ihm die Buchstaben, besonders nachts, beim Licht der Leselampe. Und dennoch waren die Hauptfragen ungelöst: Wenn das Raubtier schwerer als die Basis war und fast ganz über sie hinausragte, mußte das Ding eigentlich umkippen. War es mit Klebstoff befestigt, hätte es sich längst lösen müssen. Wenn das Tier vollkommen war – wo steckte dann sein unerfindlicher Fehler? Woher resultierte das Gefühl, daß etwas nicht stimmte? Fall es einen verborgenen Kniff gab – wo mochte er stecken?

Letztendlich packte er mit dumpfer Wut – Joel ärgerte sich auch über den Zorn, der in ihm erwachte, weil er sich als zurückhaltenden, besonnenen Menschen betrachtete – das Raubtier am Hals und versuchte, nicht mit Gewalt, den Zauber zu brechen und das herrliche Tier von den Qualen seiner mysteriösen Fesselung zu befreien. Vielleicht würde dabei auch der unerklärliche Defekt verschwinden.

»Lassen Sie doch«, sagte der Makler, »schade drum. Gleich machen Sie's kaputt. Gehen wir uns den Geräteschuppen im Hof anschauen? Der Garten sieht ein bißchen verwildert aus, aber das läßt sich ohne weiteres in einem halben Arbeitstag in Ordnung bringen.«

Sanft und bedächtig ließ Joel den Finger um die geheimnisvolle Verbindung zwischen Belebtem und Unbelebtem kreisen. Die Figur war doch das Werk eines mit List und Kraft begnadeten Künstlers. Die vage Erinnerung an ein byzantinisches Kreuzigungsbild flackerte einen Augenblick in seinem Gedächtnis auf: Auch jenes Motiv hatte etwas Unglaubhaftes und doch Schmerzvolles an sich gehabt. Er nickte zweimal mit dem Kopf, als stimme er nach innerer Debatte endlich mit sich selbst überein, pustete, um ein unsichtbares Staubkörnchen oder womöglich seine Fingerabdrücke von dem Ding zu entfernen, und stellte es traurig an seinen Platz auf dem Nippesbord, zwischen einer blauen Glasvase und einem kupfernen Rauchfaß, zurück.

»Gut«, sagte er, »ich nehme es.«

»Wie bitte?«

»Ich habe mich entschlossen, es zu nehmen.«

»Was denn?« fragte der Makler verwirrt, indem er seinen Klienten etwas mißtrauisch anblickte. Der Mann wirkte konzentriert, hart, tief in die inneren Kammern seines Selbst vergraben, stur, aber auch wieder zerstreut, während er so reglos dastand, das Gesicht dem Regal, den Rücken dem Makler zugewandt.

»Das Haus«, erwiderte er ruhig.

»Und das wär's? Möchten Sie sich nicht erst den Garten angucken? Und den Schuppen?«

»Ich sagte: Ich nehme es.«

»Und sind Sie mit neunhundert Dollar pro Monat und halbjährlicher Vorauszahlung einverstanden? Zuzüglich laufender Kosten und Steuern aus Ihrer Tasche?«

»Geht.«

»Wenn all meine Klienten wie Sie wären«, lachte der Makler, »würde ich den ganzen Tag auf dem Meer zubringen. Segelboote sind zufällig mein Hobby. Wollen Sie erst noch Waschmaschine und Herd überprüfen?«

»Ich verlass' mich auf Ihr Wort. Falls es Probleme gibt, werden wir einander schon finden. Nehmen Sie mich mit in Ihr Büro, damit wir den Papierkram erledigen können.«

2.

Im Auto, auf dem Rückweg vom Vorort Ramat Lotan zum Stadtbüro in der Ibn-Gabirol-Straße, redete allein der Makler. Er sprach vom Wohnungsmarkt, vom Aktiensturz an der Börse, von der neuen Wirtschaftspolitik, die ihm völlig hirnverbrannt erschien, und von dieser Regierung, die Sie wissen schon wo hingehört. Er erzählte Joel von dem Hauseigentümer, seinem Bekannten Jossi Kramer, Abteilungsleiter bei El Al, der plötzlich, mit kaum zwei Wochen Vorwarnung, für drei Jahre nach New York versetzt worden sei, worauf er Frau und Kinder genommen und sich eilends die Wohnung eines anderen Israelis geschnappt habe, der von Queens nach Miami überwechselte.

Der Mann, der da zu seiner Rechten saß, machte ihm nicht den Eindruck, als werde er im letzten Moment seine Meinung ändern: Ein Klient, der sich in eineinhalb Stunden zwei Wohnungen angesehen und die dritte zwanzig Minuten nach Betreten genommen hatte, ohne über den Preis zu feilschen, würde jetzt nicht mehr weglaufen. Trotzdem fühlte der Makler sich beruflich verpflichtet, den schweigsamen Burschen neben sich weiterhin zu überzeugen, daß er ein gutes Schnäppchen gemacht hatte. Außerdem wollte er zu gern etwas über den Fremden mit dem bedächtigen Wesen und den vielen Fältchen in den Augenwinkeln herausbekommen – die an ein ständiges, leicht spöttisches Lächeln denken ließen, obwohl die schmalen Lippen keinen Anflug davon zeigten. Der Makler pries also die Pluspunkte der Wohnung in dem gediegenen Vorort, die Vorzüge des Zweifamilienhauses, das erst vor acht, neun Jahren gebaut worden sei, und das, wie es sich gehöre, *state of the art* sozusagen. Und die Wandnachbarn seien ein amerikanisches

Paar, Bruder und Schwester, solide Menschen, offenbar im Auftrag irgendeiner Wohlfahrtsorganisation aus Detroit hergezogen. Die Ruhe sei somit gesichert. Die ganze Straße bestehe aus gepflegten Villen, der Wagen habe ein Dach überm Kopf, Einkaufszentrum und Schule befänden sich zweihundert Meter vom Haus, das Meer sei zwanzig Minuten entfernt und die Stadt zum Greifen nah. Die Wohnung selbst habe er ja gesehen, perfekt möbliert und ausgestattet, denn die Kramers – die Vermieter – seien Leute, die wüßten, was Qualität bedeute, und überhaupt könne er bei einem leitenden El-Al-Angestellten sichergehen, daß alles im Ausland gekauft und von Topqualität sei, einschließlich sämtlicher *fittings* und *gadgets*. Außerdem sähe man ihm ja gleich an, daß er einen sicheren Blick und einen Sinn für schnelle Entscheidungen habe. Wenn all seine Klienten so wie er wären – aber das habe er ja schon gesagt. Und was mache er beruflich, wenn er fragen dürfe?

Joel sann darüber nach, als wähle er seine Worte mit der Pinzette. Dann antwortete er »Beamter« und ging weiter seiner Beschäftigung nach: legte wieder und wieder die Fingerspitzen an die Klappe des kleinen Handschuhfachs vor seinem Sitz, ließ sie einen Augenblick auf der dunkelblauen Plastikfläche ruhen und löste sie dann mal schwunghaft, mal sanft, mal verschlagen wieder – immer aufs neue. Doch das Rütteln des Wagens ließ ihn zu keinem Schluß gelangen. Ja, eigentlich wußte er gar nicht, was die Frage war. Der Gekreuzigte auf dem byzantinischen Bild hatte trotz des Bartes ein Mädchengesicht gehabt.

»Und Ihre Frau? Arbeitet?«

»Verstorben.«

»Bedaure, das zu hören«, bemerkte der Makler artig und fügte in seiner Verlegenheit hinzu: »Meine Frau ist auch so ein Problem. Grauenhafte Kopfschmerzen, und die Ärzte finden die Ursache nicht. Wie alt sind die Kinder?«

Wieder schien Joel im Geist die Genauigkeit der Fakten zu prüfen und eine angemessene Formulierung zu wählen, ehe er antwortete: »Nur eine Tochter. Sechzehneinhalb.«

Der Makler ließ ein Kichern vernehmen und sagte in vertraulichem Ton, erpicht, eine Männerkameradschaft zu dem Fremden anzuknüpfen: »Kein leichtes Alter, was? Verehrer, Krisen, Geld für Klamotten und all das?« Worauf er sich gleich weiter erkundigte, ob er mal fragen dürfe, wozu er dann vier Schlafzimmer brauche? Joel gab keine Antwort. Der Makler entschuldigte sich. Er wisse natürlich, daß ihn das nichts angehe. Sei nur so, wie sagt man, Neugier gewesen. Er selber habe zwei Söhne von neunzehn und zwanzig, nur eineinviertel Jahr auseinander. Auch so eine Geschichte. Beide beim Militär, Kampfeinheiten. Ein Glück, daß der Schlamassel im Libanon schon vorüber sei, wenn überhaupt. Bloß schade, daß er so blödsinnig geendet habe, und das sage er, obwohl er persönlich alles andere als ein Linker oder so was sei. Und wo stehe er in dieser Sache?

»Wir haben auch zwei alte Damen«, beantwortete Joel mit seiner leisen, ruhigen Stimme die vorangegangene Frage, »die Großmütter werden mit uns zusammenwohnen.« Und als wolle er das Gespräch beenden, machte er die Augen zu, in denen sich seine Müdigkeit gesammelt hatte. Im Innern wiederholte er irgendwie die Worte, die der Makler benutzt hatte: Verehrer. Krisen. Das Meer. Und die Stadt zum Greifen nah.

Der Makler fuhr fort: »Sollen wir Ihre Tochter mal mit meinen beiden Burschen bekanntmachen? Vielleicht hat einer von ihnen bei ihr gute Karten? Ich fahr' absichtlich immer von hier in die Stadt und nicht da, wo alle reinwollen. Kleiner Umweg – aber wir haben vier, fünf beschissene Ampeln gespart. Übrigens wohne ich auch in Ramat Lotan. Nicht weit von Ihnen. Das heißt, von der Wohnung, die Ihnen gefallen hat. Ich gebe Ihnen auch meine Nummer zu

Hause, damit Sie anrufen können, falls es Probleme gibt. Wird's allerdings nicht geben. Läuten Sie einfach an, wenn Sie Lust haben. Ich nehm' Sie alle gern mal auf eine kleine Runde durchs Viertel mit und zeige Ihnen, wo hier alles ist. Hauptsache, Sie behalten, daß Sie in den Stoßzeiten, falls Sie in die Stadt wollen, am besten nur von hier reinfahren. Ich hab' mal einen Regimentskommandeur gehabt, bei der Artillerie, Jimmy Gal, der ohne das Ohr, sicher haben Sie von ihm gehört, der hat immer gesagt: Zwischen zwei Punkten verbindet nur eine gerade Linie, und die ist voller Esel. Kennen Sie den?«

Joel sagte: »Danke.«

Der Makler brummelte noch etwas über das Militär von einst und von heute, gab's dann aber auf und schaltete das Radio ein – mitten in bestialisches Werbegebrüll des Popsenders im dritten Programm. Doch plötzlich, als sei endlich ein Hauch der Trauer von dem Mann an seiner Rechten zu ihm herübergeweht, streckte er die Hand aus und drehte auf den klassischen Musiksender weiter.

Sie fuhren wortlos. Tel Aviv um halb fünf an einem feuchten Sommernachmittag erschien Joel gereizt und schweißüberströmt. Jerusalem hingegen zeichnete sich ihm im Geist in winterlichem Licht ab, von Regenwolken eingehüllt, in gräulichem Halbdämmer verlöschend.

Der Musiksender brachte Melodien aus der Zeit des Barock. Joel gab ebenfalls auf, sammelte seine Finger ein und legte die Hände wie wärmesuchend zwischen die Knie. Er fühlte sich plötzlich erleichtert, weil er meinte, endlich gefunden zu haben, was er suchte: Das Raubtier hatte keine Augen. Der Künstler – also doch ein Amateur – hatte vergessen, ihm Augen einzusetzen. Oder vielleicht hatte es Augen, aber nicht am richtigen Fleck. Oder von ungleicher Größe. Das mußte man erneut prüfen. Und jedenfalls war es verfrüht, an der Sache zu verzweifeln.

3.

Ivria war am 16. Februar, einem Tag mit strömendem Regen, in Jerusalem gestorben. Als sie morgens um halb neun bei einer Tasse Kaffee an dem kleinen Schreibtisch vorm Fenster ihres Kämmerchens saß, war plötzlich der Strom ausgefallen. Rund zwei Jahre vorher hatte Joel dieses Zimmer dem Nachbarn nebenan für sie abgekauft und es der ehelichen Wohnung im Jerusalemer Stadtteil Talbiye angegliedert. Man hatte die Rückwand der Küche durchgebrochen, um eine Öffnung zu schaffen, und eine schwere braune Tür angebracht, die Ivria stets abschloß, wenn sie arbeitete oder schlief. Die alte Tür, die die Kammer mit dem Wohnzimmer des Nachbarn verbunden hatte, war zugemauert, verputzt und zweimal übertüncht worden, aber doch konnte man die Umrisse immer noch an der Wand hinter Ivrias Bett erkennen. Ihr neues Zimmer hatte sie in klösterlicher Schlichtheit möbliert. Sie nannte es »das Studio«. Abgesehen von dem schmalen Eisenbett enthielt es ihren Kleiderschrank und den klobigen tiefen Sessel ihres Vaters, der in der nördlichen Moschawa Metulla geboren, zeit seines Lebens geblieben und ebendort gestorben war. Auch Ivria war in Metulla geboren und aufgewachsen.

Zwischen Sessel und Bett stand eine Stehlampe aus getriebenem Messing. Die Wand zur Küche zierte eine Landkarte der Grafschaft Yorkshire. Der Fußboden war nackt. Außerdem gab es dort einen Büroschreibtisch aus Metall, zwei Metallstühle und ein ebenfalls metallenes Bücherregal. Über den Schreibtisch hatte sie drei nicht sehr große Schwarzweißphotos gehängt, die romanische Klosterruinen aus dem neunten oder zehnten Jahrhundert zeigten. Auf dem Schreibtisch stand ein gerahmtes Bild ihres Vaters,

Schealtiel Lublin – ein stämmiger Mann mit Walroßschnauzbart in der Uniform eines britischen Polizeioffiziers.
Hier wollte sie sich gegen die häusliche Routine abschotten
und endlich ihre Magisterarbeit in englischer Literatur abschließen. Das gewählte Thema lautete *Die Schande auf
dem Dachboden – Sexualität, Liebe und Geld in den Werken der Schwestern Brontë.* Jeden Morgen, wenn Netta in
die Schule ging, legte Ivria eine ruhige Jazz- oder Ragtime-
Platte auf, setzte ihre eckige, randlose Brille auf die Nase –
die Brille eines pedantischen Familienarztes der vorigen Generation –, knipste die Schreibtischlampe an und begann,
eine Tasse Kaffee vor sich, in ihren Büchern und Aufzeichnungen zu stöbern. Seit ihrer Kindheit war sie gewöhnt, mit
einer Feder zu schreiben, die sie etwa alle zehn Worte in ein
Tintenfaß tauchte. Sie war eine schlanke, zarte Frau mit pa-
pierdünner Haut, hellen, langwimprigen Augen und blon-
den, zur Hälfte ergrauten Haaren, die ihr bis auf die Schultern herabfielen. Fast immer trug sie eine weiße Hemdbluse
und weiße Hosen, dazu weder Make-up noch Schmuck außer ihrem Ehering, den sie aus irgendeinem Grund auf den
rechten kleinen Finger steckte. Ihre kindlichen Finger waren
immer kalt, Sommer wie Winter, und Joel mochte ihre
Kühle auf dem nackten Rücken und nahm sie auch liebend
gern zwischen seine breiten, häßlichen Pranken, als wärme
er frierende Küken. Noch drei Zimmer weiter und durch
drei geschlossene Türen hindurch glaubte er manchmal das
Rascheln ihrer Papiere zu hören. Gelegentlich stand sie auf
und blieb ein Weilchen an ihrem Fenster stehen, das nur auf
einen vernachlässigten Hinterhofgarten und eine hohe
Mauer aus Jerusalemsteinen blickte. Bis in den Abend hinein saß sie an ihrem Schreibtisch hinter verschlossener Tür,
strich durch und schrieb von neuem, was sie am Morgen
verfaßt hatte, stöberte in allerlei Wörterbüchern, um die Bedeutung eines englischen Ausdrucks vor hundert oder mehr

Jahren nachzuschlagen. Joel war die meiste Zeit außer Haus. In den übrigen Nächten trafen die beiden sich in der Küche, um gemeinsam ein Glas Tee mit Eiswürfeln im Sommer oder eine Tasse Kakao im Winter zu trinken, bevor jeder in sein Zimmer zum Schlafen ging. Zwischen ihr und ihm sowie ihr und Netta bestand ein stillschweigendes Abkommen: Ihr Zimmer durfte nur betreten werden, wenn es absolut notwendig war. Hier, hinter der Küche, im Ostausläufer der Wohnung, lag ihr Territorium, stets durch eine schwere braune Tür geschützt.

Das Schlafzimmer mit dem breiten Ehebett, der Kommode und den zwei identischen Spiegeln war auf Netta übergegangen, die die Bilder ihrer hebräischen Lieblingsdichter an die Wände gehängt hatte: Alterman, Lea Goldberg, Steinberg und Amir Gilboa. Auf den Nachttischen zu beiden Seiten des Bettes, in dem zuvor ihre Eltern geschlafen hatten, standen Vasen voller trockener Dornzweige, die sie zu Sommerende auf dem leeren Feld am Abhang neben dem Leprakrankenhaus pflückte. Auf einem Bord verwahrte sie eine Sammlung von Notenblättern und Partituren, die sie gern las, obwohl sie kein Instrument spielte.

Joel hingegen war ins Kinderzimmer seiner Tochter übersiedelt, dessen kleines Fenster auf die Deutsche Kolonie und den Hügel des bösen Rates hinausging, und hatte sich kaum die Mühe gemacht, irgend etwas darin zu ändern. Die meiste Zeit war er ja sowieso unterwegs. An die zehn Puppen verschiedener Größe wachten über seinen Schlaf in den Nächten, die er daheim verbrachte, dazu ein großes Farbposter, auf dem ein schlummerndes Kätzchen sich an einen Wolfshund mit der Miene eines zuverlässigen Bankiers in den besten Jahren kuschelte. Die einzige Veränderung bestand darin, daß Joel in einer Ecke des Mädchenzimmers acht Fliesen herausgerissen und seinen Panzerschrank in eine ausbetonierte Vertiefung eingelassen hatte. In diesem

Schrank verwahrte er zwei verschiedene Pistolen, eine Sammlung detaillierter Stadtpläne von Haupt- und Provinzstädten, sechs Reisepässe und fünf Führerscheine, ein vergilbtes englisches Heft mit dem Titel *Bangkok by Night*, ein kleines Etui mit ein paar einfachen Medikamenten, zwei Perücken, diverse Reisenecessaires mit Wasch- und Rasiersachen, mehrere Mützen, einen Klappschirm, einen Regenmantel, zwei Schnurrbärte, Briefpapier und Umschläge mit dem Aufdruck verschiedener Hotels und Institutionen, einen Taschenrechner, einen kleinen Wecker, Flugpläne und Kursbücher sowie Telefonlisten, bei denen die letzten drei Ziffern in umgekehrter Reihenfolge angegeben waren.

Seit den Veränderungen im Haus diente die Küche als Begegnungsstätte der drei. Hier hielten sie ihre Gipfelkonferenzen ab. Vor allem am Schabbat. Das Wohnzimmer, das Ivria in ruhigen Farben nach dem Jerusalemer Geschmack der frühen sechziger Jahre eingerichtet hatte, benutzten sie vorwiegend als Fernsehraum. Wenn Joel daheim war, kamen sie manchmal alle drei, jeder aus seiner Bude, um neun Uhr abends ins Wohnzimmer, um sich die Fernsehnachrichten und gelegentlich noch ein englisches Drama des *Armchair-Theatre* anzugucken.

Nur wenn die Großmütter, stets gemeinsam, auf Besuch kamen, erfüllte das Wohnzimmer seinen ursprünglichen Zweck. Man servierte Tee in Gläsern und ein Tablett mit Früchten der Jahreszeit und aß den Kuchen, den die Großmütter mitgebracht hatten. Alle paar Wochen machten Joel und Ivria Abendessen für die beiden Schwiegermütter. Joel steuerte den üppigen, würzigen, fein und exakt gewürfelten Salat bei, dessen Zubereitung er schon während seiner Jugend im Kibbuz perfekt beherrscht hatte. Man plauderte über die Nachrichten und andere Dinge. Lieblingsthema der Großmütter waren Literatur und Kunst. Familienangelegenheiten wurden nicht erörtert.

Ivrias Mutter Avigail und Joels Mutter Lisa waren beide stattliche, elegante Damen mit ähnlichen Frisuren, die an japanische Blumenkunst erinnerten. Über die Jahre wurden sie sich immer ähnlicher, zumindest auf den ersten Blick. Lisa trug feine Ohrringe, eine dünne Silberkette und dezentes Make-up. Avigail pflegte sich jugendliche Seidentücher um den Hals zu binden, die ihre grauen Kostüme wie Blumenrabatten am Rand eines Betonwegs belebten. An der Brust hatte sie eine kleine Elfenbeinbrosche in Form einer umgestülpten Vase stecken. Auf den zweiten Blick konnte man erste Anzeichen dafür feststellen, daß Avigail zu Molligkeit und slawischer Röte neigte, während Lisa eher langsam verschrumpelte. Seit sechs Jahren lebten die beiden in Lisas Zweizimmerwohnung in der Radak-Straße im abfallenden Teil des Rechavia-Viertels. Lisa war in einer Ortsgruppe des Soldatenhilfswerks aktiv und Avigail im Hilfskomitee für behinderte Kinder.

Andere Gäste suchten das Haus nur selten auf. Netta hatte wegen ihres Zustands keine engen Freundinnen. Wenn sie nicht in der Schule war, ging sie in die Stadtbücherei. Oder sie lag in ihrem Zimmer und las – bis in die halbe Nacht hinein. Manchmal begleitete sie ihre Mutter ins Kino oder Theater. Konzerte in der Kongreßhalle oder im Y.M.C.A.-Gebäude besuchte sie mit den beiden Großmüttern. Mal ging sie allein weg, um Dornzweige auf dem Feld neben dem Leprakrankenhaus zu pflücken. Mal hörte sie sich abendliche Dichterlesungen oder literarische Diskussionen an. Ivria ging selten aus dem Haus. Die aufgeschobene Magisterarbeit nahm ihre meiste Zeit in Anspruch. Joel hatte dafür gesorgt, daß einmal die Woche eine Putzfrau kam, und das genügte für eine Wohnung, die stets sauber und aufgeräumt war. Zweimal wöchentlich fuhr Ivria mit dem Auto zum Großeinkauf. Kleidung schafften sie nicht viel an. Joel pflegte keine reiche Warenausbeute von seinen Reisen mitzubringen. Aber die Geburtstage vergaß er nie und auch nicht ihren Hochzeitstag am 1. März. Dank seines guten Augenmaßes gelang es ihm stets, in Paris, New York oder Stockholm Pullover von erstklassiger Qualität zu vernünftigen Preisen, eine geschmackvolle Bluse für seine Tochter, weiße Hosen für seine Frau, einen Schal, einen Gürtel oder ein Halstuch für Schwiegermutter und Mutter auszusuchen.

Nachmittags schaute gelegentlich eine Bekannte von Ivria herein, um mit ihr Kaffee zu trinken und leise zu plaudern. Manchmal kam der Nachbar, Itamar Vitkin, »Lebenszeichen suchen« oder »mal nachsehen, was meine frühere Rumpelkammer macht«, und blieb, um sich mit Ivria über das Leben während der britischen Mandatszeit zu unterhalten. Laute Stimmen hatte man seit Jahren nicht in diesem Haus gehört. Vater, Mutter und Tochter achteten stets peinlich darauf, einander nicht zu stören. Wenn sie sprachen, taten sie es höflich. Jeder kannte seinen Bereich. Bei den sabbatlichen Zusammentreffen in der Küche diskutierten sie fernliegende Themen, die alle drei interessierten, wie etwa Spekulationen über die mögliche Existenz intelligenter Wesen außerhalb der Erde oder die Frage, ob sich das ökologische Gleichgewicht retten ließe, ohne auf die Errungenschaften der Technik zu verzichten. Über solche Dinge sprachen sie fast lebhaft, ohne sich jedoch je gegenseitig ins Wort zu fallen. Zuweilen gab es eine kurze Debatte über praktische Themen, wie die Anschaffung neuer Schuhe für den Winter, die Reparatur der Spülmaschine, die Kosten verschiedener Heizsysteme oder die Ersetzung des Medizinschranks im Bad durch ein neueres Modell. Über Musik unterhielten sie sich wegen ihrer Geschmacksunterschiede selten. Politik, Nettas Zustand, Ivrias Magisterarbeit und Joels Beruf wurden nicht erwähnt.

Joel war viel weg, teilte aber, soweit irgend möglich, immer mit, wann er zurück sein würde. Über das Wort Ausland hinaus machte er nie nähere Angaben. Abgesehen von den Wochenenden nahmen sie ihre Mahlzeiten getrennt ein, jeder zu seiner Zeit. Die Nachbarn im Haus nahmen aufgrund irgendeines Gerüchts an, daß Joel sich um ausländische Investoren kümmere. Daher also der Koffer und der Wintermantel, den er manchmal auch im Sommer überm Arm hängen hatte, und daher auch die häufigen Reisen, von denen er frühmorgens im Flughafentaxi zurückkehrte. Seine Schwiegermutter und seine Mutter glaubten oder waren bereit zu glauben, Joel reise in staatlichem Auftrag, um Rüstungsgüter zu beschaffen. Sie beide stellten selten Fragen wie: Wo hast du dich denn so erkältet? Oder: Woher kommst du jetzt so braungebrannt? Weil sie schon wußten, daß darauf nur lapidare Antworten wie »in Europa« oder »aus der Sonne« kommen würden.

Ivria wußte. Auf Einzelheiten war sie nicht neugierig.

Was Netta begriff oder erriet, konnte man nicht sagen.

Drei Stereoanlagen gab es im Haus: in Ivrias Studio, in Joels Puppenzimmer und am Kopfende von Nettas Doppelbett. Deshalb waren die Türen in der Wohnung fast immer zu, und die verschiedenen Musikarten ertönten, wegen der ständigen Rücksichtnahme, mit niedriger Lautstärke. Um nicht zu stören.

Nur im Wohnzimmer mochte es gelegentlich zu einem eigenartigen Klanggemisch kommen. Aber darin hielt sich ja auch keiner auf. Es stand seit einigen Jahren aufgeräumt, sauber und leer da. Außer wenn die Großmütter kamen, denn dann versammelten sich dort alle, jeder aus seinem Raum.

4.

So geschah das Unglück. Der Herbst kam und ging, gefolgt vom Winter. Ein halb erfrorener Vogel fand sich auf dem Küchenbalkon. Netta holte ihn in ihr Zimmer und versuchte, ihn aufzuwärmen. Träufelte ihm mit einer Pipette Maiskochwasser in den Schnabel. Gegen Abend erholte sich der Vogel, begann im Zimmer umherzuflattern und verzweifelt zu piepsen. Netta machte das Fenster auf, und weg war er. Am Morgen saßen andere Vögel in den Zweigen der winterlich kahlen Bäume. Und vielleicht war jener Vogel unter ihnen. Wie sollte man das wissen. Als der Strom an diesem triefenden Regentag um halb neun Uhr ausfiel, war Netta in der Schule und Joel in einem anderen Land. Offenbar fand Ivria, daß sie nicht genug Licht habe. Niedrige Wolken und Nebel verdunkelten Jerusalem. Sie ging zum Auto hinunter, das zwischen den Tragepfeilern des Hauses geparkt stand. Vermutlich wollte sie die starke Leuchte, die Joel in Rom gekauft hatte, aus dem Kofferraum holen. Unterwegs entdeckte sie auf dem Zaun ihr Nachthemd, das der Wind vom Wäscheständer auf dem Balkon fortgeweht hatte, und machte einen Abstecher, um es zu holen. So kam sie an die herabgefallene Hochspannungsleitung. Sicher hatte sie sie irrtümlich für eine Wäscheleine gehalten. Oder vielleicht erkannte sie sie richtig als Stromleitung, nahm aber logischerweise an, wegen des Stromausfalls stehe sie nicht unter Spannung. Sie hatte die Hand danach ausgestreckt, um sie anzuheben und darunter hindurchzugehen. Oder vielleicht war sie darüber gestolpert. Wie sollte man das wissen. Aber der Stromausfall war gar keiner, sondern nur ein Kurzschluß im Haus. Das Kabel war elektrisch geladen. Wegen der Feuchtigkeit mußte sie wohl auf der Stelle verkohlt sein, ohne Qualen zu erleiden. Außer ihr gab es noch ein weiteres Opfer: Itamar Vitkin, den Wohnungsnachbarn, dem Joel rund zwei Jahre vorher das Zimmer abgekauft hatte. Er war ein Mann um die Sechzig, Eigentümer eines Kühllasters, und lebte schon einige Jahre allein. Seine Kinder waren groß geworden und weggezogen, und seine Frau hatte ihn und Jerusalem verlassen (weshalb er auf das Zimmer verzichtet und es Joel verkauft hatte). Es ließe sich denken, daß Itamar Vitkin das Unglück von seinem Fenster gesehen hatte und zur Hilfe hinabgerannt war. Jedenfalls fand man sie beide, fast eng umschlungen, in einer Pfütze liegen. Der Mann war noch nicht tot. Anfangs versuchte man, ihn wiederzubeleben und schlug ihm sogar hart auf beide Wangen. Aber im Krankenwagen auf dem Weg zum Hadassa-Krankenhaus gab er seinen Geist auf. Unter den Hausbewohnern kursierte eine andere Version, für die Joel sich nicht interessierte.

Vitkin hatte unter den Nachbarn als Spinner gegolten. Zuweilen kletterte er zu Beginn der Abenddämmerung in die Fahrerkabine seines Lasters, steckte den Kopf und die Hälfte seines plumpen Körpers aus dem Fenster und spielte den Passanten etwa eine Viertelstunde auf der Gitarre vor. Viele kamen nicht vorüber, denn es war eine Seitenstraße. Die Leute blieben lauschend stehen, gingen drei, vier Minuten später aber achselzuckend weiter. Er arbeitete immer nachts, fuhr Milchprodukte an die Läden aus und kehrte um sieben Uhr morgens heim. Sommer wie Winter. Durch die gemeinsame Wand hatten sie ihn manchmal der Gitarre – zwischen den Tönen, die er ihr entlockte – Moralpredigten halten gehört. Seine Stimme klang sanft, als wolle er eine schamhafte Frau beschwatzen. Im übrigen war er ein dicklicher, schwammiger Mann, der die meiste Zeit im Unterhemd und einer zu weiten Khakihose herumlief und in steter Furcht zu leben schien, genau in diesem Augenblick aus

Versehen etwas ganz Furchtbares gesagt oder getan zu haben. Nach den Mahlzeiten trat er jedesmal auf seinen Balkon und streute den Vögeln Brotkrümel hin. Auch auf die Vögel pflegte er sanft einzureden. An Sommerabenden saß er manchmal in seinem grauen Trägerhemd in einem Korbsessel auf dem Balkon und spielte herzzerreißende russische Weisen, die ursprünglich wohl für Balalaika, nicht Gitarre geschrieben worden waren.

Trotz all dieser Sonderlichkeiten galt er als angenehmer Nachbar. Ohne sich je in den Gebäuderat wählen zu lassen, fungierte er freiwillig als eine Art Dauerbeauftragter für das Treppenhaus. Ja, er stellte sogar auf eigene Rechnung zwei Geranientöpfe zu beiden Seiten des Hauseingangs auf. Wenn man ihn ansprach, ihn nach der Uhrzeit fragte, verbreitete sich augenblicklich süße Wonne über sein Gesicht, wie bei einem Kind, das man mit einem wunderbaren Geschenk überrascht hat. All das weckte bei Joel nur leichte Ungeduld.

Nach seinem Tod kamen seine drei erwachsenen Söhne mit ihren Frauen und Anwälten an. All die Jahre über hatten sie sich nicht zu ihm herbemüht. Jetzt waren sie offenbar angerückt, um die Einrichtung unter sich aufzuteilen und Regelungen für die Veräußerung der Wohnung zu treffen. Als sie von der Beerdigung zurück waren, brach ein Streit zwischen ihnen aus. Zwei der Frauen schrien so laut, daß die Nachbarn es hören konnten. Später erschienen zwei-, dreimal die Anwälte allein oder mit einem vereidigten Sachverständigen. Vier Monate nach dem Unglück, als Joel schon mit Vorbereitungen für seinen Wegzug aus Jerusalem begonnen hatte, stand die Nachbarwohnung noch immer abgeschottet, verschlossen und leer. Eines Nachts meinte Netta leises Saitenspiel jenseits der Wand zu hören, nicht von einer Gitarre, sondern – wie sie sagte – vielleicht von einem Cello. Am Morgen erzählte sie es Joel, der es lieber

25

mit Schweigen überging. Das tat er häufig bei Dingen, die seine Tochter ihm erzählte.

Im Hauseingang, über den Briefkästen, vergilbte die Traueranzeige des Gebäuderats. Mehrmals wollte Joel sie herunternehmen und tat es doch nicht. Sie enthielt einen Druckfehler. Es hieß darin, die Hausbewohner sprächen den betroffenen Familien tief bestürzt ihr Beileid anläßlich des tragischen, vorzeitigen Hinscheidens »unserer teuren Nachbarn, Frau Ivria Raviv und Herrn Eviatar Vitkin«, aus. Raviv war der Familienname, den Joel im Alltagsleben benutzte. Als er die neue Wohnung in Ramat Lotan mietete, nannte er sich Ravid, obwohl dafür keinerlei logischer Grund bestand. Netta war immer Netta Raviv, außer einem Jahr, als sie noch klein war, und sie alle drei unter einem gänzlich anderen Namen im Rahmen seiner Tätigkeit in London lebten. Seine Mutter hieß Lisa Rabinowitz. Ivria hatte in den fünfzehn Jahren, in denen sie – mit Unterbrechungen – an der Universität studierte, stets ihren Mädchennamen, Lublin, benutzt. Einen Tag vor dem Unglück war Joel im Europa-Hotel in Helsinki unter dem Namen Lionel Hart eingetroffen. Und der alte, gitarreliebende Nachbar, dessen Tod im regennassen Hof in den Armen der Frau Raviv allem möglichen Getuschel Vorschub geleistet hatte, hieß Itamar Vitkin. Itamar, nicht Eviatar, wie es in der Anzeige stand. Netta meinte jedoch, der Name Eviatar gefiele ihr nun gerade, und überhaupt, was mache das schon aus?

5.

Enttäuscht und müde war er am 16. Februar um halb elf Uhr abends per Taxi ins Europa-Hotel zurückgekehrt. Er hatte vor, noch ein paar Minuten in der Bar haltzumachen, ein Glas Gin-Tonic zu trinken und im Geist das Treffen zu überdenken, bevor er in sein Zimmer hinaufging. Der tunesische Ingenieur, dessentwegen er nach Helsinki gereist war und mit dem er sich gegen Abend im Bahnhofsrestaurant getroffen hatte, schien ihm ein kleiner Fisch zu sein: verlangte enorme Gegenleistungen und bot dünne Ware. Was er beispielsweise am Ende ihres Treffens übergeben hatte, war fast schon banales Material. Obwohl der Mann im Lauf der Unterredung den Eindruck zu erwecken versuchte, er werde bei der nächsten Zusammenkunft, so sie zustande käme, die Schätze von Tausendundeiner Nacht mitbringen. Und das gerade in einer Richtung, auf die Joel schon lange scharf war.

Nur waren die Gegenleistungen, die der Mann haben wollte, nicht finanzieller Art. Vergebens hatte Joel mittels des Wortes »Bonus« nach Geldgier getastet. In diesem Punkt, und nur hier, war der Tunesier nicht bedeckt geblieben: Er brauchte kein Geld. Es ging um bestimmte immaterielle Vergünstigungen. In bezug auf die Joel sich innerlich nicht sicher war, ob man sie gewähren konnte. Und gewiß nicht ohne ausdrückliche Genehmigung von oben. Selbst dann nicht, falls sich herausstellen sollte, daß der Mann erstklassige Ware an der Hand hatte, was Joel bezweifelte. Vorerst hatte er sich also von dem tunesischen Ingenieur mit der Zusicherung verabschiedet, am nächsten Tag wieder mit ihm in Verbindung zu treten, um den weiteren Kontakt abzusprechen.

Und diesen Abend wollte er sich früh schlafen legen. Seine Augen waren müde, taten ihm fast weh. Der Krüppel, den er im Rollstuhl auf der Straße gesehen hatte, mischte sich mehrmals in seine Gedanken, weil er ihm bekannt vorkam. Nicht direkt bekannt, nur nicht völlig fremd. Irgendwie mit etwas verbunden, an das man sich besser erinnern sollte.

Aber eben das gelang ihm nicht.

Der Empfangschef fing ihn an der Bartür ab. Verzeihen Sie, mein Herr, während der letzten Stunden hat vier-, fünfmal eine Frau Schiller angerufen und dringend gebeten, Herr Hart möge sofort nach seiner Rückkehr ins Hotel seinen Bruder kontaktieren.

Joel sagte danke. Verzichtete auf die Bar. Immer noch im Wintermantel machte er kehrt, trat auf die verschneite Straße hinaus, auf der zu dieser nächtlichen Stunde keine Passanten gingen, ja selbst kaum Autos fuhren, schritt nun die Straße hinunter, wobei er über seine Schulter lugte, aber nur gelbe Lichtpfützen im Schnee sah. Er beschloß, nach rechts abzubiegen, überlegte es sich anders, wandte sich nach links und stapfte zwei Wohnblocks entlang durch den weichen Schnee, bis er endlich fand, was er suchte: eine Telefonzelle. Wieder blickte er sich um. Keine Menschenseele weit und breit. Der Schnee wurde bläulich-rosa wie eine Hautkrankheit, wo immer die Laternenstrahlen ihn trafen. Er führte ein R-Gespräch mit dem Büro in Israel. Sein Bruder für Notkontaktzwecke war »der Patron«. In Israel war es fast Mitternacht. Ein Assistent des Patrons beorderte ihn sofort zurück. Dem fügte er nichts weiter hinzu, und Joel fragte nicht nach. Um ein Uhr morgens flog er von Helsinki nach Wien, wo er sieben Stunden auf den Anschluß nach Israel wartete. Morgens kam ein Mann vom Wiener Büro und trank mit ihm Kaffee in der Abflughalle. Er wußte Joel nicht zu sagen, was geschehen war, oder er wußte es schon, hatte aber Schweigebefehl bekommen. Sie sprachen ein wenig über Berufliches. Dann unterhielten sie sich über die Wirtschaft.

Gegen Abend, in Lod, erwartete ihn der Patron persönlich, der ihm ohne Vorrede mitteilte, Ivria sei am Vortag bei einem Stromunfall umgekommen. Auf Joels zwei Fragen antwortete der Mann präzise und unumwunden. Dann nahm er ihm den kleinen Koffer ab, führte ihn durch einen Seitenausgang zu seinem Auto und bemerkte, er werde Joel selber nach Jerusalem hinauffahren. Abgesehen von ein paar Sätzen über den tunesischen Ingenieur legten sie den ganzen Weg schweigend zurück. Seit dem Vortag hatte der Regen nicht aufgehört, war nur nadeldünn und leicht geworden. Im Scheinwerferlicht der entgegenkommenden Wagen schien der Regen nicht zu fallen, sondern vom Boden aufzusteigen. Ein umgekippter Laster am Straßenrand in der kurvigen Strecke bei Scha'ar Haggai, dessen Räder sich noch schnell in der Luft drehten, brachte ihm wieder den Krüppel in Helsinki ins Gedächtnis, noch immer von dem bohrenden Gefühl begleitet, es sei hier etwas widersprüchlich oder unwahrscheinlich oder nicht richtig geregelt. Was es war, wußte er nicht. Auf der Steigung des Kastel zog er einen kleinen, batteriebetriebenen Rasierapparat aus der Tasche und rasierte sich im Dunkeln. Wie gewohnt. Er wollte zu Hause nicht mit Bartstoppeln aufkreuzen.

Am nächsten Morgen um zehn Uhr setzten sich zwei Trauerzüge in Bewegung. Ivria wurde im Regen in Sanhedria begraben, während man den Nachbarn auf einen anderen Friedhof brachte. Ivrias älterer Bruder, ein stämmiger Bauer aus Metulla namens Nakdimon Lublin, stammelte ein Kaddisch-Gebet, wobei ihm anfangs die ungewohnten aramäischen Worte entstellende Leseschwierigkeiten bereiteten, so daß im ersten Satz: »Erhoben und geheiligt werde sein großer Name in der Welt, die er nach seinem Willen erschaffen, und sein Reich erstehe in eurem Leben und in euren Tagen und dem Leben des ganzen Hauses Israel schnell und in naher Zeit, sprechet Amen!« aus »nach seinem Willen« »nach Gottes Gemahlin« und aus »in naher Zeit« »in Kriegszeit« wurde. Danach stützten Nakdimon und seine vier Söhne abwechselnd Avigail, die einem Schwächeanfall nahe war.

Beim Verlassen des Friedhofs ging Joel neben seiner Mutter. Sehr nahe schritten sie nebeneinander her, berührten sich jedoch nicht, außer einmal, als sie das Tor passierten und ins Gedränge gerieten und zwei schwarze Schirme sich im Wind verfingen. Plötzlich fiel ihm ein, daß er *Mrs. Dalloway* in seinem Helsinker Hotelzimmer und den Wollschal, den ihm seine Frau gekauft hatte, in der Abflughalle in Wien liegengelassen hatte. Er fand sich mit den Verlusten ab. Aber wieso war es ihm nie aufgefallen, daß seine Schwiegermutter und seine Mutter sich immer ähnlicher wurden, seit sie zusammenlebten? Würden von nun an auch Ähnlichkeiten zwischen ihm und seiner Tochter auftreten? Die Augen brannten ihm. Er erinnerte sich, daß er versprochen hatte, heute den tunesischen Ingenieur anzurufen, was er nicht eingehalten hatte und auch nicht mehr würde einhalten können. Doch er verstand immer noch nicht, wie dieses Versprechen mit dem Krüppel zusammenhing, obwohl er spürte, daß es hier einen Zusammenhang gab. Die Sache setzte ihm ein bißchen zu.

6.

Netta war nicht zur Beerdigung gegangen. Auch der Patron kam nicht mit. Nicht weil er anderweitig beschäftigt gewesen wäre, sondern weil er, wie immer in allerletzter Minute, seine Entscheidung geändert und beschlossen hatte, in der Wohnung zu bleiben und mit Netta ihre Rückkehr vom Friedhof abzuwarten. Als die Familienmitglieder mit einigen Bekannten und Nachbarn, die sich angeschlossen hatten, zurückkamen, fanden sie den Mann und Netta einander im Wohnzimmer gegenübersitzen und Dame spielen. Das erschien Nakdimon Lublin und den anderen ungebührlich, aber mit Rücksicht auf Nettas Zustand zogen sie es vor, die Sache zu entschuldigen. Oder sie stillschweigend zu übergehen. Joel war es egal. In ihrer Abwesenheit hatte der Mann Netta beigebracht, sehr starken schwarzen Kaffee mit Cognac zuzubereiten, den sie nun allen servierte. Er blieb bis gegen Abend. Dann stand er auf und fuhr ab. Die Bekannten und Verwandten zerstreuten sich. Nakdimon Lublin und seine Söhne übernachteten woanders in Jerusalem und versprachen, am Morgen wiederzukommen. Joel blieb mit den Frauen zurück. Als es draußen dunkel wurde, begann Avigail in der Küche zu schluchzen – in lauten, abgehackten Tönen, die sich wie ein schwerer Schluckauf anhörten. Lisa beruhigte sie mit Valerian-Tropfen, einer altmodischen Arznei, die nach einiger Zeit tatsächlich Erleichterung brachte. Die zwei alten Frauen saßen in der Küche, Lisas Arm um Avigails Schulter gelegt und beide gemeinsam in ein graues, wollenes Umschlagtuch gehüllt, das Lisa wohl in einem der Schränke gefunden hatte. Gelegentlich rutschte das Tuch hinunter, worauf Lisa sich bückte, es wieder aufhob und wie Fledermausflügel über sie beide brei-

31

tete. Nach den Valerian-Tropfen wurde Avigails Weinen ruhig und gleichmäßig. Wie das Weinen eines Kindes im Schlaf. Doch von draußen erhob sich plötzlich das Gejaul rollender Katzen – sonderbar, boshaft, durchdringend, manchmal fast bellend. Er und seine Tochter saßen im Wohnzimmer zu beiden Seiten des niedrigen Tischs, den Ivria vor zehn Jahren in Jaffa gekauft hatte. Auf dem Tisch lag das Damebrett, umringt von stehenden und liegenden Schachfiguren und einigen leeren Kaffeetassen. Netta fragte, ob sie ihm Rührei und Salat machen solle, worauf Joel antwortete, er sei nicht hungrig und sie sagte, ich auch nicht. Um halb neun klingelte das Telefon, doch als er den Hörer abnahm, hörte er nichts. Aus professioneller Gewohnheit fragte er sich, wer daran interessiert sein könnte, lediglich zu erfahren, ob er zu Hause sei, gelangte jedoch zu keiner Vermutung. Danach stand Netta auf, um Läden, Fenster und Gardinen zu schließen. Um neun sagte sie: Meinetwegen können wir die Fernsehnachrichten anstellen. Joel sagte: Gut. Aber sie blieben sitzen, keiner ging an den Fernseher. Und wieder aus alter Berufsgewohnheit kam ihm die Telefonnummer in Helsinki in den Sinn, worauf er einen Augenblick mit dem Gedanken spielte, jetzt von hier aus den tunesischen Ingenieur anzurufen. Doch er entschied sich dagegen, weil er nicht wußte, was er ihm sagen sollte. Nach zehn erhob er sich von seinem Platz und machte für alle Brote mit Hartkäse und Wurst, die er im Kühlschrank vorfand, jener scharf mit schwarzem Pfeffer gewürzten Sorte, die Ivria gern gemocht hatte. Dann kochte der Wasserkessel, aus dem er vier Gläser Tee mit Zitrone aufbrühte. Seine Mutter sagte: Überlaß das mir. Er sagte: Macht nichts. Schon gut. Sie tranken den Tee, aber keiner rührte die Brote an. Gegen ein Uhr nachts konnte Lisa Avigail überreden, zwei Valium-Tabletten zu schlucken und sich angezogen auf das Doppelbett in Nettas Zimmer zu legen.

Sie selbst streckte sich neben ihr aus, ohne die Leselampe neben ihren Köpfen auszuknipsen. Um Viertel nach zwei lugte Joel hinein und sah sie beide schlafen. Dreimal wachte Avigail auf und weinte und hörte wieder auf, so daß es erneut ruhig war. Um drei Uhr schlug Netta Joel eine Partie Dame vor, um die Zeit herumzubringen. Er willigte ein, wurde jedoch plötzlich von Müdigkeit überwältigt, seine Augen brannten, und er ging ein bißchen in seinem Bett im Puppenzimmer dösen. Netta begleitete ihn bis an die Tür, und dort, im Stehen, während er sich schon das Hemd aufknöpfte, sagte er ihr, er habe beschlossen, sein Recht auf frühzeitige Pensionierung in Anspruch zu nehmen. Noch diese Woche werde er den Kündigungsbrief schreiben, ohne abzuwarten, bis man einen Ersatzmann ernenne. Und Ende des Schuljahrs ziehen wir aus Jerusalem weg.

Netta sagte: »Meinetwegen.« Und fügte kein Wort mehr hinzu.

Ohne die Tür zu schließen, legte er sich aufs Bett, die Hände unterm Kopf und die brennenden Augen zur Decke gerichtet. Ivria Lublin war seine einzige Liebe gewesen, aber das lag lange zurück. Ganz präzise, bis in alle Einzelheiten, erinnerte er sich an einen Liebesakt vor vielen Jahren. Nach einem schweren Streit. Vom ersten Streicheln bis zum letzten Beben hatten er und sie geweint, und danach waren sie stundenlang eng aneinandergeschmiegt liegen geblieben, er noch immer von ihr umschlossen, nicht wie Mann und Frau, sondern wie zwei Menschen, die in einer Schneenacht auf offenem Feld erfroren sind. Und er hatte sein Glied in ihrem Körper gelassen, auch als keinerlei Verlangen mehr bestand, fast bis ans Ende jener Nacht. Jetzt bei dieser Erinnerung erwachte das Verlangen nach ihrem Körper in ihm. Er legte die breite, häßliche Hand wie beruhigend auf sein Glied, wobei er sich bemühte, weder Hand noch Glied zu bewegen. Da die Zimmertür offenstand, schaltete er mit der anderen Hand das Licht aus. Als er das tat, begriff er, daß der Körper, nach dem er sich sehnte, jetzt in der Erde verschlossen lag und immer in der Erde bleiben würde. Samt den kindlichen Knien, samt der linken Brust, die ein bißchen runder und schöner als die rechte gewesen war, samt dem braunen Muttermal, das mal unter den Schamhaaren hervorblitzte, mal unter ihnen verborgen blieb. Und dann sah er sich im Stockdunkeln in ihrer Kammer gefangen und sah sie nackt unter den rechteckigen Betonplatten unter dem Erdhügel im strömenden Regen im Dunkeln liegen und erinnerte sich an ihre Klaustrophobie und erinnerte sich selbst daran, daß man die Toten nicht nackt bestattet, und streckte erneut die Hand aus und schaltete verstört das Licht wieder an. Sein Verlangen war vorüber. Er schloß die Augen, lag reglos auf dem Rücken und hoffte auf Tränen. Das Weinen kam nicht, und der Schlaf kam nicht, und er tastete mit der Hand auf dem Nachtschrank nach dem Buch, das in Helsinki im Hotel geblieben war.

Durch die offene Tür, beim Rauschen von Regen und Wind, sah er von fern seine Tochter – nicht hübsch, knapp, etwas krumm – die leeren Kaffeetassen und Teegläser auf ein Tablett einsammeln. Sie trug alles in die Küche und spülte ohne Hast. Den Teller mit den Käse- und Wurstbroten hüllte sie in Klarsichtfolie und stellte ihn behutsam in den Kühlschrank. Sie schaltete die meisten Lampen aus und prüfte, ob die Wohnungstür abgeschlossen war. Dann klopfte sie zweimal an die Studiotür ihrer Mutter, bevor sie öffnete und eintrat. Auf dem Schreibtisch ruhten Ivrias Federhalter und das Tintenfäßchen, das offen geblieben war. Netta schraubte es zu und steckte die Hülle auf die Feder. Hob die eckige, randlose Brille eines peniblen Hausarztes der vorigen Generation vom Schreibtisch auf, als wolle sie sie aufprobieren, verzichtete aber darauf, putzte sie ein bißchen mit dem Blusenzipfel, klappte sie zusammen und steckte sie in das braune Futteral, das sie unter den Papieren gefunden hatte. Nahm die Kaffeetasse, die Ivria auf dem Tisch gelassen hatte, als sie zum Lampenholen hinuntergegangen war, schaltete das Licht aus, verließ das Studio und schloß die Tür hinter sich. Nachdem sie auch diese Tasse gespült hatte, kehrte sie ins Wohnzimmer zurück und setzte sich allein vors Damebrett. Jenseits der Wand weinte Avigail wieder, und Lisa tröstete sie flüsternd. So tief war die Stille ringsum, daß man durch die geschlossenen Läden und Fenster fernes Hahnenkrähen und Hundebellen hören konnte, und danach mengte sich, dumpf und langgezogen, die Stimme des Muezzins hinein, der zum Morgengebet rief. Und was soll jetzt werden? fragte sich Joel. Lächerlich, irritierend und unnötig erschien ihm nun seine Rasur im Wagen des Patrons auf der Heimfahrt vom Flughafen. Der Krüppel im Rollstuhl in Helsinki war jung und sehr blaß gewesen, und Joel meinte, er habe zarte, weibliche Gesichtszüge gehabt. Ihm fehlten Arme und Beine. Von Geburt an? Durch einen Unfall? Die ganze Nacht regnete es in Jerusalem. Aber die Stromstörung hatte man kaum eine Stunde nach dem Unglück schon wieder behoben.

7.

Eines Sommertags, gegen Abend, stand Joel barfuß am Rand des Rasens und stutzte die Hecke. Durch das Ramat Lotaner Sträßchen wehten ländliche Düfte: gemähtes Gras, gedüngte Blumenrabatten und leichte, wohlbewässerte Erde. Denn es drehten sich viele Sprinkler in den kleinen Gärten vor und hinter jedem Haus. Es war Viertel nach fünf. Ab und zu kehrte ein Nachbar von der Arbeit heim, parkte den Wagen und stieg aus, ohne Hast, reckte sich, löste den Krawattenknoten, noch bevor er seinen geplättelten Gartenweg betrat.

Durch die offenen Gartentüren der Häuser gegenüber konnte man den Moderator des politischen Fernsehmagazins sprechen hören. Hier und da saßen Nachbarn auf dem Rasen und guckten auf den Bildschirm im Wohnzimmer. Mit etwas Anstrengung hätte Joel die Worte des Sprechers aufschnappen können. Aber er war zerstreut. Minutenlang hörte er mit dem Stutzen auf und beobachtete drei kleine Mädchen, die auf dem Gehweg mit einem Wolfshund spielten, den sie Ironside nannten, vielleicht nach dem gelähmten Detektiv der gleichnamigen amerikanischen Fernsehserie vor einigen Jahren, die Joel mehrmals allein im Hotelzimmer in der einen oder anderen Hauptstadt gesehen hatte – einen Teil sogar mal in portugiesischer Synchronisation, wobei er die Handlung aber trotzdem verstanden hatte. Denn sie war simpel.

Ringsum sangen Vögel in den Baumkronen, hüpften auf den Zäunen, flitzten von Garten zu Garten in scheinbar überschäumender Freude. Obwohl Joel wußte, daß Vögel nicht vor lauter Freude, sondern aus anderen Gründen umherschwirren. Wie Meeresrauschen hörte man von fern das

36

Dröhnen des Schwerverkehrs auf der Hauptstraße unterhalb des Viertels. Auf der Gartenschaukel hinter ihm lag seine Mutter im Hauskleid und las die Abendzeitung. Vor vielen Jahren einmal hatte seine Mutter ihm erzählt, wie sie ihn als Dreijährigen in einem quietschenden Kinderwagen, ganz und gar unter hastig gepackten Päckchen und Bündeln begraben, hunderte Kilometer weit von Bukarest zum Hafen von Varna gefahren hatte. Den größten Teil der Fluchtroute hatte sie auf entlegenen Nebenwegen zurückgelegt. Nichts war ihm davon im Gedächtnis geblieben, aber er hatte eine verschwommene Vorstellung von einem dämmrigen Saal im Bauch eines Schiffes, vollgepfropft mit mehrstöckigen Eisenbetten voll stöhnender, spuckender, einander und vielleicht auch ihn ankotzender Männer und Frauen. Und das vage Bild eines Streits, begleitet von Beißen und Kratzen bis aufs Blut, zwischen seiner kreischenden Mutter und irgendeinem glatzköpfigen, unrasierten Mann auf dieser schweren Fahrt. An seinen Vater erinnerte er sich überhaupt nicht, obwohl er von zwei braunen Fotos im alten Album seiner Mutter sein Aussehen kannte und auch wußte – oder folgerte –, daß der Mann kein Jude, sondern christlicher Rumäne gewesen und schon vor dem Einmarsch der Deutschen aus seinem und seiner Mutter Leben verschwunden war. Aber im Geist zeichnete sich sein Vater in der Gestalt des stoppelbärtigen Glatzkopfs ab, der seine Mutter auf dem Schiff geschlagen hatte.

Jenseits der Hecke, die er langsam und präzise schnitt, saßen der Bruder und die Schwester, seine amerikanischen Nachbarn aus der anderen Hälfte des Zweifamilienhauses, auf weißen Gartenstühlen und tranken Eiskaffee. In den Wochen seit seinem Herzug hatten die Vermonts ihn und die Damen schon mehrfach zum spätnachmittäglichen Eiskaffee oder auch zu einer Video-Komödie nach der Tagesschau eingeladen. Joel hatte jedesmal »gern« gesagt, es aber bisher nicht wahr gemacht. Vermont war ein frischer, rosiger, vierschrötiger Typ von etwas grobschlächtigem Auftreten. Er wirkte wie ein gesunder, wohlhabender Holländer in einer Reklame für erlesene Zigarren. Herzlich und laut war er, letzteres vielleicht wegen Hörschwierigkeiten. Seine Schwester mußte mindestens zehn Jahre jünger sein, Annemarie oder Rosemarie, Joel konnte sich nicht erinnern, eine kleine, attraktive Frau mit blauen, kindlich lachenden Augen und spitzen, kecken Brüsten. »Hi«, sagte sie fröhlich, als sie Joels Blick über den Zaun hinweg ihren Körper mustern sah. Ihr Bruder wiederholte, leicht verspätet und weniger fröhlich, dieselbe Silbe. Joel sagte guten Abend. Die Frau trat an die Hecke, wobei ihre Nippel unter dem Trikothemd nach ihm schielten. Als sie bei ihm angekommen war und erfreut seinen starren Blick abgefangen hatte, fügte sie in schnellem Englisch leise hinzu: »*Tough life, huh?*« Laut, auf hebräisch, fragte sie, ob sie später seine Heckenschere bekommen könne, um die Ligusterhecke auch auf ihrer Seite geradezuschneiden. Joel sagte: Warum nicht. Und erbot sich nach leichtem Zögern, es selbst zu tun. »Seien Sie vorsichtig«, erwiderte sie lachend, »ich könnte womöglich ja sagen.«

Das honigweiche Abendlicht färbte mit sonderbarem Gold zwei, drei halb durchsichtige Wolken, die auf ihrem Weg vom Meer zum Gebirge über das Viertel segelten. Denn eine leichte Seebrise war aufgekommen und brachte Salzgeruch nebst einem Anflug zarter Wehmut mit. Den Joel nicht abwies. Der Wind raschelte leise im Laub der Obst- und Zierbäume, strich über gepflegte Rasenflächen, sprühte ihm winzige Wasserpartikel vom Sprinkler eines Nachbargartens auf die nackte Brust.

Statt seine Arbeit zu beenden und sich dann, wie versprochen, die andere Seite vorzunehmen, legte Joel die Schere am Rand des Rasens nieder und machte einen kleinen Spaziergang bis zu dem Punkt, an dem das Sträßchen von einem eingezäunten Zitrushain abgeriegelt wurde. Dort blieb er einige Minuten stehen, starrte auf das dichte Laubwerk, bemühte sich jedoch vergeblich, eine unhörbare Bewegung zu entschlüsseln, die er in der Tiefe der Pflanzung wahrgenommen zu haben meinte. Bis ihm die Augen erneut weh taten. Dann machte er kehrt und ging heim. Es war ein gemächlicher Abend. Durch ein Villenfenster hörte er eine Frauenstimme sagen: »Was ist? Morgen ist auch noch ein Tag.« Diesen Satz prüfte Joel im Geist und fand keinen Fehler daran. Stilvolle, hier und da auch kitschige Briefkästen hingen an den Gartentüren. Einige parkende Wagen gaben noch einen Rest Motorwärme mit dem leichten Dunst verbrannten Benzins ab. Auch der mit Zementquadraten gepflasterte Gehsteig gab leichte Wärmestrahlen ab, die seinen nackten Fußsohlen wohltaten. Jedem dieser Zementquadrate waren zwei Pfeile mit dem Schriftzug *Scharfstein Ltd. – Ramat Gan* aufgeprägt.

Nach sechs kamen Avigail und Netta mit seinem Auto vom Friseur zurück. Avigail sah ihm, trotz ihrer Trauer, gesund und knackig aus. Ihr volles Apfelgesicht und ihre kräftige Statur erinnerten an eine blühende slawische Bäuerin. Sie war Ivria derart unähnlich, daß er sich einen Augenblick lang kaum erinnern konnte, was ihn eigentlich mit dieser Frau verband. Seine Tochter wiederum hatte sich einen jungenhaften Igelschnitt machen lassen, wie aus purer Auflehnung gegen ihn. Sie fragte ihn nicht, was er dazu meinte, und er entschied sich auch diesmal, kein Wort zu sagen. Als sie beide im Haus waren, ging Joel an das Auto, das Avigail schlampig geparkt hatte, startete, fuhr im Rückwärtsgang aus der Ausfahrt, drehte unten auf der Straße um und parkte nun rückwärts ein, so daß der Wagen genau mitten unter dem Schutzdach, mit der Nase zur Straße, stand: zu schnellem Start bereit. Danach blieb er ein paar Minuten an der Haustür stehen, als wolle er sehen, wer noch kommen könnte. Pfiff leise eine alte Weise vor sich hin, von der er nicht mehr genau wußte, woher sie stammte, nur verschwommen im Kopf hatte, daß sie zu einem bekannten Musical gehörte, und wandte sich dem Haus zu, um zu fragen, wobei ihm einfiel: Ivria ist nicht mehr, und deshalb sind wir ja hier. Denn momentan war ihm nicht klar gewesen, was er eigentlich an diesem fremden Ort zu suchen hatte.

Sieben Uhr abends. Jetzt durfte man sich schon ein Gläschen Brandy genehmigen. Und morgen, erinnerte er sich, morgen ist auch noch ein Tag. Genug.

Er ging hinein und duschte ausgiebig. Inzwischen bereiteten seine Schwiegermutter und seine Mutter das Abendessen. Netta las auf ihrem Zimmer und kam nicht dazu. Durch die geschlossene Tür antwortete sie ihm, sie werde später allein essen.

Um halb acht setzte die Dämmerung ein. Gegen acht trat er hinaus, um sich auf die Gartenschaukel zu legen, in den Händen ein Transistorradio, ein Buch und die neue Lesebrille, die er seit einigen Wochen benutzte. Er hatte sich ein komisches schwarz-rundes Gestell ausgesucht, das ihm die Züge eines ältlichen katholischen Priesters verlieh. Am Himmel flackerten noch sonderbare Lichtreflexe als letzter Rest des vergangenen Tages, und doch stieg plötzlich hinter den Zitrusbäumen ein brutaler roter Mond auf. Gegenüber, hinter den Zypressen und Ziegeldächern, spiegelte der Himmel den Lichterglanz Tel Avivs wider, und sekundenlang hatte Joel das Gefühl, er müsse augenblicklich aufstehen und da hingehen, um seine Tochter von dort zurückzuholen. Aber sie war ja auf ihrem Zimmer. Der Schein ihrer Bettlampe fiel durchs Fenster in den Garten und malte eine Gestalt auf den Rasen, in die Joel sich einige Minuten vertiefte, ohne daß es ihm gelungen wäre, sie zu definieren. Vielleicht, weil es keine geometrische Figur war.

Die Mücken begannen ihm zuzusetzen. Er ging wieder hinein, nahm auch den Transistor, das Buch und die runde, schwarzgerahmte Lesebrille mit, wußte jedoch sehr wohl, daß er etwas vergessen hatte, und fand nicht heraus, was es war.

Im Wohnzimmer, immer noch barfuß, schenkte er sich ein Gläschen Brandy ein und setzte sich zu seiner Mutter und seiner Schwiegermutter, um die Neunuhrnachrichten anzuschauen. Das Raubtier könnte man eigentlich mit einer mittelstarken Drehung von der Metallplatte loslösen und so zwar vielleicht nicht entschlüsseln, aber doch wenigstens endlich zum Schweigen bringen. Allerdings müßte er es dann wieder reparieren. Das war ihm klar. Und das konnte er nur tun, wenn er die Pfote anbohrte und eine Schraube hineindrehte. Man rührte es also besser doch nicht an.

Er stand auf und trat auf den Balkon hinaus. Draußen zirpten schon Zikaden. Der Wind hatte sich gelegt. Froschchöre erfüllten den Zitrushain am Ende der Sackgasse, ein Kind weinte, eine Frau lachte, eine Mundharmonika verbreitete Traurigkeit, Wasser toste irgendwo in einer Toilette. Denn die Häuser standen nahe beieinander, und die Gärten dazwischen waren klein. Ivria hatte einen Traum gehabt: Wenn sie ihre Magisterarbeit beendet hatte, Netta mit der Schule fertig war und Joel den Dienst quittieren würde, könnten sie die Wohnung in Talbiye und die Wohnung der Großmütter in Rechavia verkaufen und allesamt in ein Eigenheim am Rand eines Moschaws in den judäischen Bergen, nicht zu weit von Jerusalem, umziehen. Es mußte unbedingt ein Endhaus sein. So, daß die Fenster, wenigstens auf der Rückseite, nur auf die bewaldeten Hügel ohne ein Lebenszeichen blickten. Und nun war es ihm schon gelungen, wenigstens einige Teile dieses Plans zu verwirklichen. Obwohl die beiden Wohnungen in Jerusalem vermietet, nicht verkauft worden waren. Die Einnahmen reichten für die Miete dieser Wohnung in Ramat Lotan, ja warfen sogar noch ein wenig mehr ab. Hinzu kamen seine monatliche Pension, die Ersparnisse der beiden alten Frauen und ihre Sozialversicherung. Und da war auch noch Ivrias Erbe, ein ausgedehntes Grundstück in der Moschawa Metulla, auf dem Nakdimon Lublin und seine Söhne Obstbäume kultivierten und vor nicht allzu langer Zeit ein kleines Gästehaus am Feldrain gebaut hatten. Jeden Monat überwiesen sie ein Drittel der Einkünfte auf sein Konto. Zwischen jenen Obstbäumen hatte er 1960 zum erstenmal mit Ivria geschlafen – er ein Unteroffiziersanwärter, der sich bei einem Orientierungslauf im Gelände völlig verirrt hatte, und sie eine um zwei Jahre ältere Bauerntochter, die im Dunkeln hinausgegangen war, um die Bewässerungsanlage abzudrehen. Sie waren verblüfft, einander fremd gewesen, hatten kaum zehn Worte im Finstern gewechselt, bevor ihre Körper sich plötzlich umschlangen, befummelten, im Schlamm wälzten, beide angezogen, prustend, sich wie zwei blinde Welpen ineinanderwühlten, einander weh taten, fast so aufhörten, wie sie angefangen hatten, und danach beinah sprachlos auseinanderliefen. Und dort unter den Obstbäumen hatte er auch das zweitemal mit ihr geschlafen, als er einige Monate später wie gebannt nach Metulla zurückgekehrt war und ihr zwei Nächte lang an den Bewässerungshähnen aufgelauert hatte, bis sie sich begegneten und erneut übereinander herfielen und er um ihre Hand anhielt und sie sagte: Bist wohl verrückt. Von da an trafen sie sich im Imbiß der Busstation von Kiriat Schmona und verkehrten miteinander in einer verlassenen Wellblechhütte, die er bei seinen Streifzügen auf dem Gelände eines früheren Übergangslagers gefunden hatte. Nach einem halben Jahr gab sie nach und heiratete ihn, ohne seine Liebe zu erwidern, aber mit Hingabe, innerer Aufrichtigkeit, tief entschlossen, ihren Teil und möglichst noch mehr zu geben. Beide waren sie zu Erbarmen und Zärtlichkeit fähig. Bei ihren Liebkosungen taten sie einander nicht mehr weh, sondern bemühten sich, einander wohlzutun, zu lehren und zu lernen, sich näherzukommen. Nicht so zu tun, als ob. Obwohl sie manchmal, sogar noch zehn Jahre später, wieder voll bekleidet auf irgendeinem Jerusalemer Feld auf der harten Erde miteinander schliefen, an Orten, an denen man nur Sterne und Baumschatten sah. Woher also dieses ihn seit Beginn des Abends begleitende Gefühl, etwas vergessen zu haben?

Nach den Nachrichten klopfte er wieder sanft an Nettas Tür. Es kam keine Antwort, er wartete und versuchte es erneut. Auch hier, wie in Jerusalem, hatte Netta das große Schlafzimmer mit dem Doppelbett der Wohnungseigentümer bekommen. Hier hatte sie ihre Dichterbilder aufgehängt und hierher ihre Noten- und Partiturensammlung nebst Dornzweigvasen überführt. Er selbst hatte diese Regelung getroffen, weil er in Doppelzimmern schlecht einschlafen konnte, während für Netta, bei ihrem Zustand, ein breites Bett gut war.

Die beiden Großmütter waren in die zwei durch eine Tür verbundenen Kinderzimmer gezogen. Und er hatte sich Herrn Kramers Arbeitszimmer im hinteren Teil der Wohnung genommen, ausgestattet mit einer mönchischen Schlafcouch nebst Tisch und einem Bild von der Abschlußzeremonie der Panzertruppenschule, Jahrgang 1971, mit halbkreisförmig aufgestellten Panzern, die farbige Wimpel an den Antennenenden trugen. Außerdem gab es ein Foto des Hausherrn in Hauptmannsuniform beim Handschlag mit Generalstabschef David Elasar. Auf dem Regal fand er hebräische und englische Betriebswirtschaftsbücher, Siegesalben, eine Bibelausgabe mit Kommentar von Cassuto, die Serie *Welt des Wissens,* Biographien Ben Gurions und Mosche Dayans, Reiseführer über viele Länder und ein ganzes Regal voll englischer Thriller. In den vorhandenen

Wandschrank hängte Joel seine Kleidung und einige von Ivrias Sachen, das, was er nach ihrem Tod nicht dem Leprakrankenhaus in der Nähe ihrer Wohnung in Jerusalem gespendet hatte. Hierher brachte er auch seinen Panzerschrank, ohne sich jedoch die Mühe zu machen, ihn in den Fußboden einzulassen, denn es war fast nichts mehr dringeblieben. Bei seinem Ausscheiden aus dem Dienst hatte er gewissenhaft die Pistolen und den ganzen Rest an das Büro zurückgegeben. Einschließlich seiner Privatpistole. Die Telefonlisten hatte er vernichtet. Nur die Pläne der Haupt- und Provinzstädte und sein richtiger Paß lagen, warum auch immer, noch im Schrank eingeschlossen.

Er klopfte zum drittenmal an die Zimmertür, und als er nichts hörte, machte er auf und trat ein. Seine Tochter – spitz, hager, die Haare brutal fast bis auf den Schädel geschoren, ein Bein zur Erde baumelnd, als wolle sie aufstehen, das knochige Knie entblößt – lag schlafend da, während das aufgeschlagene umgekehrte Buch ihr Gesicht verdeckte. Er hob es behutsam auf, konnte ihr auch, ohne sie zu wecken, die Brille abnehmen, die er zusammenklappte und am Kopfende niederlegte. Sie hatte ein durchsichtiges Plastikgestell. Sanft und äußerst geduldig hob er das herabgerutschte Bein auf und legte es gerade aufs Bett. Deckte das Laken über den schmalen, eckigen Körper. Hielt noch einen Augenblick inne, um die Dichterkonterfeis an den Wänden zu betrachten. Amir Gilboa schenkte ihm den Anflug eines Lächelns. Joel drehte ihm den Rücken, löschte das Licht und ging hinaus. Dabei hörte er unvermittelt ihre schläfrige Stimme aus der Dunkelheit: »Mach doch aus, verdammt noch mal.« Und obwohl es im Zimmer kein Licht mehr zu löschen gab, überging Joel es mit Schweigen und schloß lautlos die Tür. Erst dann fiel ihm die Sache ein, die ihm den ganzen Abend vage zugesetzt hatte: Als er mit dem Heckenschneiden aufgehört hatte und auf der Straße spazierenge-

44

gangen war, hatte er die Gartenschere draußen am Rand des Rasens zurückgelassen. Und es war doch nicht gut für sie, die ganze Nacht im feuchten Tau zu bleiben. Er schnallte die Sandalen an, trat in den Garten hinaus und sah einen fahlen Strahlenring um den vollen Mond, dessen Farbe nicht mehr purpurrot, sondern silberweiß war. Hörte die Chöre der Zikaden und Frösche vom Zitrushain her. Und den grauenhaften Schrei, der mit einemmal aus den Fernsehern in den Häusern der ganzen Straße drang. Dann nahm er das Rauschen von Sprinklern, den fernen Verkehrslärm aus Richtung Hauptstraße und ein Türenknallen in einem der Häuser wahr. Leise sagte er zu sich selbst, auf englisch, die Worte, die er von seiner Nachbarin gehört hatte: »Das Leben ist schwer, was?« Statt ins Haus zurückzukehren, steckte er die Hand in die Tasche. Und da er dort die Schlüssel fand, setzte er sich ins Auto und fuhr los. Als er um ein Uhr nachts zurückkam, war die Straße schon still, und auch sein Haus stand dunkel und stumm da. Er zog sich aus, legte sich nieder, setzte die Stereokopfhörer auf. Bis zwei oder halb drei lauschte er einem Reigen kurzer Barockstücke und las einige Seiten in der unfertigen Magisterarbeit. Die drei Brontë-Schwestern hatten, so erfuhr er jetzt, noch zwei ältere Schwestern gehabt, die beide 1825 gestorben waren. Und es hatte auch noch einen trink- und schwindsüchtigen Bruder namens Patrick Branwell gegeben. Er las, bis ihm die Augen zufielen, und schlief ein. Am Morgen ging seine Mutter hinaus, um die Zeitung vom Gartenpfad hereinzuholen, und legte die Heckenschere an ihren Platz in den Geräteschuppen zurück.

8.

Und da die Tage und Nächte frei und leer waren, gewöhnte Joel sich an, fast jeden Abend bis zum Sendeschluß gegen Mitternacht fernzusehen. Meist saß seine Mutter ihm stikkend oder strickend im Sessel gegenüber, wobei die schmalen grauen Augen und die verkniffenen Lippen ihrem Gesicht einen harten, beleidigten Ausdruck verliehen. Er räkelte sich in kurzen Sporthosen auf der Couch, die barfüßigen Beine hochgelegt und die Sofakissen unter dem Kopf aufgetürmt. Manchmal gesellte sich auch Avigail, trotz ihrer Trauer, dazu, um sich die politische Reportagesendung anzuschauen, wobei ihr gesundes slawisches Bauerngesicht energische, kompromißlose Gutmütigkeit ausstrahlte. Die alten Frauen sorgten stets dafür, daß kalte und warme Getränke sowie ein Teller voll Trauben, Birnen, Pflaumen und Äpfel auf dem Wohnzimmertisch standen. Es waren Spätsommertage. Im Laufe des Abends schenkte Joel sich zwei, drei Gläschen ausländischen Brandy ein, den ihm der Patron mitgebracht hatte. Zuweilen kam Netta aus ihrem Zimmer, blieb ein oder zwei Minuten an der Wohnzimmertür stehen und ging wieder. Lief jedoch gerade ein Naturfilm oder ein britisches Stück, entschied sie sich nicht selten zum Eintreten. Setzte sich dann – eckig, schmal, den Kopf fast unnatürlich hochgereckt – nie auf einen Sessel, sondern stets auf einen der hochlehnigen schwarzen Stühle am Eßtisch. Aufrecht verharrte sie auf diesem Stuhl bis zum Ende der Sendung, fern von den anderen. Sekundenlang schien es, als starre sie an die Decke, nicht auf das Fernsehgerät. Aber das war nur ihre typische Nackenhaltung. Meistens trug sie ein einfarbiges Kleid mit großen Knöpfen vorn, das ihre Magerkeit, die flache Brust und die hängenden Schul-

46

tern betonte. Manchmal erschien sie Joel so alt wie ihre beiden Großmütter, wenn nicht noch älter. Sie redete wenig: »Den haben sie schon letztes Jahr gezeigt.« »Kann man etwas leiser drehen, es gellt.« Oder: »Im Kühlschrank ist Eiskrem.« Wurde die Handlung verwickelt, sagte Netta: »Der Kassierer ist nicht der Mörder.« Oder: »Zum Schluß kommt er zu ihr zurück.« Oder: »Wie blöd das ist; woher soll sie denn wissen, daß er's schon weiß?« An Sommerabenden liefen häufig Filme über Untergrundaktivitäten, Spionage, Nachrichtendienste. Meist schlief Joel mittendrin ein und wachte erst bei den Nachrichten um Mitternacht wieder auf, nachdem die beiden alten Damen sich schon still auf ihre Zimmer zurückgezogen hatten. Nie im Leben hatten ihn solche Filme interessiert, und er hatte auch keine Zeit dafür gehabt. Der Lektüre von Spionage- und Kriminalromanen vermochte er ebenfalls nichts abzugewinnen. Wenn das gesamte Büro von einem neuen Le Carré sprach und seine Kollegen ihn beschworen, das Buch zu lesen, versuchte er es mal. Die Verwicklungen erschienen ihm entweder unwahrscheinlich überzogen und weit hergeholt oder aber simpel und durchsichtig. Nach einigen Dutzend Seiten legte er den Band weg und nahm ihn nicht wieder zur Hand. In einer Kurzgeschichte von Tschechow oder einem Roman von Balzac fand er Geheimnisse, wie sie, nach seiner Meinung, in Spionagegeschichten und Krimis nicht vorkamen. Vor Jahren einmal hatte er eine Zeitlang erwogen, nach seiner Pensionierung selber eine kleine Spionagegeschichte zu schreiben und darin die Dinge so darzustellen, wie er sie in all seinen Dienstjahren kennengelernt hatte. Doch er war wieder von dem Gedanken abgekommen, weil er nichts Wunderbares oder Aufregendes an seiner Tätigkeit finden konnte. Zwei Vögel auf einem Zaun an einem Regentag, ein alter Mann, der an der Bushaltestelle in der Gaza-Straße mit sich selber redet – solche und ähnliche Dinge waren in seinen Augen faszinierender als alles, was er bei seiner Arbeit erlebt hatte. Eigentlich betrachtete er sich als eine Art Bewerter und Einkäufer abstrakter Ware. Er fuhr ins Ausland, um einen Fremden in einem Café zu treffen – in Paris etwa oder auch in Montreal oder Glasgow –, ein, zwei Gespräche mit ihm zu führen und Schlüsse daraus zu ziehen. Hauptsache dabei waren Empfänglichkeit für Eindrücke, Augenmaß, Charakterkenntnis sowie geduldiges Verhandlungsgeschick. Nie war es ihm vor- oder auch nur in den Sinn gekommen, über Zäune zu setzen oder von Dach zu Dach zu springen. Seines Erachtens ähnelte er eher einem erfahrenen Kaufmann, wohlbewandert in Handel, Geschäftsabschluß, Aufbau einer gegenseitigen Vertrauensbasis, Vereinbarung von Bürgschaften und Sicherheiten, vor allem anderen aber – in der präzisen Charaktereinschätzung seines Gesprächspartners. Allerdings wurden seine Abschlüsse stets diskret getätigt. Aber Joel nahm an, daß das auch auf die Geschäftswelt zutraf und etwa bestehende Unterschiede im wesentlichen Kulissen und Hintergrund betrafen.

Nie war er in die Lage geraten, irgendwo unterzutauchen, Gestalten durch ein Gassengewirr nachzuspüren, sich mit Kraftprotzen herumzuschlagen oder Abhörgeräte zu installieren. Das hatten andere gemacht. Seine Sache war es, Kontakt herzustellen, Treffen zu planen und durchzuführen, Ängste zu besänftigen und Verdacht zu zerstreuen, ohne sein eigenes Mißtrauen aufzugeben, auf seine Gesprächspartner die heiter-entspannte Vertraulichkeit eines optimistischen Eheberaters auszustrahlen und dabei mit geschliffen scharfem Skalpell und kaltem Auge dem Fremden unter die Haut zu dringen: Hatte er einen Schwindler vor sich? Einen Amateurschwindler? Oder einen ausgekochten, gewieften Betrüger? Oder vielleicht nur einen kleinen Spinner? Einen von historischer Reue zerfressenen Deutschen? Einen

idealistischen Weltverbesserer? Einen krankhaft Ambitio-
nierten? Eine in Schwierigkeiten geratene Frau, die sich zu
einer Verzweiflungstat entschlossen hatte? Einen überen-
thusiastischen Diasporajuden? Einen gelangweilten, aben-
teuerdurstigen Franzosen? Einen Köder, von einem verborgenen Gegenspieler ausgelegt, der sich im dunkeln still ins
Fäustchen lachte? Einen Araber, den Rachgier gegen irgendeinen privaten Feind zu uns führte? Oder einen fru-
strierten Erfinder, der keinen Bewunderer seiner Größe
fand? So und ähnlich sahen die groben Oberbegriffe aus.
Danach folgte die wirklich knifflige Feinkategorisierung.

Ausnahmslos beharrte Joel darauf, seinen Gesprächspartner ganz zu entschlüsseln, bevor er bereit war, auch
nur ein Schrittchen weiterzugehen. Vor allen Dingen
mußte er wissen, wer warum vor ihm saß. Wo lag der
schwache Punkt, den der Fremde ihm zu verbergen trachtete? Welche Art von Befriedigung oder Entschädigung be-
gehrte er? Welchen Eindruck wollten der Mann oder die
Frau auf ihn, Joel, machen? Und warum gerade diesen und
keinen anderen Eindruck? Worüber schämte sich der Betreffende, und genau worauf war er stolz? Über die Jahre
war er mehr und mehr zu der Überzeugung gelangt, daß
Scham und Stolz meistens stärkere Antriebe als jene be-
rühmteren waren, mit denen die Romane sich viel beschäf-
tigten. Menschen fieberten danach, andere zu fesseln oder
zu bezaubern, um irgendeinen inneren Mangel zu kompen-
sieren. Diesen verbreiteten Mangel nannte Joel bei sich
Liebe, verriet das aber nie einem Menschen außer einmal
Ivria. Die unbeeindruckt antwortete: »Aber das ist doch
ein bekanntes Klischee.« Joel pflichtete ihr sofort bei. Vielleicht hatte er deshalb den Gedanken an das Buch fallenge-
lassen. Die Weisheit, die er in seinen Arbeitsjahren ange-
sammelt hatte, erschien ihm in der Tat abgedroschen: Das
und das wollen die Menschen. Sie wollen, was sie nicht ha-

ben und nie bekommen werden. Und dessen, was vorhanden ist, sind sie überdrüssig.

Und ich, grübelte er einmal während einer Nachtfahrt in einem fast leeren Eisenbahnabteil von Frankfurt nach München, was will ich denn? Was treibt mich von Hotel zu Hotel durch diese Felder der Dunkelheit? Die Dienstpflicht, antwortete er sich fast laut auf hebräisch. Aber warum ich? Und wenn ich in diesem leeren Abteil plötzlich tot umfiele, würde ich dann ein wenig mehr wissen, oder wäre, im Gegenteil, alles ausgelöscht? Daraus folgt, daß ich über vierzig Jahre dagewesen bin und noch nicht einmal angefangen habe zu begreifen, was da vor sich geht. Wenn da etwas vor sich geht. Und vielleicht geht etwas vor sich. Manchmal spürt man hier und da beinahe Anzeichen einer Ordnung. Der Haken ist bloß, daß ich sie nicht begreife und wohl schon nicht mehr kapieren werde. Wie heute nacht in dem Frankfurter Hotel, als die Tapete an der Wand gegenüber dem Bett fast eine Form oder Gestalt andeutete, die sich hier und dort aus der Anordnung der offenbar willkürlich verstreuten geometrischen Blütenblätter zu ergeben schien, doch mit jeder leichten Kopfbewegung, mit jedem Lidschlag, jeder momentanen Geistesabwesenheit verschwanden die Ordnungszeichen, und nur mit enormer Anstrengung konnte man erneut Inseln einer festen Gestalt auf der Tapete entdecken, die aber nicht völlig identisch mit der vorher angedeuteten war. Vielleicht gibt es so etwas, das aber nicht zu entschlüsseln ist, oder vielleicht ist alles nur Illusion. Selbst das wirst du nicht herausfinden, weil dir die Augen so brennen, daß du auch dann, wenn du mit größter Anstrengung aus dem Abteilfenster starrst, vielleicht allerhöchstens raten kannst, daß wir durch irgendeinen Wald fahren, aber was man da zu sehen vermag, ist fast nur die Reflexion des bekannten Gesichts, das blaß und müde und eigentlich auch ziemlich dumm wirkt. Man sollte lieber die

Augen zumachen und ein bißchen zu schlafen versuchen, und was sein wird, wird sein.

All seine Gesprächspartner hatten ihn angelogen. Außer im Fall Bangkok. Joel war fasziniert von dem Wesen der Lüge: Wie baute jeder sein Lügengebäude? Mit Weitblick und Einbildungskraft? Lässig nebenbei? Nach ausgeklügeltem logischen System oder im Gegenteil zufällig und mit gewollter Systemlosigkeit? Die Art des Lügenwebens war für ihn ein unbewachtes Guckfenster, durch das man gelegentlich dem Lügner ins Innere lugen konnte.

Im Büro hatte er sich den Namen eines wandelnden Lügendetektors erworben. Seine Kollegen nannten ihn Laser, nach dem gleichnamigen Strahl. Gelegentlich versuchten sie, ihn bewußt in irgendeiner trivialen Angelegenheit wie dem Gehaltszettel oder der neuen Telefonistin anzulügen. Immer wieder sahen sie dann verblüfft seinen inneren Abwehrmechanismus in Aktion treten, der Joel veranlaßte, beim Vernehmen der Lüge zu verstummen, den Kopf wie ein Trauernder auf die Brust zu senken und schließlich bekümmert anzumerken: »Aber Rami, das stimmt nicht.« Oder: »Laß das, Cockney, ist doch schade.« Sie wollten sich amüsieren, aber er vermochte der Lüge nie eine amüsante Seite abzugewinnen. Auch nicht unschuldigen Späßen. Ja, nicht einmal den üblichen Aprilscherzen im Büro. Lügen erschienen ihm wie Viren einer unheilbaren Krankheit, die man selbst in den Wänden eines geschützten Labors höchst ernsthaft und vorsichtig anpacken sollte. Nur mit Gummihandschuhen zu berühren.

Er selber log, wenn er keine andere Wahl hatte. Und nur, wenn er die Lüge als letzten und einzigen Ausweg oder als Rettung aus der Not betrachtete. In solchen Fällen wählte er immer die einfachste, unumwundenste Lüge, sozusagen nicht mehr als zwei Schritte von den Tatsachen entfernt.

Einmal fuhr er mit einem kanadischen Paß, um eine An-

51

gelegenheit in Budapest zu regeln. Auf dem Flughafen fragte ihn eine uniformierte Offizierin am Abfertigungsschalter nach dem Zweck seines Besuchs, und er antwortete mit spitzbübischem Lächeln auf französisch: »*Espionnage, Madame.*« Sie lachte schallend und drückte ihm den Einreisestempel auf den Rand des Visums.

In seltenen Fällen mußte er zu Treffen mit Fremden Schutz in Anspruch nehmen. Die jeweiligen Betreuer hielten immer Distanz, sahen, ohne gesehen zu werden. Ein einziges Mal war er in einer feuchten Winternacht in Athen gezwungen, die Pistole zu ziehen. Ohne auf den Abzug zu drücken. Nur um einen Dussel abzuschrecken, der ihm auf dem überfüllten Busbahnhof das Messer hatte zeigen wollen.

Nicht daß Joel den Grundsätzen der Gewaltlosigkeit gehuldigt hätte. Sein fester Grundsatz lautete, daß es auf der Welt nur eines gibt, das schlimmer als Gewaltanwendung ist, nämlich die Kapitulation vor Gewalt. Diesen Gedanken hatte er in seiner Jugend einmal von Ministerpräsident Eschkol gehört und sich für immer zu eigen gemacht. Die ganzen Jahre über hatte er sich davor gehütet, in gewaltträchtige Situationen zu geraten, denn er war zu dem Schluß gelangt, daß ein Agent, der seine Pistole benutzt, offensichtlich an seiner Aufgabe gescheitert ist. Verfolgungsjagden, Schüsse, irrsinnige Autoraserei, alle möglichen Sprünge und Dauerläufe paßten seines Erachtens zu Gangstern und ihresgleichen, aber gewiß nicht zu seiner Arbeit.

Als Hauptzweck seiner Arbeit betrachtete er es, nötige Informationen zu einem annehmbaren Preis zu erlangen, wobei der Preis finanzieller oder anderer Art sein mochte. In diesem Punkt kam es manchmal zu Gegensätzen oder sogar Konfrontationen mit seinen Vorgesetzten, wenn der eine oder andere sich um den Preis herumdrücken wollte, den Joel sich zu zahlen verpflichtet hatte. In solchen Fällen ging er so weit, die Quittierung des Dienstes anzudrohen. Diese Hartnäckigkeit brachte ihn im Büro in den Ruf, ein Spinner zu sein: »Bist du verrückt geworden? Diesen Dreckskerl werden wir doch nie wieder brauchen, und schaden kann er jetzt höchstens noch sich selber. Warum sollen wir dann gutes Geld auf ihn verschwenden?« – »Weil ich's ihm versprochen habe«, pflegte Joel knapp und grimmig zu antworten, »und ich war dazu ermächtigt.«

Nach einer Rechnung, die er einmal in Gedanken aufgestellt hatte, mußte er rund fünfundneunzig Prozent aller Stunden seines Berufslebens, die sich zu dreiundzwanzig Jahren summierten, auf Flughäfen, in Flugzeugen und Zügen, auf Bahnhöfen, in Taxis, mit Warten, in Hotelzimmern, Hotelhallen, Casinos, an Straßenecken, in Restaurants, dunklen Kinosälen und Cafés, in Spielhallen, öffentlichen Bibliotheken und auf Postämtern verbracht haben. Neben Hebräisch sprach er Französisch und Englisch sowie etwas Rumänisch und Jiddisch. In der Not kam er auch mit Deutsch und Arabisch durch. Fast immer trug er einen regulären grauen Anzug. Es war ihm in Fleisch und Blut übergegangen, von Stadt zu Stadt und von Land zu Land mit einem leichten Koffer und einer Handtasche zu reisen, die niemals auch nur eine Zahnpastatube, einen Schnürsenkel oder einen Fetzen Papier israelischen Fabrikats enthielten. Außerdem war er inzwischen gewöhnt, ganze Tage allein mit seinen Grübeleien totzuschlagen. Er wußte seinen Körper durch einfache Morgengymnastik, ausgewogene Mahlzeiten und regelmäßig eingenommene Vitamin- und Mineralienkapseln vernünftig in Form zu halten. Quittungen vernichtete er, aber in seinem starken Gedächtnis prägte er sich jeden Groschen ein, den er auf Rechnung des Büros ausgab. Äußerst selten, nicht häufiger als zwanzigmal in all seinen Dienstjahren, war es ihm unterwegs passiert, daß das Verlangen nach einem weiblichen Körper derart in ihm überhand nahm, daß es seine Konzentrationsfähigkeit beeinträchtigte, so daß er den besonnenen Entschluß faßte, eine fremde oder fast fremde Frau mit ins Bett zu nehmen. Als begäbe er sich zu einem dringenden Zahnarztbesuch. Doch er hütete sich vor jeder Gefühlsbindung. Sogar, wenn es die Umstände erforderten, daß er einige Tage in Gesellschaft einer jungen Einsatzpartnerin aus dem Büro wegfuhr. Ja selbst, wenn sie sich im Hotel als Ehepaar eintragen mußten. Ivria Lublin war seine einzige Liebe gewesen. Auch als die Liebe vorbei war und im Lauf der Jahre nacheinander oder wechselweise gegenseitigem Mitgefühl, Freundschaft, Schmerz, flüchtigem sinnlichen Aufblühen, Bitterkeit, Eifersucht und Wut, erneut einem Indianersommer voll sprühend entflammter sexueller Wildheit und wieder Rachsucht und Haß und Erbarmen Platz gemacht hatte, diesem ganzen Netz verschlungener, wandelbarer, umschlagender Gefühle, die in sonderbaren Gemischen und unerwarteten Verbindungen aufgingen, wie Cocktails eines schlafwandlerischen Barmixers. Niemals mischte sich in all das auch nur ein einziges Tröpfchen Gleichgültigkeit. Im Gegenteil: mit den Jahren waren Ivria und er immer abhängiger voneinander geworden. Auch im Streit. Auch in Tagen des beiderseitigen Brechreizes, der Beleidigungen und des Zorns. Vor einigen Jahren, während eines Nachtflugs nach Kapstadt, hatte Joel in der *Newsweek* einen populärwissenschaftlichen Aufsatz über genetisch-telepathische Verbindungen zwischen eineiigen Zwillingen gelesen. Ein Zwilling ruft den anderen um drei Uhr morgens an, da er weiß, daß sie diese Nacht beide nicht einschlafen können. Ein Zwilling krümmt sich vor Schmerz, als der zweite sich verbrüht, und sei es auch in einem anderen Land.

Fast genauso lagen die Dinge zwischen ihm und Ivria. Und so erklärte er sich auch die Worte der Genesis: »Und der Mann erkannte seine Frau.« Zwischen ihnen herrschte

Kenntnis. Außer wenn Netta mit ihrem Zustand, ihren Absonderlichkeiten und vielleicht – Joel drängte mit aller Kraft den Verdacht zur Seite – mit ihren Listen störend dazwischenfunkte. Sogar die Entscheidung, in getrennten Räumen zu schlafen und in den Nächten, die er daheim verbrachte, den anderen für sich sein zu lassen, war in beiderseitigem Einverständnis getroffen worden. Aus Verständnis und Rücksichtnahme. Aus Verzicht. Aus geheimem Mitgefühl. Manchmal trafen sie sich um drei oder vier Uhr morgens an Nettas Bett, nachdem sie fast gleichzeitig aus ihren Zimmern aufeinander zugekommen waren, um nach dem Schlaf des Kindes zu sehen. Flüsternd und immer auf englisch fragten sie dann einander: »Ist es mein Platz oder deiner?«

Einmal, in Bangkok, war ihm aufgetragen, mit einer Philippinin zusammenzutreffen, die die Amerikanische Universität in Beirut absolviert hatte. Sie war die Ex-Frau eines berühmten Terroristen, der viele ermordet hatte. Den ersten Kontakt zum Büro hatte sie auf eigene Initiative mittels einer einzigartigen List hergestellt. Joel, der entsandt war, mit ihr zu sprechen, hatte noch vor der Begegnung über die Einzelheiten ihrer Kontaktaufnahme nachgegrübelt, die keck und gewagt, aber auch wohldurchdacht und alles andere als leichtsinnig gewesen war. Er bereitete sich auf die Begegnung mit einer klugen Person vor. Ihm war es stets lieber, mit logisch denkenden, gut vorbereiteten Partnern zu verhandeln, obwohl er wußte, daß die meisten seiner Kollegen ihr Gegenüber lieber verschreckt und durcheinander sahen.

Sie trafen sich aufgrund vorher vereinbarter Erkennungszeichen in einem berühmten buddhistischen Tempel, der vor Touristen wimmelte. Setzten sich nebeneinander auf eine gemeißelte Steinbank mit steinernen Ungeheuern über sich. Ihre hübsche Strohtasche stellte sie als Trennwand zwischen ihnen auf die Bank. Und begann mit einer Frage nach seinen Kindern, falls er welche habe, und seinem Verhältnis zu ihnen. Joel war verblüfft, überlegte ein wenig und entschied sich für eine ehrliche Antwort, ohne allerdings ins einzelne zu gehen. Weiter fragte sie noch, wo er geboren sei, und er zögerte einen Augenblick, bevor er sagte: In Rumänien. Danach begann sie ohne jede weitere Vorrede, ihm die Dinge zu erzählen, die er liebend gern hören wollte. Sie sprach klar, als zeichne sie Bilder mit Worten, skizzierte Orte und Menschen, benutzte die Sprache wie einen feinen Skizzenbleistift. Allerdings sparte sie mit Charakterurteilen, vermied Tadel und Lob, stellte höchstens fest, der und der sei besonders auf seine Ehre bedacht und jener brause schnell auf, sei aber auch zu schnellen Entscheidungen fähig. Schließlich schenkte sie ihm ein paar gute Fotos, für die Joel eine hohe Summe zu zahlen bereit gewesen wäre, wenn sie Bezahlung verlangt hätte.

Und diese junge Frau nun, so jung, daß sie fast seine Tochter hätte sein können, stürzte Joel in tiefe Verwirrung. Fast hätte er die Orientierung verloren. Zum ersten und einzigen Mal in seinem gesamten Berufsleben. Seine feinen Wahrnehmungsorgane, jene hauchdünnen Insektenfühler, die ihm immer hervorragende Dienste geleistet hatten, fielen in ihrer Gegenwart völlig aus. Wie ein hochempfindliches Gerät, das in ein Magnetfeld geraten ist, so daß all seine Zeiger verrückt spielen.

Es war keine sinnliche Verwirrung: Obwohl die junge Frau hübsch und attraktiv wirkte, war sein Trieb kaum erregt. Das Ganze war passiert, weil sie nach seinem besten Wissen kein einziges Lügenwort von sich gegeben hatte. Nicht einmal eine kleine Lüge der Art, die Unbehagen im Gespräch mit Fremden vermeiden soll. Auch nicht, als Joel absichtlich eine Frage einfließen ließ, die geradezu eine Lüge herausforderte: »Sind Sie Ihrem Mann in den zwei Jahren Ihrer Ehe treu gewesen?« Joel kannte die Antwort aus der

Akte, die er daheim durchgearbeitet hatte, und er wußte auch mit Sicherheit, daß die Frau keinen Grund zu der Vermutung besaß, er wisse womöglich, was sie in Zypern erlebt hatte. Und doch erteilte sie ihm ehrliche Auskunft. Obwohl sie ihm im weiteren, auf eine ähnliche Frage, erwiderte: »Das gehört schon nicht mehr zur Sache.« Womit sie recht hatte.

Als er eigentlich feststellen mußte, daß die Frau den von ihm gestellten Test glänzend bestanden hatte, fuhr es ihm im selben Augenblick scharf und schmerzlich durch den Kopf, daß er selbst geprüft worden – und durchgefallen war. Vierzig Minuten lang hatte er vergeblich versucht, sie bei irgendeiner Entstellung, Übertreibung oder Ausschmückung zu ertappen. Nachdem er ihr alle Fragen gestellt hatte, die ihm eingefallen waren, fügte sie freiwillig noch zwei, drei Informationen an, als beantworte sie Fragen, die er vergessen hatte. Ja, mehr noch: sie weigerte sich nachdrücklich, jedwede finanzielle oder sonstige Vergütung für die übermittelten Nachrichten anzunehmen. Und als er sich darüber wunderte, weigerte sie sich, ihre Motive zu erläutern. Nach Joels Einschätzung hatte sie ihm alles erzählt, was sie wußte. Die Dinge waren höchst wertvoll. Zum Schluß sagte sie schlicht, sie habe ihm alles mitgeteilt und werde nie weitere Informationen besitzen, weil sie die Beziehungen zu jenen Leuten abgebrochen habe und sie um keinen Preis erneuern werde. Und jetzt in diesem Augenblick wolle sie auch den Kontakt zu Joel und seinen Auftraggebern für immer abbrechen. Das sei ihr einziger Wunsch: daß man sich nicht mehr an sie wende. So sagte sie es, und ohne ihm Gelegenheit zu geben, ihr zu danken, stand sie auf und verließ ihn mit einem Gruß. Wandte ihm den Rücken zu und spazierte auf ihren hohen Absätzen in Richtung des Tempelhains, der vor dichtem Tropengrün strotzte: eine üppig-reife, fesselnde Asiatin im weißen Sommerkleid mit einem hellblauen Tuch um den feinen Halsansatz. Joel sah ihrem Rücken nach. Und auf einmal sagte er: meine Frau.

Und nicht, weil Ähnlichkeit zwischen den beiden bestanden hätte. Die gab es keineswegs. Doch auf eine Weise, die Joel auch nach Wochen und Monaten nicht zu entschlüsseln vermochte, hatte ihm diese kurze Begegnung mit traumhafter Lauterkeit klargemacht, wie sehr Ivria seine notwendige Frau fürs Leben war. Trotz oder dank der Leiden.

Schließlich gewann er die Fassung wieder, stand auf und ging von dort ins Hotel, wo er sich in sein Zimmer setzte, um alles, was er von der jungen Frau im Tempel gehört hatte, aufzuschreiben, solang er ihre Worte noch frisch im Gedächtnis hatte. Aber die Frische verflog nicht. Manchmal mußte er in unerwarteten Augenblicken an sie denken, und das Herz verkrampfte sich: Warum hatte er ihr nicht gleich auf der Stelle angeboten, mit ihm aufs Zimmer zu kommen und einander zu lieben? Warum hatte er sich nicht in sie verliebt und alles stehen und liegen lassen, um ihr für immer zu folgen? Aber da war der Zeitpunkt schon vorüber, und nun war es zu spät.

9.

Den versprochenen Besuch bei den amerikanischen Nachbarn, seinen Mitbewohnern im Zweifamilienhaus, schob er
vorerst auf. Obwohl er manchmal mit ihnen sprach, mit
beiden oder mit dem Bruder allein, über die Hecke hinweg,
die er nicht fertig geschnitten hatte. Ziemlich seltsam fand
er die Liebkosungen des Geschwisterpaars auf dem Rasen,
ihr lautstarkes Gerangel, wenn sie sich wie Kinder gegenseitig den Ball zu entreißen suchten, mit dem sie eben noch begeistert gespielt hatten. Zuweilen gingen ihm Annemaries
oder Rosemaries Brüste durch den Sinn und ihr englisches
Getuschel in sein Ohr: *Tough life, huh?*
    Morgen ist auch noch ein Tag, dachte er.
    Morgens pflegte er fast nackt auf der Schaukel im Garten
zu liegen, sonnenbadend, bücherlesend, traubenvertilgend.
Sogar die in Helsinki verlorene *Mrs. Dalloway* kaufte er
neu, hatte jedoch Mühe, sie zu Ende zu lesen. Netta begann,
fast täglich allein mit dem Bus in die Stadt zu fahren, um
ins Kino zu gehen, Bücher aus der Stadtbibliothek auszuleihen, vielleicht durch die Straßen zu bummeln und Schaufen-
ster anzugucken. Am liebsten sah sie sich alte Filme in der
Cinemathek an, manchmal gleich zwei an einem Abend.
Zwischen den Vorstellungen saß sie in der Ecke eines kleinen Cafés – immer suchte sie sich billige und lärmende
Plätze aus – bei Apfel- oder Traubensaft. Versuchte ein
Fremder einmal, mit ihr ins Gespräch zu kommen, gab sie
achselzuckend irgendeinen ätzenden Satz von sich, der ihr
ihre Einsamkeit wiedergab.
    Im August nahmen Lisa und Avigail an fünf Vormittagen
pro Woche je drei Stunden eine ehrenamtliche Tätigkeit im
Taubstummenheim auf, das an der Grenze des Viertels lag

und vom Haus zu Fuß erreichbar war. Gelegentlich verbrachten sie auch die Abendstunden am Gartentisch damit, sich übungshalber in Zeichensprache zu verständigen. Joel beobachtete sie neugierig dabei. Bald hatte er die Hauptzeichen aufgeschnappt. Und manchmal sagte er sich früh morgens im Bad, vorm Spiegel, etwas in dieser Sprache. Für freitags hatte Joel eine Putzfrau eingestellt, eine heitere, schweigsame, fast hübsche Georgierin. Gemeinsam mit ihr bereiteten seine Schwiegermutter und seine Mutter den Schabbat vor. Sie fuhren zu zweit in seinem Auto – Avigail am Steuer und Lisa vor jedem entgegenkommenden Wagen warnend – zum Großeinkauf für die ganze Woche. Sie kochten für mehrere Tage im voraus und froren ein. Joel kaufte ihnen ein Mikrowellengerät, und manchmal vergnügte er sich selbst ein bißchen damit. Aus Berufsgewohnheit las er die Gebrauchsanweisung viermal hintereinander, bevor ihm einfiel, daß man die Broschüre eigentlich nicht nach Studium zu vernichten brauchte. Zusammen mit der Putzfrau sorgten seine Schwiegermutter und seine Mutter für Ordnung und Sauberkeit. Das Haus glänzte. Manchmal fuhren beide gemeinsam übers Wochenende nach Metulla. Oder Jerusalem. Joel und seine Tochter kochten dann füreinander. Gelegentlich setzten sie sich Freitag abends zum Damespiel hin oder sahen fern. Netta hatte sich angewöhnt, ihm abends vor dem Schlafengehen Kräutertee aufzubrühen.

Zweimal, Mitte Juli und erneut Anfang August, kam der Patron auf Besuch. Das erste Mal erschien er nachmittags ohne Vorankündigung, konnte sich schwer entscheiden, ob er die Türen seines Renault richtig abgeschlossen hatte, umkreiste ihn zwei-, dreimal und prüfte noch einmal jede Tür, bevor er auf den Klingelknopf drückte.

Sie beide, er und Joel, setzten sich in den Garten und redeten über Neuigkeiten aus dem Büro, bis Avigail sich zu ihnen gesellte und sie zum Problem des religiösen Zwangs überwechselten. Für Netta hatte der Mann einen neuen Gedichtband von Dalia Ravikovich mit dem Titel *Wahre Liebe* mitgebracht, wobei er Joel empfahl, bei Gelegenheit wenigstens das Gedicht zu lesen, das auf Seite sieben begann und auf Seite acht aufhörte. Außerdem schenkte er ihm eine Flasche erstklassigen französischen Cognac. Doch bei seinem zweiten Besuch berichtete er Joel, unter vier Augen im Garten, in groben Umrissen von einem gewissen Fehlschlag in Marseilles. Und kam dann ohne klaren Zusammenhang auf eine andere Sache zu sprechen, die Joel eineinhalb Jahre zuvor selbst bearbeitet hatte. Offenbar wollte er darauf hinaus, daß diese Angelegenheit nicht recht abgeschlossen oder, sagen wir, zwar abgeschlossen, aber in gewisser Hinsicht wieder aufgerollt worden war. Möglicherweise sei da noch eine Kleinigkeit zu klären, so daß man Joel eventuell mal irgendwann eine halbe oder ganze Stunde von seiner Zeit stehlen müsse. Natürlich nur mit seinem Einverständnis und in zeitlicher Abstimmung mit ihm.

Joel meinte zwischen oder hinter den Worten einen leicht ironischen Anflug, ja fast eine verschleierte Warnung herauszuhören, und hatte wie immer Mühe, dem Tonfall des Patrons auf den Grund zu kommen. Manchmal berührte er ein äußerst wichtiges und heikles Thema, als scherze er über das Wetter. Und wenn er tatsächlich scherzte, machte er zuweilen ein fast tragisches Gesicht. Gelegentlich mischte er die Klangfarben, während sein Gesicht so ausdruckslos blieb, als rechne er Zahlenkolonnen zusammen. Joel bat um Erklärung, aber der Mann war schon auf ein anderes Thema übergewechselt: Mit dem Lächeln eines träge dösenden Katers erinnerte er an Nettas Problem. Vor einigen Tagen sei er zufällig – und das sei der Grund seines heutigen Besuchs – über einen Aufsatz in irgendeiner Illustrierten gestolpert, die er mitgebracht habe, und darin werde von einer neuen Behandlungsmethode berichtet, die man jetzt in der Schweiz entwickle. Allerdings nur ein populärwissenschaftlicher Artikel. Die Illustrierte wolle er Joel schenken. Unablässig waren seine feinen, musikalischen Finger damit beschäftigt, eine komplizierte Gliederkette aus den Kiefernnadeln zu flechten, die auf die Gartenmöbel herabfielen. Joel fragte sich, ob er immer noch unter Entzugserscheinungen litt, obwohl es schon zwei Jahre her war, seit er mit einem Schlag aufgehört hatte, Gitanes-Zigaretten Kette zu rauchen. Übrigens, sei Joel die Gartenpflege noch nicht leid? Schließlich wohne er hier doch nur zur Miete? Vielleicht wolle er sich wieder in die Arbeit einfädeln? Und wenn's nur ein Halbtagsjob wäre? Dabei sei natürlich nur von einer Aufgabe die Rede, die keine Reisen erfordere. In der Planungsabteilung zum Beispiel? Oder im Bereich der Einsatzbewertung?

Joel sagte: »Nicht so sehr.« Und der Mann ging sofort auf ein anderes Thema über, eine aktuelle Affäre, die gerade die Presse in Erregung versetzte. Er informierte Joel über Einzelheiten, wenn auch nicht alle, und schilderte die Sache, wie gewohnt, so, wie sie sich in den Augen jeder der beteiligten Seiten und denen verschiedener außenstehender Beobachter darstellte. Jeden der widersprechenden Standpunkte beschrieb er verständnisvoll und sogar mit einem gewissen Maß an Sympathie. Seine eigene Meinung brachte der Gast jedoch nicht zum Ausdruck, obwohl Joel danach fragte. Im Büro wurde der Mann auch »Lehrer« genannt, ohne Artikel. Als sei das sein Vorname. Vielleicht, weil er viele Jahre lang allgemeine Geschichte an einer Tel Aviver Oberschule gelehrt hatte. Selbst als er schon höhere Dienstränge erklommen hatte, unterrichtete er noch weiter ein bis zwei Tage in der Woche. Er war ein stämmiger, gepflegter, beweglicher Mann mit langsam schütter werdendem Haar und vertrauenerweckenden Zügen: der Typ eines Anlageberaters mit künstlerischen Interessen. Joel nahm an, daß er Geschichte gut unterrichtet hatte. Wie es ihm im Büro stets bewunderswert gelungen war, die kompliziertesten Situationen auf ein einfaches Dilemma von Ja oder Nein zu reduzieren, während er umgekehrt verästelte Komplikationen vorauszusehen vermochte, die in einer scheinbar simplen Situation angelegt waren. Eigentlich mochte Joel diesen bescheidenen, umgänglichen Witwer mit den weiblich sorgfältig manikürten Händen, den wollenen Anzügen und den ruhigen, konservativen Krawatten nicht recht. Zwei-, dreimal hatte der Mann ihm harte berufliche Schläge versetzt. Die er kein bißchen zu mildern versucht hatte, nicht einmal nach außen hin. Joel meinte eine sanfte, schläfrige Grausamkeit in ihm auszumachen, die Grausamkeit eines feisten Katers. Es war ihm nicht klar, wozu der Mann sich überhaupt zu diesen Besuchen herbemühte. Und was sich hinter seiner undurchsichtigen Bemerkung über jene abgeschlossene und erneut aufgerollte Sache verbarg. Freundschaftsbande zwischen ihm und dem Patron erschienen ihm etwa so absurd wie Liebeserklärungen an eine Augenärztin während der Ausübung ihrer Profession. Aber er brachte dem Mann intellektuelle Achtung und auch eine gewisse Dankbarkeit entgegen, deren Gründe er allerdings nicht verstand. Und ihm jetzt auch nicht mehr wichtig waren.

Dann entschuldigte sich der Gast, stand von der Gartenschaukel auf und ging, dicklich, zivil, von Rasierwasserduft wie einem weiblichen Parfüm umweht, in Nettas Zimmer. Die Tür schloß sich hinter ihm. Joel, der ihm nachgegangen war, hörte seine leise Stimme hinter der Tür. Und auch Nettas Stimme, fast flüsternd. Worte vermochte er keine aufzuschnappen. Worüber unterhielten sie sich? Dumpfe Wut stieg in ihm auf. Und sogleich ärgerte er sich über sich selbst wegen dieser Wut. Und murmelte, die Hände hinter den Ohren: Dummkopf.

War es möglich, daß hinter der geschlossenen Tür der Lehrer und Netta saßen und seinen Zustand diskutierten? Hinter seinem Rücken geheime Absprachen über ihn trafen? Sich berieten, was sie mit ihm machen sollten? Schon meinte er, Netta leise lachen gehört zu haben. Doch sofort raffte er sich zusammen und erinnerte sich daran, daß es nicht sein konnte, und ärgerte sich wieder über sich selbst wegen seiner momentanen Wut, wegen seiner unlogischen Eifersucht und wegen der flüchtigen Versuchung, ohne anzuklopfen ins Zimmer zu stürzen. Schließlich ging er in die Küche, kehrte drei Minuten später zurück, klopfte an und wartete einen Augenblick ab, ehe er eintrat, um ihnen eine Flasche Apfelsaft aus dem Kühlschrank und zwei hohe Gläser mit Eiswürfeln zu servieren. Er fand sie auf dem breiten Doppelbett sitzen, in eine Partie Dame vertieft. Keiner der beiden lachte, als er hereinkam. Einen Augenblick meinte er, Netta habe ihm heimlich ganz schnell und leicht zugezwinkert. Dann entschied er jedoch, es sei nur ein Blinzeln gewesen.

10.

Er hatte den ganzen Tag frei. Die Tage wurden einander ähnlich. Hier und da verbesserte er etwas im Haus: brachte eine Seifenschale im Bad an. Eine neue Garderobe. Einen Deckel mit Feder am Mülleimer. Lockerte mit der Hacke die Erde in den Bewässerungspfannen rings um die vier Obstbäume im rückwärtigen Garten auf. Sägte überflüssige Äste ab und bestrich die Schnittstellen mit schwarzer Paste. Lief in den Zimmern, in der Küche, dem Autounterstand, auf dem Balkon herum, die elektrische Bohrmaschine mit dem Verlängerungskabel in der Hand, wie ein Taucher am Sauerstoffschlauch immer an der Steckdose angeschlossen, den Finger am Abzug, auf der Suche, wo er die Spitze ansetzen könnte. Es kam vor, daß er morgens vor dem Fernseher saß und auf das Kinderprogramm starrte. Auch schnitt er endlich die Hecke fertig, auf seiner Seite und bei den Nachbarn. Manchmal verrückte er ein Möbelstück, das er am nächsten Morgen unter Umständen wieder auf seinen alten Platz zurückbeförderte. Er wechselte die Dichtungsringe sämtlicher Wasserhähne im Haus. Strich den Autounterstand neu, weil er an einem der vier Pfeiler winzige Rostsprenkel entdeckt hatte. Reparierte den Gartentorriegel und heftete einen Zettel an den Briefkasten, auf dem er den Zeitungsboten in großen Lettern bat, die Zeitung bitte in den Kasten zu stecken und nicht auf den Pfad zu werfen. Ölte die Türangeln, um das Quietschen abzustellen. Ivrias Nichtfüller ließ er reinigen und mit einer neuen Feder versehen. Tauschte die Birne in Nettas Bettlampe gegen eine stärkere aus. Legte einen Zweitanschluß von dem Telefon auf dem Schemel im Eingangsflur zu Avigails Zimmer, damit sie und seine Mutter einen eigenen Apparat hatten.

Seine Mutter sagte: »Bald wirst du Fliegen jagen. Geh lieber ein paar Vorlesungen an der Universität hören. Geh ins Schwimmbad. Damit du unter Leute kommst.«

Avigail sagte: »Wenn er überhaupt schwimmen kann.«

Und Netta: »Draußen im Geräteschuppen hat eine Katze vier Junge geworfen.«

Joel sagte: »Genug. Was soll das. Demnächst werden wir hier noch einen Rat wählen müssen.«

»Und außerdem schlofst du nicht genug«, sagte seine Mutter.

Nachts, nach Fernseh-Sendeschluß, pflegte er noch ein Weilchen auf der Wohnzimmercouch sitzen zu bleiben, dem monotonen Pfeifen zu lauschen und die Schneeflocken auf dem flimmernden Bildschirm anzustarren. Danach ging er hinaus, einen Sprinkler im Garten abstellen, nachsehen, ob die Balkonlampe brannte, ein Schälchen Milch oder Hühnerreste für die Katze in den Geräteschuppen bringen. Und er blieb an der Rasenecke stehen, um auf die dunkle Straße hinauszublicken und in die Sterne zu gucken, schnupperte, stellte sich selber ohne Gliedmaßen im Rollstuhl vor, und dabei konnte es sein, daß seine Füße ihn das Sträßchen hinunter bis an den Zaun der Pflanzung trugen, wo er den Fröschen lauschte. Einmal meinte er, einen vereinzelten Schakal in der Ferne zu hören, obwohl er in Betracht zog, daß es vielleicht nur ein streunender Hund war, der den Mond anbellte. Dann kehrte er zurück und setzte sich ins Auto, startete und fuhr wie im Traum über die leeren nächtlichen Straßen bis zum Kloster Latrun, bis zum Rand der Hügel von Kafr Kassem, bis zum Ausläufer des Karmel-Gebirges. Er achtete sorgfältig darauf, nie die gesetzliche Geschwindigkeitsbegrenzung zu überschreiten. Fuhr manchmal in eine Tankstelle zum Auffüllen und knüpfte ein kurzes Gespräch mit dem Araber im Nachtdienst an. Glitt langsam an den Straßennutten vorüber und musterte sie von weitem, wobei sich die dichten Fältchen in seinen Augenwinkeln zusammenzogen, die ihm ein leicht spöttisches Dauerlächeln aufsetzten, obwohl seine Lippen kein Lächeln hervorbrachten. Morgen ist auch noch ein Tag, dachte er, wenn er endlich aufs Bett sank und einschlafen wollte, aber plötzlich wieder aufsprang und an den Kühlschrank stürzte, um sich ein Glas kalte Milch einzuschenken. Traf er dabei zufällig auf seine Tochter, die bis vier Uhr morgens in der Küche saß und las, sagte er: Guten morgen, *young lady*. Was liest die junge Dame jetzt? Worauf sie, nachdem sie den Abschnitt beendet hatte, den kurzgeschorenen Kopf hob und ruhig antwortete: ein Buch. Joel fragte dann: Darf ich mich dazusetzen? Soll ich uns was zu trinken machen? Und Netta erwiderte leise, fast zärtlich: meinetwegen. Und nahm ihre Lektüre wieder auf. Bis draußen ein leichter Aufprall zu hören war, denn dann sprang Joel in dem vergeblichen Versuch los, den Zeitungsboten zu erwischen. Der die Zeitung schon wieder auf den Pfad geworfen hatte, statt sie in den Kasten zu stecken.

Die kleine Figur im Wohnzimmer faßte er nicht mehr an. Ja, er näherte sich nicht einmal dem Nippesbord überm Kamin. Als wolle er der Versuchung entgehen. Höchstens warf er ihr einen schnellen Seitenblick zu, wie ein Mann, der mit einer Frau im Restaurant sitzt, vielleicht ein flüchtiges Auge auf eine andere Frau an einem anderen Tisch riskiert. Obwohl er meinte, dank der neuen Lesebrille jetzt vielleicht doch etwas entschlüsseln zu können. Statt dessen begann er nun, sowohl durch seine schwarzrandige als auch durch Ivrias Doktorbrille systematisch genau und aus nächster Nähe die Fotografien der romanischen Ruinen zu prüfen. Netta hatte diese Klöster aus dem Studio ihrer Mutter in Jerusalem mitgenommen und ihn gebeten, sie hier im Wohnzimmer übers Sofa zu hängen. Er war auf den Verdacht verfallen, es befinde sich ein fremder Gegenstand, vielleicht

67

eine vergessene Tasche, womöglich die Kameratasche des Fotografen selber, neben einem der Klostereingänge. Doch das Ding war zu winzig, um einen klaren Schluß zu erlauben. Vor lauter Anstrengung schmerzten ihm erneut die Augen. Joel beschloß, das Foto einmal durch eine starke Lupe zu betrachten oder es sogar vergrößern zu lassen. Das könnten sie im Labor des Büros für ihn tun, würden es auch gern und äußerst fachkundig machen. Doch er schob die Entscheidung auf, weil er keine Ahnung hatte, wie er jemandem auch nur annähernd erklären sollte, worum es eigentlich ging. Er wußte es ja selber nicht.

II.

Mitte August, zwei Wochen bevor Netta die Abschluß-
klasse der Oberschule in Ramat Lotan zu besuchen begann,
gab es eine kleine Überraschung: Arik Kranz, der Woh-
nungsmakler, kam zu einem Blitzbesuch am Schabbat morgen. Wollte mal reinschauen, ob hier alles in Ordnung sei.
Schließlich wohnte er nur fünf Minuten entfernt. Und eigentlich hätten seine Bekannten, die Kramers, die Wohnungseigentümer, ihn gebeten, einmal vorbeizugehen und
einen Blick hineinzuwerfen.

Er blickte sich um, lachte leise auf und sagte: »Ich sehe,
ihr seid weich gelandet. Macht den Eindruck, als sei hier alles schon tipptopp.« Joel, wortkarg wie gewohnt, erwiderte
nur: »Ja, ordentlich.« Der Makler erkundigte sich, ob im
Haus alles einwandfrei funktioniere. »Sie hatten sich doch,
kann man sagen, auf den ersten Blick in diese Wohnung verliebt, und solche Flammen kühlen sich häufig am nächsten
Morgen ab?«

»Alles in Ordnung«, sagte Joel. Der Trägerhemd zu kurzen Turnhosen und an den Füßen Gartensandalen trug. In
dieser Aufmachung faszinierte er den Makler noch mehr als
bei ihrer vorangegangenen Begegnung an jenem Junitag, an
dem er die Wohnung gemietet hatte. Joel machte auf ihn einen geheimnisvollen und starken Eindruck. Das Gesicht
ließ an Salz, Wind, fremde Frauen, Einsamkeit und Sonne
denken. Das frühzeitig ergraute Haar war militärisch kurz
geschnitten, mit sauberen Ecken, ohne Koteletten, und die
bleigraue Tolle stand, kräuselte sich, über der Stirn, ohne
hineinzufallen. Wie ein Knäuel Stahlwolle. Die Augenhöh-
len mit ihren eingegrabenen Seitenfalten deuteten ein spöttisches Grinsen an, bei dem die Lippen nicht mitmachten. Die

Augen selbst waren tiefliegend, gerötet, halb geschlossen, wie vor zu starkem Licht oder vor Staub und Wind. In den Kinnbacken konzentrierte sich Entschlossenheit, als laufe der Mann mit zusammengepreßten Zähnen herum. Abgesehen von den ironischen Falten in den Augenwinkeln war das Gesicht jung und glatt, stand also im Gegensatz zu dem grauen Haar. Der Ausdruck veränderte sich kaum, ob der Mann nun redete oder schwieg.

Der Makler fragte: »Ich störe doch nicht? Darf ich einen Moment Platz nehmen?«

Worauf Joel, die Bohrmaschine mit der auf der anderen Wandseite, in der Küche, angeschlossenen Verlängerungsschnur in der Hand, antwortete: »Bitte, setzen Sie sich.«

»Heute bin ich nicht geschäftlich hier«, betonte der Makler, »bin bloß mal auf gutnachbarschaftlicher Basis rübergekommen, um zu fragen, ob man was helfen kann. Mit anpacken bei der Siedlungsgründung, wie man so sagt. Übrigens, nennen Sie mich Arik. Es ist so: der Hausherr hat mich gebeten, Ihnen bei Gelegenheit auszurichten, daß man von den beiden Klimaanlagen Anschlüsse in alle Schlafzimmer legen kann. Fühlen Sie sich so frei, das auf seine Rechnung zu regeln. Er wollte es sowieso diesen Sommer machen und hat's nicht mehr geschafft. Und ich soll Ihnen auch sagen, daß der Rasen viel Wasser mag, die Erde ist hier locker, aber die Sträucher vorne – die möchten Sie nachsichtig sprengen.«

Das Bemühen des Maklers, ihm gefällig zu sein und mit ihm in Kontakt zu kommen, und vielleicht auch das Wort »nachsichtig« ließen ein feines Lächeln über Joels Lippen huschen. Er selbst hatte es gar nicht gespürt, aber Kranz nahm es begeistert auf, entblößte das Zahnfleisch und versicherte nachdrücklich: »Ich wollte wirklich nicht stören, Herr Ravid. Bin bloß auf dem Weg zum Meer hier vorbeigekommen. Das heißt, nicht genau vorbeigekommen, tatsächlich habe ich eigens für Sie einen kleinen Umweg eingelegt. Heute ist ein phantastischer Segeltag, und ich bin eigentlich unterwegs zum Meer. Und ich geh' auch schon.«

»Trinken Sie eine Tasse Kaffee«, sagte Joel und stellte damit keine Frage. Die Bohrmaschine legte er auf den Tisch, als wolle er sie dem Gast servieren, der sich nun behutsam auf eine Couchecke niederließ. Der Makler trug ein blaues Trikothemd mit dem Abzeichen der brasilianischen Fußballnationalmannschaft über einer Badehose und blendend weiße Segelschuhe. Die behaarten Beine hielt er wie ein schüchternes junges Mädchen zusammengepreßt. Dann lachte er wieder und fragte: »Was macht die Familie? Gefällt's ihnen hier? Problemlos eingelebt?«

»Die Großmütter sind nach Metulla gefahren. Mit Zukker und Milch?«

»Machen Sie sich keine Umstände«, sagte der Makler. Doch einen Moment später fügte er mutig hinzu: »Wenn schon, denn schon. Ein Löffelchen und einen halben Tropfen Milch. Nur um das Schwarz ein bißchen dreckigzumachen. Sie können mich Arik nennen.«

Joel ging in die Küche. Der Makler überflog von seinem Platz aus mit raschem Blick das Wohnzimmer, als suche er ein wichtiges Indiz. Es schien sich hier nichts verändert zu haben, abgesehen von drei geschlossenen Kartons, die sich im Schatten des riesigen Philodendrons in der Ecke übereinander stapelten. Und abgesehen von den drei Ruinenfotos über der Couch, die Kranz für ein Souvenir aus Afrika oder so was Ähnliches hielt. Wovon er wohl lebt, dieser Staatsbeamte, über den es im Viertel heißt, er arbeite gar nicht. Macht den Eindruck, als sei er ein ziemlich hohes Tier. Vielleicht vom Dienst suspendiert wegen irgendeiner Ermittlung, die gegen ihn läuft, und erst mal auf Eis gesetzt? Sieht aus wie so'n Abteilungsleiter im Landwirtschafts- oder Entwicklungsministerium, sicher eine beachtliche Karriere als

Berufssoldat hinter sich. So was wie ein stellvertretender Regimentskommandeur in der Panzertruppe.

»Was haben Sie beim Militär gemacht, wenn ich fragen darf? Sie sehen irgendwie bekannt aus. Waren Sie mal in der Zeitung? Oder im Fernsehen zufällig?« wandte er sich an Joel, der gerade eben ins Wohnzimmer zurückkehrte, in den Händen ein Tablett mit zwei Tassen Kaffee, Milch- und Zuckergefäßen und einem Tellerchen gekaufter Kekse. Die Tassen stellte er einzeln auf den Tisch. Alles andere blieb auf dem Tablett, das er in der Mitte dazwischen absetzte. Dann ließ er sich auf einen Sessel nieder.

»Oberleutnant bei der Militärstaatsanwaltschaft«, sagte er.

»Und danach?«

»Wehrentlassung 1963.«

Beinah im letzten Moment schluckte Kranz eine weitere Frage hinunter, die ihm auf der Zungenspitze gelegen hatte. Statt dessen sagte er, während er noch seinen Kaffee süßte und weißte: »Hab' nur mal so gefragt. Hoffe, es macht Ihnen nichts aus. Ich persönlich hasse Topfgucker. Der Backofen macht Ihnen keine Probleme?«

Joel zuckte die Achseln. Ein Schatten huschte am Zimmereingang vorüber und war verschwunden.

»Ihre Frau?« fragte Kranz, erinnerte sich aber sofort und bat vielmals um Entschuldigung, woran er vorsichtig die Annahme knüpfte, es sei gewiß die Tochter gewesen. Lieb, aber schüchtern, was? Und wieder hielt er es für angebracht, seine zwei Söhne zu erwähnen, beide in Kampftruppen, beide im Libanon gewesen, alles in allem kaum eineinhalb Jahre auseinander. Auch so eine Geschichte. Vielleicht arrangieren wir ihnen mal ein Treffen mit Ihrer Tochter und sehen zu, ob sich was draus entwickelt? Plötzlich merkte er, daß sein Gegenüber ihn mit kühler, amüsierter Neugier beobachtete, ließ sofort das Thema fallen und erzählte Joel lie-

ber, daß er in seiner Jugend zwei Jahre als gelernter Fernseh-
techniker gearbeitet habe. »Also, falls der Fernseher Ihnen
irgendwelche Probleme machen sollte, rufen Sie mich sofort
an, sogar um drei Uhr nachts, und ich spring' rüber und
bring' Ihnen das ohne weiteres gratis in Ordnung. Und
wenn Sie mal Lust haben, für zwei, drei Stunden auf meinem Segelboot mitzufahren, das im Jaffaer Fischerhafen vor
Anker liegt, müssen Sie's bloß sagen. Haben Sie meine Telefonnummer? Läuten Sie nur an, wenn Sie's juckt. *Yallah*,
ich bin schon auf und davon.«

»Danke«, sagte Joel, »wenn Sie bereit wären, fünf Minuten auf mich zu warten.«

Der Makler brauchte einige Sekunden, bis er begriffen
hatte, daß Joel sein Einladung annahm. Dann packte ihn sofort die Begeisterung, und er begann, von den Freuden des
Segelns an einem solch phantastischen Tag wie diesem zu
schwärmen. »Vielleicht hätten Sie Lust, daß wir eine ausge-
dehnte Runde übers Meer drehen und uns Abie Nathans
Seelenverkäufer mal aus der Nähe angucken?«

Joel übte eine Anziehungskraft auf ihn aus, die den starken Wunsch in ihm weckte, ihm näherzukommen, sich mit
ihm anzufreunden, ihm hingebungsvoll zu dienen, sich
nützlich zu erweisen und seine Treue zu demonstrieren, ja
ihn sogar zu berühren. Aber er beherrschte sich, hielt das
Schulterklopfen zurück, das ihm in den Fingerspitzen
juckte, und sagte: »Nehmen Sie sich Zeit. Es hat keine Eile.
Das Meer läuft nicht weg.« Damit sprang er flink und fröhlich auf, um Joel zuvorzukommen und selbst das Tablett
mit dem Kaffeegeschirr in die Küche zu tragen. Hätte Joel
ihn nicht abgehalten, hätte er es auch noch gespült.

Und seither fuhr Joel samstags mit Arik Kranz zur See.
Von Kindheit an hatte er rudern können, und jetzt lernte er,
wie man Segel spannt und ausrichtet. Aber nur selten brach
er sein Schweigen. Der Makler war deswegen weder ent-

täuscht noch beleidigt, ja er entwickelte eher jene schwärmerische Bewunderung, die manchmal bei einem Halbwüchsigen auftritt, der von einem größeren Jungen fasziniert ist und ihm liebend gern zur Hand gehen möchte. Unwillkürlich übernahm er Joels Gewohnheit, gelegentlich einen Finger zwischen Hals und Hemdkragen entlangzuführen, und seine Art, Meerluft einzuatmen und sie in den Lungen festzuhalten, bevor er sie langsam durch einen schmalen Lippenspalt wieder freiließ. Wenn sie auf dem Meer waren, erzählte Arik Kranz Joel bereitwillig alles. Sogar von seinen kleinen Seitensprüngen, seinen Einkommensteuertricks und den Vorwänden, mit denen er Aufschub seines Reservedienstes erwirkte. Sobald er merkte, daß er Joel ermüdete, schwieg er eine Weile und spielte ihm klassische Musik vor: An den Samstagen, an denen ihn sein neuer Freund beim Segeln begleitete, brachte er einen hochwertigen batteriebetriebenen Kassettenrekorder mit. Nach etwa einer Viertel Stunde wurden ihm das Schweigen und Mozart jedoch langsam schwer erträglich, weshalb er Joel zu erklären begann, wie er sein Geld in Zeiten wie diesen am besten anlegte oder aufgrund welcher Geheimmethoden die Marine heute imstande sei, die israelische Küste hermetisch gegen Terroristenboote abzuriegeln. Die unerwartete Freundschaft begeisterte den Makler derart, daß er sich zuweilen nicht zurückhalten konnte und Joel mitten in der Woche anrief, um über den Schabbat zu reden.

Joel wiederum dachte ein wenig über die Worte »das Meer läuft nicht weg« nach. Er fand keinerlei Fehler an ihnen. Auf seine Art erfüllte er seine Seite des Abkommens: Gern gab er dem Makler das Gewünschte genau dadurch, daß er ihm nichts gab. Abgesehen von seiner stummen Anwesenheit. Einmal, als Überraschung, brachte er Kranz bei, wie man einem Mädchen »ich möchte dich« auf burmesisch sagt. Um drei oder vier Uhr nachmittags kehrten sie in den

Hafen von Jaffa zurück, obwohl Kranz inständig hoffte, die Zeit möge stehenbleiben oder das Festland verschwinden. Dann fuhren sie im Auto des Maklers nach Hause zum Kaffeetrinken. Joel sagte: »Vielen Dank, auf Wiedersehen.« Doch einmal sagte er beim Abschied: »Paß auf, Arik, unterwegs.« Diese Worte nahm Kranz äußerst freudig auf, weil er in ihnen einen kleinen Schritt vorwärts erblickte. Von den tausend Fragen, die seine Neugier erregten, vermochte er vorerst nur zwei oder drei zu stellen. Und erhielt einfache Antworten darauf. Er hatte Angst, etwas zu zerstören, zu weit zu gehen, sich unbeliebt zu machen, den Zauber zu brechen. So vergingen mehrere Wochen, Netta begann, die zwölfte Schulklasse zu besuchen, und sogar der vertraute Schlag, den Kranz sich jedesmal schwor, nun endlich beim Abschied auf der Schulter seines Freundes zu landen, blieb aus. Wurde aufs nächste Treffen verschoben.

12.

Einige Tage vor Schuljahrsbeginn machte sich Nettas Problem wieder bemerkbar. Seit dem Unglück im Februar in Jerusalem war es kein einziges Mal aufgetreten, so daß Joel schon beinah glaubte, Ivria könne in der Auseinandersetzung doch recht gehabt haben. Es geschah am Mittwoch um drei Uhr nachmittags. Lisa war an jenem Tag nach ihrer vermieteten Wohnung in Rechavia schauen gefahren, und auch Avigail war ausgegangen, um einen Gastvortrag an der Universität in Ramat Aviv zu hören.

Er stand barfuß in dem von grellem Spätsommerlicht überfluteten Garten und sprengte die Büsche an der Vorderseite. Der Nachbar von gegenüber, ein Rumäne mit breitem Hintern, der Joel an eine überreife Avocado erinnerte, kletterte eine Leiter zum Dach seines Hauses empor, gefolgt von zwei arabischen Jünglingen, die wie Studenten in den Semesterferien aussahen. Die beiden jungen Männer montierten die Fernsehantenne ab und ersetzten sie durch eine neue, offenbar leistungsfähigere. Unablässig überschüttete der Hausherr sie mit Einwänden, Rügen und Ratschlägen in holprigem Arabisch. Obwohl Joel annahm, daß die beiden besser Hebräisch sprachen als ihr Auftraggeber. Dieser Nachbar, ein Spirituosenimporteur, unterhielt sich zuweilen auf rumänisch mit Joels Mutter. Einmal hatte er ihr mit einer übertriebenen Verbeugung, wie im Scherz, eine Blume überreicht. Am Fuß der Leiter stand der Wolfshund, dessen Name, Ironside, Joel bereits kannte, reckte den Hals empor und stieß mißtrauisch abgehackte, fast gelangweilte Bellgeräusche aus. Um seiner Pflicht Genüge zu tun. In die Sackgasse bog ein schwerer Laster ein, kam bis an den Zaun der Pflanzung und begann unter Schnaufen und Bremsenquietschen zurückzustoßen. Der Auspuffgestank blieb in der Luft hängen, und Joel fragte sich, wo der Kühlwagen von Herrn Eviatar, Itamar Vitkin jetzt sein mochte. Und was die Gitarre wohl machte, auf der er russische Weisen gespielt hatte.

Dann hüllte wieder Sommernachmittagsstille die Straße ein. Auf dem Rasen, verblüffend nahe, entdeckte Joel plötzlich einen kleinen Vogel, der den Schnabel unter einem Flügel verborgen hielt und so dastand, starr und stumm. Er richtete den Wasserstrahl von Busch zu Busch, die Vogelstatue flatterte auf und davon. Ein Kind rannte auf dem Fußweg vorbei und schrie schrill und beleidigt: »Wir haben gesagt, ich wär' die Polizei!« Wen er anschrie, konnte Joel von seinem Standort nicht sehen. Bald war auch der Junge verschwunden, und Joel, den Schlauch in der einen Hand, bückte sich und besserte mit der anderen eine eingebrochene Bewässerungspfanne aus. Dabei fiel ihm ein, daß der Vater seiner Frau, der langgediente Polizeioffizier Schealtiel Lublin, ihm plump zuzuzwinkern und zu sagen pflegte: »Alles in allem haben wir alle die gleichen Geheimnisse.« Jedesmal hatte dieser Satz Wut, fast Haß in ihm erregt, nicht auf Lublin, sondern auf Ivria.

Lublin hatte ihm beigebracht, wie man Bewässerungspfannen anlegt und wie man den Schlauch leicht im Kreis bewegt, um die Erde an den Seitenwänden nicht einstürzen zu lassen. Er war stets von einer grauen Zigarrenrauchwolke umgeben. Alles, was irgendwie mit Verdauung, Sex, Krankheiten und Notdurft zu tun hatte, reizte ihn, einen Witz zum besten zu geben. Witze erzählen war bei ihm zwanghaft. Offenbar weckte schon der Körper als solcher Schadenfreude in ihm. Und am Ende eines jeden Witzes brach er in ein ersticktes Raucherlachen aus, das einem Röcheln glich.

Einmal hatte er Joel in Metulla mit ins Schlafzimmer gelotst und ihm mit leiser, rauchgeschädigter Stimme einen Vortrag gehalten: »Hör zu. Drei Viertel des Lebens rennt der Mensch in die Richtung, in die seine Penisspitze weist. Als wärst du der Rekrut und dein Pimmel der Spieß. Auf-ab! Laufschritt! Springen! Angriff! Wenn der Schwanz uns wenigstens nach zwei, drei, fünf Jahren aus dem Pflichtdienst entlassen würde, bliebe jedem von uns noch genügend Zeit, Puschkins Gedichte zu schreiben und die Elektrizität zu erfinden. Aber soviel wir uns auch für ihn abrackern, er kriegt nie genug. Läßt einen nicht in Ruhe. Gibst du ihm Steak, will er Schnitzel. Gibst du ihm Schnitzel, will er Kaviar. Es ist noch ein Himmelsgeschenk, daß Gott Erbarmen mit uns gehabt und uns nur einen gegeben hat. Stell dir vor, du müßtest fünfzig Jahre lang fünf davon ernähren, kleiden, wärmen und amüsieren.« Nachdem er das gesagt hatte, begann er erstickt zu husten und hüllte sich augenblicklich wieder ganz in den Rauch einer neuen Zigarre. Bis er an einem Sommertag um halb fünf Uhr morgens auf der Klosettschüssel starb, die Hose herabgelassen und eine brennende Zigarre zwischen den Fingern. Joel konnte beinah raten, welchen Witz Lublin laut röchelnd erzählt hätte, wenn das nicht ihm, sondern jemand anderem – Joel selbst, zum Beispiel – passiert wäre. Und vielleicht hatte er im Sterben gerade noch die vergnügliche Seite mitgekriegt und war lachend heimgegangen. Sein Sohn Nakdimon war ein schwerfälliger, schweigsamer Bursche, der von klein auf gut Giftschlangen fangen konnte. Er wußte ihnen das Gift abzuzapfen, das er zur Herstellung von Serum verkaufte. Obwohl Nakdimon anscheinend extreme politische Meinungen vertrat, waren die meisten seiner Bekannten Araber. Wenn er mit Arabern zusammensaß, befiel ihn manchmal ein wahres Redefieber, das augenblicklich verflog, wenn er ins Hebräische überwechselte. Joel und auch seiner Schwester Ivria begegnete er mit bäuerlich-verschlossenem Mißtrauen. Bei seinen seltenen Besuchen in Jerusalem brachte er ihnen eine Dose selbstgepreßtes Olivenöl oder einen trockenen Dornzweig aus Galiläa für Nettas Sammlung mit. Es war schier unmöglich, ihn zum Sprechen zu bringen, abgesehen von einsilbigen Standartworten wie: »Ja, so ungefähr.« Oder: »Macht nichts.« Oder: »Gott sei Dank.« Und selbst die kamen ihm in irgendwie feindseligem Näseln über die Lippen, als bereue er auf der Stelle, daß er sich überhaupt zu einer Antwort hatte verleiten lassen. Seine Mutter, seine Schwester und seine Nichte sprach er, wenn überhaupt, mit dem Wort »Kinder« an. Joel wiederum benutzte Nakdimon gegenüber dieselbe Anrede wie bei seinem verstorbenen Vater: Er nannte sie beide Lublin, weil ihre Vornamen ihm lächerlich erschienen. Seit Ivrias Beisetzung hatte Nakdimon sich nicht ein einziges Mal bei ihnen blicken lassen. Obwohl Avigail und Netta manchmal zu ihm und seinen Söhnen auf Besuch nach Metulla fuhren und in leichtem Überschwang von dort zurückkehrten. Am Vorabend des Pessachfests schloß sich ihnen auch Lisa an, die nach der Heimkehr sagte: Man muß zu leben wissen. Joel freute sich insgeheim, daß er sich nicht hatte breitschlagen lassen, sondern am Sederabend allein zu Hause geblieben war. Er hatte ferngesehen, war um halb neun eingenickt und erst um neun Uhr morgens aus tiefem Schlummer wieder aufgewacht. So gut hatte er schon lange nicht mehr geschlafen.

Er hatte sich noch immer nicht mit der Ansicht abgefunden, daß wir alles in allem alle die gleichen Geheimnisse haben. Aber sie ärgerte ihn nicht mehr. Jetzt, als er in seinem Garten an der leeren, vom Sommerlicht weiß überfluteten Straße stand, durchzuckte ihn, wie ein sehnsüchtiger Stich, die Überlegung: Vielleicht ja, vielleicht nein, wir werden's doch nie herausfinden. Wenn sie ihm zum Beispiel nachts mitfühlend zuflüsterte, »ich verstehe dich« – was wollte sie dann damit sagen? Was verstand sie? Er hatte sie nie gefragt. Und jetzt war es zu spät. Vielleicht war es wirklich Zeit, sich hinzusetzen und Puschkins Gedichte zu schreiben oder die Elektrizität zu erfinden? Allein, unwillkürlich, während er mit sanften Kreisbewegungen den Wasserschlauch von Grube zu Grube weiterführte, entrang sich seiner Brust plötzlich ein leiser, sonderbarer Laut, nicht unähnlich dem Röcheln von Vater Lublin. Er erinnerte sich an die trügerischen Formen, die jenes Nachts an der Tapete seines Frankfurter Hotelzimmers wechselweise aufgetaucht und verschwunden waren, als hielten sie ihn bei jedem Lidschlag zum Narren.

Auf dem Trottoir vor ihm ging ein Mädchen mit einer schweren Einkaufstasche in der einen Hand, während sie mit dem andern Arm zwei Tüten an die Brust gedrückt hielt. Eine junge Hausgehilfin aus dem Fernen Osten, die wohlhabende Anwohner ins Land geholt und in einer Kammer mit getrenntem WC und Bad bei sich untergebracht hatten, damit sie ihnen den Haushalt führte. Schmal und zierlich war sie, aber die Tasche und die vollen Tüten trug sie mühelos. Tänzelnd schritt sie an ihm vorbei, als hätten die Gesetze der Schwerkraft ihr einen Nachlaß gewährt. Warum nicht den Hahn abdrehen, sie einholen, ihr Hilfe beim Lebensmittelschleppen anbieten? Oder nicht anbieten, sondern sich ihr gegenüber wie ein Vater zur Tochter verhalten: ihr in den Weg treten, die schweren Sachen abnehmen und sie nach Haus begleiten und unterwegs – eine leichte Unterhaltung anknüpfen? Einen Moment spürte Joel den Schmerz der fest an ihren Busen drückenden Tüten. Aber sie würde erschrecken, nicht begreifen, ihn womöglich für einen Räuber oder Abartigen halten, die Nachbarn würden es hören und über ihn tuscheln. Nicht, daß ihm das was ausgemacht hätte, er mußte sowieso unter den Anwohnern der Straße schon ein gewisses Maß an Verwunderung und Klatsch ausgelöst haben, aber mit seinen scharfen, geübten Sinnen und kraft alter Berufsgewohnheit schätzte er Zeit und Entfernung richtig ein und begriff, daß sie – bis er sie eingeholt hätte – längst hineingeschwebt sein würde. Es sei denn, er rannte. Aber rennen mochte er nicht.

Sehr jung war sie, wohlgestaltet, mit Wespentaille, das üppige schwarze Haar fast ihr Gesicht verbergend, der Rükken in ein blumenbedrucktes Kattunkleid mit langem Reißverschluß gezwängt. Ehe er noch die Kurve ihrer Beine und Hüften unter dem Kleid verfolgen konnte, war sie schon weg und verschwunden. Die Augen brannten ihm plötzlich. Joel schloß sie und sah deutlich ein Armenviertel im Fernen Osten, in Rangoon, Seoul oder Manila, vor sich, massenweise kleine Hütten aus Wellblech, Sperrholz und Karton, Wand an Wand aneinandergeklebt, fast im dicken Tropenschlamm versinkend. Eine dreckige, glühende Gasse mit offener Gosse. Und räudige Hunde und Katzen, gejagt von kränklichen, dunkelhäutigen, barfüßigen, zerlumpten Kleinkindern, die im stehenden Abwasser planschten. Ein alter, breiter, ergebener Ochse ist mit groben Seilen an einen armseligen Karren geschirrt, dessen Holzräder in den Morast eingesunken sind. Alles ist von penetranten, stickigen Gerüchen durchzogen, und ein lauwarmer Tropenregen fällt und fällt über alles herab. Wobei seine Ströme auf das kaputte, rostzerfressene Wrack eines Jeeps trommeln und den dumpfen Klang einer Gewehrsalve heraufbeschwören. Und da in diesem Jeep, auf dem geborstenen Fahrersitz hockt der arm- und beinlose Krüppel aus Helsinki, weiß wie ein Engel, mit lächelndem Gesicht, als verstehe er.

13.

Und dann hörte man von Nettas Fenster her einen dumpfen Aufprall und hustenähnliche Laute. Joel schlug die Augen auf. Er richtete den Wasserstrahl auf seine nackten Füße, spülte den Schlamm ab, drehte den Hahn zu und schritt weit aus. Als er drinnen angelangt war, hatten das Röcheln und die Krämpfe schon aufgehört, und er wußte, daß das Problem diesmal leicht war. Das Mädchen lag in Embryostellung zusammengekrümmt auf dem Teppich. Die Ohnmacht hatte ihre Züge weicher gemacht, so daß sie ihm momentan fast hübsch erschien. Er schob ihr zwei Kissen unter Kopf und Schultern, um ihr freien Atem zu sichern. Ging hinaus, kam wieder, stellte ein Glas Wasser auf den Tisch und legte zwei Tabletten daneben, die er ihr, sobald sie erwachte, geben würde. Danach breitete er, völlig grundlos, ein weißes Laken über sie und hockte sich neben ihren Kopf auf den Boden, die Arme um die Knie geschlungen. Er hatte Netta nicht berührt.

Die Augen des Mädchens waren geschlossen, aber nicht zugekniffen, die Lippen standen leicht offen, der Körper lag zart und friedlich unter dem Laken. Jetzt merkte er, daß sie in diesen Monaten gewachsen war. Betrachtete ihre langen Wimpern, die sie von ihrer Mutter geerbt, und die hohe, glatte Stirn, die sie von seiner Mutter hatte. Eine Sekunde lang wollte er schon ihren Schlaf und die Einsamkeit ausnutzen, ihr die Ohrläppchen zu küssen, wie er es getan hatte, als sie noch klein war. Wie er es bei ihrer Mutter getan hatte. Denn jetzt ähnelte sie in seinen Augen dem verständig dreinschauenden Baby, das ruhig auf einer Matte in der Zimmerecke gelegen und die Erwachsenen mit fast ironischem Blick fixiert hatte, als verstehe sie alles, einschließlich dessen, was sich nicht in Worten ausdrücken läßt, und ziehe es nur aus lauter Takt und Feingefühl vor zu schweigen. Das war das Baby, das er auf allen Reisen stets in einem kleinen Fotoalbum in der Innentasche seines Jacketts mitgenommen hatte.

Sechs Monate lang hatte Joel gehofft, daß das Problem vorüber sei. Daß das Unglück eine Veränderung herbeigeführt habe. Daß Ivria recht behalten hatte und nicht er. Verschwommen erinnerte er sich, daß eine solche Möglichkeit tatsächlich hier und da in der ihm bekannten medizinischen Literatur aufgetaucht war. Einer der Ärzte hatte einmal, in Ivrias Abwesenheit und mit zahlreichen Vorbehalten, eine gewisse Aussicht angesprochen, die Pubertät könne Heilung bringen. Zumindest deutliche Besserung. Und tatsächlich hatte es sei Ivrias Tod keinen Vorfall gegeben.

Vorfall? Im selben Augenblick erfüllte ihn Bitterkeit: Sie ist nicht mehr da. Genug. Jetzt ist Schluß mit Problem und Vorfall. Von nun an sagen wir Anfall. Dieses Wort hätte er beinah laut ausgesprochen. Vorbei mit der Zensur. Fertig. Das Meer läuft nicht weg. Von heute an benutzen wir die richtigen Worte. Und sofort, mit aufbrausender Wut und zorngewaltiger Handbewegung ruckte er vor, um eine Fliege zu verscheuchen, die auf der bleichen Wange spazierenging.

Zum ersten Mal war die Sache passiert, als Netta vier Jahre alt war. Eines Tages hatte sie am Waschbecken im Bad gestanden und eine Plastikpuppe gewaschen und war plötzlich auf den Rücken gefallen. Joel erinnerte sich an das Grauen der verdrehten offenen Augen, in denen man nur das fein geäderte Weiße sah. Die Schaumblasen, die ihr in die Mundwinkel traten. Die Lähmung, die sich über ihn legte, obwohl er sofort begriff, daß er eilends Hilfe holen mußte. Trotz allem, was man ihm in den Jahren seiner Ausbildung und seiner Arbeit beigebracht und antrainiert hatte,

83

war es ihm nicht gelungen, seine Füße vom Fleck zu rühren und seine Augen von dem Mädchen zu lösen, weil er ein flüchtiges Lächeln auf ihr Gesicht huschen, wieder verschwinden und erneut auftreten zu sehen meinte, als verkneife sie sich ein Lachen. Ivria, nicht er, konnte sich zuerst aufraffen und lief ans Telefon. Er erwachte erst durch die Krankenwagensirene aus seiner Erstarrung. Entriß nun seine Tochter Ivrias Armen, sauste mit ihr die Treppe hinunter, geriet ins Stolpern und schlug mit dem Kopf ans Geländer, worauf alles in Nebel versank. Als er in der Notaufnahme wieder zu sich kam, hatte Netta das Bewußtsein schon wiedererlangt.

Ivria hatte ruhig gesagt: »Ich muß mich über dich wundern.« Und nichts weiter.

Am nächsten Tag mußte er für fünf Tage nach Mailand fahren. Noch ehe er zurück war, hatten die Ärzte eine vorläufige Diagnose gestellt und das Kind nach Hause entlassen. Ivria wollte diesem Befund nicht zustimmen, weigerte sich, dem Kind die verschriebenen Medikamente zu geben, klammerte sich hartnäckig an einen vermeintlichen Hinweis auf Meinungsverschiedenheiten unter den Ärzten oder auf Zweifel, die ein Arzt gegen die Ergebnisse seiner Kollegen vorgebracht haben könnte. Die Medikamente, die er gekauft hatte, warf sie geradewegs in den Müll. Joel sagte: Du hast den Verstand verloren. Worauf sie, ruhig lächelnd erwiderte: Sieh mal, wer da redet.

In seiner Abwesenheit schleifte sie Netta von einem privaten Facharzt zum nächsten, suchte namhafte Professoren auf, dann diverse Psychologen und Therapeuten und schließlich – entgegen seinem Willen – alle möglichen Wunderheiler und -heilerinnen, die zu sonderbaren Diäten, gymnastischen Übungen, kalten Duschen, Vitaminen, Mineralbädern, Mantras und Kräutertränken rieten.

Jedesmal, wenn er von seinen Reisen zurückkam, besorgte er erneut die Medikamente und stopfte das Kind damit voll. Aber sobald er weg war, beseitigte Ivria sie alle. Einmal, in einem Tränen- und Wutausbruch, untersagte sie ihm, die Worte »Krankheit« und »Anfall« zu benutzen. Du stigmatisierst sie. Du verschließt ihr die Welt. Du signalisierst ihr, daß dir das Theater gefällt. Du machst sie noch kaputt. Es ist ein Problem vorhanden, formulierte Ivria stur, aber eigentlich ist es nicht Nettas, sondern unseres. Schließlich gab er nach und gewöhnte sich ebenfalls an, »das Problem« zu sagen. Er hielt es für unsinnig, mit seiner Frau über ein Wort zu streiten. Und genau genommen, meinte Ivria, liegt das Problem nicht bei ihr und nicht bei uns, sondern bei dir, Joel. Denn sobald du weg bist, verschwindet es. Ohne Publikum kein Theater. Tatsache.

Wirklich Tatsache? Joel kamen Zweifel. Aus ihm unklaren Gründen ging er der Frage nicht nach. Fürchtete er, Ivria könnte recht haben? Oder es könnte sich umgekehrt herausstellen, daß sie im Unrecht war?

Die von Ivria initiierten Streitigkeiten brachen jedesmal aus, wenn das Problem auftrat. Und auch zwischendurch. Als sie nach einigen Monaten von ihren Wunderdoktoren und Quacksalbern genug hatte, beschuldigte sie mit wirrer Logik weiterhin ihn und nur ihn. Forderte ihn auf, seine Reisen einzustellen oder, umgekehrt, für immer wegzufahren. Entscheide dich, sagte sie, was dir wichtig ist. Ein Held gegenüber Frauen und Kindern. Rammt das Messer ein und verschwindet.

Einmal, in seiner Anwesenheit, während einer Ohnmacht, fing sie an, das erstarrte Mädchen ins Gesicht, auf den Rücken, an den Kopf zu schlagen. Er erschrak zutiefst. Bat, flehte, forderte, sie möge damit aufhören. Schließlich war er das einzige Mal im Leben gezwungen, Gewalt anzuwenden, um sie zu stoppen. Er packte ihre beiden Arme, drehte sie ihr auf den Rücken und schleifte sie in die Küche.

Als sie schon gar keinen Widerstand mehr leistete, sondern nur schlaff wie eine Stoffpuppe auf einen Hocker sank, holte er unnötigerweise aus und versetzte ihr eine schallende Ohrfeige. Erst jetzt merkte er, daß Netta wach im Türrahmen lehnte und sie beide gewissermaßen mit kühler, wissenschaftlicher Neugier musterte. Ivria deutete schnaufend auf das Mädchen und fauchte ihn an: »Da. Sieh nur.« Er quetschte zwischen den Zähnen hervor: »Sag mal, bist du noch normal?« Worauf Ivria zurückgab: »Nein. Ich bin total wahnsinnig. Weil ich mich bereitgefunden habe, mit einem Mörder zusammenzuleben. Das solltest du auch wissen, Netta: Mörder – das ist sein Beruf.«

14.

Im nächsten Winter nahm sie in seiner Abwesenheit auf eigenen Antrieb zwei Koffer und übersiedelte mit Netta zu ihrer Mutter Avigail und zu ihrem Bruder Nakdimon nach Metulla in das Haus ihrer Kindheit. Als er am letzten Chanukkatag aus Bukarest zurückkehrte, fand er das Haus leer vor. Auf dem sauberen Küchentisch erwarteten ihn nebeneinander zwei Zettel unter Salz- und Pfefferstreuer. Der erste war das Gutachten irgendeines Neueinwanderers aus Rußland – nach seinem Briefkopf ein Weltexperte für bioenergetische Medizin und Berater für Telekinetik –, der in holprigem Hebräisch feststellte: »Kind Niuta Raviv frei von epiletpische Krankheit und leidet nur Deprivation. Unterzeichnet: Dr. Nikodim Schaliapin.« Der zweite Zettel stammte von Ivria und besagte in wohlgerundeter, sicherer Schrift: »Wir sind in Metulla. Du kannst anrufen, aber komm bloß nicht.«

Er gehorchte und kam jenen ganzen Winter über nicht. Vielleicht hoffte er, wenn das Problem dort, in Metulla, ohne seine Anwesenheit aufträte, müßte Ivria Vernunft annehmen. Oder womöglich hoffte er umgekehrt, es möge sich dort nicht bemerkbar machen, so daß Ivria, wie gewöhnlich, recht behielte.

Dann, bei Frühlingsbeginn, kehrten die beiden beladen mit Blumentöpfen und Geschenken aus Galiläa nach Jerusalem zurück. Und es begannen gute Zeiten. Frau und Tochter wetteiferten fast miteinander, wer ihn bei der Rückkehr von seinen Reisen mehr verwöhne. Die Kleine stürmte auf ihn zu, sobald er sich nur gesetzt hatte, zog ihm die Schuhe aus und streifte ihm die Pantoffeln über. Ivria entfaltete bisher verborgene Kochtalente und verblüffte ihn mit einfallsreichen Mahlzeiten. Er wiederum ließ sich auch nicht lumpen, sondern bestand darauf, zwischen seinen Reisen weiter selbst Haushaltsaufgaben zu übernehmen, wie er es in den Wintermonaten ihrer Abwesenheit ebenfalls getan hatte. Er sorgte für einen wohlgefüllten Kühlschrank. Durchkämmte die Jerusalemer Delikateßgeschäfte auf der Suche nach gepfefferten Würsten und seltenen Schafskäsen. Ein- oder zweimal setzte er sich über seine Grundsätze hinweg und brachte Wurst und Käse aus Paris mit. Eines Tages tauschte er, ohne Ivria ein Wort zu sagen, den Schwarzweißfernseher gegen ein neues Farbgerät aus. Irvia revanchierte sich mit neuen Gardinen. Zum Hochzeitstag kaufte sie ihm eine eigene Stereoanlage, zusätzlich zu der, die im Wohnzimmer stand. Und sie unternahmen viele Schabbatausflüge in seinem Wagen.

In Metulla war das Mädchen gewachsen und ein wenig voller geworden. An ihrer Kinnlade meinte er einen Lublinschen Familienzug zu entdecken, der Ivria übergangen hatte und jetzt bei Netta wieder hervorgetreten war. Das Haar trug sie jetzt länger. Er brachte ihr aus London einen wunderbaren Angorapullover mit und Ivria ein Strickkostüm. Er besaß ein genaues Augenmaß und einen feinen, sicheren Geschmack bei der Auswahl von Frauenkleidung, was Ivria zu der Feststellung veranlaßte: Du hättest es als Modeschöpfer im Leben sehr weit bringen können. Oder vielleicht als Bühnendirektor.

Was im Winter in Metulla gewesen war, wußte und erfragte er nicht. Seine Frau schien eine dunkle Spätblüte zu erleben. Hatte sie einen Liebhaber gefunden? Oder hatten die Früchte der Lublinschen Obstgärten ihre inneren Säfte erneuert und belebt? Sie hatte die Frisur geändert, sich einen hübschen Pony zugelegt. Zum ersten Mal im Leben hatte sie gelernt, sich zurechtzumachen, was sie nun dezent und geschmackvoll tat. Dazu kaufte sie sich ein Frühjahrskleid mit gewagtem Ausschnitt und trug unter diesem Kleid gelegentlich Unterwäsche, die vorher nicht zu ihr gepaßt hätte. Manchmal, wenn sie spät abends am Küchentisch saßen, schnitt sie einen Pfirsich auf, brachte jeden Schnitz einzeln an den Mund und prüfte ihn irgendwie so behutsam mit den Lippen, bevor sie zu saugen begann, daß Joel kein Auge von ihr wenden konnte. Und sie benutzte auch ein neues Parfüm. So begann der Indianersommer.

Mehrmals kam ihm der Verdacht, sie gäbe ihm das zurück, was ihr ein anderer Mann beigebracht hatte. Als Entschädigung für dieses Mißtrauen lud er sie zu einem viertägigen Urlaub in ein Hotel am Strand von Aschkelon ein. All die Jahre bisher hatten sie immer ernst in konzentriertem Schweigen miteinander geschlafen, doch von nun an kam es gelegentlich vor, daß sie sich dabei beide vor Lachen kugelten.

Aber Nettas Problem war nicht verschwunden. Wenn es sich auch etwas abgeschwächt haben mochte.

Und trotzdem waren die Streitereien vorüber.

Joel war nicht sicher, ob er glauben sollte, was seine Frau ihm sagte – daß nämlich während jenes ganzen Winters in Metulla kein Anzeichen des Problems aufgetreten sei. Mit Leichtigkeit hätte er es herausfinden können, und zwar ohne daß sie oder die Lublins herausgefunden hätten, daß er der Sache nachgegangen war. Sein Beruf hatte ihn gelehrt, ohne Hinterlassung von Spuren sehr viel kompliziertere Geschichten zu knacken als die von Netta in Metulla, aber er zog es vor, keine Nachforschungen anzustellen. Sich selber sagte er nur: Warum sollte ich ihr nicht glauben?

Und doch fragte er sie in einer jener guten Nächte flüsternd: Von wem hast du das gelernt? Vom Liebhaber? Ivria lachte im Dunkeln und sagte: Was würdest du tun, wenn du's wüßtest? Ihn ermorden ohne Hinterlassung von Spuren? Joel erwiderte: Im Gegeneil, er hat eine Flasche Brandy nebst Blumenstrauß von mir verdient für das, was er dir beigebracht hat. Wer ist denn der glückliche Gewinner? Wieder brach Ivria in ihr kristallenes Lachen aus, bevor sie antwortete: Mit solchem Augenmaß wirst du's im Leben noch sehr weit bringen. Darauf zögerte er einen Moment, ehe er die Pointe erfaßte und gedämpft in ihr Lachen einstimmte.

Und so, ohne Erklärungen und tiefschürfende Gespräche, ergaben sich wie von selbst die neuen Regeln. Ein neues Einverständnis herrschte. Das keiner von ihnen störte, auch nicht irrtümlich, nicht einmal in momentaner Geistesabwesenheit: keine Wunderheiler und ähnliches mehr. Keinerlei Vorwürfe und Beschuldigungen. Unter der Bedingung, daß das Problem nicht erwähnt werden darf. Auch nicht andeutungsweise. Wenn's passiert, passiert's eben. Und fertig. Darüber wird kein Wort verloren.

Diese Regeln hielt auch Netta ein. Obwohl es ihr kein Mensch gesagt hatte. Und als wolle sie ihren Vater entschädigen, weil sie spürte, daß das neue Abkommen besonders auf seiner Verzichts- und Toleranzbereitschaft beruhte, kletterte sie in jenem Sommer oft auf seinen Schoß, schmiegte sich an ihn und gluckste zufrieden. Spitzte die Bleistifte auf seinem Schreibtisch. Faltete die Zeitung präzise viermal zusammen und legte sie ihm ans Bett, wenn er weg war. Brachte ihm ein Glas Saft aus dem Kühlschrank, auch wenn er darum zu bitten vergaß. Ihre Zeichnungen aus der ersten Klasse und die Tonsachen aus dem Werkunterricht baute sie in Paradeaufstellung auf seinem Schreibtisch auf, damit sie ihn bei seiner Rückkehr erwarteten. Und wo immer er im Haus auch hinguckte, sogar auf der Toilette und zwischen seinen Rasiersachen, plazierte sie zarte Alpenveilchenbilder. Denn das war seine Lieblingsblume. Wenn Ivria nicht stur geblieben wäre, hätte er seine Tochter vielleicht Rakefet, Alpenveilchen, genannt. Aber dann hatte er sich ihrer Wahl angeschlossen.

Ivria wiederum überschüttete ihn im Bett mit Überraschungen, die er sich nie vorgestellt hätte. Nicht einmal zu Beginn ihrer Ehe. Er war manchmal überwältigt von der Stärke ihres Hungers, gemischt mit freigiebiger Zärtlichkeit und einem musikalischen Gespür für jeden seiner Wünsche. Was hab' ich denn getan, fragte er einmal flüsternd, womit hab' ich das verdient? Ganz einfach, wisperte Ivria, die Liebhaber befriedigen mich nicht. Nur du.

Und er übertraf sich tatsächlich beinah. Bereitete ihr glühende Vergnügen, und wenn ihr Körper von Schockwellen ergriffen wurde und ihre Zähne wie vor Kälte klapperten, reizten ihn ihre Lustgefühle weit mehr als seine eigenen. Manchmal schien es Joel, als dringe nicht nur sein Glied, sondern sein ganzes Wesen in sie ein und verströme in ihrem Schoß. Als sei er ganz von ihr umhüllt und vibriere in ihrem Innern. So sehr, daß bei jedem Streicheln der Unterschied zwischen Streichelndem und Gestreicheltem verschwand, als seien sie nicht mehr Mann und Frau in Liebkosung, sondern seien zu einem Fleisch geworden.

15.

Ein Arbeitskollege, ein grober, scharfsinniger Mann, der Cockney oder auch der Akrobat genannt wurde, riet Joel an einem dieser Tage, er solle sich in acht nehmen; man sähe es ihm an, daß er ein kleines Techtelmechtel nebenbei habe. Joel sagte, ach was. Und der Akrobat, baß erstaunt über den Widerspruch zwischen seiner Wahrnehmung und dem sicheren Vertrauen auf Joels ewige Wahrheitsliebe, zischelte spöttisch: »Auch recht. Schließlich bekleidest du hier ja den Posten des Generalgerechten. Wohl bekomm's. Wie der Psalter schon singt: Nie sah ich einen Gerechten verlassen, noch seine Kinder betteln um einen Schoß.«

In Hotelzimmern, im fahlen Neonlicht, das er stets im Bad brennen ließ, wachte er manchmal mitten in der Nacht voll wehem Verlangen nach seiner Frau auf und sagte bei sich, komm. Bis er bei einer solchen Gelegenheit, zum erstenmal in all seinen Wanderjahren und in striktem Verstoß gegen die Regeln, sie um vier Uhr morgens aus dem Hotel in Nairobi anrief und sie da war, bereit, den Hörer beim ersten Klingeln aufhob und, bevor er noch eine Silbe hervorbrachte, sagte: Joel. Wo steckst du? Und er ihr Dinge sagte, die er morgens vergessen hatte und vier Tage später bei seiner Rückkehr, als sie sie ihm ins Gedächtnis rufen wollte, auf keinen Fall zu hören bereit war.

Kam er tagsüber von seinen Reisen zurück, setzten sie das Kind vor den neuen Fernseher und schlossen sich im Schlafzimmer ein. Sobald sie eine Stunde später wieder auf die Bildfläche traten, machte Netta es sich wie ein Kätzchen auf seinem Schoß gemütlich, und er erzählte ihr Bärengeschichten, in denen immer ein Bär namens Sambi vorkam, tapsig, aber rührend.

Dreimal, während der Schulferien, ließen sie das Kind bei den Lublins in Metulla oder bei Lisa in Rechavia und fuhren eine Woche zum Vergnügen ans Rote Meer, nach Griechenland, nach Paris. Was sie sogar vor Auftreten des Problems nie getan hatten. Aber Joel wußte, daß alles am seidenen Faden hing, und im folgenden Herbst, zu Beginn der dritten Klasse, fiel Netta tatsächlich eines Schabbatmorgens in der Küche ohnmächtig zu Boden und wachte erst am nächsten Morgen nach intensiver Behandlung im Krankenhaus wieder auf. Ivria verstieß zehn Tage später gegen die Regeln, als sie lächelnd bemerkte, aus diesem Kind werde noch mal eine große Schauspielerin werden. Joel überging das bewußt mit Schweigen.

Nach dieser langen Bewußtlosigkeit untersagte Ivria Joel jede auch nur versehentliche Berührung Nettas. Da er sich über dieses Verbot hinwegsetzte, holte sie den Schlafsack aus dem Kofferraum des unter den Tragepfeilern des Hauses geparkten Wagens herauf und nächtigte von nun an im Zimmer ihrer Tochter. Bis er den Wink begriff und vorschlug, man solle tauschen: Sie beide könnten nachts das Doppelbett im Schlafzimmer nehmen, und er werde ins Kinderzimmer ziehen. So hätten es alle bequemer.

Im Winter nahm Ivria mit Hilfe einer strengen Diät stark ab. Eine harte, bittere Linie mischte sich in ihre Schönheit. Ihr Haar begann zu ergrauen. Dann beschloß sie, ihr Studium der englischen Literatur wieder aufzunehmen, den Magistergrad zu erwerben, die dafür nötige Abschlußarbeit zu schreiben. Joel hingegen sah sich mehrmals im Geist wegfahren und nicht wiederkehren. Sich unter einem Decknamen an einem fernen Ort wie Vancouver in Kanada oder Brisbane in Australien niederlassen und ein anderes Leben beginnen. Eine Fahrschule oder ein Investmentbüro aufmachen oder billig eine Waldhütte erwerben und das einsame Leben eines Jägers oder Fischers führen. Solchen Träumen

93

hatte er in seiner Kindheit nachgehangen, und nun tauchten sie wieder auf. Gelegentlich teilte er die Blockhütte in seiner Phantasie auch mit einer Eskimosklavin, schweigsam und gefügig wie ein Hund. Stellte sich unbändige Liebesnächte vor dem Kaminfeuer in der Hütte vor. Doch bald ging er dazu über, diese Eskimosklavin mit seiner Frau zu betrügen.

Jedesmal, wenn Netta aus einer Ohnmacht erwachte, gelang es Joel, Ivria zuvorzukommen. Das viele Jahre zurückliegende Spezialtraining hatte ihm schnelle Reflexe und einige Kunstkniffe vermittelt. Er spurtete wie ein Kurzstreckenläufer beim Startschuß davon, griff sich die Kleine, entschwand mit ihr auf ihr Zimmer, das nun seines war, und schloß die Tür hinter sich ab. Er erzählte ihr von Sambi, dem Bär. Spielte Jäger und Hase mit ihr. Machte ihr lustige Scherenschnitte und erklärte sich freiwillig zum Vater all ihrer Puppen. Oder errichtete Türme aus Dominosteinen. Bis Ivria nach ein bis eineinhalb Stunden einlenkte und an die Tür klopfte. Worauf er augenblicklich innehielt, öffnete und sie ebenfalls einlud, den Bausteinpalast zu durchstreifen oder sich der Segeltour im Bettkasten anzuschließen. Aber irgendwas änderte sich in dem Moment, in dem Ivria eintrat. Als sei der Palast verlassen. Als sei der Flußlauf, den sie eben noch entlanggefahren waren, plötzlich zugefroren.

16.

Als seine Tochter größer geworden war, nahm Joel sie zu langen Reisen auf der detaillierten Weltkarte mit, die er in London für sie gekauft und daheim über ihr ehemaliges Bett gehängt hatte. Kamen sie zum Beispiel nach Amsterdam, hatte er einen guten Stadtplan, den er auf dem Bett ausbreitete, um Netta zu den Museen zu führen, die Grachten mit ihr entlangzufahren und die übrigen Sehenswürdigkeiten gemeinsam aufzusuchen. Von da fuhren sie nach Brüssel oder Zürich und manchmal sogar bis Lateinamerika.

So war es, bis es Ivria einmal, nach einer leichten Ohnmacht Nettas, im Flur am Abend des Unabhängigkeitstages, glückte, ihm zuvorzukommen und auf Netta zuzustürzen, bevor sie noch ganz die Augen aufgeschlagen hatte. Einen Moment fürchtete Joel entsetzt, sie könnte sie erneut schlagen. Doch Ivria trug sie nur gelassen mit ernster Miene ins Bad. Wo sie die Wanne vollaufen ließ. Dann schlossen sich die beiden dort ein und badeten gemeinsam fast eine Stunde lang. Vielleicht hatte Ivria im medizinischen Schrifttum was darüber gelesen. In all den langen Jahren des Schweigens hatten Ivria und Joel niemals aufgehört, medizinisches Material auf Gebieten, die mit Nettas Problem zusammenhingen, zu lesen. Ohne sich darüber zu unterhalten. Stumm legten sie einander Zeitungsausschnitte aus der Gesundheitsrubrik, Fachaufsätze, die Ivria in der Universitätsbibliothek fotokopiert hatte, Ärztezeitschriften, die Joel unterwegs besorgte, neben die jeweilige Nachttischlampe, stets in einem verschlossenen braunen Umschlag.

Doch von nun an zogen sich Ivria und Netta nach jeder Ohnmacht gemeinsam in die Wanne zurück, die ihnen zu einer Art geheiztem Schwimmbecken wurde. Durch die abgeschlossene Tür hörte Joel Kichern und Planschen. So endeten die Bootsfahrten im Bettkasten und die Schwebeflüge über die Weltkarte. Joel wollte keine Gefechte. Zu Hause wünschte er sich nur Ruhe und Entspannung. Also begann er ihr in den Andenkenläden der Flughäfen Trachtenpuppen aller Volksstämme zu kaufen. Einige Zeit waren er und seine Tochter gleichberechtigte Besitzer dieser Sammlung, während Ivria die entsprechenden Regale nicht einmal abstauben durfte. So vergingen die Jahre. Von der dritten oder vierten Klasse an wurde Netta zur Leseratte. Puppen und Dominotürme interessierten sie langsam nicht mehr. Sie war eine ausgezeichnete Schülerin, vor allem in Rechnen und Hebräisch, später dann in Literatur und Mathematik. Und sie sammelte Noten und Partituren, die der Vater ihr auf seinen Reisen und die Mutter in Jerusalemer Geschäften besorgte. Auch trockene Dornzweige sammelte sie bei ihren sommerlichen Wanderungen in den Wadis und arrangierte sie in Vasen im Schlafzimmer, das auch dann ihr Zimmer blieb, als Ivria auf die Wohnzimmercouch übergesiedelt war. Freundinnen hatte Netta fast keine, sei es, weil sie keine wollte oder wegen Gerüchten über ihren Zustand. Obwohl das Problem niemals in der Schule, auf der Straße oder in fremden Häusern auftrat, sondern stets in den eigenen vier Wänden.

Tagtäglich nach den Schulaufgaben lag sie auf dem Bett und las bis zum Abendessen, das sie allein und wann immer es ihr paßte einzunehmen pflegte. Danach kehrte sie in ihr Zimmer zurück und las weiter im Liegen auf dem Doppelbett. Eine Zeitlang versuchte Ivria, mit ihr einen Kampf über die Stunde des Lichterlöschens zu führen. Doch schließlich gab sie es auf. Manchmal wachte Joel zu unbestimmter Nachtstunde auf, tastete sich zum Kühlschrank oder zur Toilette vor, halbwach von dem unter Nettas Tür hervorschimmernden Lichtstreifen angezogen, dem er sich jedoch bewußt nicht näherte. Statt dessen schlurfte er ins Wohnzimmer und setzte sich ein paar Minuten in den Sessel gegenüber der Couch, auf der Ivria nächtigte.

Als Netta in die Pubertät eintrat, verlangte der Arzt von ihnen, sie der Schulpsychologin vorzuführen. Die einige Zeit später erst beide Eltern zusammen und dann jeden einzeln sprechen wollte. Auf ihr Anraten mußten Ivria und Joel aufhören, Netta nach ihren Ohnmachten zu verwöhnen. Damit waren die Kakao-ohne-Haut-Zeremonie ebenso abgesagt wie die Gemeinschaftsbäder von Mutter und Tochter. Netta half nun gelegentlich, höchst unlustig, bei der Hausarbeit. Empfing Joel nicht mehr mit seinen Pantoffeln in der Hand und machte ihre Mutter auch nicht mehr vor den gemeinsamen Kinobesuchen zurecht. Statt dessen wurden nun die wöchentlichen Stabssitzungen in der Küche eingeführt. In jenen Tagen begann Netta, viele Stunden im Haus ihrer Großmutter in Rechavia zuzubringen. Eine Zeitlang zeichnete sie Lisas mündliche Erinnerungen auf, kaufte ein eigenes Heft dafür und benutzte ein kleines Tonbandgerät, das Joel ihr aus New York mitgebracht hatte. Dann verlor sie das Interesse und hörte damit auf. Das Leben wurde ruhig. Und inzwischen war auch Avigail in Jerusalem eingetroffen. Vierundvierzig Jahre lang, seitdem sie ihre Geburtsstadt Safed verlassen und Schealtiel Lublin geheiratet hatte, war Avigail in Metulla ansässig gewesen. Dort hatte sie ihre Kinder aufgezogen, in der örtlichen Volksschule Rechenstunden gegeben, die Pflichten des Hühnerstalls und der Obstgärten getragen und nachts Reisebücher aus dem 19. Jahrhundert gelesen. Als Witwe hatte sie sich um die vier Söhne ihres Ältesten, Nakdimon, gekümmert, der ein Jahr nach ihr verwitwet war.

Doch nun waren diese Enkel herangewachsen, und Avigail hatte beschlossen, ein neues Leben anzufangen. Sie mietete sich ein kleines Zimmer in Jerusalem, nicht weit von ihrer Tochter, und schrieb sich für das Anfangssemester in der Judaistikabteilung der Universität ein. Das geschah in demselben Monat, in dem Ivria ihr Studium wieder aufnahm und ihre Magisterarbeit über die Schande auf dem Dachboden begann. Mal trafen sich die beiden in der Caféteria des Kaplan-Gebäudes zu einem leichten Mittagessen. Mal gingen sie zu dritt, Ivria, Avigail und Netta, zu einem literarischen Abend ins Volkshaus. Bei Theaterbesuchen schloß sich auch Lisa an. Bis Avigail letztlich ihr gemietetes Zimmer aufgab und in Lisas Zweizimmerwohnung in Rechavia übersiedelte, etwa fünfzehn Gehminuten, bei mittlerem Schrittempo, vom Heim ihrer Kinder in Talbiye entfernt.

17.

Und zwischen Ivria und Joel herrschte wieder Winterschlaf. Ivria fand eine Teilzeitstelle als Redakteurin beim Fremdenverkehrsministerium. Die meiste Zeit aber widmete sie der Magisterarbeit über die Romane der Schwestern Brontë. Joel wurde wieder befördert. In einem Gespräch unter vier Augen bedeutete ihm der Patron, dies sei noch nicht das letzte Wort, und er solle langsam anfangen, im Großen zu denken. Bei einer zwanglosen Unterhaltung eines Samstagabends im Treppenhaus erzählte ihm der benachbarte Lastwagenfahrer Itamar Vitkin, jetzt, da seine Söhne erwachsen seien und seine Frau ihn und Jerusalem verlassen habe, sei ihm die Wohnung zu groß. Ein Zimmer würde er Herrn Raviv gern verkaufen. Ein Bauunternehmer erschien also Anfang des Sommers, ein frommer Mann mit nur einem Arbeiter in fortgeschrittenem Alter, der so mager war, als leide er an Schwindsucht. Eine Mauer wurde durchgebrochen und mit einer Tür versehen, die vorherige Tür zugemauert und mehrmals übertüncht, doch trotzdem blieben ihre Umrisse an der Wand erkennbar. Die Arbeit dauerte an die vier Monate, weil der Arbeiter erkrankte. Dann zog Ivria in ihr neues Studio um. Das Wohnzimmer leerte sich. Joel blieb im Kinderzimmer und Netta in ihrem Raum mit dem Doppelbett. Joel brachte ihr dort weitere Regale an, um ihre Bibliothek und die Notensammlung unterzubringen. An die Wände hängte sie Bilder ihrer hebräischen Lieblingsdichter: Steinberg, Alterman, Lea Goldberg und Amir Gilboa. Schrittweise ließen die Probleme nach. Die Ausbrüche wurden selten, nicht mehr als drei- oder viermal im Jahr. Und verliefen überwiegend leicht. Einer der Ärzte hielt es sogar für angezeigt, ihnen begrenzte Hoffnung zu machen: Die ganze Geschichte Ihrer jungen Dame ist nicht gerade eindeutig. Ein etwas nebulöser Fall. Der gewissen Raum für abweichende Interpretationen läßt. Vielleicht wird sie's mit dem Alter ganz überwinden. Vorausgesetzt, sie ist wirklich daran interessiert. Und Sie beide ebenfalls. So was kommt durchaus vor. Er persönlich kenne mindestens zwei solche Fälle. Natürlich spreche er nur von einer Möglichkeit, keiner Prognose, und vorerst sei es sehr wichtig, das junge Mädchen zu einer gewissen Beteiligung am sozialen Leben zu ermuntern. Stubenhockerei habe noch niemandes Gesundheit gefördert. Kurz gesagt: Ausflüge, frische Luft, Jungs, Busen der Natur, Kibbuz, Arbeit, Tanzen, Schwimmen, gesunde Vergnügen.

Aus Nettas und auch Ivrias Mund erfuhr Joel von der neuen Freundschaft mit dem ältlichen Nachbarn, dem Kühlwagenfahrer, der sie nun gelegentlich besuchte, um am Ende des Tages ein Glas Tee in der Küche mit ihnen zu trinken, wenn Joel weg war, oder die beiden in seine Wohnung einlud. Manchmal spielte er ihnen auf der Gitarre Melodien vor, die nach Nettas Aussage besser zur Balalaika gepaßt hätten, während Ivria sagte, sie erinnerten sie an ihre Kindheitstage, als das Russische im Land allgemein, besonders aber in Obergaliläa verbreitet war. Zuweilen besuchte Ivria den Nachbarn allein auf ein Stündchen gegen Abend. Auch Joel wurde, ein-, zwei-, dreimal eingeladen, fand aber keine Gelegenheit anzunehmen, weil sich seine Reisen im letzten Winter gehäuft hatten. In Madrid hatte er irgendein Fadenende zu fassen gekriegt, das in eine spannende Richtung führte, und seine Instinkte sagten ihm, am Ende des Weges warte vielleicht eine besonders wertvolle Beute. Allerdings müßte man einige Kniffe anwenden, die Geduld, List und vorgespielte Indifferenz erforderten. In jenem Winter legte er sich daher ein gleichgültiges Verhalten zu. An der wachsenden Freundschaft zwischen seiner Frau und dem alten

Nachbarn konnte er nichts Schlechtes finden. Auch er hatte eine gewisse Schwäche für russische Weisen. Und er meinte sogar, erste Anzeichen für ein Auftauen bei Ivria festzustellen: irgendwas in der Art, wie sie ihr ergrauendes Blondhaar jetzt auf die Schultern herabfallen ließ. Etwas beim Kompottkochen. Die Schuhsorte, die sie letzthin zu tragen begonnen hatte.

Ivria sagte zu ihm: Du siehst blendend aus. Braungebrannt. Erlebst du was Gutes?

Joel antwortete: Sicher. Ich habe 'ne Eskimomätresse.

Darauf Ivria: Wenn Netta nach Metulla fährt, bring diese Mätresse her. Dann machen wir ein Fest.

Und Joel: Nun wirklich, vielleicht wird's Zeit, daß wir zwei mal in Urlaub fahren?

Es war ihm egal, was den sich abzeichnenden Wandel auslöste: ihr Erfolg im Fremdenverkehrsministerium (auch sie war befördert worden), ihre Begeisterung für die Magisterarbeit, die Anfreundung mit dem Nachbarn oder vielleicht ihre Freude über das neue Studio, dessen Tür sie gern von innen abschloß, wenn sie arbeitete, und auch nachts beim Schlafen. Er begann im Geist Pläne für einen kurzen Sommerurlaub zu zweit zu schmieden, nach einer Pause von sechs Jahren, in denen sie nicht zusammen verreist waren. Abgesehen von einem Mal, als sie für eine Woche nach Metulla gefahren waren, man Joel aber in der dritten Nacht telefonisch dringend nach Tel Aviv zurückbeordert hatte. Netta könnte bei den Großmüttern in Rechavia bleiben. Oder die beiden könnten für die Zeit seines und Ivrias Urlaubs zu ihr nach Talbiye übersiedeln. Diesmal würden sie nach London fahren. Er hatte vor, sie mit einem echt britischen Urlaub zu überraschen, einschließlich einer eingehenden Rundfahrt durch ihr Territorium, die Grafschaft Yorkshire. Die Karte dieser Region hing ja an ihrer Studiowand, und aus alter Berufsgewohnheit hatte Joel sich bereits das Straßennetz und einige weitere interessante Anhaltspunkte ins Gedächtnis eingeprägt.

Manchmal betrachtete er lange seine Tochter. Weder hübsch noch weiblich kam sie ihn vor. Und kehrte das wohl noch irgendwie hervor. Kleidungsstücke, die er ihr in Europa zum Geburtstag kaufte, zog sie zwar hin und wieder gnädig an, als wolle sie ihm einen Gefallen damit tun, fand aber einen Weg, sie schlampig wirken zu lassen. Joel vermerkte bei sich: nicht lässig, sondern schlampig. Sie trug Schwarz mit Grau oder Schwarz mit Braun. Meistens lief sie in weiten Haremshosen herum, die Joel so unweiblich wie die eines Zirkusclowns erschienen.

Einmal rief ein junger Mann mit zögernder, höflicher, fast schüchterner Stimme an und bat, mit Netta sprechen zu dürfen. Ivria und Joel tauschten Blicke, zogen sich feierlich aus dem Wohnzimmer in die Küche zurück und schlossen die Tür hinter sich, bis Netta den Hörer aufgelegt hatte, ja eilten auch dann nicht gleich hinaus, denn Ivria verspürte plötzlich Lust, Joel zu einer Tasse Kaffee in ihr Studio einzuladen. Doch als sie schließlich wieder erschienen, stellte sich heraus, daß er überhaupt nur angerufen hatte, um von ihr die Telefonnummer einer anderen Klassenkameradin zu erfahren.

Joel führte das alles gern auf eine etwas verzögerte Pubertät zurück. Wenn ihr erst ein Busen wächst, meinte er, wird das Telefon hier pausenlos läuten. Ivria sagte zu ihm: Diesen dummen Witz wirfst du mir jetzt schon zum vierten Mal an den Kopf, nur um der Notwendigkeit auszuweichen, einmal in den Spiegel zu gucken und zu sehen, wer der Gefängniswärter dieses Mädchens ist. Joel sagte: Fang nicht wieder an, Ivria. Und sie antwortete: Auch recht. Ist ja sowieso aussichtslos.

Joel sah nicht ein, was aussichtslos sein sollte. Tief im Herzen glaubte er, Netta würde bald einen Freund finden und sich nicht mehr ihrer Mutter zu Besuchen des Nachbars mit der Gitarre oder ihren Großmüttern bei Konzert- und Theatergängen anhängen. Aus welchem Grund auch immer stellte er sich diesen Freund in Gestalt eines großen, haarigen Kibbuzniks mit dicken Armen, den Lenden eines Stiers, stämmigen Beinen in kurzen Hosen und sonnenversengten Wimpern vor. Sie würde ihm in den Kibbuz folgen, und er und Ivria würden allein im Haus zurückbleiben.

Wenn er nicht auf Reisen war, stand er manchmal so gegen ein Uhr morgens auf, machte einen Bogen um den Lichtstreifen, der unter Nettas Tür hindurchschimmerte, klopfte leicht an die Studiotür und brachte seiner Frau ein Tablett mit belegten Broten und einem Glas Saft aus dem Kühlschrank. Denn Ivria brütete jetzt bis in die Nacht hinein über ihrer Arbeit. Manchmal durfte er die Studiotür von innen hinter sich abschließen. Gelegentlich beriet sie sich mit ihm über irgendeine technische Angelegenheit wie etwa die Aufteilung der Arbeit in Kapitel oder verschiedene Methoden zur Anordnung der Fußnoten. Wart nur, sagte er sich, zum Hochzeitstag am 1. März wirst du eine kleine Überraschung erleben. Er hatte vor, ihr ein Textverarbeitungsgerät zu kaufen.

Auf seinen letzten Reisen hatte er die Bücher der Schwestern Brontë gelesen. Doch er kam schon nicht mehr dazu, es Ivria zu erzählen. Charlottes Schreibstil erschien ihm simpel, aber in *Sturmhöhe* fand er etwas Geheimnisvolles, und zwar weder an Catherine noch an Heathcliff, sondern ausgerechnet an der bedrückten Gestalt des Edgar Linton, der ihm sogar einmal, kurz vor dem Unglück, im Hotel in Marseilles im Traum erschien, auf der hohen, bleichen Stirn eine Brille, die Ivrias Lesebrille ähnelte: eckig, randlos, wie jene, die ihr das Aussehen eines feinsinnigen Hausarztes der alten Generation verlieh.

Jedesmal, wenn er um drei oder vier Uhr früh zum Flug-

hafen mußte, trat er leise bei seiner Tochter ein. Tappte auf
Zehenspitzen zwischen den Vasen mit ihren wahren Dor-
nenwäldern hindurch, küßte sie auf beide Augen, ohne sie
mit den Lippen zu berühren, und strich das Kissen neben ihren Haaren glatt. Danach wandte er sich dem Studio zu,
weckte Ivria und verabschiedete sich. All diese Jahre hatte
er seine Frau früh morgens geweckt, um von ihr Abschied
zu nehmen, wenn er auf Reisen ging. Ivria bestand darauf.
Selbst wenn sie in Streit lebten. Auch wenn sie nicht miteinander sprachen. Vielleicht hielt der gemeinsame Haß auf
den behaarten Kibbuznik mit den dicken Armen sie zusammen. Gewissermaßen jenseits der Verzweiflung. Oder vielleicht auch die Erinnerung an Jugendtage. Kurz vor dem
Unglück vermochte er schon fast vor sich hin zu lächeln,
wenn ihm jener Ausspruch des Polizeimanns Lublin einfiel,
der da besagte, alles in allem hätten wir alle die gleichen Geheimnisse.

18.

Als Netta wieder zu sich gekommen war, nahm er sie in die Küche mit. Machte ihr duftenden, starken Filterkaffee, während er sich selbst ein frühes Gläschen Brandy genehmigte. Die elektrische Wanduhr über dem Kühlschrank zeigte zehn vor fünf. Draußen leuchtete noch Sommernachmittagslicht. Mit ihrem kurzgeschorenen Haar, den unförmigen Haremshosen und der weiten gelben Bluse, die ihr um den eckigen Körper schlabberte, kam ihm seine Tochter wie ein schwindsüchtiger Adelssohn aus einem anderen Jahrhundert vor, der auf einem Kostümfest erscheint und es langweilig findet. Ihre Finger umklammerten die Kaffeetasse, als wollten sie sich in einer Winternacht daran wärmen. Joel bemerkte eine leichte Rötung ihrer Fingerknöchel, die der Blässe ihrer flachen Nägel widersprach. Ginge es ihr jetzt besser? Sie erwiderte mit einem schrägen Blick von unten nach oben, das Kinn an die Brust gedrückt, leicht lächelnd, wie über seine Frage enttäuscht: Nein, es gehe ihr nicht besser, denn sie habe sich überhaupt nicht schlecht gefühlt. Was habe sie gefühlt? Nichts Besonderes. Könne sie sich an den Augenblick der Ohnmacht erinnern? Nur an den Anfang. Und was war der Anfang? Nichts Besonderes. Aber guck doch mal, wie du selber aussiehst, fuhr sie fort. So grau. Hart. Als wolltest du jemanden umbringen. Was hast du denn? Trink deinen Brandy, davon wird dir ein bißchen besser werden, und hör auf, mich so anzustarren, als hättest du noch nie im Leben einen Menschen mit einer Kaffeetasse in der Küche sitzen gesehen. Hast du wieder Kopfschmerzen? Fühlst du dich schlecht? Willste 'ne Nackenmassage?«

Er schüttelte den Kopf. Gehorchte ihr. Streckte den Hals

nach hinten und schüttete den Brandy in einem langen Zug hinunter. Dann meinte er zögernd, sie solle diesen Abend vielleicht nicht aus dem Haus gehen. Habe er sich nur eingebildet, daß sie vorgehabt hatte, in die Stadt zu fahren? Zur Cinemathek? Oder zu einer Aufführung ins Lessin-Haus?

»Willst du mich zu Hause haben?«

»Ich? Ich habe nicht an mich gedacht. Ich dachte, du solltest zu deinem eigenen Besten heute abend vielleicht dableiben.«

»Hast du Angst, allein hierzubleiben?«

Beinah hätte er ach was gesagt. Überlegte es sich aber anders.

Er hob den Salzstreuer hoch, hielt den Finger über die Löcher, drehte ihn um und betrachtete die Unterseite. Dann meinte er verzagt: »Heute abend läuft ein Naturfilm im Fernsehen. Das tropische Leben am Amazonas. Oder so was.«

»Also was hast du denn nun für ein Problem?«

Wieder hielt er sich zurück. Zuckte die Achseln. Und schwieg.

»Wenn du nicht alleinbleiben magst, könntest du doch heute abend mal die Nachbarn besuchen? Diese Schönheit und ihren komischen Bruder? Die laden dich ja dauernd ein. Oder du rufst deinen Freund Kranz an. Der ist innerhalb von zehn Minuten hier. Im Laufschritt.«

»Netta.«

»Was.«

»Bleib heute hier.«

Ihm schien, als verberge seine Tochter ein Grinsen hinter der erhobenen Tasse, über der er jetzt nur ihre grünen Augen ihn gleichgültig oder gewitzt anblitzen sah, und den Ansatz ihrer unbarmherzig abgesäbelten Haare. Die Schultern wölbten sich nach oben, der Kopf saß eingezogen dazwischen, als stelle sie sich darauf ein, daß er aufstehen und sie verprügeln könnte.

»Hör mal. Eigentlich hatte ich überhaupt nicht vorgehabt, heute abend aus dem Haus zu gehen. Aber jetzt, wo du mir dein ganzes Manöver vorexerziert hast, ist mir eingefallen, daß ich wirklich weg muß. Ich hab' nämlich eine Verabredung.«

»Verabredung?«

»Du verlangst sicher vollständige Berichterstattung.«

»Ach was. Sag mir nur, mit wem.«

»Mit deinem Boß.«

»Wieso das? Läßt er sich auf moderne Dichtung umschulen?«

»Warum fragst du ihn nicht selber? Nehmt euch gegenseitig ein bißchen ins Kreuzverhör? Na gut. Ich werd's euch ersparen. Vorgestern hat er angeläutet, und als ich dich rufen wollte, hat er gesagt, nicht nötig. Er habe mich erreichen wollen, um ein Treffen außer Haus zu vereinbaren.«

»Landesmeisterschaft im Damespiel?«

»Was stehst du wieder unter Hochspannung. Was ist. Vielleicht hat er bloß auch seine Probleme damit, abends allein im Haus zu bleiben.«

»Netta. Sieh mal. Ich hab' keinerlei Probleme mit dem Alleinbleiben. Das wär' ja was ganz Neues. Ich wär' einfach nur froh, wenn du nicht weggingst, nachdem... nachdem du dich nicht wohl gefühlt hast.«

»Du kannst schon Anfall sagen. Brauchst keine Angst zu haben. Die Zensur ist inzwischen abgeschafft. Vielleicht versuchst du jetzt deshalb, Streit mit mir anzufangen?«

»Was will er von dir?«

»Da ist das Telefon. Ruf ihn an. Frag ihn.«

»Netta.«

»Was weiß ich? Womöglich rekrutieren die jetzt flachbrüstige Mädchen. Stil Mata Hari.«

»Um es klar zu machen. Ich mische mich weder in deine Angelegenheiten noch suche ich Streit mit dir, aber —«

»Aber wenn du dein Leben lang nicht so ein Feigling wärst, würdst du mir einfach sagen, ich dürfte nicht aus dem Haus, und falls ich nicht auf dich hören sollte, würdst du mich windelweich schlagen. Punkt, aus. Und insbesondere würdst du mir nicht erlauben, mit dem Patron auszugehen. Der Haken ist bloß, daß du eben ein Feigling bist.«

»Schau mal«, sagte Joel. Ohne fortzufahren. Zerstreut hob er das leere Brandyglas an die Lippen. Und stellte es wieder sanft auf den Tisch, als hüte er sich, den geringsten Laut zu machen oder dem Tisch weh zu tun. Graues Dämmerlicht hing in der Küche, aber keiner von beiden stand auf, um die Lampe anzuschalten. Jeder Windhauch in den Pflaumenbaumzweigen vorm Fenster ließ komplizierte Schatten an Decke und Wänden erzittern. Netta streckte die Hand aus, schüttelte die Flasche und füllte Joels Glas erneut mit Brandy. Der Sekundenzeiger der Elektrouhr über dem Kühlschrank sprang rhythmisch von Sekunde zu Sekunde. Joel sah im Geist plötzlich eine kleine Apotheke in Kopenhagen, in der er endlich einen berüchtigten irischen Terroristen erkannt und mit einer winzigen, in einer Zigarettenschachtel verborgenen Kamera aufgenommen hatte. Einen Augenblick faßte der Kühlschrankmotor neue Kräfte, gab ein abgehacktes Summen ab, versetzte die Glassachen auf dem Bord in dumpfes Beben, überlegte es sich wieder anders und verstummte.

»Das Meer läuft nicht weg«, sagte er.

»Wie bitte?«

»Nichts. War nur so eine Erinnerung.«

»Wenn du kein Feigling wärst, hättst du einfach zu mir gesagt, bitte, laß mich heute abend nicht allein zu Hause. Du hättest gesagt, daß es dir schwerfiele. Und ich hätte gesagt, gut, aber gern, warum nicht. Sag mal, wovor fürchtest du dich?«

»Wo sollst du dich mit ihm treffen?«

»Im Wald. In der Hütte der sieben Zwerge.«

»Im Ernst.«

»Café Oslo. Ende Ibn-Gabirol-Straße.«

»Ich fahr' dich schnell hin.«

»Meinetwegen.«

»Vorausgesetzt, wir essen vorher was. Du hast heute keinen Bissen zu dir genommen. Und wie kommst du hinterher nach Hause?«

»In einer Kutsche, von weißen Pferden gezogen. Warum?«

»Ich komm' dich abholen. Sag nur, wann. Oder ruf mich von dort an. Aber du sollst wissen, daß ich dich heute abend lieber zu Hause sehen würde. Morgen ist auch noch ein Tag.«

»Du erlaubst mir heute nicht, wegzugehen?«

»Das habe ich nicht gesagt.«

»Du bittest mich lieb, dich im Dunkeln nicht allein zu lassen?«

»Das hab' ich auch nicht gesagt.«

»Ja, was dann? Vielleicht versuchst du dich zu entscheiden?«

»Nichts. Wir essen was, du ziehst dich an, und auf geht's. Ich muß unterwegs noch tanken. Geh dich anziehen, und ich mach' uns inzwischen Rühreier.«

»Wie sie dich angefleht hat, nicht wegzufahren? Sie nicht mit mir allein zu lassen?«

»Das stimmt nicht. So ist das nicht gewesen.«

»Weißt du, was er von mir will? Du hast doch sicher irgendeine Vermutung? Oder einen Verdacht?«

»Nein.«

»Möchtest du's wissen?«

»Nicht besonders.«

»Nein?«

»Nicht besonders. Eigentlich ja: Was will er von dir?«

»Er möchte mit mir über dich sprechen. Er meint, du wärst in keiner guten Verfassung. Den Eindruck hat er. So hat er mir am Telefon gesagt. Sucht offenbar einen Weg, dich zur Arbeit zurückzuholen. Er sagt, wir seien auf einer einsamen Insel, du und ich, und wir müßten gemeinsam an eine Lösung zu denken versuchen. Warum bist du dagegen, daß ich ihn treffe?«

»Bin nicht dagegen. Zieh dich an, und wir fahren. Bis du angezogen bist, mach' ich Rühreier. Salat. Was Schnelles und Gutes. Eine Viertelstunde, und weg sind wir. Geh dich anziehen.«

»Ist dir aufgefallen, daß du mir schon zehnmal gesagt hast, ich solle mich anziehen? Sehe ich zufällig nackt aus? Setz dich. Was springst du denn herum?«

»Damit du nicht zu spät zu deinem Treffen kommst.«

»Aber gewiß komme ich nicht zu spät. Das weißt du ja ganz genau. Du hast die Sache doch schon in drei Zügen besiegelt. Ich begreif' nicht, warum du mir jetzt noch weiter diese Komödie vorspielst. Nachdem du dir hundertzwanzigprozentig sicher bist.«

»Sicher? In welcher Hinsicht?«

»Daß ich zu Hause bleibe. Wir machen Rühreier und Salat? Es ist noch kaltes Fleisch von gestern übrig, von der Sorte, die du gern magst. Und Fruchtjoghurt ist auch da.«

»Netta. Um es klar zu machen –«

»Aber es ist doch alles klar.«

»Mir – nicht. Tut mir leid.«

»Dir tut nix leid. Was, hast du genug von Naturfilmen? Wolltest du statt dessen etwa zu dieser Nachbarin rüberlaufen? Oder Kranz herzitieren, damit er dir mit dem Schwanz vorwedelt? Oder früh ins Bett gehen?«

»Nein, aber –«

»Hör mal, das ist folgendermaßen. Ich bin total geil auf das Tropenleben am Amazonas oder so was. Und sag nicht, tut mir leid, wenn du haargenau deinen Willen gekriegt hast. Wie immer. Und das sogar, ohne Gewalt oder Autorität einzusetzen. Der Gegner hat nicht einfach nachgegeben, er ist dahingeschmolzen. Jetzt trink diesen Brandy da auf den Sieg des jüdischen Scharfsinns. Nur tu mir einen Gefallen, ich hab' die Telefonnummer nicht, ruf du den Patron an und sag's ihm selber.«

»Was soll ich ihm sagen?«

»Daß es halt ein andermal wird. Daß morgen auch noch ein Tag ist.«

»Netta. Geh dich anziehen, und ich fahr' dich schnell zum Café Oslo.«

»Sag ihm, ich hätte einen Anfall gehabt. Sag, du hättest kein Benzin. Sag, das Haus sei abgebrannt.«

»Rührei? Salat? Sollen wir Pommes frites braten? Möchtest du Joghurt?«

»Meinetwegen.«

19.

Viertel nach sechs in der Früh. Graublaues Licht und erster Tagesschimmer zwischen den Wolken im Osten. Eine leichte Morgenbrise weht den Geruch verbrannten Gestrüpps von fern herüber. Und es gibt zwei Birnen- und zwei Apfelbäume, deren Laub schon vor Endsommermüdigkeit braun wird. Joel steht da hinterm Haus, in Trägerhemd und weißen Sporthosen, barfuß, in der Hand die aufgerollte Zeitung noch in der Banderole. Auch an diesem Morgen ist es ihm nicht gelungen, den Zeitungsboten abzufangen. Den Hals zurückgeschoben, den Kopf gen Himmel, sieht er Zugvögelschwärme in Pfeilformation unterwegs von Nord nach Süd. Störche? Kraniche? Jetzt fliegen sie über die Ziegeldächer kleiner Villen, über Gärten, Wäldchen und Zitrushaine, mischen sich schließlich zwischen die aufblinkenden Federwolken im Südosten. Nach den Obstgärten und Feldern werden Felshänge und Steindörfer, Wadis und Rinnen kommen, und da schon Wüstenschweigen und der Trübsinn der östliche Bergketten im matten Dunstschleier und dahinter wieder Wüste, Wanderdünenflächen und danach die letzten Berge. Eigentlich hatte er in den Geräteschuppen gehen, die Katze mit ihren Jungen füttern und einen Engländer suchen wollen, um den tropfenden Wasserhahn neben dem Autounterstand zu reparieren oder auszuwechseln. Wartete nur noch einen Augenblick auf den Zeitungsboten, bis er mit dem Sträßchen fertig war und umkehrte, damit er ihn dann zu fassen kriegte. Aber wie finden sie ihren Weg? Und wie wissen sie, daß die Zeit gekommen ist? Angenommen, an einem entlegenen Punkt mitten im afrikanischen Urwald gibt es so etwas wie eine Zentrale, einen dem Auge verborgenen Kontrollturm, der Tag und

Nacht einen feinen Dauerton aussendet, zu hoch für das menschliche Hörvermögen, zu scharf, um ihn selbst mit den feinsten und modernsten Sensoren aufzufangen. Dieser Ton spannt sich nun wie ein unsichtbarer Strahl vom Äquator bis in den äußersten Norden, und an ihm entlang strömen die Vögel Wärme und Licht entgegen. Joel, wie ein Mensch, der beinah eine kleine Erleuchtung gehabt hat, allein im Garten, dessen Zweige sich im Schimmer des Sonnenaufgangs golden färben, meint einen Augenblick lang, er empfange – nein, nicht empfange, spüre – zwischen zwei niedrigen Rückenwirbeln den afrikanischen Richtton der Vögel. Fehlten ihm nicht Flügel, er wäre ihm bereitwillig gefolgt. Das Empfinden, ein warmer, weiblicher Finger berühre ihn wirklich oder fast am Rücken, etwas oberhalb des Steißbeins, hatte ihm eine fast kribbelndes Wohlgefühl verursacht. In jenem Moment und noch ein, zwei Atemzüge weiter war ihm die Wahl zwischen Leben oder Sterben in jeder Hinsicht gleichgültig erschienen. Tiefe Stille umgab und erfüllte ihn, als trenne seine Haut schon nicht mehr zwischen dem inneren Schweigen und dem Schweigen der Außenwelt, so daß sie ein Schweigen geworden waren. In seinen dreiundzwanzig Dienstjahren hatte er die Kunst der leichten Unterhaltung mit Fremden bewundernswert ausgefeilt, Plaudereien – über Devisenkurse beispielsweise oder über die Vorzüge der Swissair oder über die Französin im Vergleich zur Italienerin –, bei denen er gleichzeitig seine Gesprächspartner studierte. Bei sich vermerkte, von wo aus er die Panzerschränke knacken konnte, die ihre Geheimnisse enthielten. Ebenso wie man die Lösung eines Kreuzworträtsels bei den leichteren Begriffen ansetzt, mit deren Hilfe man hier und da Anhaltspunkte für die schwereren Partien erhält. Jetzt, um halb sieben Uhr morgens im Garten seines Hauses, als fast in jeder Hinsicht ungebundener Witwer, erwachte der Verdacht in ihm, daß absolut gar nichts verständlich sei, daß vielmehr die offenbaren, alltäglichen, einfachen Dinge – Morgenkühle, der Geruch verbrannten Dornengestrüpps, ein kleiner Vogel zwischen herbstlich dahinrostenden Apfelbaumblättern, der Windschauer auf seinen bloßen Schultern, der Duft bewässerter Erde und die Empfindung des Lichts, der Geruch des Rasens, die Müdigkeit der Augen, das bereits verflogene Wohlgefühl an der Lendenwirbelsäule, die Schande auf dem Dachboden, die kleinen Kätzchen und das Muttertier im Schuppen, die Gitarre, die nun nachts Celloklänge von sich gab, ein neuer Haufen runder Kieselsteine jenseits der Hecke in der Verandaecke der Geschwister Vermont, das gelbe Sprühgerät, das er sich ausgeliehen hatte und langsam mal Kranz zurückgeben mußte, die Wäschestücke seiner Mutter und Tochter, die sich auf der Wäscheleine am anderen Ende des Gartens im Morgenwind bauschten, der inzwischen schon von Zugvogelschwärmen freie Himmel – allesamt geheim seien.

Und was du entschlüsselt hast, hast du nur für den Augenblick entschlüsselt. Als bahntest du dir einen Weg zwischen dichten Farnen im Tropenwald, der sich sofort wieder hinter dir schließt, so daß keine Spur davon bleibt. Ehe du irgendwas in Worten definiert hast, ist es schon entschlüpft – weggekrochen – in verschwommene Schatten und Dämmerlicht. Joel erinnerte sich an das, was ihm der Nachbar Itamar Vitkin einmal im Treppenhaus gesagt hatte, daß nämlich das hebräische Wort *schebeschiflenu* im 136. Psalm unschwer ein polnischer Ausdruck sein könnte, während das Wort *namogu* am Ende des 2. Kapitels von Josua einen eindeutig russischen Klang habe. Joel rief sich die Stimme des Nachbarn beim Aussprechen von *namogu* mit russischem Akzent und *schebeschiflenu* in nachgemachtem Polnisch ins Gedächtnis. Wollte er wirklich nur unterhaltsam sein? Vielleicht hat er mir etwas sagen wollen, etwas, das nur in dem Zwischenraum zwischen den beiden von ihm benutzten Worten existiert? Und ich hab' das verpaßt, weil ich nicht darauf geachtet habe? Joel sann ein wenig über das hebräische Wort für *unbezweifelbar* nach, das er zu seiner Verblüffung plötzlich vor sich hinmurmelte.

Inzwischen hatte er doch wieder den Zeitungsboten verpaßt, der wohl am Ende des Sträßchens umgedreht und das Haus eben auf dem Rückweg erneut passiert hatte. Zu Joels Überraschung und im Gegensatz zu seiner bisherigen Annahme stellte sich heraus, daß der Junge, oder der Mann, nicht mit dem Fahrrad fuhr, sondern einen schäbigen alten Susita lenkte, durch dessen Seitenfenster er die Zeitungen auf die Gartenwege schleuderte. Womöglich hatte er Joels Zettel am Briefkasten noch gar nicht gesehen, und jetzt war es zu spät, hinter ihm herzurennen. Leichter Ärger stieg in ihm auf ob des Gedankens, daß alles geheim war. Eigentlich war »geheim« nicht das richtige Wort. Nicht geheim wie ein versiegeltes Buch, sondern wie ein offenes Buch, in dem man mühelos ganz naiv klare, alltägliche, unbezweifelbare Worte lesen konnte – Morgen, Garten, Vogel, Zeitung –, das aber auch andere Lesarten zuließ. So könnte man beispielsweise jedes siebte Wort in umgekehrter Reihenfolge aneinanderreihen. Oder jedes vierte Wort in jedem zweiten Satz. Oder bestimmte Buchstaben nach einem Schlüssel durch andere ersetzen. Oder jeden Buchstaben mit einem Kringel versehen, vor dem der Buchstabe »g« steht. Es gibt doch zahllose Möglichkeiten, und jede zeigt vielleicht eine andere Bedeutung auf. Einen alternativen Sinngehalt. Nicht unbedingt eine tiefe oder spannende oder dunkle Bedeutung, sondern eben eine ganz andere. Ohne jede Ähnlichkeit mit der offensichtlichen Interpretation. Oder ihr vielleicht doch ähnlich? Joel ärgerte sich auch über die leichte Wut, die ihm bei diesen Gedanken kam, weil er sich immer gern als ruhigen, besonnenen Menschen betrachtete. Wie weiß man, was der richtige Einstiegscode ist? Wie soll man unter den unendlichen Kombinationen die richtige Anfangszahl entdecken? Den Schlüssel zur inneren Ordnung? Ja, mehr noch: Woher weiß man, daß der Code wirklich allgemein ist und nicht etwa persönlich wie bei einer Kreditkarte oder einmalig wie bei einem Lotterielos? Und wie kann man sicher sein, daß der Code sich nicht ändert, zum Beispiel alle sieben Jahre? Jeden Morgen? Jedesmal, wenn jemand stirbt? Und besonders, wenn die Augen müde sind und beinahe tränen vor lauter Anstrengung, und erst recht, wo der Himmel sich schon geleert hat: Die Störche sind auf und davon. So es keine Kraniche waren.

Und was, wenn du es nicht entschlüsselst. Schließlich gewährt man dir doch eine besondere Gunst: da hat man dich einen flüchtigen Augenblick in den Minuten vor Sonnenaufgang spüren lassen, daß es einen Code gibt. Durch eine fast wahrnehmbare Berührung deines Rückgrats. Und jetzt weißt du zwei Dinge, die du nicht gewußt hast, als du dich abmühtest, das Muster der trügerischen Formen an der Tapetenwand des Hotelzimmers in Frankfurt zu lesen: daß es eine Ordnung gibt und daß du sie nicht entschlüsseln wirst. Und wenn es nun nicht einen Code, sondern viele gibt? Wenn jeder Mensch seinen eigenen Code hat? Du, der du das ganze Büro verblüfft hast, als du herausbekamst, was den blinden Millionär und Kaffeekönig aus Kolumbien wirklich bewegt hatte, auf eigene Initiative den jüdischen Geheimdienst aufzusuchen und ihm eine auf dem neuesten Stand befindliche Adressenliste untergetauchter Nazis von Acapulco bis Valparaiso anzubieten, bist nun außerstande, zwischen einer Gitarre und einem Cello zu unterscheiden. Zwischen Kurzschluß und Stromausfall. Zwischen Krankheit und Sehnsucht. Zwischen einem Geparden und einer byzantinischen Kreuzigungsszene. Zwischen Bangkok und Manila. Wie kann das nur sein? Und wo zum Teufel hat sich jetzt dieser verflixte Engländer versteckt. Gehn wir den

Wasserhahn auswechseln, und dann stellen wir die Sprinkler an. Bald gibt's auch Kaffee. Das wär's. Auf, auf. Vorwärts, los.

20.

Ein wenig später legte er den Engländer an seinen Platz zurück. Füllte Milch in das Schälchen vor der Katze und ihren Jungen im Schuppen. Stellte die Rasensprinkler an, betrachtete sie ein Weilchen, wandte sich dann ab und trat durch die Gartentür in die Küche. Merkte nun, daß die Zeitung draußen auf dem Fensterbrett liegengeblieben war. Ging also wieder hinaus, sie zu holen, und setzte die Kaffeemaschine in Betrieb. Während der Kaffee durchlief, toastete er ein paar Scheiben. Nahm Marmelade, Käse und Honig aus dem Kühlschrank, deckte den Frühstückstisch und stellte sich ans Fenster. Im Stehen blickte er auf die Schlagzeilen seiner Zeitung, ohne das Geschriebene zu begreifen, begriff jedoch, daß es Zeit war, und schaltete das Transistorradio an, um die Siebenuhrnachrichten zu hören, doch bis ihm einfiel, auf die Worte des Sprechers zu achten, waren die Nachrichten schon vorüber, und die Wetteraussichten waren klar bis leicht bewölkt mit normalen Temperaturen für die Jahreszeit. Avigail kam herein und sagte: »Du hast wieder alles vorbereitet. Wie ein großer Junge. Aber wie oft habe ich dir schon gesagt, du sollst die Milch nicht vorher aus dem Kühlschrank nehmen. Wir haben jetzt Sommer, und Milch, die draußen steht, verdirbt leicht.« Joel sann einen Augenblick darüber nach, ohne einen Fehler an den Dingen zu finden. Obwohl ihm das Wort »verderben« zu stark erschien. Und er sagte: »Ja, richtig.« Kurz nach Beginn von Alex Anskis Pressemagazin im Soldatensender gesellten sich auch Netta und Lisa dazu. Lisa trug ein braunes Hauskleid mit Riesenknöpfen vorne, und Netta steckte in der hellblauen Einheitskluft ihrer Schule. Im Augenblick fand Joel sie nicht häßlich, sondern beinah hübsch, doch ei-

118

nen Moment später fiel ihm der sonnengebräunte, schnurr-
bärtige Kibbuznik mit den dicken Armen ein, und er war
fast froh, daß ihr Haar, soviel sie es auch mit allen möglichen Shampoons wusch, immer klebrig und irgendwie fet-
tig wirkte.

Lisa sagte: »Ich hab' die ganze Nacht nicht geschlofen.
Wieder einmal habe ich alle möglichen Schmerzen. Nächte
lang komm' ich nicht in den Schlof.«

Avigail sagte: »Wenn wir dich ernst nehmen würden,
Lisa, müßten wir glauben, du hättest schon dreißig Jahre
kein Auge zugetan. Das letzte Mal, daß du nach deinen eigenen Worten geschlafen hast, war noch vor dem Eichmann-
Prozeß. Seitdem nicht mehr.«

Netta sagte: »Ihr schloft doch beide wie tot. Was sollen
diese Geschichten.«

»Schlaft«, sagte Avigail, »man sagt ›schlafen‹ nicht
›schlofen‹.«

»Das sag mal meiner zweiten Großmutter.«

»Die sagt ›schlofen‹ nur, um sich über mich lustig zu machen«, sagte Lisa bekümmert, in beschämtem Ton. »Ich bin
krank vor Schmerzen, und dieses Mädchen lacht mir aus.«

»Lacht mich aus«, sagte Avigail, »man sagt nicht ›lacht
mir aus‹. Richtig heißt es: ›Lacht mich aus‹.«

»Genug damit«, sagte Joel, »was soll das denn hier. Aus.
Fertig. Bald müssen wir hier noch Friedenstruppen reinbringen.«

»Auch du schlofst nicht bei Nacht«, stellte seine Mutter
kummervoll fest und wiegte den Kopf fünf- oder sechsmal
auf und ab, als betraure sie ihn oder als stimme sie endlich
nach einer harten inneren Auseinandersetzung mit sich
selbst überein. »Du hast keine Freunde, keine Arbeit, weißt
nichts mit dir anzufangen, wirst zum Schluß noch krank
oder fromm werden. Du solltest besser jeden Tag ein bißchen ins Schwimmbad gehen.«

»Lisa«, sagte Avigail, »wie redest du denn mit ihm. Ist er
etwa ein Baby? Bald wird er fünfzig. Laß ihn in Ruhe.
Warum machst du ihn sein Leben lang nervös. Er wird seinen Weg nach seiner Zeit finden. Laß ihn. Laß ihn sein Leben leben.«

»Wer sein Leben kaputtgemacht hat«, zischte Lisa leise.
Und brach mitten im Satz ab.

Netta sagte: »Sag mal, warum springst du schon auf, bevor wir unsern Kaffee aus haben, und fängst an, uns den
Tisch abzuräumen und das Geschirr zu spülen? Damit wir
endlich aufhören und abhauen? Soll das eine Protestdemon-
stration gegen die Unterjochung des Mannes sein? Oder ist
das, weil du einem Schuldgefühle machen willst?«

»Das ist, weil es jetzt schon Viertel vor acht ist«, sagte
Joel, »du hättest dich bereits vor zehn Minuten auf den
Schulweg machen müssen. Du kommst heute wieder zu
spät.«

»Und wenn du abräumst und abwäschst, komm’ ich
nicht zu spät?«

»Gut. Komm mit. Ich fahr’ dich schnell hin.«

»Ich habe Schmerzen«, sagte Lisa tonlos, zu sich selbst
diesmal, und wiederholte die Worte zweimal wie ein Trau-
erlied, als wisse sie, daß kein Mensch auf sie höre, »Magen-
schmerzen, Seitenstiche, die ganze Nacht nicht geschlofen,
und am Morgen wird man ausgelacht.«

»Gut, schon gut«, sagte Joel, »einer nach dem anderen
bitte. In ein paar Minuten hab’ ich auch für dich Zeit.« Damit fuhr er Netta in die Schule, ohne unterwegs auch nur
mit einem Wort ihr Stelldichein gegen zwei Uhr nachts in
der Küche zu erwähnen, mit Safed-Käse und scharfen
schwarzen Oliven und duftendem Minzetee und mit dem
feinen Schweigen, das vielleicht eine halbe Stunde andau-
erte, bis Joel in sein Zimmer zurückkehrte, und von keinem
der beiden auch nur einmal gebrochen wurde.

Auf dem Rückweg hielt er im Einkaufszentrum und kaufte für seine Schwiegermutter Zitronenshampoon und eine Literaturzeitschrift, wie sie es ihm aufgetragen hatte. Wieder zu Hause, meldete er seine Mutter telefonisch bei ihrem Gynäkologen an. Dann, ausgerüstet mit Laken, Buch, Zeitung, Brille, Transistorradio, Sonnencreme, zwei Schraubenziehern und einem Glas Apfelsaft mit Eiswürfeln, zog er auf die Gartenschaukel hinaus. Kraft alter Berufsgewohnheit sah er aus dem Augenwinkel, daß die asiatische Schönheit, die als Hausgehilfin bei den Nachbarn arbeitete, ihre Einkäufe diesmal nicht in schweren Taschen, sondern in einem Einkaufswagen mitführte. Wieso haben sie nicht gleich daran gedacht, sagte er sich, warum kommt alles immer erst mit Spätzündung? Besser spät als nie, antwortete er sich selber in den Worten, die seine Mutter gern benutzte. Diesen Satz prüfte Joel nachdenklich, während er auf der Schaukel lag, und fand keinerlei Irrtum darin. Aber seine Ruhe war gestört.

Er ließ alles hinter sich, stand auf und ging seine Mutter in ihrem Zimmer suchen. Das Zimmer war leer, von Morgenlicht durchflutet, aufgeräumt, behaglich und sauber. Seine Mutter fand er in der Küche, immer noch Schulter an Schulter mit Avigail sitzend, wobei die beiden lebhaft miteinander tuschelten und unterdessen Gemüse für die Suppe zum Mittagessen putzten. Bei seinem plötzlichen Auftauchen verstummten sie. Wieder erschienen sie ihm ähnlich wie zwei Schwestern, obwohl er wußte, daß eigentlich keinerlei Ähnlichkeit bestand. Avigail wand ihm ihr gesund leuchtendes slawisches Bäuerinnengesicht mit den hohen, fast tatarischen Wangenknochen zu, wobei die jugendlichen blauen Augen entschiedene Gutmütigkeit und umwerfende Großherzigkeit ausstrahlten. Seine Mutter hingegen glich einem nassen Vogel mit ihrem altmachenden braunen Kleid, dem braunen Gesicht, den zusammengepreßten oder

eingezogenen Lippen, und machte dazu noch eine bitter ge-
kränkte Miene.

»Nun, wie fühlst du dich jetzt?« fragte er.

Schweigen.

»Geht's dir ein bißchen besser? Ich habe dich dringend
bei Litwin angemeldet. Schreib dir's auf. Donnerstag, vier-
zehn Uhr.«

Schweigen.

»Und Netta ist genau beim Läuten angekommen. Ich
hab' zwei Ampeln überfahren, um sie rechtzeitig hinzubrin-
gen.«

Avigail sagte: »Du hast deine Mutter gekränkt und versuchst es jetzt wiedergutzumachen, aber das ist zu wenig
und zu spät. Deine Mutter ist eine empfindsame und ge-
sundheitlich angegriffene Frau. Ein Unglück hat dir anscheinend noch nicht genügt. Überleg dir's gut, Joel, solange es nicht zu spät ist. Denk gut nach und gib dir
möglichst ein bißchen mehr Mühe.«

»Keine Frage«, sagte Joel, »selbstverständlich.«

Avigail sagte: »Da siehst du's wieder. Genau so. Mit dieser kühlen Besonnenheit. Mit deiner ironischen Art. Mit
dieser Selbstbeherrschung. So hast du sie fertiggemacht.
Und so wirst du uns nach und nach noch alle unter die Erde
bringen.«

»Avigail«, sagte Joel.

»Geh, geh«, sagte seine Schwiegermutter, »ich seh' ja,
daß du's eilig hast. Die Hand schon an der Klinke. Laß dich
durch uns nicht aufhalten. Und sie hat dich geliebt. Vielleicht hast du nicht darauf geachtet, oder man hat's dir zu
sagen vergessen, aber sie hat dich die ganzen Jahre über geliebt. Bis zum Schluß. Hat dir sogar die Tragödie mit Netta
verziehen. Alles hat sie dir vergeben. Aber du warst beschäftigt. Du bist nicht schuld. Hattest einfach keine Zeit und
hast deshalb nicht auf sie und ihre Liebe geachtet, bis es zu

spät war. Auch jetzt bist du in Eile. Dann geh doch endlich. Was stehst du denn rum. Geh. Was hast du in diesem Altenheim auch verloren. Geh. Kommst du zum Mittagessen zurück?«

»Möglich«, sagte Joel, »weiß nicht. Mal sehen.«

Seine Mutter brach unvermittelt ihr Schweigen, wandte sich aber nicht an ihn, sondern in leisem, vernünftigen Ton an Avigail: »Fang du nicht noch mal damit an. Das haben wir von dir schon zur Genüge gehört. Du arbeitest bloß dauernd darauf hin, daß wir ein schlechtes Gewissen kriegen sollen. Was ist denn? Was hat er ihr angetan? Wer hat sich da wie in einen goldenen Palast eingeschlossen? Wer hat den andern nicht reingelassen? Also laß Joel in Ruhe. Nach all dem, was er für euch getan hat. Hör auf, uns ein Gefühl des Unbehagens zu bereiten. Als wärst du die einzige, die sich nichts vorzuwerfen braucht. Was ist denn? Halten wir uns nicht genug an die Trauerbräuche? Hältst du sie etwa? Wer ist als erstes zum Haareschneiden und zur Maniküre und zur Kosmetikerin gerannt, bevor noch der Grabstein gesetzt war? Dann sag du mal nichts. Im gesamten Land gibt es keinen andern Mann mehr, der im Haus auch nur halb so viel wie Joel tut. Müht sich die ganze Zeit ab. Kümmert sich. Schloft nachts nicht.«

»Schläft«, sagte Avigail, »es heißt ›schläft‹, nicht ›schloft‹. Ich hol' dir zwei Valium-Tabletten. Das ist gut für dich. Hilft dir, dich zu beruhigen.«

»Wiedersehen«, sagte Joel.

Doch Avigail sagte: »Wart mal. Komm her. Laß mich deinen Kragen richten, wenn du zu einem Rendezvous gehst. Und kämm dich ein bißchen, sonst wird keine dich auch nur anschauen wollen. Kommst du zum Mittagessen zurück? Um zwei, wenn Netta heimkehrt? Vielleicht bringst du sie einfach von der Schule mit?«

»Mal sehen«, sagte Joel.

»Und falls du bei irgendeiner Schönen hängenbleibst, ruf uns wenigstens an. Damit wir nicht ewig mit dem Essen warten. Denk auch mal an den Zustand deiner Mutter, körperlich und seelisch, und mach ihr nicht noch zusätzlich Sorgen.«

»Laß ihn endlich in Ruhe«, sagte Lisa, »er darf wiederkommen, wann er möchte.«

»Hört euch an, wie sie mit einem Kind von fünfzig Jahren redet«, kicherte Avigail, während ihre Miene Vergebung und überwältigende Gutherzigkeit ausdrückte.

»Auf Wiedersehen«, sagte Joel.

Als er hinausging, sagte Avigail: »Zu schade. Ich hätte nun heute morgen gerade das Auto gebraucht, um dein Heizkissen zur Reparatur zu bringen, Lisa. Das hilft dir bei Schmerzen immer. Aber macht nichts, ich lauf' zu Fuß hin. Vielleicht machen wir beide einen Spaziergang? Oder ich rufe einfach Herrn Kranz an und bitte ihn um eine kleine Fahrt. So ein netter Bursche. Sicher käme er gern, um mich hin- und zurückzubringen. – Daß du nicht zu spät kommst. Schalom. Was bist du denn wieder in der Tür stehengeblieben.«

21.

Gegen Abend, als Joel barfuß von Zimmer zu Zimmer wanderte, das Transistorradio, in dem gerade Jizchak Rabin interviewt wurde, in der einen Hand und die Bohrmaschine an der Verlängerungsschnur in der anderen, auf der Suche nach einer Stelle, an der er den Bohrer noch ansetzen und etwas verbessern könnte, klingelte das Telefon im Flur. Es war wieder der Patron: Wie geht's euch, was gibt's Neues, woran mangelt's. Joel sagte, alles in Ordnung, wir brauchen nichts, danke, und fügte hinzu: Netta ist nicht zu Hause. Ausgegangen. Hat nicht gesagt, wann sie wiederkommt. Aber was brauchen wir Netta, lachte der Mann am Telefon, was denn, haben wir zwei schon nichts mehr miteinander zu reden?

Dann schaltete er geschickt um und referierte Joel einen neuen politischen Skandal, der die Schlagzeilen erobert hatte und die Regierung zu stürzen drohte. Vermied es, seine eigene Meinung preiszugeben, skizzierte aber hervorragend die Streitfragen. Legte wie üblich mit warmer Sympathie gegensätzliche Standpunkte dar, als verkörpere jeder einzelne eine tiefere Form der Gerechtigkeit. Und leitete zum Schluß mit geschliffener Logik ab, was bei jeder der beiden offenen Möglichkeiten eintreten werde, von denen eine, die erste oder die zweite, einfach unumgänglich sei. Bis Joel vollends nicht mehr begriff, was man eigentlich von ihm wollte. Worauf der Mann gewandt wieder den Tonfall änderte und sich mit ausgesuchter Freundlichkeit erkundigte, ob Joel morgen vormittag zu einer Tasse Kaffee im Büro reinschauen wolle: Hier sind ein paar nette Kollegen, die sich nach deinem Anblick sehnen, begierig, ein wenig von deiner Weisheit zu zehren, und vielleicht – wer weiß –, vielleicht werde der Akrobat bei dieser Gelegenheit plötzlich Lust bekommen, Joel ein oder zwei Fragen in einer uralten Sache zu stellen, die einmal von Joels ausgezeichneten Händen bearbeitet, aber vielleicht nicht bis ans Ende durchgeführt worden sei; jedenfalls hätte der Akrobat noch ein, zwei Fragen in den Weichteilen stecken und könne nur durch Joels Hilfe zur Ruhe kommen. Kurz gesagt – es würde nett und ganz sicher nicht langweilig werden. Morgen gegen zehn. Zippi hat einen wunderbaren Kuchen von zu Hause mitgebracht, und ich habe hier wie ein Tiger gekämpft, daß sie ihn nicht ganz verputzen, sondern dir zwei, drei Stücke für morgen übriglassen. Und der Kaffee geht auf Staatskosten. Kommst du? Wollen wir ein bißchen tratschen und plänkeln? Vielleicht fangen wir ein neues Kapitel an?

Joel wollte wissen, ob er daraus entnehmen müsse, daß man ihn zu einem Verhör vorlade. Und merkte sofort, daß er sehr fehlgegangen war. Ob des Worts »Verhör« stieß der Patron einen schmerzlichen Entsetzensschrei aus, wie eine greise Rabbinersgattin, der eine Unflätigkeit zu Ohren gekommen ist. Pfui! rief der Mann am Telefon, schäm dich! Du bist nur, wie soll man sagen, zu einer Familienzusammenkunft eingeladen! Na ja. Wir sind ein wenig eingeschnappt, haben's aber vergeben. Wir werden keinem von deinem Ausrutscher erzählen. Verhör! Ich hab's schon völlig vergessen. Selbst mit Elektroschocks würden sie mich nicht zwingen können, mir die Sache ins Gedächtnis zurückzurufen. Mach dir keine Sorge. Damit sind wir fertig. Du hast es nicht gesagt. Wir werden an uns halten. Werden geduldig abwarten, bis du Sehnsucht kriegst. Weder rütteln noch schütteln. Und gewiß nichts nachtragen. Überhaupt, Joel, gekränkt und beleidigt sein – dafür ist das Leben zu kurz. Laß das. Vom Winde verweht. Kurz, wenn du Lust hast, schau morgen vormittag um zehn zum Kaffee bei uns vorbei, kann auch ein bißchen früher oder später sein, egal.

Wann's dir paßt. Zippi ist schon informiert. Geh direkt zu meinem Zimmer, und sie läßt dich ohne weitere Fragen ein. Bei mir, hab' ich ihr gesagt, hat Joel freies Zutrittsrecht auf Lebenszeit. Ohne Voranmeldung. Tag und Nacht. Nein? Du möchtest lieber nicht kommen? Dann vergiß diesen Anruf. Nur überbring bitte Netta ein sanftes Streicheln von mir. Egal. Eigentlich wollten wir dich morgen früh hauptsächlich bei uns haben, um dir einen Gruß aus Bangkok auszurichten. Aber wir werden auf diesem Gruß nicht weiter rumtrampeln. Wie du möchtest. Alles Gute.

Joel sagte: »Was?!« Aber dem Mann war scheinbar aufgegangen, daß das Gespräch sich schon viel zu lange hingezogen hatte. Er entschuldigte sich, daß er teure Zeit gestohlen habe. Bat erneut, Netta seine stumme Liebe und den beiden Damen Grüße auszurichten. Versprach, eines Tages wie ein Blitz aus heiterem Himmel auf Besuch zu kommen, drängte Joel, sich zu erholen und viel zu ruhen, und verabschiedete sich mit den Worten, »Hauptsache, du achtest auf dich.«

Einige Minuten lang blieb Joel noch fast reglos auf dem Telefonhocker im Flur sitzen, die Bohrmaschine auf den Knien. In Gedanken zerlegte er die Worte des Patrons in kleine Einheiten und setzte sie in der einen oder anderen Neuanordnung wieder zusammen. Wie er es in seinen Berufsjahren gewohnt gewesen war. »Zwei Möglichkeiten, von denen eine, die erste oder die zweite, einfach unumgänglich ist«, und auch »Weichteile«, »Sehnsucht«, »Gruß aus Bangkok«, »Kind von fünfzig Jahren«, »Liebe bis zum Schluß«, »Elektroschocks«, »freies Zutrittsrecht«, »vom Winde verweht«, »netter Bursche«. Diese Wendungen schienen ihm vage ein kleines Minenfeld abzustecken. An dem Rat, »achte auf dich«, konnte er indes keinen Fehler finden.

Einen Moment spielte er mit dem Gedanken, den winzigen schwarzen Gegenstand am Eingang der romanischen Klosterruine mit der Bohrerspitze von seinem Platz zu entfernen. Doch sofort faßte er sich und begriff, daß er damit nur Schaden anrichten würde. Und er hatte doch bloß feststellen wollen, was sich noch reparieren, von ihm, so gut er konnte, heilmachen ließ.

Wieder begann er, in den Zimmern des leeren Hauses umherzuwandern. Prüfte eines nach dem andern. Hob eine zerdrückte Decke von Nettas Bett auf, faltete sie zusammen und legte sie neben das Kissen. Warf einen Blick in den Roman von Jakob Wassermann neben der Leselampe seiner Mutter, legte ihn aber nicht wieder aufgeklappt und umgekehrt an seinen Platz zurück, sondern – mit einem Lesezeichen versehen – gerade ausgerichtet neben ihr Radio. Brachte den wirren Haufen ihrer Tablettenröhrchen und -tüten in Ordnung. Danach schnupperte und fummelte er ein wenig an Avigail Lublins Kosmetika, vergebens bemüht, sich die Düfte in Erinnerung zu rufen, mit denen er die jetzt eingesogenen gern vergleichen wollte. In seinem Zimmer hielt er ein paar Minuten inne und studierte durch seine Priesterbrille den Gesichtsausdruck des Hausherrn und leitenden El-Al-Angestellten, Herrn Kramer, auf dem alten Foto in Panzertruppenuniform beim Handschlag mit Generalstabschef David Elasar. Der General wirkte melancholisch und übermüdet, die Augen halb geschlossen, als sehe er in nicht allzuweiter Entfernung ohne besondere Erregung seinen Tod. Doch Herr Kramer strahlte auf dem Foto mit dem Lächeln dessen, der eine neue Seite in seinem Leben aufschlägt und sich sicher ist, daß von nun an nichts mehr sein werde, wie es vorher war, sondern alles anders, festlicher, erregender, geadelt. Nur ein Pünktchen Fliegendreck entdeckte Joel auf der Brust des abgelichteten Hausherrn, das er mit der Federspitze jenes Nichtfüllers abkratzte, den Ivria etwa alle zehn Worte ins Tintenfaß zu stecken pflegte.

Joel erinnerte sich, wie er manchmal gegen Abend am Ende eines Sommertags, als sie noch in Jerusalem wohnten, nach Hause gekommen war und schon im Treppenhaus mehr gespürt als gehört hatte, daß die Gitarrenklänge des alleinstehenden Nachbarn aus seiner eigenen Wohnung drangen, und er sich vorsichtig wie ein Dieb eingeschlichen hatte, ohne Schlüssel- oder Türenknarren und mit unhörbaren Schritten, wie man es ihn gelehrt hatte, und da nun Frau und Tochter vor sich sah, die eine im Sessel sitzend, die andere mit dem Rücken zum Zimmer, das Gesicht dem offenen Fenster zugewandt, das zwischen einer Mauer und einer staubigen Pinienkrone auf einen kurzen Abschnitt der öden Berge Moabs jenseits des Toten Meers blickte. Und die beiden mitgerissen von der Musik, während der Mann dasaß und sich mit geschlossenen Augen seinen Saiten hingab. Auf seinem Gesicht sah Joel zuweilen einen unglaublichen Ausdruck, eine sonderbare Mischung von sehnendem Verlangen und nüchterner Bitterkeit, die sich vielleicht in seinem linken Mundwinkel konzentrierte. Unwillkürlich versuchte Joel selber eine solche Miene aufzusetzen. So sehr glichen die beiden einander in ihrem Alleinsein mit der Musik, zumal die Dämmerung sich schon zwischen den Möbeln ausbreitete und sie kein Licht eingeschaltet hatten, daß Joel sich einmal irrte, als er auf Zehenspitzen hineinging und Nettas Nacken einen Kuß aufdrückte, der für Ivria bestimmt gewesen war. Er und seine Tochter hüteten sich doch sonst stets vor Berührung.

Joel drehte die Fotografie um, prüfte das Datum und versuchte im Kopf auszurechnen, wieviel Zeit vom Aufnahmetag bis zu General Elasars jähem Tod vergangen war. Dabei sah er sich im selben Moment als einen Krüppel ohne Gliedmaßen, einen Fleischsack, aus dem ein Kopf hervorragte, der weder der eines Mannes noch der einer Frau, sondern der eines zarteren Geschöpfes, zarter als ein Kind war, strahlend und großäugig, als kenne er die Antwort und freue sich im stillen über ihre Einfachheit – ja unglaublich einfach und hier fast vor deiner Nase.

Danach ging er ins Badezimmer, nahm zwei neue Klopapierrollen aus dem Schrank, hängte eine davon neben die Klosettschüssel im Bad und stellte die andere als Reserve in die zweite Toilette. Sämtliche Handtücher sammelte er ein und warf sie in den Wäschekorb, außer einem, das er zum Auswischen der Becken benutzte, bevor er es ebenfalls dazulegte. Dann holte er frische Handtücher heraus und hängte sie an ihre Stelle. Hier und da entdeckte er ein langes Frauenhaar, hob es auf, identifizierte es sorgfältig gegens Licht, warf es in die Toilette und zog. Im Medizinschrank fand er ein Ölkännchen, das draußen in den Geräteschuppen gehörte, und brachte es dort hin. Unterwegs kam er jedoch auf die Idee, die Angeln des Badezimmerfensters zu ölen und danach die der Küchentür, der Kleiderschränke, und da er das Kännchen einmal in der Hand hatte, suchte er im Haus herum, was man noch ölen könnte. Zum Schluß ölte er die Bohrmaschine selber und die Aufhängefedern der Schaukel draußen, bis er feststellte, daß das Döschen leer war und es daher keinen Sinn mehr hatte, es in den Geräteschuppen zurückzubringen. Als er an der Wohnzimmertür vorüberkam, erschrak er beinah, weil er einen Augenblick meinte, irgendeine leichte, fast unmerkliche Bewegung zwischen den Möbeln im Dunkeln wahrgenommen zu haben. Doch es war wohl nur ein Blätterschwanken des großen Philodendrons gewesen. Oder die Gardine? Oder etwas hinter ihm? Eine Regung, die genau in dem Moment aufhörte, in dem er das Licht im Wohnzimmer anknipste und in jede Ecke guckte, aber langsam wieder hinter seinem Rücken einzusetzen schien, sobald er ausmachte und sich zum Gehen wandte. Deshalb stahl er sich barfuß in die Küche, ohne Licht anzuschalten, ja fast ohne zu atmen, und horchte ein, zwei Sekunden durch die Durchreiche in den Wohnraum. Nichts als Dunkel und Schweigen. Vielleicht nur ein schwacher Geruch nach überreifem Obst. Er drehte sich um, wollte die Kühlschranktür öffnen, und da war wieder so was wie ein Rascheln hinter seinem Rücken. Blitzschnell fuhr er herum und schaltete sämtliche Lampen ein. Nichts. Löschte sie also wieder und schlich, lautlos und hellwach wie ein Einbrecher, hinaus, ging nach hinten ums Haus herum, lugte vorsichtig ins Fenster und bekam in der dunklen Zimmerecke fast noch irgendeine Regung mit. Die in dem Augenblick aufhörte, in dem er hinguckte oder etwas zu sehen glaubte. Hatte sich ein Vogel ins Zimmer verflogen und überlegte nun flatternd, wie er wieder rauskam? War die Katze aus dem Geräteschuppen ins Haus eingedrungen? Oder vielleicht war es eine Eidechse. Oder eine Viper. Oder der Luftstrom raschelte nur in den Blättern der Topfpflanze. Joel blieb zwischen den Büschen stehen und lugte geduldig von draußen in das dunkle Haus hinein. Das Meer läuft nicht weg. Jetzt kam ihm in den Sinn, daß an Stelle einer Schraube in der linken Hinterpfote des Raubtiers vielleicht ein langer feiner Stift stecken könnte, der an die Edelstahlplatte angegossen war. Und daß man deshalb von unten keinerlei Gewinde oder Vernagelung sah. Die Raffinesse, kraft derer dem Künstler ein derart geschmeidiger, großartiger, tragischer Sprung gelungen war, hatte ihn dann also auch veranlaßt, von vornherein die Grundplatte so zu entwerfen, daß sie – in einem Guß – einen herausragenden Stift einschloß. Diese Lösung erschien Joel logisch, scharfsinnig und amüsant, hatte aber insofern einen Nachteil, als sie sich nicht nachprüfen ließ, ohne den linken Hinterlauf abzubrechen.

Bliebe also die Frage, ob die ewigen Leiden gebremsten Sprungs und gestoppter Bewegung, die beide – Sprung wie Bewegung – niemals aufhören, aber auch keinen Augenblick verwirklicht werden, oder niemals aufhören, weil sie nicht verwirklicht werden, nun schwerer oder leichter zu ertragen sind als die Zerschmetterung der Pfote ein für allemal? Darauf fand er keine Antwort. Fand statt dessen aber heraus, daß er inzwischen den größten Teil der Fernsehnachrichten verpaßt hatte. Deshalb verzichtete er auf eine Fortsetzung seines Hinterhalts, ging wieder hinein und schaltete den Fernseher ein. Bis das Gerät warmgelaufen war, hörte man nur die Stimme des Sprechers Jaakow Achimeir, der die wachsenden Nöte der Fischereibranche schilderte – Abwanderung der Fischschwärme, Aufgabe der Fischer, die Gleichgültigkeit der Regierung –, und als endlich das Bild aufflimmerte, war der Bericht zu diesem Thema mehr oder weniger zu Ende. Auf der Mattscheibe sah man bloß noch das Meer im Abendlicht, grünlich-grau, ohne Boote, fast wie geronnen wirkend, nur in einer Bildecke schimmerten leichte Schaumkronen auf, und die Ansagerin gab die Wettervorhersage für morgen bekannt, wobei die vorausgesagten Temperaturen auf dem Meer erschienen. Joel wartete zwei weitere Nachrichten ab, die Karmit Gai zum Abschluß der Sendung verlas, guckte noch einen Werbespot an, und als er sah, daß ein zweiter folgen würde, stand er auf, schaltete das Gerät ab, legte Bachs musikalisches Intermezzo auf den Plattenteller, schenkte ein Gläschen Brandy ein und stellte sich, warum auch immer, konkret das sprachliche Bild vor, das der Patron am Ende seines Telefongesprächs benutzt hatte: Blitz aus heiterem Himmel. Dann setzte er sich mit dem Glas in der Hand auf den Telefonhocker und wählte Arik Kranz' Privatnummer. Er hatte vor, sich von Kranz für etwa einen halben Tag dessen kleinen Zweitwagen auszuleihen, so daß er Avigail sein Auto dalassen konnte, wenn er morgen früh um zehn zum Büro fuhr. Odelia Kranz sagte ihm mit ersticktem Groll in der Stimme, Arie sei nicht zu Hause, und sie habe keine Ah-

nung, wann er zurückkehre. Wenn überhaupt. Und es sei
ihr auch ziemlich egal, ob er wiederkomme oder nicht. Joel
begriff, daß sie wieder Krach miteinander gehabt hatten,
und versuchte sich zu erinnern, was Kranz ihm während der
sabbatlichen Segelpartie über die rothaarige Bombe erzählt
hatte, die er in einem Hotelzimmer am Toten Meer auf die
Rakete gesteckt hatte, ohne einen blassen Dunst davon zu
haben, daß ihre Schwester eine Schwägerin seiner Frau oder
ungefähr so was war, weswegen er, Arik, nun in Abfangbereitschaft verharrte. Odelia Kranz fragte trotzdem, ob sie
Arie etwas ausrichten oder ihm eine Notiz hinterlassen
solle. Joel zögerte, bat um Verzeihung und sagte schließlich:
»Nein. Nichts Besonderes. Das heißt eigentlich, wenn Sie
schon mal bereit sind, könnten Sie ihm vielleicht Grüße ausrichten, und er möchte mich zurückrufen, falls er vor Mitternacht wieder da ist.« Worauf er lieber noch hinzufügte:
»Wenn es Ihnen nicht schwerfällt. Vielen Dank.« Odelia
Kranz erwiderte: »Mir fällt nie was schwer. Nur darf ich
vielleicht erfahren, mit wem ich die Ehre habe?« Joel wußte,
wie lächerlich seine Abneigung war, am Telefon seinen Namen anzugeben, konnte aber doch ein kurzes Zögern nicht
vermeiden, nach dem er seinen Vornamen nannte, ihr noch
einmal dankte und auf Wiederhören sagte.

Odelia Kranz erwiderte: »Ich komm' jetzt zu Ihnen. Muß
Sie einfach sprechen. Bitte. Wir kennen uns zwar nicht, aber
Sie werden verstehen. Nur auf zehn Minuten?«

Joel schwieg. Hoffte, sich keiner Lüge bedienen zu müssen. Nachdem sie sein Schweigen gespürt hatte, sagte Odelia Kranz: »Sie sind beschäftigt. Ich verstehe. Tut mir leid.
Ich wollte Sie nicht überfallen. Vielleicht sehen wir uns ein
andermal. Wenn es geht.« Und Joel erwiderte herzlich: »Ich
bitte um Entschuldigung. Im Moment fällt's mir ein bißchen schwer.« – »Macht nichts«, sagte sie, »wem denn
nicht.«

Morgen ist auch noch ein Tag, dachte er. Stand auf, nahm die Schallplatte vom Teller und ging hinaus, schlenderte im Dunkeln bis ans Ende des Sträßchens, bis zum Zaun der Zitruspflanzung, wo er stehenblieb, und sah nun über den Dächern und Baumkronen ein rhythmisches rotes Blinken, vielleicht Warnlichter an der Spitze einer hohen Antenne. Und da zwischen diesen Blinkern flimmerte ein bläulich-milchiger Lichtstreifen in langsamem Strom über den Himmel, wie ein Traumgebilde, ein Satellit vielleicht oder ein fallender Meteor. Er wandte sich ab und ging. Genug, aus, murmelte er dem Hund Ironside zu, der ihn müde über den Zaun hin anbellte. Er hatte vor, heimzukehren, um zu sehen, ob das Haus noch leer war, ob er daran gedacht hatte, den Plattenspieler auszuschalten, als er das musikalische Intermezzo herunternahm, und ein Gläschen Brandy wollte er sich auch einschenken. Doch da fand er sich zu seiner vollständigen Überraschung nicht in seinem Haus, sondern, versehentlich, vor der Tür der Geschwister Vermont stehen, wobei ihm allmählich aufging, daß er geistesabwesend schon auf ihren Klingelknopf gedrückt haben mußte, denn als er gerade einen schnellen Rückzug antreten wollte, ging die Tür auf, und der Mann, der wie ein stattlicher, rosig-gesunder Holländer aus einer Reklame für erlesene Zigarren aussah, brüllte dreimal: *Come in, come in, come in.* So daß Joel keine Wahl mehr blieb und er dankend eintrat.

22.

Beim Eintreten zwinkerte er mit den Augen wegen der grünlichen Aquariumsbeleuchtung, die das Wohnzimmer überflutete – ein Licht, das durch Dschungelblätterwerk zu fallen oder vom Meeresboden aufzusteigen schien. Die schöne Annemarie, mit dem Rücken zu ihm über den Couchtisch gebeugt, klebte Fotos in ein schweres Album. In dieser Haltung, bei der ihre dünnen Schulterblätter die Nackenhaut spannten, kam sie Joel nicht verführerisch, sondern eher rührend kindlich vor. Den orangenen Kimono mit schmaler Hand an die Brust drückend, wandte sie sich ihm freudig zu: *»Wow! Look who's here!«* Und fügte auf hebräisch an: »Wir fürchteten schon langsam, Sie fänden uns womöglich abstoßend.« Im selben Moment donnerte Vermont aus der Küche: *»I bet you'd care for a drink!«* und begann Getränke aufzuzählen, die dem Gast zur Wahl standen.

»Setzen Sie sich hierher«, sagte Annemarie sanft, »ruhen Sie sich aus. Atmen Sie tief durch. Sie sehen ja so müde aus.«

Joel votierte für ein Gläschen Dubonnet, weniger durch die Geschmacksrichtung als durch den Klang des Namens verlockt. Der ihn an *Dubim,* Bären, denken ließ. Vielleicht, weil ein dunst- und wassertriefender Tropenwald über drei Zimmerwände wucherte, sei es auf einer Folge aneinandergeklebter Riesenposter, einer Bildertapete oder einem Wandbild. Es war ein dichter, verschlungener Wald, zwischen dessen Stämmen unter der Wipfeldecke sich ein Schlammpfad wand, gesäumt von schwarzen Büschen, zwischen denen wiederum Pilze sprossen. Das Wort Pilze verband Joel im Geist irgendwie mit dem Wort *Kmehin,* Trüffel, obwohl er nicht wußte, wie Trüffel aussahen, ja im

Leben noch keinen zu Gesicht bekommen hatte und nichts weiter von ihnen wußte als den Anklang an das Wort *Kmeha,* Sehnen. Durch das Blättergewirr wurde das wäßriggrüne Licht gefiltert, das das Zimmer nur spärlich erhellte. Dieser Beleuchtungstrick sollte dem Wohnzimmer gedämpfte Tiefe verleihen. Joel sagte sich, daß alles zusammen – die drei Wände bedeckende Tapete nebst dem entsprechenden Leuchteffekt – von schlechtem Geschmack zeugte. Und trotzdem geriet er aus irgendeinem kindischen Grund in unbezähmbare Erregung angesichts der blinkenden Nässe zu Füßen der Koniferen und Eichen, als wimmele es in diesem Wald vor Glühwürmchen. Und als plätschere dort irgendwo ein stilles Wasser, eine Au, ein Bächlein, ein Flußlauf in munterem Silbergeschlängel durch das saftigüppige Grün zwischen dunklen Büschen und Sträuchern, die vielleicht Heidel- und Johannisbeeren trugen, obwohl Joel keine Ahnung hatte, was Johannis- und Heidelbeeren waren, ja sogar ihre Namen nur aus Büchern kannte. Doch das grünliche Licht im Zimmer tat seinen müden Augen gut, fand er. Ausgerechnet hier und an diesem Abend ging ihm endlich auf, daß das grelle Sommerlicht mit ein Grund für seine Augenschmerzen sein mochte. Es war wohl Zeit, sich neben der neuen Lesebrille auch eine Sonnenbrille zuzulegen.

Vermont, sommersprossig, impulsiv, sich geradezu überbietend vor energischer Gastfreundschaft, schenkte Joel einen Dubonnet und seiner Schwester und sich selbst Campari ein, wobei er etwas von der geheimen Schönheit des Lebens und von geistlosen Kerlen, die das Geheimnis nur verschwendeten und zerstörten, murmelte. Im Hintergrund legte Annemarie eine Platte mit Liedern von Leonard Cohen auf. Und sie redeten über die aktuelle Lage, die Zukunft, den nahenden Winter, die Schwierigkeiten der hebräischen Sprache und über die Vor- und Nachteile des Supermarkts in Ramat Lotan im Vergleich zu dem Konkurrenzunternehmen im Nachbarviertel. Der Bruder erzählte auf englisch, seine Schwester behaupte schon lange, man solle Joel fotografieren und ein Poster von ihm anfertigen, um der Welt das Abbild des sinnlichen israelischen Mannes vorzuführen. Dann fragte er Joel, ob er Annemarie nicht für eine attraktive Frau hielte. Alle fänden das, und auch er, Ralph Vermont, sei von Annemarie fasziniert und nehme an, daß Joel ihren Reizen gegenüber ebenfalls nicht gleichgültig sei. Annemarie fragte: Was ist das denn, der Start in einen blauen Abend? Erste Vorbereitungen für eine Orgie? Und ärgerte ihren Bruder, indem sie – als offenbare sie Joel die allergeheimsten Karten – sagte, Ralph brenne in Wirklichkeit darauf, sie zu verheiraten. Jedenfalls wolle das ein Teil von ihm, während der andere Teil, aber genug damit, wir wollen Sie ja nicht langweilen.

Joel sagte: »Ich langweile mich keineswegs. Machen Sie nur weiter.« Und als wolle er ein kleines Mädchen glücklich machen, fügte er an: »Sie sind wirklich sehr schön.« Irgendwie waren diese Worte auf englisch leicht gesagt und doch unmöglich im Hebräischen. Unter Menschen, in Gegenwart von Bekannten und Freunden, hatte seine Frau manchmal gelacht und wie beiläufig dahingesagt: »*I love you.*« Aber nur ganz selten und nur, wenn sie allein waren, und stets tief ernst, kamen ihr dieselben Worte auf hebräisch über die Lippen, wobei Joel jedesmal erschauerte.

Annemarie deutete auf die Fotos, die noch auf dem Couchtisch verstreut lagen, da sie bei Joels überraschendem Eintreten gerade damit beschäftigt gewesen war, sie in ein Album einzukleben. Das hier seien ihre beiden Töchter, Aglai und Talia, jetzt neun und sechs Jahre alt, die sie jede einem anderen Ehemann geboren und dann beide im Abstand von sieben Jahren in Detroit verloren habe, und zwar bei zwei Scheidungsprozessen, bei denen auch ihr gesamtes

Vermögen »bis zum letzten Nachthemd« draufgegangen sei. Dann habe man die beiden Mädchen gegen sie aufgehetzt, so daß man sie nur noch gewaltsam zu Wiedersehen mit ihr zwingen könne, und beim letztenmal, in Boston, habe ihr die Große nicht die leiseste Berührung gestattet, und die Kleine habe sie angespuckt. Ihre beiden Ex-Männer hätten sich gegen sie verbündet, einen gemeinsamen Rechtsanwalt beauftragt und planten ihr Unglück bis ins kleinste Detail. Ihr Ziel sei es, sie in den Selbstmord oder in geistige Umnachtung zu treiben. Wäre Ralph nicht gewesen, der sie wahrhaftig gerettet habe, aber sie bäte um Entschuldigung, daß sie so rede und rede.

Damit verstummte sie. Das Kinn war ihr schräg auf die Brust gesunken, sie weinte tonlos und sah aus wie ein Vogel mit gebrochenem Hals. Ralph Vermont faßte sie um die Schulter, und Joel, zu ihrer Linken, zögerte einen Augenblick, gab sich dann einen Ruck und nahm ihre kleine Hand in seine, blickte auf ihre Finger und sagte nichts, bis sie sich wieder beruhigte und zu weinen aufhörte. Er, der seine eigene Tochter schon Jahre lang nicht im leisesten berührt hatte. Und der Junge auf diesem Bild, erklärte der Bruder auf englisch, hier am Strand von San Diego aufgenommen, ist Julian Aeneas Robert, mein einziger Sohn. Den habe ich auch in einem vertrackten Scheidungsprozeß vor zehn Jahren in Kalifornien verloren. So sind meine Schwester und ich eben allein zurückgeblieben, und nun sind wir hier. Was möchten Sie über Ihr Leben erzählen, Herr Ravid? Joel, wenn Sie nichts dagegen haben? Ebenfalls eine zerrüttete Familie? In der Urdu-Sprache soll es so ein Wort geben – wenn man es von rechts nach links schreibt, bedeutet es innige Liebe, und von links nach rechts wird tödlicher Haß daraus. Konsonanten und Vokale, alles gleich, kommt nur auf die Richtung an. Glaub um Gottes willen nicht, uns eine intime Geschichte im Gegenzug für intime Geschichten zu schulden. Das ist kein Busineß hier, nur sozusagen ein Angebot, sich die Sache von der Seele zu schaffen. Es heißt, ein alter Rabbi in Europa habe mal gesagt, ein gebrochenes Herz sei das Heilste auf der ganzen Welt. Aber fühl dich nicht verpflichtet, Geschichte gegen Geschichte zu tauschen. Hast du schon zu Abend gegessen? Wenn nicht, haben wir noch eine wunderbare Kalbfleisch-Pie übrig, die Annemarie in Minuten aufwärmen kann. Nur keine falsche Bescheidenheit. Iß. Und hinterher trinken wir Kaffee und gucken uns einen guten Video-Film an, wie wir's dir immer versprochen haben.

Aber was hätte er ihnen erzählen sollen? Von der Gitarre seines früheren Nachbarn, die nach dessen Tod nachts von allein Cello-Klänge abzugeben begann? Also sagte er: »Ich danke euch beiden. Ich habe schon gegessen.« Und fügte hinzu: »Ich wollte nicht stören. Verzeiht, daß ich so ohne Vorankündigung hereingeplatzt bin.«

Ralph Vermont legte brüllend los: »*Nonsense! No trouble at all!*« Und Joel fragte sich, warum einem das Unglück anderer immer übertrieben oder lächerlich erscheint – zu vollkommen, um ernst genommen zu werden. Trotzdem tat es ihm um Annemarie und auch um ihren rosigen, wohlgenährten Bruder leid. Als antworte er verspätet auf eine vorangegangene Frage, bemerkte er verlegen lächelnd: »Ich habe einen Verwandten gehabt, schon gestorben, der immer sagte, alle hätten die gleichen Geheimnisse. Ob das wirklich so ist oder nicht, weiß ich nicht, und nach meiner Meinung gibt es hier sogar ein kleines logisches Problem. Wenn man Geheimnisse vergleicht, sind sie keine Geheimnisse mehr und fallen nicht unter diese Kategorie. Und wenn man sie nicht vergleicht, wie soll man dann wissen, ob sie ähnlich, gleich oder verschieden sind? Unwichtig. Lassen wir das.«

Ralph Vermont sagte: »*It's a goddam nonsense, with all due respect to your relative or whoever.*«

Joel machte es sich im Sessel gemütlicher und legte die Füße auf den Schemel. Als bereite er sich auf ein tiefes, langes Ausruhen vor. Der schmale, mädchenhafte Körper der Frau ihm gegenüber im orangenen Kimono, dessen Falten sie wieder und wieder mit beiden Händen an die Brust drückte, ließ Gedanken und Bilder in seinem Innern aufsteigen, die er lieber von sich gewiesen hätte. Ihre Nippel schielten hierhin und dahin unter der Seidenhülle, erzitterten bei jeder ihrer Handbewegungen, als rumorten sie unter dem Kimono, als rangelten und zappelten dort junge Kätzchen, um hinauszukommen. Im Geist stellte er sich vor, seine breiten, häßlichen Hände würden diese Brüste kraftvoll umschließen und ihr Zappeln anhalten, als fingen sie warme Küken ein. Die Versteifung seines Glieds brachte ihn in schmerzliche Verlegenheit, da Annemarie kein Auge von ihm ließ und er daher nicht mit einem schnellen Handgriff den Druck seiner engen Jeans auf die schräg eingeklemmte Erektion lockern konnte. Er meinte, den Anflug eines Lächelns zwischen Bruder und Schwester wahrzunehmen, als er die Knie höher anzuwinkeln versuchte. Ja, fast hätte er mitgelächelt, doch er war sich nicht sicher, ob er nun gesehen und nur zu sehen gemeint hatte, was zwischen den beiden vor sich ging. Für einen Moment durchfuhr ihn Schealtiel Lublins altbekannter Standardgroll gegen das Glied, das einen herumkommandiert und einem das ganze Leben kompliziert, so daß man sich partout nicht darauf konzentrieren kann, Puschkins Gedichte zu verfassen oder die Elektrizität zu erfinden. Seine Begierde breitete sich von den Lenden nach unten und oben aus, über Rücken und Nacken ebenso wie über Schenkel und Knie bis in die Fußsohlen. Der Gedanke an die Brüste der schönen Frau da vor sich verursachte ein leichtes Beben um seine eigenen Nippel. In der Phantasie sah er ihre kindlichen Finger ihn leicht und flink in Nacken und Rücken zwicken, wie Ivria es getan

hatte, wenn sie seinen Pulsschlag erhöhen wollte, und weil
er an Ivrias Hände dachte, machte er die Augen auf und sah
Annemaries Hände für ihn und für ihren Bruder dreieckige
Stücke wabbelnden Käsekuchens aufschneiden. Doch da
entdeckte er auf ihrem Handrücken ein paar braune Punkte – Flecke des Pigments, das sich unwiederbringlich in der
alternden Haut ansammelte, und auf einen Schlag er-
schlaffte seine Begierde, und an ihre Stelle traten Sanftheit,
Erbarmen und Kummer und auch die Erinnerung an ihr
Weinen einige Minuten zuvor und an die Gesichter der
Mädchen und des Jungen, die die beiden Geschwister in ihren Scheidungsprozessen verloren hatten, und er stand auf
und sagte, ich möchte mich entschuldigen.

»Wofür denn?«

»Es ist Zeit, daß ich gehe«, sagte er.

»Kommt gar nicht in Frage«, brauste Vermont auf, als
übersteige die Kränkung seine Selbstbeherrschungskraft,
»du gehst hier nicht weg. Der Abend ist doch noch jung.
Setz dich, wir sehen uns was auf Video an. Was darf's sein?
Eine Komödie? Ein Krimi? Vielleicht was Saftiges?«

Jetzt fiel ihm ein, daß gerade Netta ihn mehrmals ge-
drängt hatte, diesen Nachbarn einen Besuch abzustatten, ja
ihm beinah hatte verbieten wollen, allein daheimzubleiben.
Und zu seiner eigenen Überraschung sagte er: »Gut. Warum
nicht?« Ließ sich wieder auf den Sessel nieder, legte gemütlich die Beine auf den Fußschemel und fügte hinzu: »Egal.
Was ihr aussucht, ist mir recht.« Durch das Gespinst seiner
Müdigkeit verfolgte er ein schnelles Getuschel zwischen
Bruder und Schwester. Die die Arme ausbreitete, so daß ihre
Kimonoärmel sich wie die Flügel eines auffliegenden Vogels
hoben. Dann ging sie hinaus, kehrte in einem anderen – ro-
ten – Kimono zurück und legte liebevoll die Hände auf die
Schultern ihres Bruders, der vorgebeugt ein Weilchen an
dem Videogerät herumfummelte. Als er fertig war, richtete

er sich schwerfällig auf und kitzelte sie hinter den Ohren, wie man es bei einer Katze macht, um sie zum Schnurren zu bringen. Wieder füllten sie Joels Glas mit Dubonnet, die Beleuchtung im Zimmer wechselte, und der Bildschirm vor seinen Augen begann zu flimmern. Auch wenn es eine einfache Methode gäbe, das Raubtier auf der Platte aus der leidvollen Verankerung seiner Pfote zu befreien, ohne etwas zu zerbrechen und ohne weh zu tun, hätte man noch keine Antwort auf die Frage, wie und wohin ein Tier springen sollte, das keine Augen hat. Der Ursprung des Leidens liegt also im Endergebnis doch nicht an der Lötstelle zwischen Basis und Fuß, sondern anderswo. Genau so, wie die Nägel auf dem byzantinischen Kreuzigungsbild zart gearbeitet waren und kein einziger Tropfen Blut aus den Wunden rann und der Beschauer mit Gewißheit spürte, daß es nicht um die Befreiung des Jünglings mit den mädchenhaften Zügen aus dem Gefängnis seines Leibes ging. Ohne etwas zu zerbrechen oder weiteres Herzeleid zu verursachen. Mit leichter Anstrengung gelang es Joel, sich zu sammeln und im Geist zu rekonstruieren:

Verehrer.

Krisen.

Das Meer.

Und die Stadt zum Greifen nah.

Und wurden zu einem Fleisch.

Und vom Winde verweht.

Als er aus seinen Gedanken erwachte, merkte er, daß Ralph Vermont sacht das Zimmer verlassen hatte. Und vielleicht lugte er jetzt, aufgrund eines geheimen Abkommens mit seiner Schwester, durch eine Ritze, womöglich durch die Wand, durch ein winziges Löchlein in einer Koniferenkrone dieser Waldkulissen. Lautlos, babyhaft, entflammt lag Annemarie auf dem Teppich neben ihm hingestreckt, bereit für ein klein bißchen Liebe. Zu der Joel in diesem Moment nicht bereit war, sei es aus Müdigkeit oder wegen seines inneren Kummers, obwohl er sich seiner Schlaffheit sehr schämte und beschloß, sich vorzubeugen und ihr den Kopf zu streicheln. Sie faßte mit beiden Händen seine häßliche Pranke und legte sie sich auf die Brust. Mit den Zehen zog sie an einer Kupferkette und dämpfte die Waldlichter noch mehr. Dabei entblößten sich ihre Schenkel. Jetzt zweifelte er nicht mehr daran, daß ihr Bruder sie beobachtete und Anteil nahm, aber es war ihm egal, während er im Herzen die Worte Itamars oder Eviatars wiederholte: Was macht das jetzt aus? Ihre Schlankheit, ihr Hunger, ihr Schluchzen, das Vorspringen ihrer schmalen Schulterblätter unter der dünnen Haut, unerwartete Nuancen kleiner Schüchternheiten in ihrer begehrlichen Hingabe – in seinem Hirn blinkten nacheinander die Schande auf dem Dachboden, die Dornzweige, die seine Tochter umgaben, und Edgar Linton auf. Annemarie flüsterte ihm ins Ohr: Du bist so rücksichtsvoll, du bist so mitfühlend. Und tatsächlich war er von Sekunde zu Sekunde weniger auf seine eigenen Fleischesfreuden bedacht, als sei er aus seinem Leib ausgebrochen und in den der Frau geschlüpft, die er nun umsorgte, als verbinde er einen schmerzenden Körper, als besänftige er eine gepeinigte Seele, als stille er das Leid eines kleinen Mädchens, aufmerksam und genau bis in die Fingerspitzen, bis sie ihm zuflüsterte: Jetzt. Und er, von Mitgefühl und Freigebigkeit überströmt, aus irgendeinem Grund zurückwisperte: Meinetwegen.

Dann, als die Komödie, die sie auf dem Video gesehen hatten, zu Ende war, kam Ralph Vermont herein und servierte Kaffee mit erlesenen kleinen Pfefferminzschokoladen in grünem Staniolpapier. Annemarie ging hinaus und kehrte diesmal in weinroter Bluse und weiten Kordhosen zurück. Joel blickte auf die Uhr und sagte, Freunde, schon mitten in der Nacht, Zeit zum Schlafengehen. An der Tür bestürmten ihn die Vermonts, sie wieder zu besuchen, wenn er einen freien Abend habe. Und auch alle Damen seien eingeladen.

Schlapp und schläfrig schlenderte er von ihrem zu seinem Haus hinüber, summte eine alte, gefühlvolle Jaffa-Jarkoni-Melodie, unterbrach einen Moment, um dem Hund »halt die Klappe, Ironside«, zu sagen, und summte weiter, wobei er an Ivria denken mußte, die ihn fragte, was denn los sei, wieso er plötzlich so fröhlich wirke, und er ihr antwortete, er habe sich eine Eskimomätresse geangelt, worauf sie lachte und er fast im selben Moment spürte, wie sehr er darauf brannte, dieses Eskimoliebchen mit seiner Frau zu betrügen.

In jener Nacht fiel Joel voll angezogen auf sein Bett und schlief fast augenblicklich ein, als er den Kopf aufs Kissen legte. Er konnte sich nur gerade noch in Erinnerung rufen, daß er Kranz die gelbe Sprühdose zurückgeben mußte und daß es vielleicht doch schön sei, auch mit Odelia ein Treffen zu vereinbaren und sich ihre Nöte und Beschwerden anzuhören, weil es wohltuend ist, ein guter Mensch zu sein.

23.

Morgens um halb drei wachte Joel auf, weil eine Hand an seiner Stirn lag. Sekundenlang regte er sich nicht, stellte sich weiter schlafend, genoß die sanften Hände, die das Kissen unter seinem Kopf zurechtzogen und ihm übers Haar strichen. Doch plötzlich packte ihn der Schreck, er setzte sich mit einem Ruck auf, schaltete hastig das Licht ein, fragte seine Mutter, was denn mit ihr los sei und hielt ihre Hand mit seiner fest.

»Ich hab' was Grausliges geträumt, daß sie dich weggegeben haben und die Araber gekommen sind und dich mitgenommen haben.«

»Das ist alles wegen dem Streit, den du mit Avigail gehabt hast. Was ist denn bloß mit euch beiden los? Morgen versöhnst du dich mit ihr und fertig.«

»In so einen Karton haben sie dich gelegt. Wie einen Hund.«

Joel stand auf. Sanft, aber energisch zog er seine Mutter mit, setzte sie in einen Sessel und breitete eine Wolldecke aus seinem Bett über sie.

»Setz dich ein bißchen zu mir. Beruhig dich. Dann gehst du wieder schlafen.«

»Nie schlof ich. Ich habe Schmerzen. Ich habe böse Gedanken.«

»Dann schlaf eben nicht. Bleib einfach still hier sitzen. Du brauchst keine Angst zu haben. Möchtest du ein Buch lesen?«

Danach legte er sich wieder ins Bett und knipste das Licht aus. Doch er konnte um keinen Preis in Gegenwart seiner Mutter wieder einschlafen, obwohl nicht einmal ihre Atemzüge in der Stille zu hören waren. Ihm schien, als wandere sie lautlos im Zimmer umher, gucke im Dunkeln in seine Bücher und Aufzeichnungen, greife in den unverschlossenen Panzerschrank. Er schaltete abrupt das Licht wieder an, sah seine Mutter im Sessel schlafen, streckte die Hand nach dem Buch am Kopfende aus, erinnerte sich jedoch nur, daß *Mrs. Dalloway* im Hotel in Helsinki geblieben war und er den Wollschal, den Ivria ihm gestrickt hatte, unterwegs in Wien verloren hatte und seine Lesebrille auf dem Wohnzimmertisch liegengeblieben war. Also setzte er die quadratische, randlose Arztbrille auf und nahm sich die Biographie des verstorbenen Generalstabschefs Elasar vor, die er hier im Studio zwischen Herrn Kramers Büchern gefunden hatte. Im Register entdeckte er den Lehrer, seinen Vorgesetzten, der weder unter seinem richtigen Namen noch unter seinem Spitznamen, sondern unter einem seiner Decknamen erschien. Joel blätterte in dem Buch, bis er zu den Lobeshymnen kam, mit denen man den Patron überhäufte, weil er zu den wenigen gehörte, die rechtzeitig vor dem Debakel des Jom Kippur 1973 gewarnt hatten. Für Notkontakte aus dem Ausland war der Patron sein Bruder gewesen. Doch Joel empfand keinerlei Bruderliebe für diesen kalten, geschliffenen Mann, der ihm jetzt – so folgerte Joel plötzlich kurz vor drei Uhr nachts –, getarnt als alter Freund der Familie, eine ausgeklügelte Falle stellte. Ein scharfer, sonderbarer Instinkt begann ihn wie ein Alarmsignal im Innern zu warnen, seinen Plan zu ändern und um zehn Uhr morgens nicht ins Büro zu gehen. Und womit würden sie ihn fassen und zu Fall bringen? Mit dem Versprechen, das er dem tunesischen Ingenieur gegeben und nicht eingehalten hatte? Mit der Frau, die er in Bangkok getroffen hatte? Mit seiner Fahrlässigkeit in Sachen des bleichen Krüppels? Und da ihm klar wurde, daß er diese Nacht nicht mehr einschlafen würde, beschloß er, die kommenden Stunden zur Vorbereitung einer Verteidigungsstrategie für den Morgen zu nutzen. Als er nach alter Gewohnheit anfing, besonnen von Punkt zu Punkt weiterzudenken, füllte sich das Zimmer jäh mit dem Schnarchen seiner im Sessel eingeschlafenen Mutter. Er löschte das Licht, zog sich die Decke über den Kopf und versuchte vergeblich, die Ohren zu verstopfen, um sich auf seinen Bruder, auf Bangkok, auf Helsinki zu konzentrieren. Bis er begriff, daß er, wollte er sie nicht aufwecken, auf keinen Fall dableiben konnte. Beim Aufstehen spürte er, daß es kälter wurde, breitete deshalb eine zweite Wolldecke, die er von seinem Bett geschält hatte, über sie, strich ihr über die Stirn, lud sich dann die Matratze auf den Rücken und trat damit auf den Gang. Dort blieb er einen Augenblick stehen und überlegte, wohin er gehen sollte, wenn nicht zu dem Tier aus der Familie der Raubkatzen auf dem Bord im Wohnzimmer. Er entschied sich für das Zimmer seiner Tochter, und dort, auf dem Fußboden, legte er seine Matratze nieder, wickelte sich in die einzige dünne Decke, die er seiner Mutter vorenthalten hatte, und schlief im selben Augenblick bis zum Morgen ein. Als er aufwachte, guckte er auf die Uhr und wußte sofort, daß er zu spät dran war, daß die Zeitung schon gekommen und aus dem Fenster des Susita auf den Betonpfad geworfen worden war, trotz der draußen angeklebten Bitte, sie in den Briefkasten zu stecken. Beim Aufstehen hörte er Netta im Schlaf in provozierendem, stichelndem Ton die Worte »Wer denn nicht?!« murmeln. Dann verstummte sie. Joel ging barfuß in den Garten, um die Katze mit ihren Jungen im Geräteschuppen zu füttern, nach den Obstbäumen zu sehen und ein wenig den Flug der Zugvögel zu beobachten. Vor sieben kehrte er nach drinnen zurück und rief Kranz mit der Bitte an, ihm seinen kleinen Fiat für diesen Vormittag auszuleihen. Dann ging er von Zimmer zu Zimmer und weckte die Frauen. Betrat zu Beginn der Siebenuhrnachrichten wieder die Küche und machte Frühstück, wobei er die Augen über die Schlagzeilen der Zeitung schweifen ließ. Wegen der Zeitung horchte er nicht auf die Worte des Nachrichtensprechers, und wegen dessen Stimme kriegte er den Inhalt der Schlagzeilen nicht mit. Als er sich selber Kaffee einschenkte, gesellte sich Avigail zu ihm, frisch und duftend wie eine russische Bäuerin, die die Nacht auf einem Heuhaufen verbracht hat. Ihr folgte seine Mutter mit griesgrämiger Miene und eingezogenen Lippen. Um halb acht kam auch Netta in die Küche. Sie sagte: Heute bin ich wirklich spät dran. Und Joel sagte: Trink, und wir fahren los. Heute habe ich bis halb zehn Zeit. Da kommen Kranz und seine Frau im Konvoi und bringen mir den Fiat, damit unser Wagen für dich dableibt, Avigail.

Danach begann er das Frühstücksgeschirr einzusammeln und im Ausguß abzuwaschen. Netta zuckte die Achseln und sagte gelassen: »Meinetwegen.«

24.

»Wir haben schon versucht, ihr einen anderen anzubieten«, sagte der Akrobat, »aber das funktioniert nicht. Die ist nicht bereit, ihre Gunst jemand anderem außer dir zu gewähren.«

»Am Mittwoch früh fährst du«, faßte der Lehrer zusammen, vom Duft seines Rasierwassers wie von einem Frauenparfüm umweht, »am Freitag trefft ihr euch, und Sonntag nacht bist du schon wieder daheim.«

»Moment mal«, sagte Joel, »das geht mir hier etwas zu schnell.« Er erhob sich und trat an das einzige Fenster, am Ende des schmalen, länglichen Raums. Grünlich-grau sah er das Meer zwischen zwei hohen Gebäuden, ein Wolkenbausch lastete kurz bewegungslos auf der Wasserfläche, und so beginnt hier der Herbst. Rund sechs Monate waren vergangen, seitdem er das letzte Mal dieses Zimmer verlassen hatte, um nicht zurückzukehren. Damals war er hergekommen, um sein Ressort an den Akrobaten zu übergeben, sich zu verabschieden und das wieder abzuliefern, was er die ganzen Jahre über in seinem Panzerschrank verwahrt hatte. Der Patron hatte ihm »mit einem letzten Appell an Verstand und Gemüt« gesagt, daß er seine Dienstquittierung vorerst noch rückgängig machen dürfe und daß man, soweit die Zukunft gelegentlich für den Bruchteil einer Sekunde hinter der Gegenwart hervorluge, sagen könne, daß Joel, falls er sich bereitfände, seine Arbeit fortzusetzen, als einer unter drei oder vier Vorzugskandidaten vorgemerkt sei, von denen der beste in rund zwei Jahren an der Südseite dieses Schreibtisches sitzen werde, während er selbst in ein Vegetarierdorf in Galiläa übersiedeln und sich auf Betrachtungen und Sehnsüchte konzentrieren werde. Darauf hatte

149

Joel lächelnd erwidert, was kann man machen, anscheinend führt mein Weg nicht zu deiner Südseite.

Jetzt, als er am Fenster stand, bemerkte er die Schäbigkeit der Vorhänge und diese trübselige, ja fast unbegreiflich heruntergekommene Atmosphäre, die in dem klösterlichen Büro herrschte. Und in krassem Gegensatz zu dem Duftschwall und den sorgfältig gepflegten Händen des Patrons stand. Der Raum war weder groß noch ausreichend beleuchtet, mit einem schwarzen Schreibtisch zwischen zwei Aktenschränken und davor einem Couchtisch mit drei Korbsesseln. An der Wand hingen Reproduktionen von Landschaftsbildern – eine Ansicht Safeds von dem Maler Reuven und eine der Mauern Jerusalems von Litvinowsky. Am Ende des mit Gesetzbüchern und Werken über das Dritte Reich in fünf Sprachen beladenen Bücherregals stand eine blaue Sammelbüchse des Jüdischen Nationalfonds mit der Karte Palästinas von Dan bis Beer Scheva ungefähr, ohne das Dreieck des südlichen Negev, und wie Fliegendreck lagen über diese Karte hier und da die Fleckchen verstreut, die die Juden gegen volle Bezahlung den Arabern bis 1947 abzukaufen vermocht hatten. Die Inschrift auf der Büchse lautete: *Erlösung gewähret dem Land.* Joel fragte sich, ob vor Jahren je sein Herz daran gehangen hatte, dieses graue Büro zu übernehmen, vielleicht Ivria unter dem Vorwand, sich mit ihr über die Erneuerung der Möbel und Vorhänge beraten zu wollen, herzubitten, ihr den Platz gegenüber am Schreibtisch anzubieten und – wie ein Kind, das sich vor seiner Mutter großtut, die sich all die Jahre in ihm geirrt und ihn unterschätzt hat – sie endlich auf ihre Weise ihre Überraschung verdauen zu lassen: Hier, von diesem bescheidenen Büro aus waltet jetzt also er, Joel, über einen Geheimdienst, den manche für den besten der Welt halten. Womöglich wäre es ihr in den Sinn gekommen, ihn mit einem feinen, versöhnlichen Lächeln um die langwimprigen

Augen zu fragen, worin seine Arbeit bestehe. Worauf er ihr bescheiden geantwortet hätte, schau, alles in allem bin ich so eine Art Nachtwächter.

Der Akrobat sagte: »Entweder bringen wir sie mit dir zusammen, hat sie unserem Kontaktmann gesagt, oder sie redet überhaupt nicht mit uns. Du hast also offensichtlich bei eurem letzten Treffen ihr Herz gewinnen können. Und sie besteht auch darauf, daß es wieder in Bangkok stattfindet.«

»Es sind über drei Jahre vergangen«, sagte Joel.

»Tausend Jahre sind für dich wie ein Tag«, zitierte der Patron. Dicklich war er, kultiviert, das schütter werdende Haar gepflegt, die Fingernägel hübsch gerundet, seine Züge die eines aufrichtigen, Vertrauen erweckenden Menschen. Und doch flackerte in diesen gleichgültigen, etwas trüben Augen gelegentlich eine höfliche Grausamkeit auf, die Grausamkeit eines feisten Katers.

»Ich hätte gern gewußt«, sagte Joel leise, wie aus den Tiefen seiner Grübeleien, »was sie euch genau gesagt hat. Welche Worte sie benutzt hat.«

»Gut, das ist folgendermaßen«, erwiderte der Akrobat scheinbar ohne Zusammenhang mit der Frage, »wie sich's ergibt, weiß die Dame deinen Vornamen. Vielleicht hast du zufällig irgendeine Erklärung dafür?«

»Erklärung«, sagte Joel, »was gibt's da zu erklären. Offenbar habe ich ihn ihr genannt.«

Der Patron, der bisher kaum gesprochen hatte, setzte seine Lesebrille auf, hob von seinem Schreibtisch mit spitzen Fingern, als handle es sich um ein scharfes Stück Glas, einen rechteckigen Zettel, ein Kärtchen, empor und las in leicht französisch gefärbtem Englisch: »Sag ihnen, ich hätte ein schönes Geschenk, das ich bei einer persönlichen Begegnung mit eurem Mann, Joel, dem mit den tragischen Augen, zu übergeben bereit wäre.«

»Wie ist das angekommen?«

»Die Neugier«, sagte der Akrobat, »hat die Katze um die Ecke gebracht.«

Aber der Patron bestimmte: »Du hast das Recht zu wissen, wie es angekommen ist. Warum nicht. Diese Mitteilung hat sie uns durch den Vertreter der Baufirma Solel Bone in Singapur überbringen lassen. Ein kluger Bursche. Der Tscheche. Vielleicht hast du von ihm gehört. Er ist ein paar Jahre in Venezuela gewesen.«

»Und wie hat sie sich vorgestellt?«

»Das ist genau die häßliche Seite der Geschichte«, sagte der Akrobat, »deswegen sitzt du jetzt hier. Sie hat sich bei diesem Plessner als ›eine Freundin von Joel‹ vorgestellt. Was hältst du davon?«

»Anscheinend hab' ich's ihr gesagt. Kann mich nicht erinnern. Und ich weiß natürlich, daß das den Anweisungen widerspricht.«

»Die Anweisungen«, zischte der Akrobat, »die sind nicht für Kronprinzen.« Danach wiegte er den Kopf mehrmals von rechts nach links und stieß dabei viermal, mit langen Pausen dazwischen, den Laut *zk* aus.

Schließlich näselte er boshaft: »Ich kann's wirklich nicht glauben.«

Der Patron sagte: »Joel. Tu mir einen persönlichen Gefallen. Iß Zippis Kuchen. Laß mir das nicht auf dem Teller. Ich hab' gestern wie ein Tiger darum gekämpft, daß sie dir ein bißchen übriglassen sollten. Sie ist doch schon zwanzig Jahre in dich verliebt, und wenn du nicht ißt, bringt sie uns allesamt um. Und deinen Kaffee hast du auch nicht angerührt.«

»Gut«, sagt Joel, »ich verstehe. Was ist das Ende vom Lied?«

»Einen Moment«, sagte der Akrobat, »vor dem Geschäftlichen habe ich noch eine kleine Frage. Wenn du nichts dagegen hast. Abgesehen von deinem Namen, was ist

dir da in Bangkok noch, wie soll man sagen, rausge-
rutscht?«

»He«, sagte Joel ruhig, »Ostaschinsky. Nicht übertreiben.«

»Ich habe nur deshalb übertrieben, du Schönling«, sagte
der Akrobat, »weil diese Mieze nachweislich von dir weiß,
daß du Rumäne bist und Vögel magst und sogar, daß dein
Töchterlein Netta heißt. Du holst also wohl besser mal Luft,
denkst einen Augenblick nach und erklärst uns dann
hübsch vernünftig, wer hier genau übertreibt und warum,
und was diese Dame noch über dich und uns weiß.«

Der Patron sagte: »Bitte benehmt euch, Kinder.«

Und heftete die Augen auf Joel. Der nichts sagte. Sondern
an die Damespiele zwischen dem Mann und Netta dachte.
Und weil ihm Netta einfiel, versuchte er zu begreifen, was
man daran finden mochte, Noten und Partituren zu lesen,
wenn man kein Instrument spielen konnte oder wollte und
es auch nicht zu lernen beabsichtigte. Und er sah im Geist
das Poster vor sich, das in ihrem alten Zimmer in Jerusalem
hing, das dann seins wurde, mit einem niedlichen Kätzchen
darauf, das sich im Schlaf an einen Wolfshund mit dem ver-
antwortungsvollen Gesicht eines Bankiers in den besten
Jahren kuschelte. Joel zuckte die Achseln, weil die Gestalt
der schlummernden Katze keinerlei Neugier erkennen ließ.
Doch der Patron sprach ihn sanft an: »Joel?«

Er sammelte sich und richtete die müden Augen auf den
Patron: »Man beschuldigt mich also doch wegen irgendwas?«

Der Akrobat verkündete ein wenig feierlich: »Joel Rabinowitz fragt, ob man ihn beschuldige.«

Darauf der Patron: »Ostaschinsky. Du bist fertig. Du
darfst weiter bei uns sitzen bleiben, aber strikt im Hintergrund, bitte.« Dann wandte er sich wieder Joel zu: »Wir
beide sind doch, wie sollen wir sagen, fast schon Brüder.

Und auch von schneller Auffassungsgabe. Im allgemeinen. Also die Antwort ist entschieden negativ: Hier wird nicht beschuldigt. Nicht ermittelt. Nicht nachgebohrt. Nicht die Nase reingesteckt. Pfui. Höchstens sind wir ein bißchen überrascht und bekümmert, daß so was ausgerechnet dir passiert ist, und vertrauen darauf, daß künftig und so weiter. Kurz gesagt: wir bitten dich um einen sehr großen Gefallen, und falls du, Gott behüte, ablehnen solltest – sicher wirst du es doch nicht ablehnen können, uns wenigstens eine einmalige, klitzekleine Gefälligkeit zu erweisen.«

Joel hob also den Teller mit Zippis Kuchen vom Couchtisch hoch, prüfte ihn aus der Nähe, sah Berge, Täler, Krater vor sich, zögerte und malte sich dann plötzlich den Tempelgarten in Bangkok vor drei Jahren aus. Ihre Strohtasche als Barriere auf der Steinbank zwischen ihrem Körper und seinem. Die von bunten Fayencen mit verschlungenen goldenen Hörnern überzogenen Karniese, die gigantischen Wandmosaike, die meterlang Szenen aus dem Leben des Buddha in kindlichen Farben darstellten, die einen Gegensatz zu den melancholisch gelassenen Figuren bildeten, die in Stein geschnitzten Monstren, die sich vor seinen Augen im blendenden Tropenlicht verrenkten, Löwen mit Drachenleibern, Drachen mit Tigerköpfen, Tiger mit Schlangenschwänzen, so was wie fliegende Medusen, wilde Kreuzungen von Götterungetümen, Götter mit vier identischen, den vier Himmelsrichtungen zugewandten Gesichtern und zahllosen Armen, auf je sechs Elefanten ruhende Säulen, Pagoden, die sich wie dürstende Finger gen Himmel kringelten, Affen und Gold, Elfenbein und Papageien. Und im selben Moment wußte er, daß er diesmal nicht irregehen durfte, denn er hatte schon genug Irrtümer begangen, für die andere bezahlen mußten. Daß der rundliche, scharfsinnige Mann mit den trüben Augen, der manchmal als sein Bruder geführt wurde, und auch der zweite im Zimmer, ein

Mann, der seinerzeit den von einer Terrorgruppe geplanten Mordanschlag auf das Israelische Philharmonische Orchester vereitelt hatte, alle beide seine Todfeinde waren, so daß er keinesfalls ihren glatten Zungen folgen und auf ihre Tricks hereinfallen durfte, denn durch ihre Schuld hatte er Ivria verloren, durch ihre Schuld Netta, und nun war er an der Reihe. Dieses klösterliche Zimmer, ja das ganze bescheidene, von einer hohen Steinwand umgebene, hinter hohen Zypressen verborgene und zwischen neuen, höheren Gebäuden eingeklemmte Haus und sogar die nostalgische Sammelbüchse des Jüdischen Nationalfonds mit der Karte der – Dunam hier, Dunam dort – erworbenen Landflecken und der riesige Globus Marke Larousse-Gallimard und das einzige, altmodische Telefon, ein schwarzer quadratischer Apparat aus den fünfziger Jahren, womöglich noch aus Bakelit, dessen vergilbte Zahlen in ihren Löchern halb abgerieben waren, und der draußen wartende Flur, dessen Wände man endlich mit billigem Plastik im Holz-Look beklebt und mit einer Schallisolierschicht gepolstert hatte, ja selbst die billige, laute Klimaanlage in Zippis Zimmer und sogar ihre unermüdlichen Liebesbeteuerungen – sie alle waren gegen ihn, und alles hier war darauf angelegt, ihn mit List und Süßholzraspeln und vielleicht auch mit dumpfen Drohungen zu Fall zu bringen, und wenn er nicht aufpaßte, würde ihm oder von ihm nichts mehr übrigbleiben, vorher würden sie nicht von ihm ablassen, und womöglich würde es sowieso so kommen, selbst wenn er sich mit aller Kraft vor ihnen in acht nahm. Vom Winde verweht, sagte Joel zu sich selbst, wobei er die Lippen bewegte.

»Wie bitte?«

»Nichts. Nur so dahingedacht.«

Ihm gegenüber, im zweiten Korbsessel, schwieg auch der alternde Bursche mit dem strammen Trommelbauch, den sie hier den Akrobaten nannten, obwohl sein Äußeres einen absolut nicht an Zirkusse und Olympiaden denken ließ, sondern eher an einen verdienten Mann der Arbeiterbewegung, einen ehemaligen Pionier und Straßenbauer, der es im Lauf der Jahre zum Leiter eines Konsumladens oder zu einem Bezirksboß in der Molkereikooperative gebracht hat.

Derweil ließ der Patron das Schweigen genau bis zu dem Moment andauern, den er, mit feinem Fingerspitzengefühl, für den reifen hielt. Dann lehnte er sich vor und fragte leise, fast ohne die Stille zu stören. »Was wirst du uns jetzt sagen, Joel?«

»Wenn die große Bitte lautet, daß ich die Arbeit wieder aufnehme, fällt die Antwort negativ aus. Endgültig.«

Wieder begann der Akrobat den Kopf leise von rechts nach links zu wiegen, als traue er seinen Ohren nicht, und machte dabei, in langen Abständen, erneut viermal *zk*.

Der Lehrer sagte: »*Bon*. Verzichten wir vorläufig. Wir werden noch darauf zurückkommen. Wir verzichten unter der Bedingung, daß du diese Woche zu dem Treffen mit deiner Herzdame fährst. Sollte sie diesmal auch nur ein Viertel von dem zu geben haben, was sie dir letztes Mal gewährt hat, kann ich dich zu diesem neuerlichen Rendezvous sogar in einer goldenen Kutsche mit Schimmelgespann schicken.«

»Büffeln«, sagte Joel.

»Wie bitte?«

»Büffeln. Ich denke, das ist die Pluralform von Büffel. In Bangkok sieht man keine Pferde, weder weiße noch andere. Alles, was dort angeschirrt ist, wird vom Büffel gezogen. Oder vom Bison. Oder von einem ähnlichen Tier, das sie Banteng nennen.«

»Und ich habe keine besonderen Bedenken: falls du es nach deinem Gutdünken für nötig hältst, kannst du ihr von mir aus auch den Mädchennamen deiner Stiefurgroßmutter auf seiten des Cousins deines Schwagers verraten. Ruhe, Ostaschinsky. Stör jetzt nicht.«

»Moment mal«, sagte Joel, indem er in alter Gewohnheit geistesabwesend einen Finger zwischen Hals und Hemdkragen entlangführte, »bisher habt ihr mich noch an gar nichts angeschirrt. Ich muß mir's überlegen.«

»Teurer Joel«, sagte der Patron, als beginne er eine Lobrede, »du irrst dich sehr, falls du den Eindruck gewonnen haben solltest, hier herrsche freie Wahl. Für die wir natürlich, mit einigen Vorbehalten, durchaus eintreten, aber nicht in diesem Fall. Wegen der Begeisterung, die du beim letzten Mal anscheinend bei dieser Schönen, der Ex-Frau von Du-weißt-schon-wem, erregt hast, und den Leckerbissen, mit denen sie dich und uns überhäuft hat, gibt es nicht wenige Menschen, die heute am Leben sind und sich sogar ein gutes Leben machen, ohne auch nur im Traum zu erraten, daß sie – wären deine mitgebrachten Leckerbissen nicht gewesen – heute tot wären. Es geht hier also nicht um die Qual der Wahl zwischen einer Kreuzfahrt auf dem Traumschiff oder einem Urlaub auf den Bermudas. Es geht um eine Arbeit von hundert, hundertfünf Stunden von und zu deiner Haustür.«

»Laß mir einen Augenblick Zeit«, sagte Joel müde. Und schloß die Augen. Sechseinhalb Stunden hatte Ivria 1972 an einem Wintermorgen vergebens im Flughafen Lod auf ihn gewartet, als sie sich im Inlandsterminal verabredet hatten, um gemeinsam in Urlaub nach Scharm-e-Scheich zu fliegen, und er keinen sicheren Weg gefunden hatte, ihr mitzuteilen, daß er verspätet aus Madrid zurückkehren werde, weil er im letzten Moment dort irgendein Fadenende zu fassen gekriegt hatte, das sich zwei Tage später als ein Nichts, als flüchtiger Schatten, als Sand in den Augen herausstellen sollte. Und nach sechseinhalb Stunden war sie aufgestanden und nach Hause gefahren und hatte Lisa von ihren Fürsorgepflichten für die damals eineinhalbjährige Netta entbunden. Joel war am nächsten Morgen um vier heimgekehrt, und sie hatte ihn in ihrer weißen Kleidung am Küchentisch sitzend erwartet, ein volles Glas längst abgekühlten Tees vor sich, und bei seinem Eintreten, ohne den Kopf von der Wachstuchdecke aufzuheben, gesagt: Müh dich nicht mit Erklärungen ab, du bist so müde und enttäuscht, ich versteh' dich auch ohne Erklärungen. Viele Jahre später, als die asiatische Frau im Tempelgarten in Bangkok von ihm gegangen war, hatte ihn haargenau dasselbe eigenartige Gefühl befallen: Man wartete auf ihn, würde aber nicht endlos warten, und wenn er zu spät kam, war's zu spät. Doch um nichts in der Welt vermochte er herauszufinden, wohin in dieser armseligen, schmuckvollen Stadt diese Frau steuerte, die eben in der Menge verschwunden war, nachdem sie ihm entschieden die Bedingung gestellt hatte, den Kontakt für immer abzubrechen, und er eingewilligt und es versprochen hatte. Wie hätte er dann aufspringen und ihr nachlaufen können, selbst wenn er gewußt hätte, wohin?

»Bis wann«, fragte Joel, »wollt ihr meine Antwort haben?«

»Jetzt, Joel«, sagte der Lehrer mit einer Finsterkeit, die Joel bei ihm nicht kannte. »Jetzt. Du brauchst nicht hin und her zu überlegen. Wir haben dir die Konflikte erspart. Hier kriegst du keinerlei Wahlmöglichkeit.«

»Das will überdacht sein«, beharrte er.

»Bitte schön«, gab der Mann sofort nach, »bitte. Denk nach. Warum nicht. Denk, bis du Zippis Kuchen aufgegessen hast. Dann geht ihr beiden, du und der Akrobat, zur Einsatzabteilung, damit man die Einzelheiten mit euch abspricht. Ich hab' noch vergessen zu sagen, daß der Akrobat dein Einführer sein wird.«

Joel senkte die schmerzenden Augen auf seine Hände. Als redeten sie zu allem Übel plötzlich Urdu mit ihm, bei dem, nach Vermonts Aussage, die Bedeutung eines jeden Wortes davon abhing, ob man es von rechts nach links oder umgekehrt aussprach. Unlustig aß er einen Löffel voll Kuchen. Die fettige Süße erfüllte ihn mit jäher Wut, so daß er innerlich, ohne sich auf dem Stuhl zu regen, anfing zu zappeln und zu schlagen wie ein Fisch, der den Köder geschnappt und den Haken nun im Fleisch stecken hat. Fast greifbar sah er den lauen, stickigen Monsunregen im dunstverhangenen Bangkok vor Augen. Die üppig-pralle, von giftigen Säften strotzende Tropenvegetation. Den im Gassenschlamm stampfenden Büffel und den Elefanten vor dem mit Bambusstangen beladenen Wagen und die Papageien in den Wipfeln und die kleinen Langschwanzaffen, die umhersprangen und Grimassen schnitten. Die Elendsviertel mit den Lehmhütten und dem stehenden Abwasser in der Gasse, die dicken Schlingpflanzen, die Fledermausschwärme noch vor Erlöschen des letzten Tageslichts, das Krokodil, das seinen Kopf aus dem Wassergraben reckte, die von millionenfachem Insektengesumm zerrissene Glutluft, die riesigen Sykomoren und Feldahornbäume, die Mangnolien und Rhododendren, die Mangroven im Morgennebel, die Zedrachbaumwäldchen, das von gefräßigen Lebewesen wimmelnde Unterholz, die Bananenplantagen und die Reisfelder und das aus dem seichten Schlamm der jaucheüberfluteten Felder hochschießende Zuckerrohr, und über allem der glühende, trübe Dunst. Dort erwarteten ihn ihre kühlen Finger; wenn er sich verleiten ließ zu gehen, würde er vielleicht nicht wiederkehren, und wenn er nicht gehorchte, würde er zu spät kommen. Langsam, mit besonderer Sanftheit, stellte er den Kuchenteller auf der Armlehne des Korbsessels ab. Und im Aufstehen sagte er: »Gut. Ich hab's mir überlegt. Die Antwort ist negativ.«

»Ganz ausnahmsweise«, verkündete der Patron mit betonter, ausgesuchter Zuvorkommenheit, wobei Joel die französische Hintergrundmelodie fast unmerklich anschwellen zu hören meinte, »ganz ausnahmsweise und gegen meine sonstige Art«, er wippte mit dem Kinn auf und ab, als lamentiere er über die Weisheit, was krumm ist, kann man nicht gerade biegen, »werde ich warten«, er warf einen Blick auf seine Uhr, »noch vierundzwanzig Stunden werde ich auf eine vernünftige Antwort warten. Übrigens, hast du vielleicht zufällig eine Ahnung, was das Problem mit dir ist?«

»Persönlicher Art«, sagte Joel, indem er sich mit einem inneren Ruck den Haken aus dem Fleisch riß. Und Selbstbeherrschung wahrte.

»Du wirst schon drüber hinwegkommen. Wir helfen dir. Und jetzt geh direkt nach Hause, ohne dich unterwegs aufzuhalten, und morgen vormittag um elf Uhr«, wieder guckte er auf die Uhr, »um 11:10 Uhr, rufe ich an. Und laß dich zu einem Arbeitstreffen mit der Einsatzleitung abholen. Mittwoch früh machst du dich auf den Weg. Der Akrobat wird dich lancieren, ich bin sicher, ihr seid zusammen großartig. Wie immer. Ostaschinsky, wirst du dich nett entschuldigen? Und iß auch den Kuchen auf, den Joel hier nicht fertig gegessen hat. Auf Wiedersehen. Paß unterwegs auf. Und vergiß nicht, Netta die Sehnsüchte eines alten Herzens auszurichten.«

25.

Aber der Mann beschloß, nicht bis zum nächsten Morgen zu warten. Noch am selben Tag, gegen Abend, tauchte in dem Ramat Lotaner Sträßchen sein Renault auf, den er zweimal umkreiste, um zweimal jede Türe darauf zu prüfen, ob sie auch ordentlich abgeschlossen war, bevor er sich dem Gartenpfad zuwandte. Joel, bis zu den Hüften nackt und verschwitzt, schob den knatternden Rasenmäher vor sich her und bedeutete dem Gast in dem Lärm mit der Hand, »wart einen Moment, gleich«. Der Gast seinerseits signalisierte ihm mit den Fingern »mach aus«, worauf Joel, kraft dreiundzwanzigjähriger Gewohnheit, gehorsam abstellte. Und jähe Stille eintrat.

»Ich bin gekommen, um das persönliche Problem zu lösen, auf das du angespielt hast. Wenn Netta das Problem ist —«

»Entschuldige mal«, sagte Joel, der dank seiner Erfahrung sofort erkannt hatte, daß dieser Augenblick, genau jetzt, der Moment der Krise und Entscheidung war, »entschuldige. Schade um deine und meine Zeit, denn ich fahre endgültig nicht. Das habe ich dir schon gesagt. Und was die Privatangelegenheiten angeht, in die du eindringen willst, schau, die sind nun mal zufällig privat. Punkt, aus. Solltest du jedoch nur mal gekommen sein, um ein bißchen Dame zu spielen, warum nicht, tritt ein, Netta ist, glaube ich, gerade aus der Dusche gekommen und sitzt jetzt im Wohnzimmer. Tut mir leid, daß ich nicht frei bin.«

Mit diesen Worten riß er am Anlaßseil, und augenblicklich brach das laut gellende Getucker des Mähers wieder los und erstickte die Antwort des Gastes. Der sich dem Haus zuwandte, eintrat und nach einer Viertelstunde wieder herauskam, als Joel bereits den Rasenstreifen an der Seite des Hauses unter Lisas und Avigails Fenstern in Arbeit genommen hatte und diese kleine Ecke nun stur ein zweites, drittes und viertes Mal schor, bis der Renault weg war. Erst dann stellte er den Motor ab, brachte das Gerät an seinen Platz im Geräteschuppen zurück, holte dort einen Rechen heraus und rechte das abgemähte Gras zu haargenau gleichen Häufchen zusammen, womit er auch dann fortfuhr, als Netta in einer Sackbluse über weiten Haremshosen, barfuß und mit blitzenden Augen zu ihm herauskam und ihn ohne Einleitung fragte, ob seine Weigerung irgendwie mit ihr zusammenhinge. Joel sagte ach was, korrigierte sich jedoch einen Moment später, indem er meinte, vielleicht doch ein bißchen, aber natürlich nicht im engeren Sinn, das heißt nicht, weil es problematisch wäre, dich dazulassen. Es gibt kein solches Problem. Und schließlich bist du hier nicht allein.

»Was ist denn dann dein Problem«, stellte Netta fest, irgendwie leicht spöttisch. »Das ist doch wohl ein schicksalhafter Trip zur Rettung der Heimat oder so was?«

»Gut. Ich hab' das meine schon getan«, antwortete er und lächelte seine Tochter an, obwohl nur selten ein Lächeln zwischen ihnen aufkam. Und sie reagierte mit einem Aufleuchten, das ihm neu und auch wieder nicht neu war, einschließlich eines ganz leichten Bebens im Mundwinkel, das bei ihrer Mutter in der Jugend aufzutreten pflegte, wenn sie sich bemühte, Gefühle zu verbergen. »Sieh mal, das ist so. Ganz einfach. Die Macke mit diesem Irrsinn ist mir vergangen. Sag mal, erinnerst du dich, Ivria, was Vitkin oft zu dir gesagt hat, wenn er gegen Abend zu uns gekommen ist, um Gitarre zu spielen? Hast du seine Worte im Gedächtnis? Er hat gesagt: Ich bin gekommen, nach Lebenszeichen zu suchen. Und dabei bin ich auch angelangt. Danach suche ich jetzt. Aber es brennt ja nichts an. Morgen ist auch noch ein Tag. Ich möchte einfach zu Hause sitzen und nichts tun für ein paar Monate. Oder Jahre. Oder für immer. Bis ich mitkriege, was vor sich geht. Und was es gibt. Oder mich persönlich, durch eigene Erfahrung, davon überzeugen, daß man nichts mitkriegen kann. Soll's eben sein, mal sehen.«

»Du bist ein etwas komischer Mensch«, sagte sie mit gesammeltem Ernst, ja fast mit einer Art unterdrücktem Pathos, »aber möglicherweise hast du mit dieser Reise sogar irgendwie recht. Du wirst doch so und anders leiden. Meinetwegen bleib da. Fahr nicht. Ich find's ziemlich nett, daß du den ganzen Tag im Haus bist oder im Garten und daß man dich manchmal mitten in der Nacht in der Küche sieht. Manchmal bist du ganz nett. Bloß guck mich nicht so an. Nein, geh noch nicht rein – heute mach' ich zur Abwechslung mal für alle Abendbrot. Für alle heißt für dich und mich, denn sämtliche Großmütter sind uns weggefahren. Sie haben eine Verbandsfeier vom *Offenen Herz für den Einwanderer* im Scharon-Hotel und werden ziemlich spät abends wiederkommen.«

26.

Die gewöhnlichen, offenkundigen, einfachen Dinge – die
Morgenkühle, der vom nahegelegenen Zitrushain herüber-
wehende Geruch verbrannten Dorngestrüpps, das Spatzen-
gezwitscher vor Sonnenaufgang in den Zweigen des unter
der herbstlichen Berührung dahinrostenden Apfelbaums,
der Kälteschauder auf seinen bloßen Schultern, der Duft bewässerter Erde, das Aroma des ersten Morgenlichts, das seinen schmerzenden Augen wohltat, die Erinnerung an die
Macht ihrer beider Leidenschaft im nächtlichen Obstgarten
am Ortsrand von Metulla und an die Schande auf dem Dachboden, die Gitarre des toten Eviatar oder Itamar, die im Dunkeln offenbar weiter Celloklänge abgab – offenbar waren
sie beide eng umschlugen bei dem Unfall gestorben, wenn
es denn ein Unfall war –, das Nachdenken über die Sekunde
des Pistolziehens auf dem vollen Busbahnhof von Athen,
Koniferenwälder in gedämpftem Licht bei Annemarie und
Ralph zu Hause, das armselige, in dichten, glühenden Tro-
pendunst gehüllte Bangkok, die werbenden Bemühungen
von Kranz, der sehnlich danach trachtete, sich mit ihm anzufreunden, sich nützlich zu machen, gebraucht zu werden –
jede Sache, über die er grübelte oder an die er sich erinnerte, sah manchmal geheimnisvoll aus. Alles wies zuweilen,
nach den Worten des Lehrers, ein Zeichen des Krummen,
das sich nicht gerade biegen läßt, auf. »So ein minderbemit-
teltes Frauenzimmer«, pflegte Schealtiel Lublin über unsere
Stammutter Eva zu sagen, »wo hat sie bloß ihren Verstand
gehabt: sie hätte einen Apfel vom zweiten Baum essen sollen.
Aber der Witz ist, daß sie, um schlau genug zu sein, von dem
zweiten zu essen, erst einen vom ersten verspeisen mußte.
Und so sitzen wir alle in der Patsche.« Joel führte sich pla-

164

stisch das in dem Wort »unbezweifelbar« enthaltene Bild vor Augen. Versuchte auch, sich im Geist den Inhalt des Ausdrucks »Blitz aus heiterem Himmel« zu vergegenwärtigen. Mit diesen Anstrengungen meinte er, irgendwie seine Aufgabe zu erfüllen. Und doch wußte er, daß seine Kräfte nicht ausreichen würden, Antwort auf eine Frage zu finden, die er bisher nicht zu formulieren – oder auch nur zu verstehen vermocht hatte. Deshalb hatte er noch absolut nichts entschlüsselt und würde es wohl auch nie können. Andererseits fand er Freude daran, den Garten winterbereit zu machen. Bei Bardugos Gärtnerladen an der Ramat-Lotan-Kreuzung kaufte er Setzlinge und Samen und Gift gegen Maulwurfsgrillen und auch ein paar Säcke Dünger. Die Beschneidung der Rosen verschob er auf Januar-Februar, aber einen Plan hatte er bereits. Inzwischen grub er die Erde in den Beeten mit einem Spaten um, den er bei der Katze und ihren Jungen im Geräteschuppen gefunden hatte, und während er den konzentrierten Dünger dabei einstreute, spürte er körperliches Wohlbehagen, als sich seine Lungen mit dem aufreizend scharfen Geruch füllten. Er legte ein Rondell mit Chrysanthemen in verschiedenen Farben an. Pflanzte auch Nelken, Gladiolen und Löwenmaul. Beschnitt die Obstbäume. Besprühte die Rasenränder mit Unkrautvertilgungsmittel, um sie schnurgerade zu halten. Die Sprühdose gab er Arik Kranz zurück, der liebend gern kam, sie abzuholen und eine Tasse Kaffee bei Joel zu trinken. Er schnitt die Hecke auf seiner Seite und auf der der Vermonts, die sich wieder lachend und prustend wie junge Hunde auf ihrem Rasen balgten. Derweil wurden die Tage kürzer, die Abende senkten sich früher herab, die nächtliche Kühle legte zu, und ein sonderbarer, orangener Dunst umhüllte jede Nacht den Lichterglanz über Tel Aviv, jenseits der Dächer des Viertels. Nichts drängte ihn dazu, in die Stadt zu fahren, die, nach Kranz' Worten, wirklich zum Greifen nahe lag. Auch seine nächtlichen Fahrten hatte er fast ganz aufgegeben. Statt dessen säte er Gartenwicken in der leichten Erde entlang den Außenwänden des Hauses. Zwischen Avigail und Lisa waren wieder Ruhe und Frieden eingekehrt. Abgesehen von ihrer ehrenamtlichen Tätigkeit an fünf Vormittagen pro Woche in der Taubstummenanstalt am Rand des Viertels gingen die beiden jeden Montag- und Donnerstagabend zum örtlichen Yogakurs. Netta wiederum blieb der Cinemathek treu, hatte sich jedoch auch für eine Vortragsreihe über die Geschichte des Expressionismus im Tel-Aviv-Museum eingeschrieben. Nur das Interesse an Dornzweigen schien ihr völlig abhanden gekommen zu sein. Obwohl genau am Ende ihres Sträßchens, in dem Brachlandstreifen zwischen Asphalt und Stacheldrahtzaun an der Zitruspflanzung, die Endsommerdisteln gelb und grau wurden, wobei einige von ihnen im Sterben so etwas wie wilde Todesblüten trieben. Joel fragte sich, ob eine Verbindung zwischen dem Erlöschen der Dornzweigleidenschaft und der kleinen Überraschung bestand, die sie ihm eines Freitag nachmittags bereitet hatte, als das Viertel still und leer im ergrauenden Licht dastand und kein Laut zu hören war außer zartem, hübschen Flötenspiel hinter einem geschlossenen Fenster in einem anderen Haus. Wolken hatten beinah bis auf die Baumkronen herabgehangen, und vom Meer war dumpfes Donnergrollen herübergeklungen, als werde es durch die Wattewolkendecke erstickt. Joel hatte auf dem Betonpfad schwarze Plastiksäckchen mit je einer Nelkenstaude ausgelegt, die er dann eine nach der anderen in vorbereitete Löcher setzte, von außen nach innen – zur Haustür hin – fortschreitend, und da war ihm doch plötzlich seine Tochter entgegengekommen, die von innen nach außen zu pflanzte. Am selben Abend, gegen Mitternacht etwa, nachdem der beleibte Ralph ihn überglücklich von Annemaries Bett nach Hause gebracht hatte, fand er seine Tochter, wie sie ihn im Hausflur erwartete, in der

Hand ein kleines Tablett mit einer Tasse Kräutertee. Wie sie den genauen Zeitpunkt seiner Rückkehr gewußt und erraten hatte, daß er Durst, und zwar ausgerechnet auf Kräutertee, haben würde, begriff Joel nicht, und es kam ihm auch nicht in den Sinn zu fragen. Sie hatten sich in die Küche gesetzt und rund eine Viertelstunde über ihre Abiturprüfungen und über die verschärfte Debatte hinsichtlich der Zukunft der besetzten Gebiete geredet. Als sie dann zum Schlafen auf ihr Zimmer ging, hatte er sie bis zur Tür begleitet und flüsternd, um die alten Damen nicht aufzuwecken, geklagt, er habe nichts Interessantes zu lesen. Worauf Netta ihm einen Gedichtband mit dem Titel *Blaue und Rote* von Amir Gilboa in die Hand drückte, und Joel, der sonst keine Lyrik las, im Bett bis kurz vor zwei Uhr nachts darin blätterte und unter anderem auf Seite 360 ein Gedicht fand, das ihn ansprach, obwohl er es nicht ganz verstand. Gegen Ende jener Nacht hatte der erste Herbstregen eingesetzt, der dann den ganzen Schabbat über fast pausenlos niederprasselte.

27.

Manchmal passierte es ihm in diesen Herbstnächten, daß
der Geruch des kalten Meeres, der durch die geschlossenen
Fenster drang, das Trommeln des Regens auf dem Schup-
pendach im Garten hinterm Haus, das Wispern des Windes
im Dunkeln urplötzlich eine stille, starke Freude in ihm ent-
fachte, derer er sich nicht mehr fähig geglaubt hätte. Fast
schämte er sich dieser seltsamen Freude, beinah fand er es
häßlich, ein Gefühl zu haben, als sei die Tatsache, daß er
noch lebte, ein großer Erfolg, während Ivrias Tod ihr Versa-
gen anzeigte. Er wußte sehr wohl, daß die Taten der Menschen – alle Taten aller Menschen, Akte der Leidenschaft
und des Ehrgeizes, des Betrügens, Werbens, Ansammelns,
Entschlüpfens, Akte der Bosheit und Mißgunst, Wettbe-
werb, Schmeichelei und Großzügigkeit, Taten, die Eindruck und Aufmerksamkeit erregen, sich in das Gedächtnis
der Familie oder der Gruppe oder des Volkes und der
Menschheit eingraben sollen, die kleinlichen und die frei-
giebigen, die durchdachten und die impulsiven und die bos-
haften Handlungen – fast alle beinah immer an einen Punkt
führen, an den man überhaupt nicht gelangen wollte. Diese
generelle und permanente Abweichung, die die verschiedenen Taten des Menschen krumm biegt, versuchte Joel bei
sich als den Weltwitz oder als den schwarzen Humor des
Universums zu bezeichnen. Doch er kam wieder davon ab:
die Definition erschien ihm zu hochgestochen. Die Worte
»Universum, Leben, Welt« waren ihm zu grandios, sie
wirkten lächerlich. Deshalb begnügte er sich in Gedanken
mit dem, was ihm Arik Kranz von dem einohrigen Regimentskommandeur bei der Artillerie, Jimmy Gal mit Namen, sicher hast du von ihm gehört, erzählt hatte, der zu

168

sagen pflegte, zwischen zwei Punkten verliefe nur eine gerade Linie, und die sei immer voller Esel.

Und weil ihm der einohrige Regimentskommandeur gelegentlich einfiel, dachte er immer häufiger an den Musterungsbescheid, demzufolge Netta sich in ein paar Wochen beim Wehrersatzamt zu melden hatte. Im Sommer würde sie mit der Schule und den Prüfungen fertig sein. Was würde sich bei den ärztlichen Untersuchungen herausstellen? Hoffte er, man werde Netta zum Wehrdienst zulassen? Oder hatte er Bedenken? Was hätte Ivria beim Eintreffen des Musterungsbescheids von ihm verlangt? Gelegentlich stellte er sich den starken Kibbuznik mit den dicken Armen und der behaarten Brust vor und sagte für sich dann fast laut auf englisch: *Take it easy, buddy.*

Avigail sagte: »Dieses Kind, wenn du mich fragst, ist sie die Gesündeste von uns allen.«

Lisa sagte: »All die Ärzte, gesund solln sie mir sein, haben keine Ahnung. Ein Mensch, der von den Krankheiten der Leute lebt, was hat der davon, wenn ihm alle plötzlich gesund werden?«

Netta sagte: »Ich habe nicht die Absicht, Zurückstellung zu beantragen.«

Und Arik Kranz: »Hör gut zu, Joel. Gib mir bloß grünes Licht – und ich regel dir diese Sache wie nix.«

Und draußen, zwischen einem Regenschauer und dem nächsten, sah man vorm Fenster manchmal durchnäßte, halb erfrorene Vögel reglos am Ende eines Zweiges, als seien sie eine Art wundersame Winterfrucht, die die grauen Obstbäume trotz Winterruhe und Laubabfall getragen hatten.

28.

Noch zweimal versuchte der Lehrer, Joel umzustimmen, ihn doch für den Antritt der geheimen Reise nach Bangkok zu gewinnen. Einmal rief er morgens um Viertel vor sechs an und vereitelte damit wieder den Anschlag auf den Zeitungsboten. Ohne Worte an Rechtfertigungen für die frühe Stunde zu vergeuden, begann er Joel seine Gedanken über die Ablösung der Regierungschefs nach dem Rotationsabkommen mitzuteilen. Wie gewöhnlich umriß er mit wenigen Worten und klaren, scharfen Linien die Vorzüge, skizzierte demgegenüber mit einigen treffenden Sätzen die Nachteile, malte einfach und präzise drei mögliche Geschehensabläufe für die nahe Zukunft aus und verknüpfte bewundernswert jede voraussehbare Entwicklung mit ihren unausweichlichen Konsequenzen. Dabei widerstand er natürlich der Versuchung, auch nur andeutungsweise vorauszusagen, welche der dargestellten Entwicklungen größere Chancen hatte, wirklich einzutreten. Als der Lehrer das Wort »Systemstörung« benutzte, versuchte Joel, der wie immer die passive Seite im Gespräch mit dem Patron war, sich die Systemstörung konkret in Gestalt eines verzwickten elektronischen Geräts vorzustellen, das außer Rand und Band geraten ist, Pfeif- und Heultöne von sich gibt, bunte Lichter aufblitzen läßt und plötzlich elektrische Funken aus den Kontakten versprüht, begleitet von Rauch und dem Geruch versengten Gummis. So verlor er den Gesprächsfaden. Bis der Patron sich ihm in eindringlich didaktischem Ton zuwandte, die Aussprache der Worte von einem Anflug französischer Sprachmelodie untermalt: »Und wenn Bangkok verlorengeht und infolgedessen eines Tages jemand umkommt, dessen Tod man vielleicht hätte verhindern können, wirst du, Joel, später damit leben müssen.«

Joel sagte ruhig: »Schau. Vielleicht hast du's gemerkt. Auch ohne Bangkok lebe ich damit. Das heißt, ich lebe genau mit dem, was du eben angesprochen hast. Und nun entschuldige bitte, ich muß Schluß machen und versuchen, den Zeitungsboten zu erwischen. Wenn du willst, ruf' ich dich später im Büro zurück.«

Der Patron sagte: »Denk nach, Joel.« Damit legte er auf und beendete von sich aus das Gespräch.

Am nächsten Tag lud der Mann Netta zu einem Treffen um acht Uhr abends ins Café Oslo am Ende der Ibn-Gabirol-Straße ein. Joel fuhr sie hin und ließ sie auf der anderen Straßenseite aussteigen. »Geh vorsichtig rüber«, sagte er zu ihr, »nicht hier, dort auf dem Zebrastreifen.« Dann kehrte er nach Hause zurück und brachte seine Mutter zu einer dringenden Untersuchung bei Dr. Litwin, und nach eineinhalb Stunden holte er Netta wieder ab, nicht vor dem Café Oslo, sondern, wie vorher, gegenüber. Bis sie heraustrat, wartete er am Steuer, denn er hatte keinen Parkplatz gefunden, eigentlich auch nicht gesucht. Dabei kam ihm die Geschichte seiner Mutter in den Sinn, von ihrem Treck mit Kinderwagen zu Fuß von Bukarest nach Varna und dem dämmrigen Raum im Schiffsbauch mit den etagenweise übereinandergepferchten Pritschen voller spuckender Männer und Frauen, die sich vielleicht gegenseitig ankotzten, und dem wilden Streit zwischen seiner Mutter und seinem glatzköpfigen, brutalen, unrasierten Vater mit Kratzen und Schreien und Bauchtritten und Bissen. Und er mußte sich ins Gedächtnis rufen, daß der stoppelbärtige Mörder gar nicht sein Vater war, sondern offenbar ein mehr oder weniger Fremder. Sein Vater auf der rumänischen Fotografie war ein hagerer, ledergesichtiger Mann im braungestreiften Anzug, dessen Züge Verlegenheit oder Demütigung ausdrückten. Vielleicht auch Furchtsamkeit. Er war ein katholischer Christ, der aus seinem und seiner Mutter Leben verschwand, als Joel etwa ein Jahr alt war.

»Meinetwegen«, sagte Netta nach zwei, drei Ampeln auf dem Heimweg, »fahr. Warum nicht. Vielleicht mußt du wirklich fahren.«

Es folgte eine lange Stille. Seine Fahrweise zwischen dem Schnellstraßenkreuz und den komplizierten Ampeln im Gewirr der blendenden Scheinwerfer und der Ein- und Ausfahrten, auf der Mittelfahrbahn zwischen Nervosität rechts und Nervosität links war ruhig und präzise.

»Schau«, sagte er, »wie die Dinge jetzt liegen –« Er brach ab, um nach Worten zu suchen, wobei sie weder störte noch half. Wieder Schweigen. Netta entdeckte Gemeinsamkeiten zwischen seinem Fahrstil und seiner Morgenrasur, der kühlen, gemessenen Art, mit der er das Rasiermesser über die Wangen führte, und seiner Genauigkeit im Kinngrübchen. Von klein auf hatte sie gern nahe bei ihm auf der Marmorumrandung des Waschbeckens im Badezimmer gesessen und ihm beim Rasieren zugeguckt, obwohl Ivria sie beide dafür ausschimpfte.

»Was wolltest du sagen«, bemerkte sie. Keine Frage.

»Wie sich das für mich jetzt darstellt, wollte ich sagen, bin ich einfach nicht mehr so gut in diesen Dingen. Das ist ungefähr so wie, sagen wir, ein Pianist, bei dem Rheumatismus sich in den Fingern bemerkbar macht. Besser man hört zeitig auf.«

»*Bullshit*«, sagte Netta.

»Moment. Laß mich genauer erklären. Diese… Reisen, diese ganzen Sachen, das geht, wenn überhaupt, nur mit hundertprozentiger Konzentration. Nicht neunundneunzigprozentiger. Wie so einer, der auf dem Jahrmarkt mit Tellern jongliert. Und ich bin schon nicht mehr konzentriert.«

172

»Meinetwegen bleib oder fahr. Nur schade, daß du dich nicht, sagen wir, den Hahn der leeren Gasflasche auf dem Küchenbalkon schließen und den der vollen öffnen siehst: so konzentriert wie überhaupt möglich.«

»Netta«, sagte er abrupt und schluckte den Speichel hinunter, während er beschleunigte und augenblicklich in den vierten Gang hochschaltete, als sie aus dem engen Verkehrsstrom losgekommen waren, »du begreifst noch nicht, was da läuft. Es geht um wir – oder sie. Unwichtig. Lassen wir das Thema.«

»Meinetwegen«, sagte sie. Da waren sie schon an der Ramat-Lotan-Kreuzung angelangt, Bardugos Gärtnerladen war geschlossen oder womöglich doch noch geöffnet, trotz der späten Stunde. Nur halb erleuchtet. Aus Berufsgewohnheit vermerkte Joel im Gedächtnis, daß die Tür zu war, aber zwei Wagen mit Standlicht davor standen. Bis nach Hause wechselten sie kein Wort mehr. Bei der Ankunft sagte Netta: »Nur eins, ich kann nicht ausstehen, wie dieser Freund von dir sich mit Parfüm einnebelt. Wie eine alte Tänzerin.«

Und Joel sagte: »Schade. Wir haben die Fernsehnachrichten verpaßt.«

29.

So ging der Herbst fast unmerklich in den Winter über. Obwohl Joel auf der Hut war, jedem auch noch so feinen Anzeichen für Veränderung nachzuspüren, um den Wendepunkt zu erkennen und zu registrieren. Die Meeresbrisen fegten die letzten braunen Blätter von den Obstbäumen. Bei Nacht spiegelten sich die schimmernden Lichter Tel Avivs mit beinah radioaktiver Helligkeit in den niedrigen Winterwolken. Der Geräteschuppen beherbergte nicht mehr die Katze und ihre Jungen, von denen Joel allerdings manchmal noch eines zwischen den Mülltonnen entdeckte. Nun brachte er ihnen keine Hühnerreste mehr. Gegen Abend lag die Straße still und leer von Regenböen gepeitscht. Überall hatte man die Gartenmöbel zusammengeklappt und weggeräumt. Oder mit Plastikplanen abgedeckt, die Stühle umgekehrt auf die Tische gestellt. Nachts pochte der Regen in monotoner Gleichgültigkeit an die Fensterläden, trommelte vor lauter Langeweile auf die Asbestüberdachung des Küchenbalkons. An zwei Stellen im Haus zeichneten sich feuchte Stellen ab, die Joel gar nicht erst örtlich zu beheben suchte; lieber kletterte er mit einer Leiter aufs Dach und wechselte sechs Ziegel aus. Damit waren alle Lecks behoben. Und bei derselben Gelegenheit richtete er die Fernsehantenne ein bißchen anders aus, was den Empfang tatsächlich verbesserte.

Anfang November wurde seine Mutter, dank Dr. Litwins Beziehungen, zu einer Reihe von Untersuchungen ins Tel-Haschomer-Krankenhaus aufgenommen. Woraufhin man beschloß, sie unverzüglich zu operieren, um irgend etwas Kleines, aber Unnötiges aus ihrem Körper zu entfernen. Der Oberarzt der Station erklärte Joel, es bestehe keine unmittelbare Gefahr, aber in ihrem Alter könne man natürlich nie wissen. Und im übrigen stelle man hier für kein Alter einen Garantieschein aus. Joel merkte sich die Dinge, ohne weiter nachzuforschen. Beinahe beneidete er seine Mutter ein, zwei Tage nach dem Eingriff angesichts ihres blendend-weißen Bettes, umgeben von Pralinenschachteln, Büchern, Zeitschriften und Blumenvasen, in einem Vorzugszimmer, in dem nur noch ein weiteres Bett stand. Das man leer gelassen hatte.

Avigail wich in den ersten beiden Tagen fast nicht von Lisas Bett, außer wenn Netta sie nach der Schule ablösen kam. Joel stellte Avigail den Wagen zur Verfügung, und sie hinterließ Netta alle möglichen Anweisungen und Warnungen, fuhr nach Hause, um zu duschen, die Wäsche zu wechseln und zwei bis drei Stunden zu schlafen, kam dann wieder, entließ Netta und blieb bis vier Uhr morgens an Lisas Seite. Worauf sie erneut für drei Stunden Ruhe heimfuhr und um halb acht wieder im Krankenhaus auftauchte.

Die meisten Stunden des Tages füllten ihre Vereinsschwestern vom *Komitee für das benachteiligte Kind* und dem Verband *Offenes Herz für den Neueinwanderer* das Zimmer. Sogar der rumänische Nachbar von gegenüber, der Herr mit dem ausladenden Hintern, der Joel an eine überreife, dem Verfaulen nahe Avocado erinnerte, kam mit einem Blumenstrauß, beugte sich zu ihr nieder, küßte ihr feierlich den Handrücken und unterhielt sich mit ihr in ihrer gemeinsamen Muttersprache.

Seit der Operation strahlte das Gesicht seiner Mutter wie das einer Dorfheiligen auf einem Kirchenfresko. Den Kopf auf einem Stapel weißer Kissen, ruhig auf dem Rücken liegend, in das weiße Laken wie in Schnee gehüllt, wirkte sie barmherzig, gütig, voll allumfassender Menschenfreundlichkeit. Unermüdlich erkundigte sie sich im einzelnen nach dem Wohlergehen ihrer Besucher, deren Kindern, Anverwandten und Nachbarn, überhäufte sie sämtlich mit Trost und guten Ratschlägen, ja benahm sich all ihren Gästen gegenüber wie eine Wunderheilige, die Mittelchen, Amulette und Segen an die ausgibt, die zu ihr wallfahrten. Mehrmals saß Joel ihr gegenüber auf dem freien Bett neben seiner Tochter, neben seiner Schwiegermutter oder zwischen beiden. Fragte er sie, wie es ihr gehe, ob sie noch Schmerzen habe, was sie brauche, antwortete sie ihm mit strahlendem Blick wie aufgrund tiefer Inspiration: »Warum tust du nichts. Fängst den ganzen Tag Fliegen. Geh lieber in irgendein Busineß rein. Herr Kranz will dich so gern bei sich drinhaben. Ich geb' dir 'n bißchen Geld. Kauf was. Verkauf. Sieh Menschen. So wirst du doch noch verrückt oder fängst an fromm zu werden.«

Joel sagte: »Wird schon in Ordnung gehen. Hauptsache, du wirst schnell gesund.«

Und Lisa: »Geht gar nicht in Ordnung. Guck doch, was du für eine Figur machst. Sitzt da und frißt dich innerlich auf.«

Irgendwie weckten ihre letzten Worte eine gewisse Besorgnis bei ihm, so daß er sich zwang, aufzustehen und noch einmal das Ärztezimmer aufzusuchen. Das in langer Berufserfahrung Gelernte half ihm, alles, was er wissen wollte, aus ihnen herauszuholen, außer dem, was er am allermeisten wissen wollte, nämlich wie lange bei dieser Geschichte die Pausen zwischen einem Abschnitt und dem nächsten dauern. Sowohl der Oberarzt als auch seine jüngeren Kollegen versicherten ihm beharrlich, das könne man nicht wissen. Er versuchte, ihre Gedankengänge auf die eine oder andere Weise zu entschlüsseln, doch letztlich glaubte er ganz oder beinah, daß sie sich nicht gegen ihn verschworen hatten, ihm die Wahrheit vorzuenthalten, und daß man also auch hier nichts zu erkennen vermochte.

30.

Was den bleichen Krüppel anbetraf, den er vielleicht einmal, am 16. Februar, Ivrias Todestag, in Helsinki auf der Straße gesehen hatte, so war der Mann entweder ohne Gliedmaßen geboren worden, oder er hatte bei einem Unfall die Arme bis zur Schulter und die Beine bis zur Leiste verloren.

Um Viertel nach acht Uhr morgens, nachdem er Netta zur Schule und Lisa zum Institut für Physiotherapie gebracht und dann Avigail den Wagen übergeben hatte, schloß er sich in Herrn Kramers Studio ein, das ihm als Schlafzimmer diente. Wie durch ein Vergrößerungsglas, wie unter einem Punktstrahler prüfte er erneut eingehend die Sache mit dem Krüppel, studierte sorgfältig den Stadtplan von Helsinki, verfolgte seine Marschroute vom Hotel zu dem Treffen mit dem tunesischen Ingenieur im Bahnhof und fand keinerlei Fehler: Ja, der Behinderte war ihm bekannt vorgekommen. Ja, während eines Einsatzes hat man die Pflicht, alles zu stoppen und erst mal zu klären, was es mit dem eben gesehenen bekannten Gesicht auf sich hat, selbst wenn es einem nur vage bekannt vorgekommen ist. Aber jetzt, im genauesten Rückblick, war Joel fast über allen Zweifel mit sich im reinen, daß er den Krüppel von Helsinki an jenem Tag nicht zweimal, sondern nur einmal auf der Straße gesehen hatte. Seine Phantasie mußte ihn getäuscht haben. Erneut zerlegte er die Erinnerung an jenen Tag in kleinste Einzelteile, rekonstruierte die Zeitabschnitte auf einem großen Bogen Karopapier, dessen Fläche er mit Hilfe eines Lineals in Einheiten von je fünfzehn Minuten unterteilte. Bis halb vier Uhr nachmittags konzentrierte er sich auf diese Aufgabe, nahm den Stadtplan in sich auf, arbeitete stur und besonnen über den Schreibtisch gebeugt, rang darum, dem Vergessen einen Krümel nach dem anderen zu entreißen und die Reihenfolge der Orte und Ereignisse wiederherzustellen. Sogar die Gerüche der Stadt kamen ihm beinah wieder. Alle zwei Stunden genehmigte er sich eine Tasse Kaffee. Mittags begann die Müdigkeit seiner Augen die Arbeit zu beeinträchtigen, und er setzte nun abwechselnd die Brille des katholischen Intellektuellen und die des Hausarztes auf. Letztendlich bildete sich langsam eine Vermutung heraus, mit der sich leben ließ: Um 16:05, nach der elektrischen Wanduhr über dem Schalter in der Filiale der *Nordic Investment Bank,* hatte er achtzig Dollar gewechselt und war auf die Esplanade hinausgetreten. Die betreffende Zeitspanne lag also zwischen Viertel nach vier und halb sechs. Der Ort war, soweit ersichtlich, die Ecke Marikatu und Kapitaninkatu, am Fuß eines großen ockerfarben gestrichenen Gebäudes im russischen Stil. Fast mit Gewißheit zeichnete sich davor ein Zeitungs- und Zeitschriftenkiosk vor seinen Augen ab. Dort hatte er den armen Kerl im Rollstuhl gesehen. Und er war ihm bekannt vorgekommen, weil er ihn wohl an eine Gestalt erinnerte, die er einmal auf einem Bild in irgendeinem Museum, vielleicht in Madrid, betrachtet hatte und die ihm damals ebenfalls bekannt erschienen war, weil sie ihn an ein vertrautes Gesicht erinnerte.

Wessen Gesicht? Hier konnte man leicht in einen Teufelskreis geraten. Besser, man konzentrierte sich. Ging wieder nach Helsinki am 16. Februar zurück und vertraute auf die logische Schlußfolgerung, die da offenbar besagte, daß es sich hier um die Reflexion eines Spiegelbildes handelte. Nichts weiter. Nehmen wir an, eine Mondsichel spiegelt sich in einem Wassertümpel. Und sagen wir, der Wassertümpel seinerseits wirft das Spiegelbild der Mondsichel auf eine dunkle Fensterscheibe einer Hütte am Dorfrand. So kann es passieren, daß das Glas, obwohl der Mond im Süden steht und das Fenster nach Norden geht, plötzlich das widerspiegelt, was es dem Augenschein nach nicht widerspiegeln kann. Aber in Wirklichkeit reflektiert es ja nicht den Wolkenmond, sondern nur den Wassermond.

Joel fragte sich, ob diese Hypothese ihm auch bei seinen gegenwärtigen Forschungen weiterzuhelfen vermochte, zum Beispiel hinsichtlich des afrikanischen Strahls, der die Zugvögel lenkte. Konnte die stur andauernde, systematische Beobachtung eines gespiegelten Spiegelbilds den Augen einen Fingerzeig preisgeben, einen schmalen Spalt auftun, der es ermöglichte, in das nicht für uns Gedachte hineinzulugen? Oder war es gerade umgekehrt: Von Reflexion zu Reflexion verblassen die Konturen wie bei der Kopie einer Kopie, die Farbtöne verschwimmen, die Formen gehen ineinander über, und alles wird nebulös und verzerrt?

Wie dem auch sein mochte, wenigstens in der Sache des Krüppels war er vorerst beruhigt. Nur vermerkte er sich im Geist, daß die meisten Formen des Bösen nicht für jemanden in Frage kommen, der weder Arme noch Beine hat. Tatsächlich hatte der Behinderte von Helsinki ein Mädchengesicht. Oder vielmehr das Gesicht eines noch sanfteren Geschöpfes, sanfter als ein Kind, strahlend und großäugig, als kenne er die Antwort und freue sich stillvergnügt über die schier unglaubliche Einfachheit dieser Antwort, die hier doch fast vor dir liegt.

31.

Und doch blieb noch die Frage, ob es ein Rollstuhl mit Eigenantrieb gewesen war oder – was logisch näher lag – jemand anders ihn geschoben hatte. Und wie hatte dieser andere ausgesehen? So es ihn gab?

Joel wußte, daß er hier haltmachen mußte. Diese Linie durfte man nicht überschreiten.

Als sie abends vor dem Fernseher saßen, betrachtete er seine Tochter – ihre grimmig kurzgeschorenen Haare, von denen nur noch Stoppeln übrig waren, die energische Kinnlinie, die eindeutig der Familie Lublin entstammte, Ivria jedoch übersprungen hatte und nun bei Netta erneut auftrat. In ihrer Kleidung, die ihm schlampig vorkam, ähnelte das Mädchen in seiner Sicht einem schmalen Rekruten, dem man zu unförmige und weite Hosen verpaßt hat, der aber die Zähne zusammenbeißt und an sich hält. In ihren Augen blitzte zuweilen ein scharfer, grünlicher Funke auf, der dem Wort »meinetwegen« zwei bis drei Sekunden vorausging. Wie immer saß sie auch an diesem Abend aufrecht, ohne sich anzulehnen, auf einem der schwarzen, steilen Stühle in der Eßecke. So weit wie möglich von ihrem Vater, der auf der Couch lagerte, und ihren Großmüttern auf den beiden Sesseln entfernt. Wenn die Handlung des Fernsehfilms kompliziert wurde, warf sie manchmal einen Satz ein wie »der Kassierer ist der Mörder« oder »sie kann ihn ja doch nicht vergessen« oder »zum Schluß kommt der noch auf allen vieren wieder bei ihr angekrochen«. Gelegentlich sagte sie: »So ein Blödsinn. Woher soll sie wissen, daß er noch nichts weiß?«

Wenn eine der Großmütter, meist war es Avigail, sie bat, Tee zu machen oder etwas aus dem Kühlschrank zu holen,

180

gehorchte Netta stumm. Aber wenn man etwas über ihre Kleidung, ihre Frisur, ihre bloßen Füße, ihre Nägel sagte, meist kamen die Bemerkungen von Lisa, brachte Netta sie mit einem ätzenden Satz zum Schweigen und saß wieder wortlos und steif auf dem Stuhl mit der harten Lehne. Einmal versuchte Joel seiner Mutter im Hinblick auf Nettas gesellschaftliche Isolierung oder ihre unweibliche Erscheinung zu Hilfe zu kommen. Netta sagte nur: »Weiblichkeit ist nicht genau dein Ressort, stimmt's?« Und schon hatte sie ihn mundtot gemacht.

Und was war sein Ressort? Avigail bedrängte ihn, sich an der Universität einzuschreiben, zu seinem eigenen Vergnügen und zur Erweiterung des Horizonts. Seine Mutter vertrat die Meinung, er müsse ins Geschäftsleben eintreten. Mehrmals spielte sie auf eine erkleckliche Geldsumme an, die sie für eine vernünftige Investition aufbewahre. Und es gab den hartnäckigen Antrag eines früheren Kollegen, der Joel das Blaue vom Himmel versprach, wenn er sich nur bereitfinden könnte, als Partner in eine Privatdetektei einzusteigen. Auch Kranz versuchte ihn zu irgendwelchen nächtlichen Abenteuern in einem Krankenhaus zu verleiten, doch Joel machte sich nicht einmal die Mühe, herauszufinden, wovon überhaupt die Rede war. Vorerst bekam er von Netta gelegentlich den einen oder anderen Gedichtband, den er beim Rauschen des an die Fenster schlagenden Regens nachts im Bett durchblätterte. Gelegentlich hielt er inne, um ein paar Zeilen, manchmal auch nur eine einzige, wieder und wieder zu lesen. Unter den Gedichten J. Scharons in dem Band *Eine Zeit in der Stadt* entdeckte er die fünf letzten Zeilen auf Seite 46, die er viermal nacheinander las, bevor er den Worten des Dichters zustimmte, obwohl er sich nicht ganz sicher war, daß er dem Sinn ganz auf den Grund gekommen war.

Joel führte ein blaues Notizbuch, in dem er im Lauf der

Jahre allgemeine Informationen über Epilepsie oder Fallsucht vermerkte, an der Netta nach überwiegender Meinung – wenn auch in leichter Form – mit vier Jahren erkrankt war. Allerdings waren andere Ärzte nicht völlig mit dieser Diagnose einverstanden gewesen. Diesen Ärzten hatte Ivria sich mit einem umwerfenden Feuereifer angeschlossen, der manchmal an Haß grenzte. Eine Anwandlung, die Joel beängstigte, aber auch faszinierte, so daß er sie, indirekt, fast noch anfachte. Das Notizbuch hatte er Ivria nie gezeigt. Er verwahrte es stets in dem verschlossenen Panzerschrank, der in den Boden des Puppenzimmers in Jerusalem eingelassen war. Als er den Dienst quittierte und in vorzeitige Pension ging, hatte sich dieser Schrank geleert und war von Jerusalem nach Ramat Lotan überführt worden, wo Joel es nicht für nötig hielt, ihn in den Boden einzubauen oder ständig verschlossen zu halten. Wenn er ihn abschloß, dann nur wegen des Notizbuchs. Und wegen der drei oder vier Alpenveilchenbilder, die seine Tochter ihm im Kindergarten- oder Erstkläßleralter gemalt hatte, weil es seine Lieblingsblume war. Wäre Ivria nicht gewesen, hätte er, so überlegte er erneut, seine Tochter vielleicht Rakefet, Alpenveilchen, genannt. Aber zwischen Ivria und ihm herrschte ein ständiges Verhältnis von gegenseitiger Anerkennung und Nachgeben. Deshalb hatte er sich nicht auf den Namen versteift. Sie beide, Ivria und Joel, hatten gehofft, ihrer Tochter werde es besser gehen, sobald endlich ihre Zeit gekommen sein würde, vom Mädchen zur Frau zu werden. Und ihnen beiden graute vor irgendeinem dickarmigen Kerl, der sie ihnen eines Tages wegnehmen würde. Obwohl sie bisweilen beide merkten, daß Netta zwischen ihnen stand, wußten sie auch, daß sie nach ihrem Weggang einander von Angesicht zu Angesicht gegenüberstehen würden. Scham erfüllte Joel über die geheime Freude, die er gelegentlich bei dem Gedanken empfand, Ivrias Tod bezeichne ihre Niederlage, während er und Netta letztlich siegreich geblieben seien. Das Wort »Epilepsie« bedeutet »Anfall« oder »Angriff«. Andere Bezeichnungen sind »Fallsucht«, »hinfallende Krankheit«, »Morbus sacer«. Mal ist sie eine idiopathische, mal eine organische Krankheit und vereinzelt auch beides. Im zweiten Fall handelt es sich um ein Hirnleiden, keine Geisteskrankheit. Symptome sind krampfartige Anfälle, begleitet von Bewußtlosigkeit, die in unregelmäßigen Abständen auftreten. Oft kündigt sich der Anfall durch Vorzeichen an. Diese sind unter der Sammelbezeichnung »Aura« bekannt und umfassen etwa Schwindelgefühl, Ohrensausen, verschwommene Sicht und Melancholie oder auch im Gegenteil Euphorie. Der Anfall selbst umfaßt die Versteifung aller Muskeln, Schweratmigkeit, Blaufärbung des Gesichts und gelegentlich auch Zungenbiß und das Auftreten blutigen Schaums auf den Lippen. Dieses Stadium, die tonische Phase, geht schnell vorüber. Darauf folgt meist die klonische Phase, die einige Minuten andauert und sich in starken, unwillkürlichen Verkrampfungen verschiedener Muskeln äußert. Diese Krämpfe ebben ebenfalls langsam ab. Danach kann der Kranke entweder sofort aufwachen oder aber in tiefen, andauernden Schlaf versinken. In beiden Fällen wird er sich beim Erwachen nicht an den Anfall erinnern. Manche Patienten fallen mehrmals pro Tag, andere nur einmal in drei oder sogar fünf Jahren. Einige erleiden die Anfälle bei Tag, andere nachts im Schlaf.

Ferner schrieb Joel noch in sein Notizbuch: Abgesehen von dem *grand mal*, großer Krampfanfall (Joel übersetzte »großes Übel«), leiden manche nur unter dem *petit mal*, kleiner Anfall (»kleines Übel«), das sich in vorübergehender Abwesenheit ausdrückt. Etwa die Hälfte der epileptischen Kinder erleiden lediglich kleine Anfälle. Und es kann auch vorkommen, daß an Stelle der großen oder kleinen Anfälle oder neben ihnen unterschiedliche psychische Attacken in wechselnden Abständen, aber immer abrupt auftreten: Trübsinn, Phobien, Wahrnehmungsstörungen, Wandertriebhaftigkeit, Phantastereien, begleitet von Halluzinationen, wilde Zornausbrüche, Dämmerzustände, in denen einige Kranke unter Umständen gefährliche oder sogar kriminelle Handlungen begehen, die ihnen nach dem Aufwachen völlig entfallen sind.

Im Lauf der Jahre kann die Krankheit in ihren schwereren Formen zu Persönlichkeitsveränderungen oder auch Geistesstörungen führen. Doch in den meisten Fällen ist der Patient zwischen den Anfällen so normal wie jeder andere. Nach anerkannter Lehre ist ständige Schlaflosigkeit geeignet, die Krankheit zu verschärfen, während eine Verschärfung der Krankheit bei dem Patienten wiederum ständige Schlaflosigkeit verursachen kann.

Die Krankheitsdiagnose erfolgt heute, abgesehen von marginalen oder zweideutigen Fällen, durch das psychomotorische Elektroenzephalogramm, also die Messung und Aufzeichnung der Stromwellen im Gehirn. Der fragliche Krankheitsherd liegt im Schläfenlappen. So läßt sich durch modernste Untersuchungen zuweilen eine latente, verborgene Epilepsie, eine elektrische Störung im Gehirn ohne äußere Erscheinungsformen, bei Familienangehörigen des Kranken feststellen. Diese Verwandten leiden selber an nichts, sind überhaupt völlig arglos, können die Krankheit aber an ihre Nachkommen vererben. Denn fast immer ist die Krankheit erblich, wenn sie auch in den meisten Fällen in latenter, verborgener Form von Generation zu Generation weitergegeben wird und nur bei wenigen Nachkommen tatsächlich zum Ausbruch kommt.

Und da seit jeher die Simulanten zahlreich waren, hat schon de Haan 1760 in Wien herausgefunden, daß eine einfache Pupillenbeobachtung im allgemeinen ausreicht, die Verstellungskünstler aller Art zu entlarven: nur bei einem wirklichen Anfall reagieren die Pupillen nicht durch Verengung auf einen starken Lichtstrahl, der auf sie gerichtet wird.

Als Behandlungsarten der Krankheit gelten hauptsächlich die Vermeidung körperlicher und seelischer Erschütterungen sowie der kontrollierte Einsatz von Beruhigungsmitteln wie beispielsweise verschiedene Verbindungen von Bromiden mit Barbituraten.

Antiken Gelehrten, Hippokrates oder auch Demokrit, wird der Ausspruch zugeschrieben: »Der Beischlaf ist eine Art epileptischer Anfall.« Aristoteles hingegen stellt in seiner Abhandlung *Vom Schlafen und Wachen* fest, die Epilepsie ähnele dem Schlaf, und in gewisser Hinsicht sei der Schlaf Epilepsie. Joel hatte hier ein Fragezeichen in Klammern eingefügt, weil ihm, zumindest auf den ersten Blick, Beischlaf und Schlaf als Gegensätze erschienen. Ein jüdischer Weiser des Mittelalters bezog auf die Krankheit den Jeremiavers 17,9: »Arglistig ohnegleichen ist das Herz und unverbesserlich. Wer kann es ergründen?«

Und auch dies schrieb Joel unter anderem in sein Notizbuch: Vor uralten Zeiten bis heute schleift die Fallkrankheit eine Art magische Schleppe hinter sich her. Oft und von verschiedener Seite hat man den Betroffenen Erleuchtung oder Besessenheit oder prophetische Gaben, Verdingung an Dämonen oder im Gegenteil besondere Nähe zum Heiligen nachgesagt. Daher die Bezeichnungen *morbus divus* oder *morbus sacer* oder *morbus lunaticus astralis* oder auch *morbus daemoniacus,* also göttliche, heilige, Mond-Sterne- oder dämonische Krankheit.

Joel, der sich trotz Ivrias Wut innerlich mit der Tatsache abgefunden hatte, daß Netta an einer leichten Form dieser Krankheit litt, ließ sich von all diesen Beinamen nicht beeindrucken. Keinerlei lunar-astrale Anzeichen waren bei seiner vierjährigen Tochter an jenem Tag erkennbar gewesen, als die Sache zum erstenmal auftrat. Nicht er, sondern Ivria war ans Telefon geeilt und hatte den Krankenwagen bestellt. Er selbst, dem man doch sehr wohl schnelles Spurten beigebracht hatte, war zögernd verharrt, weil er ein leichtes Zittern um die Mundwinkel des Kindes wahrzunehmen glaubte, als verkneife es sich ein spöttisches Lachen. Und als er sich dann aufgerafft und sie im Laufschritt auf den Armen zum Notarztwagen getragen hatte, war er mit ihr die Treppe hinuntergefallen und mit dem Kopf ans Geländer geschlagen, und als er wieder zu sich kam, befand er sich in der Notaufnahme, und die Diagnose war inzwischen fast mit Gewißheit gestellt worden, und Ivria hatte nur ruhig zu ihm gesagt: Ich muß mich über dich wundern.

Seit Ende August war kein Anzeichen mehr aufgetreten. Vor allem machte Joel sich jetzt Gedanken über ihre Einberufung zum Wehrdienst. Nachdem er im Geist verschiedene Ideen erwogen hatte, darunter auch den Einfluß des Patrons, beschloß er abzuwarten und nichts zu unternehmen, bis die Ergebnisse der ärztlichen Untersuchungen vom Wehrersatzamt eintrafen.

In diesen windigen Regennächten betrat er manchmal um zwei, drei Uhr morgens die Küche – im Schlafanzug, das Gesicht vor Müdigkeit zerknittert –, und da saß seine Tochter aufrecht am Küchentisch, ohne die Stuhllehne mit dem Rücken zu berühren, eine leere Teetasse vor sich, die häßliche Plastikbrille auf der Nase, teilnahmslos gegenüber dem Nachtfalter, der gegen die Deckenlampe bumste, ganz und gar in die Lektüre vertieft.

»Guten Morgen, *young lady,* vielleicht darf man fragen, was die Dame liest?«

Netta las dann seelenruhig den Absatz oder auch die Seite zu Ende und antwortete ihm erst danach, ohne die Augen aufzuheben: »Ein Buch.«

»Soll ich uns ein Glas Tee machen? Oder ein belegtes Brot?«

Darauf erwiderte sie unweigerlich mit einem einzigen Wort: »Meinetwegen.«

Dann saßen sie beide in der Küche und aßen und tranken schweigend. Allerdings legten sie zuweilen auch ihre Bücher nieder und unterhielten sich in leisem, vertrautem Ton. Über die Pressefreiheit zum Beispiel. Über die Ernennung eines neuen Rechtsberaters der Regierung. Oder über die Katastrophe von Tschernobyl. Und manchmal setzten sie sich hin und schrieben eine Einkaufsliste für die Auffüllung des Medikamentenbestands im Arzneischrank im Bad. Bis man die herübergeschleuderte Zeitung auf den Gartenweg aufschlagen hörte und Joel vergebens von seinem Platz losstürzte, um den Zeitungsboten zu erwischen. Der verschwunden war.

32.

Als das Chanukkafest herankam, buk Lisa Krapfen in Öl und briet Kartoffelpfannkuchen und kaufte einen neuen Chanukkaleuchter nebst einer Packung bunter Kerzen und forderte Joel auf, sich zu erkundigen, welche Stellen im Gebetbuch man beim Anzünden der Kerzen liest. Als Joel staunend fragte, wieso das denn, antwortete seine Mutter in starker Erregung, die fast ihre Schultern erbeben ließ: Immer, all diese Jahre lang, hätte die arme Ivria die jüdischen Feiertage gern ein bißchen traditionell begangen, aber du, Joel, warst ja nie zu Hause, und wenn doch, hast du sie nicht zu Worte kommen lassen.

Joel war bestürzt, stritt die Sache ab, aber seine Mutter schnitt ihm diesmal das Wort ab und tadelte ihn nachsichtig, wie leicht bekümmert: Du behältst immer nur das, was dir paßt.

Zu seiner größten Überraschung stellte Netta sich diesmal auf Lisas Seite. Sie sagte: »Was ist, wenn's jemand die Seele wärmt, können hier Chanukkakerzen oder Lag-Ba-omer-Feuerchen entzündet werden. Wie's halt kommt.«

Als Joel gerade achselzuckend nachgeben wollte, stürmte Avigail mit frischen Kräften aufs Schlachtfeld. Sie legte Lisa den Arm um die Schulter und sagte mit warmer, von didaktischer Geduld erfüllter Stimme: »Entschuldige mal, Lisa, ich muß mich ein bißchen über dich wundern. Ivria hat nie an Gott geglaubt, hat keine Ehrfurcht vor ihm gehabt und hat auch die ganzen frommen Zeremonien nicht ausstehen können. Wir wissen nicht, wovon du auf einmal redest.«

Lisa wiederum beharrte unter sturer Wiederholung der Bezeichnung »die arme Ivria« verbissen auf ihrem Standpunkt, mit bitterbösem Gesicht und streitbar-sarkastischem Unterton in der Stimme: »Ihr solltet euch alle was schämen. Die Ärmste ist nicht mal ein Jahr tot, und ich sehe, daß man sie hier noch mal umbringen will.«

»Lisa. Genug. Hör auf damit. Das reicht für heute. Leg dich ein bißchen hin.«

»Also gut. Ich höre auf. Nicht nötig. Sie ist schon nicht mehr, und ich bin hier die Schwächste, also gut. Auch recht. Ich gebe nach. Wie sie immer in allem nachgegeben hat. Nur mußt du nicht denken, Joel, daß wir schon vergessen haben, wer für sie nicht Kaddisch gesagt hat. Ihr Bruder hat es an deiner Stelle getan. Allein vor Schmach dachte ich damals, ich sterbe.«

Avigail äußerte sanft den Verdacht, seit der Operation und natürlich in deren Folge habe Lisas Gedächtnis wohl ein wenig nachgelassen. Solche Dinge kämen vor, die medizinische Literatur strotze von entsprechenden Beispielen. Auch ihr Arzt, Dr. Litwin, habe gesagt, es könnten kleine geistige Veränderungen auftreten. Einerseits vergesse sie, wo sie eben das Staubtuch abgelegt habe oder wo das Bügelbrett stehe, andererseits erinnere sie sich an Dinge, die gar nicht gewesen seien. Diese Religiosität gehöre anscheinend auch zu den besorgniserregenden Symptomen.

Lisa sagte: »Ich bin nicht religiös. Im Gegenteil. Mich stößt das ab. Aber die arme Ivria hat immer ein bißchen Tradition im Haus pflegen wollen, und ihr habt ihr ins Gesicht gelacht, und auch jetzt spuckt ihr auf sie. Noch ist kein Jahr vorbei, daß sie tot ist, und ihr trampelt schon auf ihrem Grab herum.«

Netta sagte: »Ich kann mich nicht entsinnen, daß sie fromm gewesen wäre. Ein bißchen ausgeflippt vielleicht, aber nicht fromm. Vielleicht geht mein Gedächtnis auch schon hops.«

Und Lisa: »Also gut. Warum nicht. Ist recht. Sollen sie hier den besten Facharzt, den's gibt, herbringen, damit er alle der Reihe nach untersucht und ein für allemal sagt, wer hier bekloppt und wer normal und wer bereits senil ist, und wer das Andenken an die arme Ivria schon aus dem Haus entfernen will.«

Joel sagte: »Genug. Ihr alle drei. Fertig aus. Sonst müssen hier bald noch Grenzschutztruppen einziehen.«

Avigail bemerkte zuckersüß: »Dann gebe ich nach. Kein Grund zum Streit. Soll's so sein, wie Lisa es möchte. Mit Kerzen und Matzen. Bei ihrem jetzigen Zustand müssen wir alle nachgeben.«

Damit hörte der Streit auf, und es herrschte Ruhe bis zum Abend. Nun wurde deutlich, daß Lisa ihren ursprünglichen Wunsch vergessen hatte. Sie zog ihr Festkleid aus schwarzem Samt an und brachte die selbst zubereiteten Kartoffelpfannkuchen und Krapfen auf den Tisch. Aber der – nicht angezündete – Chanukkaleuchter wurde stillschweigend auf das Bord über dem Kamin im Wohnzimmer gestellt. Nicht weit von der Figur des gepeinigten Raubtiers.

Und dann, drei Tage später, stellte Lisa, ohne jemanden vorher zu fragen, auf eben dieses Bord ein nicht übermäßig großes Foto von Ivria, das sie säuberlich in einen schwarzen Rahmen gesteckt hatte.

»Damit wir sie ein bißchen im Gedächtnis behalten«, sagte sie, »damit irgendwas im Haus an sie erinnert.«

Zehn Tage lang stand das Foto am Ende des Bords im Wohnzimmer, und keiner von ihnen sagte mehr ein Wort. Durch ihre Landarztbrille aus einer vorigen Generation blickte Ivria auf ihre romanischen Klosterruinen, die man an die Gegenwand gehängt hatte. Ihr Gesicht wirkte noch magerer als zu ihren Lebzeiten, die Haut dünn und bleich, die Augen hinter den Brillengläsern waren hell und langwimprig. In ihren Zügen auf dem Foto entschlüsselte Joel, wirklich oder vermeintlich, ein unwahrscheinliches Zusammentreffen von Trauer und Tücke. Ihr auf die Schultern herabwallendes Haar war schon grau meliert. Immer noch hatte ihre verblassende Schönheit die Kraft, Joel zu zwingen, nicht hinzusehen. Ja, ihn fast vom Betreten des Wohnzimmers abzuhalten. Sogar auf die Fernsehnachrichten verzichtete er einige Male. Mehr und mehr fesselte ihn jetzt die Biographie von Generalstabschef Elasar, die er in Herrn Kramers Bücherregal gefunden hatte. Die Ergebnisse des öffentlichen Ermittlungsverfahrens interessierten ihn im Detail. Viele Stunden saß er in seinem Zimmer, über Herrn Kramers Schreibtisch gebeugt, und ordnete verschiedene Einzelheiten in Tabellen ein, die er auf Rechenpapier angelegt hatte. Er benutzte den Nichtfüller mit der feinen Feder und genoß es irgendwie, sie etwa alle zehn Worte ins Tintenfaß tauchen zu müssen. Manchmal meinte er, einen gewissen Widerspruch in den Ergebnissen der Untersuchungskommission, die den Generalstabschef für schuldig befunden hatte, herauszuschnüffeln, obwohl er sehr wohl wußte, daß er ohne Zugang zu den Primärquellen nichts außer Vermutungen aufstellen konnte. Und doch bemühte er sich, das, was im Buch stand, bis in die kleinsten Details zu zerlegen und sie dann — mal in dieser, mal in jener Reihenfolge — wieder zusammenzusetzen. Vor ihm auf dem Schreibtisch stand Herr Kramer in gebügelter Uniform, mit Rang- und Ehrenabzeichen geschmückt, das Gesicht strahlend vor Hochstimmung, und drückte die Hand von Brigadegeneral Elasar, der auf dem Foto müde und in sich gekehrt wirkte, die Augen scheinbar intensiv auf etwas weit hinter Kramers Schulter gerichtet. Bisweilen meinte Joel vom Wohnzimmer her leise Jazz- oder Ragtime-Klänge zu hören. Er hörte sie nicht mit den Ohren, sondern mit den Poren seiner Haut. Irgendwie veranlaßte ihn dies, häufig, ja fast jeden zweiten Abend in die Wälder im Empfangsraum seiner Nachbarn Annemarie und Ralph zu gehen.

Nach zehn Tagen, da keiner ein Wort über das von ihr

aufgestellte Bild verloren hatte, plazierte Lisa neben Ivrias Foto eines von Schealtiel Lublin mit seinem dicken Walroßschnauzbart in britischer Polizeioffiziersuniform. Es war das Bild, das stets auf Ivrias Schreibtisch in ihrem Studio in Jerusalem gestanden hatte.

Avigail klopfte an Joels Tür. Trat ein und fand ihn an Herrn Kramers Schreibtisch hocken – wobei die Brille eines katholischen Intellektuellen ihm den Ausdruck asketischer Weltabgeschiedenheit und Gelehrsamkeit verlieh – und Schlüsselabschnitte aus dem Buch über den Generalstabschef auf seinen Karobogen übertragen.

»Entschuldige, daß ich hereinplatze. Aber wir müssen ein wenig über den Zustand deiner Mutter sprechen.«

»Ich höre«, sagte Joel, indem er die Feder aufs Blatt legte und sich im Stuhl zurücklehnte.

»Man kann das einfach nicht anstehen lassen. Man darf nicht so tun, als ob alles bei ihr wie gewöhnlich sei.«

»Fahr fort«, sagte er.

»Hast du keine Augen im Kopf, Joel? Siehst du denn nicht, daß sie von Tag zu Tag verwirrter wird? Gestern hat sie den Gartenweg gefegt und ist dann einfach so raus und hat auf dem Bürgersteig weitergekehrt, bis ich sie zwanzig Meter vom Haus entfernt gestoppt und zurückgeholt habe. Wenn ich nicht gewesen wäre, hätte sie bis vors Tel Aviver Rathaus so weitergemacht.«

»Stören dich die Fotos im Wohnzimmer sehr, Avigail?«

»Nicht die Fotos. Alles. Alle möglichen Dinge, die du, Joel, einfach nicht wahrhaben willst. Du tust nur so, als sei alles völlig normal. Denk daran, daß du diesen Fehler schon einmal begangen hast. Und wir alle haben teuer dafür bezahlt.«

»Fahr fort«, sagte er.

»Hast du darauf geachtet, was mit Netta in den letzten Tagen vor sich geht, Joel?«

Joel verneinte.

»Wußt' ich's doch, daß du nicht drauf geachtet hast. Seit wann achtest du auch auf etwas außer dir selbst. Leider überrascht mich das nicht.«

»Avigail. Worum geht es. Bitte.«

»Seit Lisa angefangen hat, geht Netta schon gar nicht mehr ins Wohnzimmer. Setzt keinen Fuß hinein. Ich sage dir, daß es mit ihr wieder bergab geht. Und ich beschuldige nicht deine Mutter, sie ist für ihre Handlungen nicht verantwortlich, aber du bist ja sozusagen der Verantwortliche. Das denkt wenigstens alle Welt. Nur sie hat nicht so gedacht.«

»Ist recht«, sagte Joel, »das Problem wird geprüft. Wir werden eine Untersuchungskommission bilden. Aber am allerbesten wäre es, wenn du und Lisa euch einfach aussöhnen würdet und fertig.«

»Bei dir ist alles einfach«, sagte Avigail in ihrem Schulmeisterinnenton, doch Joel fiel ihr ins Wort und sagte: »Schau, Avigail, ich versuch' ein bißchen zu arbeiten.«

»Verzeihung«, sagte sie kühl, »ich mit meinen kleinen Dummheiten.« Damit ging sie hinaus und schloß sanft die Tür.

Des öfteren, nach einem heftigen Streit, spät nachts, hatte Ivria ihm zugeflüstert: »Aber du mußt wissen, daß ich dich verstehe.« Was hatte sie ihm mit diesen Worten mitteilen wollen? Was verstand sie? Joel wußte sehr wohl, daß man es nicht wissen konnte. Obwohl ihm die Antwort gerade jetzt wichtiger denn je, ja fast dringend war. Die meisten Tage war sie im weißen Hemd und weißen Jeans im Haus herumgelaufen und hatte keinerlei Schmuck angelegt, außer dem Ehering, den sie aus irgendeinem Grund am rechten kleinen Finger trug. Alle Tage, Sommer wie Winter, waren ihre Finger kalt und spröde. Joel wurde von starkem Verlangen nach ihrer kühlen Berührung seinen nackten

Rücken entlang gepackt und sehnte sich auch danach, ihre Finger zwischen seine klobigen Hände zu nehmen, um sie möglichst ein bißchen anzuwärmen, wie man ein halb erfrorenes Küken wiederbelebt. War es wirklich ein Unfall gewesen? Beinah wäre er ins Auto gesprungen und geradewegs nach Jerusalem zu dem Mehrfamilienhaus in Talbiye gerast, um die elektrischen Leitungen drinnen und draußen zu prüfen, um jede Minute, jede Sekunde, jede Regung an jenem Morgen zu entschlüsseln. Doch das Haus schien ihm im Geist gewissermaßen zwischen den melancholischen Gitarreklängen jenes Itamar oder Eviatar zu schweben, und Joel wußte, daß die Trauer seine Kräfte überschreiten würde. Statt gen Jerusalem strebte er dem Trüffel- und Pilzwald von Ralph und Annemarie entgegen, und nach dem Abendessen, das sie ihm vorsetzten, und nach dem Dubonnet und einer Kassette mit Country Music geleitete Ralph ihn ans Bett seiner Schwester, und Joel war es egal, ob er hinausging oder blieb, und er schlief mit ihr an jenem Abend nicht zu seinem Vergnügen, sondern der Wärme und des Mitgefühls wegen, wie ein Vater, der mit einem Streicheln die Tränen seiner kleinen Tochter abwischt.

Bei seiner Rückkehr nach Mitternacht war das Haus still und dunkel. Einen Moment prallte er vor dem Schweigen zurück, als spüre er ein nahes Unheil. Alle Türen im Haus waren geschlossen, außer der des Wohnzimmers. Also trat er dort ein, knipste das Licht an und merkte, daß die Fotos samt Chanukkaleuchter weg waren. Und erschrak zutiefst, weil er sekundenlang meinte, auch die Figur sei verschwunden. Doch nein. Sie war nur ein wenig verrückt worden und stand nun am Ende des Bords. Joel, der einen Absturz fürchtete, stellte sie sanft in die Mitte des Bretts zurück. Er wußte, daß er klären mußte, wer von den dreien die Bilder weggenommen hatte. Und er wußte auch, daß diese Untersuchung nicht stattfinden würde. Am nächsten Morgen beim Frühstück fiel kein Wort über das Verschwinden der Fotos. Und die folgenden Tage ebenfalls nicht. Lisa und Avigail hatten sich wieder ausgesöhnt und gingen gemeinsam zum örtlichen Gymnastikkurs und zu den Treffen der Makrame-Gruppe. Gelegentlich stichelten sie Joel einträchtig wegen seiner Zerstreutheit oder weil er von morgens bis abends nichts tue. Netta ging abends in die Cinemathek und ins Tel-Aviv-Museum. Manchmal machte sie auch einen kleinen Schaufensterbummel, um die leere Zeit zwischen zwei Filmen herumzubringen. Joel wiederum war gezwungen, seine kleine Ermittlung über die Schuldigsprechung des Generalstabschefs Elasar aufzugeben, obwohl er jetzt den starken Verdacht hegte, es sei seinerzeit bei dem Untersuchungsverfahren irgend etwas falsch gelaufen und großes Unrecht geschehen. Aber er erkannte, daß er ohne Zugang zu den Beweisstücken und zu den geheimen Quellen nicht herausfinden konnte, wie der Fehler passiert war. Inzwischen hatten die Winterregen wieder eingesetzt, und als er eines Morgens hinausging, um die Zeitung vom Weg aufzusammeln, sah er, daß die Katzen auf dem Küchenbalkon mit der steifen Leiche eines kleinen Vogels spielten, der anscheinend erfroren war.

33.

Eines Tages Mitte Dezember, um drei Uhr nachmittags, kam Nakdimon Lublin, in einen Militäranorak gehüllt, das Gesicht rot und rauh vom Peitschen des kalten Windes. Als Geschenk brachte er einen Kanister Olivenöl mit, das er selbst in seiner improvisierten Ölpresse am Nordende Metullas gewonnen hatte. Außerdem trug er vier, fünf Endsommerdisteln in einem halb kaputten, abgewetzten schwarzen Kasten, in dem einst eine Geige gewesen war. Er wußte nicht, daß Netta bereits das Interesse am Sammeln von Dornzweigen verloren hatte.

Er durchmaß den Flur, lugte mißtrauisch in jedes Schlafzimmer, machte das Wohnzimmer ausfindig und drang dort energischen Schrittes ein, als zermalme er mit den Sohlen dicke Erdschollen. Seine Disteln im Geigenkasten und den in Sacktuch eingeschlagenen Ölkanister stellte er ohne zu zögern mitten auf den Couchtisch, ehe er sich seiner Windjacke entledigte, die er auf den Boden neben den Sessel sinken ließ, auf den er sich dann ausladend, mit gespreizten Beinen setzte. Wie üblich nannte er die Frauen »Kinder«, während er Joel mit »Käpten« anredete. Wollte wissen, welche Monatsmiete Joel für dieses Knusperhäuschen zahle. Und weil wir schon beim Geschäftlichen sind, zog er aus der Gesäßtasche ein dickes Bündel zerknitterter Fünfzig-Schekel-Noten mit Gummiband drum herum und legte es müde auf den Tisch – Avigails und Joels Halbjahresanteil an den Einkünften der Obstpflanzung und des Gästehauses in Metulla, Schealtiel Lublins Nachlaß. Auf dem obersten Geldschein des Bündels stand die Abrechnung in dicken Ziffern, wie mit einem Bleistift, mit dem der Schreiner Linien aufs Holz zeichnet.

»Und jetzt«, näselte er, »*yallah*, wacht auf, Kinder. Der Mensch stirbt vor Hunger.«

Im selben Moment bemächtigte sich der drei die Geschäftigkeit von Ameisen, denen man den Zugang zu ihrem Hügel verbaut hat. Zwischen Küche und Wohnzimmer hin- und herwimmelnd, vermieden sie in ihrer Eile nur mit knapper Not Zusammenstöße. Über den Couchtisch, von dem Nakdimon gnädig die Füße heruntergenommen hatte, wurde in Null Komma nix eine Tischdecke gebreitet, auf die augenblicklich Teller, Schälchen, Gläser und Flaschen, Servietten und Gewürze und warme Fladenbrote und saure Gurken nebst Oliven und Bestecke kamen. Obwohl das Mittagessen in der Küche erst eine knappe Stunde vorbei war. Joel guckte verdutzt, baß erstaunt ob der Befehlsgewalt dieses derben, rotgesichtigen, stämmigen Grobians über diese sonst keineswegs unterwürfigen Frauen. Und er mußte einen leichten Ärger hinunterwürgen, indem er sich sagte: Dummkopf, du bist doch nicht etwa eifersüchtig.

»Bringt auf den Tisch, was ihr habt«, befahl der Gast in seinem langsamen, verschnupften Tonfall, »bloß verwirrt mich nicht mit allen möglichen Entscheidungen: Wenn Mohammed am Verhungern ist, er auch den Schwanz des Skorpions frißt. Du bleib sitzen, Käpten, überlaß das Servieren den Kindern. Du und ich müssen ein paar Worte miteinander reden.«

Joel gehorchte und setzte sich seinem Schwager gegenüber auf die Couch. »Das ist so«, begann Nakdimon, besann sich aber anders, sagte »gleich, Moment«, brach ab und konzentrierte sich rund zehn Minuten schweigend und sachkundig auf die gebratenen Hähnchenschenkel mit Pellkartoffeln nebst rohem und gekochtem Gemüse, spülte das Ganze mit Bier hinunter, kippte zwischen den Bieren auch zwei Gläser sprudelnder Orangeade in sich hinein, während das Fladenbrot in seiner Linken ihm wahlweise als Löffel, Gabel oder Kaugrundlage diente, und ließ von Zeit zu Zeit ein behagliches Rülpsen begleitet von wohligen kleinen Seufzern im Bauchbaß los.

Mit nachdenklicher Gesammeltheit beobachtete Joel ihn die ganze Zeit beim Essen, als suche er in der Gestalt des Gastes irgendeine verborgene Einzelheit, mit deren Hilfe sich ein alter Verdacht endlich bestätigen oder zerstreuen ließe. Es war etwas an den Kiefern dieses Lublin oder an Hals und Schultern oder vielleicht an seinen schwieligen Bauernhänden oder an allen zusammen, das auf Joel wie die Erinnerung an eine flüchtige Melodie wirkte, die offenbar dunkel einer anderen, älteren Weise ähnelte, die längst verklungen war. Es bestand keinerlei Ähnlichkeit zwischen diesem rotgesichtigen, vierschrötigen Mann und seiner verstorbenen Schwester, die eine weißhäutige, schmale Frau mit feinen Gesichtszügen und langsamen, introvertierten Bewegungen gewesen war. Joel wurde fast wütend darüber und ärgerte sich sofort über sich selbst wegen dieser Wut, weil er sich im Lauf der Jahre antrainiert hatte, stets einen kühlen Kopf zu bewahren. Er wartete, bis Nakdimon die Mahlzeit beendete, und inzwischen setzten sich die Frauen um den Eßtisch, wie auf eine Zuschauertribüne, in einiger Entfernung von den beiden Männern, die zu beiden Seiten des Couchtisches hockten. Bis der Gast den letzten Knochen abgenagt, den Teller mit dem Fladenbrot abgewischt und das Apfelkompott vertilgt hatte, fiel fast kein einziges Wort im Zimmer. Joel saß seinem Schwager mit rechtwinklig angezogenen Beinen gegenüber, auf denen, offen, seine häßlichen Hände lagen. So wirkte er wie ein pensionierter Kämpfer eines Elitespähtrupps, das Gesicht alt und sonnengegerbt, die drahtige, krause, vorzeitig ergraute Tolle hornartig von der Stirn abstehend, ohne hineinzufallen, die Augenfältchen von leichter Ironie umspielt, dem Anflug eines Lächelns, bei dem die Lippen nicht mitmachten. Über die Jahre hatte er die Fähigkeit erworben, lange Zeit so, wie in tragischer Ruhe, dazusitzen, mit angewinkelten Knien, auf denen je eine reglos gespreizte Hand ruhte, mit geradem, aber nicht angespanntem Rücken, lässig hängenden Schultern und einem Gesicht, in dem sich absolut nichts regte. Bis Lublin sich den Mund am Ärmel und den Ärmel an einer Papierserviette abwischte, in die er sich dann kräftig schneuzte, ehe er sie zusammenknüllte und zum langsamen Absaufen in ein halbvolles Glas Orangeade warf, und sich gemütlich ausstreckte, einen kurzen Furz losließ, der sich wie eine zuknallende Tür anhörte, und erneut fast mit denselben Worten wie zu Beginn der Mahlzeit ansetzte: »Gut. Schau. Das ist so.«

Wie sich herausstellte, hatten Avigail Lublin und Lisa Rabinowitz, jeweils ohne Wissen der anderen, Anfang des Monats Briefe nach Metulla geschickt, bezüglich der Errichtung eines Grabsteins auf Ivrias Grab in Jerusalem zum ersten Jahrestag ihres Todes am 16. Februar. Er, Nakdimon, tue nichts hinter Joels Rücken, und überhaupt, wenn es von ihm abhinge, würde er es lieber Joel überlassen, sich um diese Sache zu kümmern. Obwohl er bereit sei, die Hälfte zu bezahlen. Oder alles. Das sei ihm gleich. Auch ihr, seiner Schwester, sei, als sie ging, schon alles gleich gewesen. Sonst wäre sie vielleicht geblieben. Aber warum sich jetzt in ihren Kopf versetzen. Bei ihr habe sowieso, selbst als sie noch am Leben war, alles voller »kein Zutritt« an allen Seiten gesteckt. Und da er eh heute einiges in Tel Aviv zu erledigen habe – seinen Anteil an einem Lasterunternehmen auflösen, Matratzen für das Gästehaus besorgen, die Lizenz für einen kleinen Steinbruch beantragen –, habe er beschlossen, hier vorbeizuspringen, zu essen und die Sache perfekt zu machen. Das ist die Geschichte. Also, was sagst du, Käpten?

»Ist recht. Grabstein. Warum nicht«, antwortete Joel seelenruhig.

»Regelst du das, oder soll ich?«

»Wie du willst.«

»Schau, ich hab' auf dem Hof einen anständigen Stein aus Kafr Adscher. So einen schwarzen mit Glitzer. In dieser Größe etwa.«

»Ist recht. Bring ihn.«

»Muß man da nichts draufschreiben?«

Avigail mischte sich ein: »Und wir müssen uns schnell entscheiden, bis Ende der Woche, was wir schreiben wollen, denn sonst wird's bis zum Jahrestag nicht mehr fertig.«

»Darf man nicht!« rief Lisa plötzlich mit bitterer, spröder Stimme aus ihrer Ecke.

»Was darf man nicht?«

»Man darf nach dem Tod nicht unschön über sie reden.«

»Wer genau redet denn hier unschön über sie?«

»In Wirklichkeit«, antwortete Lisa in zorniger Auflehnung wie ein trotziges Schulmädchen, das sich vorgenommen hat, die Erwachsenen vor den Kopf zu stoßen, »in Wirklichkeit hat sie keinen so recht geliebt. Es ist nicht schön, das zu sagen, aber lügen ist halt noch weniger schön. So war's. Vielleicht hat sie nur ihren Vater liebgehabt. Und keiner hier hat ein bißchen an sie gedacht, womöglich hätt' sie lieber in Metulla im Grab gelegen, neben ihrem Vater, und nicht in Jerusalem zwischen allen möglichen einfachen Leuten. Aber jeder hier denkt ja nur an sich selber.«

»Kinder«, näselte Nakdimon schläfrig, »vielleicht laßt ihr uns zwei Minuten in Ruhe reden. Danach könnt ihr soviel quatschen, wie ihr wollt.«

»Ist recht«, antwortete Joel verspätet auf eine frühere Frage, »Netta. Du bist hier die Literaturabteilung. Schreib was Passendes, und ich lass' es in den Stein meißeln, den

Lublin bringen wird. Und damit fertig. Morgen ist auch noch ein Tag.«

»Rührt das nicht an, Kinder«, warnte Nakdimon die Frauen, die den Tisch abzudecken begannen, und legte bei diesen Worten seine Hand auf ein kleines Honigglas, das ein Häubchen aus Leinen trug, »das ist voll von natürlichem Schlangensaft. Im Winter, wenn sie schlafen, pack' ich sie zwischen den Säcken in den Scheunen, melke eine Viper hier, eine Viper dort und bring' es dann hierher zum Verkaufen. Übrigens, Käpten, warum, kannst du mir das mal erklären, wozu drängt ihr euch so alle auf einen Haufen?«

Joel zögerte. Blickte auf seine Uhr und sah sehr wohl den Winkel zwischen den beiden Hauptzeigern, ja verfolgte sogar die Sprünge des Sekundenzeigers ein bißchen mit den Augen, aber begriff doch nicht, wie spät es war. Dann antwortete er, die Frage sei ihm unverständlich.

»Die ganze Sippe im selben Loch. Was ist das denn. Einer hockt auf dem andern. Wie bei den Arabuschim. Die Großmütter und die Kinder und die Ziegen und die Hühner und alles. Wozu soll das gut sein?«

Lisa fiel plötzlich kreischend ein: »Wer trinkt Neskaffee und wer Türkischen. Bitte melden.«

Und Avigail: »Was hast du da auf einmal für einen Pickel auf der Wange, Nakdi. Du hast da immer einen braunen Fleck gehabt, und jetzt ist er zum Pickel angeschwollen. Das muß dem Arzt gezeigt werden. Genau diese Woche haben sie im Radio über solche Pickel geredet, daß man sie auf gar keinen Fall vernachlässigen darf. Geh zu Puchatschewsky, daß er dich untersucht.«

»Tot«, sagte Nakdimon, »schon längst.«

Joel sagte: »Gut. Lublin. Bring deinen schwarzen Stein, und wir lassen nur Name und Datum eingravieren. Das genügt. Ich würde sogar auf die Zeremonie zum Jahrestag verzichten. Wenigstens sollen sie mich mit Kantoren und Bettlern in Ruhe lassen.«

»Eine Schande!« krähte Lisa schrill.

»Vielleicht bleibst du über Nacht hier, Nakdi?« fragte Avigail. »Bleib zum Schlafen. Da, schau selber zum Fenster raus und sieh, was für ein Sturm auf uns zukommt. Wir haben hier letzthin eine kleine Debatte gehabt, denn die liebe Lisa meinte, Ivria sei insgeheim ein bißchen fromm gewesen, und wir alle hätten sie wie die Inquisition in Spanien verfolgt. Hast du mal irgendwelche Frömmigkeit bei ihr festgestellt, Nakdi?«

Joel, der die Frage nicht mitgekriegt hatte, aber irgendwie glaubte, sie sei an ihn gerichtet, antwortete mit nachdenklicher Stimme: »Sie hat die Ruhe geliebt. Die hat sie wirklich geliebt.«

»Hört mal zu, was ich hier für einen Vers gefunden habe«, rief Netta, die in ihren schlotternden Haremshosen und einem zeltartigen Karohemd wieder ins Zimmer gekommen war, in der Hand einen Bildband mit dem Titel *Lyrik des Steins – Grabinschriften aus frühzionistischer Zeit,* »hört bloß mal dieses tolle Stück:

Hier wurde tief trauernd beigesetzt

Ein Jüngling, dessen Herz, ach, unheilbar verletzt.

Als Jeremia, Sohn des Aaron Seew, heimgegangen jetzt,

Zu Neumond des Ijar 5661 mit 27 Jahren.

So jung noch, daß er nicht gekostet der Sünde Gebaren,

Hat sich vor halberfüllter Leidenschaft verzehrt seine
Seele, die reine,

Weil, ja weil es nicht gut ist, daß der Mensch bleibt
alleine.«

Wutschnaubend, mit haßsprühenden Augen, fiel Avigail über ihre Enkelin her: »Das ist nicht lustig, Netta. Abscheulich, deine Spöttelei. Dein Zynismus. Diese Verachtung. Diese Herablassung. Als sei das Leben irgendein Sketch und der Tod ein Witz und das Leid ein Kuriosum. Schau dir das gut an, Joel, denk ein bißchen nach, geh vielleicht ein einziges Mal in dich, denn das hat sie doch alles geradewegs von dir. Diese Gleichgültigkeit. Diesen kalten Hohn. Dieses Achselzucken. Dieses Todesengelgrinsen. Alles bei Netta stammt direkt von dir. Siehst du denn nicht, daß sie eine Kopie von dir ist. So, mit diesem eisigen Zynismus hast du schon ein Unheil heraufbeschworen, und so wird hier, Gott behüte, noch ein neues Unheil geschehen. Besser, ich schweige jetzt, um nicht noch den Teufel an die Wand zu malen.«

»Was willst du bloß von ihm?« fragte Lisa mit trauriger Verwunderung, einer Art elegischen Sanftheit. »Was willst du von ihm, Avigail? Hast du keine Augen im Kopf? Siehst du denn nicht, daß er für uns alle leidet?«

Und Joel, der wie gewöhnlich mit Verzögerung auf eine ein paar Minuten zuvor gestellte Frage antwortete, sagte: »Da sieh selbst, Lublin. So leben wir hier alle zusammen, um einander den ganzen Tag gegenseitig zu unterstützen. Vielleicht kommst du auch dazu? Bringst deine Söhne aus Metulla mit?«

»*Ma'alesch*, macht nichts«, stieß der Gast mit verschnupftem, feindseligen Unterton hervor, schob den Tisch von sich, hangelte sich in seinen Anorak und klopfte Joel auf die Schulter: »Im Gegenteil, Käpten. Besser, du läßt hier all die Kinder sich gegenseitig amüsieren und kommst zu uns rauf. Morgens in der Früh holen wir dich zur Feldarbeit ab, bei den Bienenstöcken vielleicht, damit du ein bißchen klaren Verstand kriegst, bevor ihr einander alle noch völlig verrückt macht. Wieso kippt das nicht um?« fragte er, als sein Blick plötzlich auf die Figur des Tieres aus der Familie der Raubkatzen fiel, das aussah, als springe es jeden Augenblick los und befreie sich von seiner Basis auf dem Bord.

»Ah«, sagte Joel, »das frage ich mich ja gerade.«

Nakdimon Lublin wog das Tier in seiner Hand. Kehrte es um, die Grundplatte nach oben, schabte ein wenig mit dem Fingernagel, drehte es hierhin und dorthin, hielt die blinden Augen an die Nase und schnupperte daran, wobei im selben Moment der mißtrauisch-verschlossene, dümmliche Bauernausdruck auf seinem Gesicht deutlicher wurde, so daß Joel unwillkürlich dachte: Wie der Elefant im Porzellanladen. Daß er's bloß nicht kaputtmacht.

Schließlich sagte der Gast: »Blödsinn. Hör mal, Käpten: Irgendwas ist da faul.«

Doch mit überraschender Behutsamkeit, die in krassem Gegensatz zu diesen Worten stand, stellte er die Figur wie mit einer Geste tiefen Respekts an ihren Platz zurück und strich ihr mit der Fingerspitze ganz sanft und langsam über den gespannt gekrümmten Rücken. Danach verabschiedete er sich: »Kinder. Auf Wiedersehen. Ihr sollt einander nicht ärgern.«

Und während er noch das Gläschen Schlangengift in die Innentasche seiner Windjacke stopfte, fügte er hinzu: »Komm, begleite mich raus, Käpten.«

Joel begleitete ihn bis an den Schlag des großen, breiten Chevrolet. Ehe sie sich trennten, sprudelte der vierschrötige Mann in einem Tonfall, den Joel nicht erwartet hatte: »Und auch bei dir, Käpten, ist was faul. Daß du mich nicht falsch verstehst. Macht mir absolut nix aus, dir von dem Geld aus Metulla abzugeben. Kein Problem. Und obwohl im Testament steht, bekommt nichts mehr, wenn er wieder heiratet, kannst du meinetwegen sogar morgen heiraten und es weiter kriegen. Kein Problem. Ich will was anderes sagen. Da ist so ein Araber in Kafr Adscher, 'n guter Freund von mir, verrückt, klaut, und es heißt auch noch, er würd nachts seine Töchter ficken, aber als es mit seiner Mutter zu Ende ging, ist er nach Haifa gefahren und hat eingekauft, hat ihr Fridaire, amerikanische Waschmaschine, Video, was nicht noch alles ins Zimmer gestellt, wie sie's ihr ganzes Leben lang gern gehabt hätte, Hauptsache, daß sie selig stirbt. Das nennt man Mitgefühl, Käpten. Du bist ein sehr kluger Mann, schlau sogar, und auch ein anständiger Mensch. Da kann man nix sagen. Ehrlich bis zum letzten. Absolut in Ordnung. Aber bei näherer Betrachtung stellt sich raus, daß dir drei wichtige Dinge fehlen: *Erstens* hast du keine Lust. *Zweitens* keine Freude. *Drittens* kein Mitgefühl. Wenn du mich fragst, Käpten, kommen die drei Sachen gebündelt. Fehlt, sagen wir, Nummer zwei, fehlen auch Nummer eins und drei. Und umgekehrt. Dein Zustand – grauenhaft. Jetzt geh lieber wieder rein. Guck bloß, was für ein Regen da auf uns zukommt. Schalom. Wenn ich dich sehe, möcht' ich beinah heulen.«

34.

Und dann kamen ein paar Sonnentage, ein strahlend blaues Winterwochenende. Durch die kahlen Gärten und über die kältebleichen Rasen schlenderte plötzlich warmes Honiglicht, berührte flüchtig die Haufen toter Blätter und entzündete hier und da den Schimmer schmelzenden Kupfers. Auf allen Ziegeldächern des Sträßchens entfachten die Sonnenkollektoren grell-flimmernde Sprühfeuer. Parkende Autos, Dachrinnen, Wasserpfützen, Glassplitter am Bordsteinrand, Briefkästen und Fensterscheiben entflammten allesamt zu blinkendem Feuerglanz. Und ein übermütiger Funke hüpfte flink über Sträucher und Wiesen, sprang von der Wand zur Decke, ließ einen Briefkasten aufleuchten, überquerte blitzartig die Straße und entzündete einen blendenden Lichtkringel auf dem Tor des Hauses gegenüber. Joel schöpfte jäh den Verdacht, dieser herumtollende Funke müsse irgendwie mit ihm verbunden sein: denn er erstarrte mitten im Tanz, sobald er selber reglos auf einem Fleck verharrte. Und tatsächlich entschlüsselte er letztlich den Zusammenhang zwischen dem Fünkchen und dem Licht, das sich auf seiner Armbanduhr brach.

Die Luft füllte sich mit Insektengesumm. Eine Seebrise brachte Salzgeschmack mit den Stimmen Spielender vom Rand des Viertels. Hier und da kam ein Nachbar heraus, um die schlammigen Beete ein wenig zu jäten und Platz für Winterblumenzwiebeln zu schaffen. Hier und da hängten Nachbarinnen das Bettzeug zum Lüften ins Freie. Und ein Junge wusch, sicher gegen Geld, den elterlichen Wagen. Als Joel den Blick hob, entdeckte er einen Vogel, der die Kältestarre überlebt hatte und nun, als habe er von der Kraft des jähen Glanzes den Verstand verloren, am Ende eines kahlen

Zweiges saß und mit aller Macht immer wieder, unverändert und ohne Pause wie in Ekstase, einen dreinotigen Vers in die Gegend schmetterte. Der von dem trägen Lichtstrom, so dickflüssig wie Honigseim, verschluckt wurde. Vergebens versuchte Joel, an ihn heranzukommen und ihn mit dem sprühenden Lichterfunken seiner Uhr zu berühren. Und fern am östlichen Horizont, über den Kronen des Zitrushains, hüllten sich die Berge in feinen Dunst, lösten sich erblauend darin auf, als entledigten sie sich ihrer Schwere und würden zu Bergschatten, zu zarten Pastelltupfern auf der schimmernden Leinwand.

Da Avigail und Lisa gemeinsam zum Winterfestival auf den Karmel gefahren waren, entschloß sich Joel, große Wäsche abzuhalten. Energisch, tüchtig, wohldurchdacht ging er von Zimmer zu Zimmer und entkleidete sämtliche Kissen, Rollen und Decken ihrer Bezüge. Auch die Bettvorleger sammelte er ein. Pflückte von den Haken ein Handtuch nach dem anderen, einschließlich der Küchentücher, leerte den Wäschekorb im Bad, machte dann noch einmal die Runde durch die Zimmer, suchte die Kleiderschränke und Stuhllehnen ab und las Hemden und Wäschestücke, Nachthemden, Unterröcke und Röcke, Morgenmäntel, Büstenhalter und Strümpfe auf. Als er damit fertig war, zog er seine gesamte Kleidung aus und blieb nackt im Badezimmer stehen, benutzte seine Sachen dazu, den Wäscheberg aufzustocken, den er nun zu sortieren begann – eine Tätigkeit, der er sich, splitternackt, etwa zwanzig Minuten lang genau und sorgfältig widmete, gelegentlich innehaltend, um durch seine Intellektuellenbrille die Waschanleitungen auf den Etiketten zu studieren, während er umsichtig getrennte Haufen für Kochwäsche, Warmwäsche, Kaltwäsche und Handwäsche baute und dabei registrierte, was Schleudern vertrug und was in den Trockner kam oder – zum Aufhängen auf der rotierenden Wäschespinne, die er unter Mithilfe von Kranz und dessen Sohn Dubi ganz hinten im Garten aufgestellt hatte. Erst nach Beendigung der Sortier- und Planungsphase ging er sich anziehen, kam dann wieder und schaltete die Maschine an, ein Programm nach dem anderen, von heiß bis kalt und vom Groben zum Feinen. Der halbe Morgen ging dabei drauf, doch er war so in seine Arbeit vertieft, daß er es kaum merkte. Denn er war fest entschlossen, alles fertigzukriegen, bevor Netta aus der Matineevorstellung im Zavta-Theater zurück sein würde. Den Jüngling Jeremia aus dem Grabinschriftenband, der wegen halberfüllter Leidenschaft oder ähnlichem Hand an sich gelegt hatte, stellte er sich im Geist an den Rollstuhl gefesselt vor. Und wenn er der Sünde Gebaren nicht gekostet hatte, beruhte das doch darauf, daß es ohne Arme und Beine weder Sünde noch Unrecht gibt. Bezüglich der Agranat-Kommission und der Ungerechtigkeit, die General Elasar möglicherweise widerfahren war, zog Joel in Betracht, was der Lehrer die ganzen Jahre über all seinen Untergebenen zu sagen pflegte: Vielleicht existiert die absolute Wahrheit und vielleicht nicht, das ist Sache der Philosophen, aber andererseits weiß doch jeder Idiot und jeder Schurke haargenau, was eine Lüge ist.

Und was sollte er nun machen, nachdem die ganze Wäsche schon trocken und wie mit dem Lineal gefaltet auf den Schrankbetten lag, abgesehen von dem, was noch auf der Kleiderspinne im Garten trocknete? Die Bügelwäsche bügeln. Und dann? Im Geräteschuppen hatte er schon am vergangenen Schabbat gründlich Ordnung geschaffen. Vor zwei Wochen war er von Fenster zu Fenster gegangen und hatte alle Gitter mit Rostschutzmittel behandelt. Die Bohrmaschinensucht, das wußte er, mußte er endlich überwinden. Die Küche glänzte vor Sauberkeit, und kein einziger Teelöffel wartete auf dem Abtropfständer: alle lagen aufgeräumt in der Schublade. Vielleicht sollte er die angefangenen Zuckertüten zusammenschütten? Oder schnell bei Bardugos Gärtnerladen an der Einfahrt nach Ramat Lotan vorbeifahren und ein paar Winterblumenzwiebeln kaufen? Du wirst noch krank werden, sagte er sich in den Worten seiner Mutter, du wirst krank, wenn du nicht anfängst, was zu tun. Diese Möglichkeit prüfte er einen Augenblick im Geist und fand keinerlei Fehler daran. Er erinnerte sich wieder, daß seine Mutter mehrmals eine große Geldsumme erwähnt hatte, die sie mit dem Ziel verwahre, ihm beim Eintritt ins Geschäftsleben unter die Arme zu greifen. Und daran, daß ein ehemaliger Kollege ihm einmal das Blaue vom Himmel versprochen hatte, wenn er nur bereit wäre, eine Partnerschaft in einer Privatdetektei zu übernehmen. Und das Drängen des Patrons. Auch Ralph Vermont hatte mal mit ihm über einen diskreten Investitionskanal gesprochen, irgendwas einem kanadischen Riesenkonsortium Angegliedertes, mit dessen Hilfe Ralph versprach, Joels Anlage innerhalb von achtzehn Monaten zu verdoppeln. Und Kranz ließ nicht ab, ihn zu bestürmen, ein neues Abenteuer mit ihm zu teilen: Zweimal in der Woche machte er, im weißen Kittel, ehrenamtlich Nachtschicht als Hilfssanitäter in einem Krankenhaus, völlig überwältigt von den Reizen einer ehrenamtlichen Hilfsschwester namens Grete. Arik Kranz hatte gelobt, nicht abzulassen, ehe er sie nicht »von rechts nach links, von oben bis unten und auch noch kreuzweise durchgebumst« habe. Für Joel hatte er, wie er sagte, schon zwei andere Volontärinnen ausersehen und geschnappt, Christine und Iris, unter denen Joel frei wählen konnte. Oder sich auch für beide entscheiden.

Unter Mitführung des erforderlichen Ausrüstungsstapels zur Errichtung seines Siedlungsstützpunktes – Lesebrille, Sonnenbrille, Sprudelflasche, ein Gläschen Brandy, das Buch über den Generalstabschef, eine Tube Sonnencreme, Schirmmütze und Transistorradio – zog Joel in den Garten,

um sich zu einem Sonnenbad auf die Schaukel zu legen, bis
Netta aus der Samstagsmatinee im Zavta zurückkam, worauf sie ein spätes Mittagessen einnehmen würden. Warum
sollte er eigentlich die Einladung seines Schwagers nicht annehmen? Er könnte allein nach Metulla fahren. Dort ein
paar Tage zubringen. Vielleicht auch ein, zwei Wochen.
Und warum nicht ein paar Monate? Halb nackt würde er
von morgens bis abends auf dem Feld arbeiten, in der Bie-
nenzucht, in dem Obstgarten, zwischen dessen Stämmen er
zum erstenmal mit Ivria geschlafen hatte, die herausgekommen war, um Bewässerungshähne zu- oder aufzudrehen,
während er, ein Soldat im Unteroffizierslehrgang, der sich
bei einer Orientierungsübung verlaufen hatte, dort zwischen den Hähnen gewesen war, um seine Feldflasche auf-
zufüllen, und als sie etwa auf fünf, sechs Schritte Entfernung
an ihn herankam, bemerkte er sie und versteinerte vor lauter Furcht und hörte beinah auf zu atmen. Sie hätte ihn gar
nicht wahrgenommen, wenn ihre Füße nicht an seinen geduckten Körper gestoßen wären, und als ihm klar war, daß
sie nun schreien würde, tat sie das gar nicht, sondern flüsterte ihm nur zu, bring mich nicht um. Verwirrt waren sie
beide, redeten kaum zehn Worte, bis ihre Körper sich jäh
aneinanderklammerten, schwerfällig, tastend, beide voll
bekleidet, sich schnaufend im Staub wälzten und sich ineinander verwühlten wie zwei blinde Welpen und einander
weh taten und zu Ende waren, bevor sie noch richtig angefangen hatten, und sofort beide in verschiedene Richtungen
flohen. Und dort zwischen den Obstbäumen hatte er zum
zweitenmal mit ihr geschlafen, einige Monate später, als er
wie betört nach Metulla zurückgekehrt war und ihr zwei
Nächte an denselben Hähnen auflauerte und sie in der dritten Nacht wieder zusammenstießen und wie verdurstend
übereinander herfielen und er dann um ihre Hand anhielt
und sie ihm sagte, bist wohl verrückt. Und von da an trafen

sie sich nachts, und erst nach einiger Zeit sahen sie sich bei Licht und versicherten einander, daß das, was sie sahen, keine Enttäuschung ausgelöst habe.

Und im Lauf der Zeit würde er vielleicht von Nakdimon zwei, drei Dinge lernen. Zum Beispiel würde er versuchen, sich die Kunst des Giftschlangenmelkens anzueignen. Würde ein für alle Male prüfen und entschlüsseln, wieviel der Nachlaß des Alten wirklich wert war. Würde mit großer Verspätung aufklären, was tatsächlich in jenem fernen Winter in Metulla passiert war, als Ivria und Netta dorthin vor ihm weggelaufen waren und Ivria felsenfest behauptet hatte, Nettas Problem sei dank ihrer Entscheidung, ihm jeden Besuch bei ihnen zu verbieten, verschwunden. Zwischen diesen Ermittlungen würde er seinen Körper in der Sonne tummeln und stärken, bei den Feldarbeiten, zwischen Vögeln und Wind, wie in seiner Jugendzeit bei seinem Arbeitseinsatz im Kibbuz, bevor er Ivria heiratete und bevor er zur Militärstaatsanwaltschaft versetzt wurde, von wo aus man ihn zum Kurs für Sonderaufgaben geschickt hatte.

Doch die Gedanken an den Umfang des Besitzes in Metulla und die Tage körperlicher Arbeit blätterten von ihm ab, ohne seine Begeisterung zu entzünden. Hier in Ramat Lotan hatte er nicht viele Ausgaben. Die Gelder, die Nakdimon ihm alle halbe Jahr überwies, die Sozialversicherung der beiden alten Frauen, seine eigene Pension und die Differenz zwischen den Mieteinkünften von den beiden Wohnungen in Jerusalem und der Miete, die er hier bezahlte, gewährten ihm zusammen genug Muße und Seelenfrieden, seine ganze Zeit zwischen Vögeln und Rasen zu verbringen. Und trotzdem war er der Erfindung der Elektrizität und dem Schreiben von Puschkin-Gedichten noch keinen Deut nähergekommen. Auch dort, in Metulla, würde er sich doch vermutlich der Bohrmaschine oder ähnlichen Süchten verschreiben. Und da hätte er beinah losgelacht, weil ihm einfiel, wie Nakdomin Lublin auf dem Friedhof das Kaddisch so falsch gelesen hatte, daß unter anderem aus *kire'ute,* nach seinem Willen, *kire'utja,* nach Gottes Gemahlin, und aus *beseman kariv,* in naher Zeit, *beseman kerav,* zur Kampfzeit, geworden war. Vernünftig und fast rührend erschien ihm das Kollektiv oder die Kommune, die Ralphs Ex-Frauen und Annemaries Ex-Männer mit ihren Kindern in Boston gegründet hatten, weil er im Herzen mit der letzten Zeile der von Netta in jenem Bildband gefundenen Grabinschrift übereinstimmte. Alles in allem ging es hier ja weder um Schande oder Dachböden noch um lunar-astrale Krankheiten und auch nicht um eine byzantinische Kreuzigungsszene, die dem gesunden Menschenverstand widersprach. Es ging mehr oder weniger um eine ähnliche Sache wie die, über die sich Schamir und Peres stritten: die einem Zugeständnis innewohnende Gefahr, immer weitere Zugeständnisse nach sich zu ziehen, gegenüber der Notwendigkeit, realistisch zu sein und Kompromisse einzugehen. Und dieser Kater da, jetzt wirklich schon ein großer Junge, sah doch eigentlich aus, als entstamme er dem Sommerwurf im Geräteschuppen. Und nun fixierte er bereits den Vogel auf dem Baum.

Joel wandte sich der Wochenendzeitung zu, las ein wenig und nickte ein. Zwischen drei und vier Uhr nachmittags kam Netta zurück, steuerte geradewegs in die Küche, aß etwas im Stehen aus dem Kühlschrank, duschte und teilte ihm in seinen Schlaf hinein mit: Ich geh' noch mal in die Stadt. Danke, daß du mir die Bettwäsche gewaschen und die Handtücher gewechselt hast, aber das hättest du nicht zu tun brauchen. Wofür bezahlen wir die Putzfrau. Joel brummte, hörte ihre sich entfernenden Schritte und stand auf, um die weiße Schaukel zur Rasenmitte hinzurücken, weil die Sonne ein wenig abgewandert war. Und wieder legte er sich hin und schlief ein. Kranz und seine Frau Odelia tappten auf Zehenspitzen an, setzten sich an den weißen Gartentisch und warteten, wobei sie Joels Zeitung und Buch durchsahen. In den langen Jahren seiner Arbeit und Dienstreisen hatte er sich ein katzenhaftes Hochfahren angewöhnt, eine Art innerer Sprung aus dem Schlaf direkt in einen hellwachen Zustand, ohne Schlaftrunkenheit und Hinüberdämmern. Noch beim Augenaufschlagen ließ er die bloßen Füße hinunter, setzte sich in der Schaukel hoch und gelangte auf den ersten Blick zu dem Schluß, daß Kranz und seine Frau sich wieder mal gestritten hatten, erneut zu ihm gekommen waren, damit er zwischen ihnen vermitteln sollte, und wieder Kranz ein früheres Einverständnis gebrochen hatte, das mit Joels Hilfe erreicht worden war.

Odelia Kranz sagte: »Gib zu, daß du heute nicht zu Mittag gegessen hast. Wenn du erlaubst, dring' ich einen Moment in deine Küche ein und hol' Geschirr heraus. Wir haben dir gebratene Hühnerleber mit Zwiebeln und noch ein paar Extras mitgebracht.«

»Siehst du«, sagte Kranz, »als erstes will sie dich bestechen, damit du für sie Partei ergreifst.«

»Genau so«, sagte Odelia, »arbeitet sein Kopf ständig. Kann man nix machen.«

Joel setzte die Sonnenbrille auf, weil das Licht der sinkenden Sonne seine geröteten, schmerzenden Augen blendete. Und während er schon die gebratenen Hühnerlebern und den gedämpften Reis verschlang, erkundigte er sich nach den beiden Söhnen, die, wie er sich erinnerte, kaum eineinhalb Jahre auseinander waren.

»Beide gegen mich«, sagte Kranz, »sowohl Linke als auch auf seiten der Mutter im Haus. Und das, nachdem ich allein in den letzten zwei Monaten eintausenddreihundert Dollar für Dubis Computer und eintausendeinhundert für Gilis Moped hingeblättert hab', und zum Ausdruck des Dankes hauen sie mir beide auf den Schädel.«

Joel lenkte behutsam auf das Minenfeld zu. Gewann Arik aber nur die Standardbeschwerden ab: vernachlässigt das Haus, vernachlässigt sich selbst, daß sie sich heute die Mühe gemacht hat, Hühnerleber zu kochen, mußt du wissen, ist nur deinetwegen und nicht meinetwegen geschehen, und sie vergeudet phantastische Summen, geizt aber im Bett, und ihre Bissigkeit, morgens als erstes steht sie auf und knallt mir einen rein, abends als letztes macht sie sich über meinen Bauch und noch andere Dinge lustig, tausendmal habe ich ihr schon gesagt, Odelia, komm, wir trennen uns, wenigstens für eine Versuchszeit, und immer fängt sie an mich zu bedrohen, ich solle mich vor ihr in acht nehmen, sie würde das Haus anzünden. Oder sich umbringen oder ein Zeitungsinterview geben. Nicht, daß ich Angst vor ihr hätte. Im Gegenteil. Sie sollte sich lieber vor mir in acht nehmen.

Als Odelia an die Reihe kam, sagte sie trockenen Auges, sie habe nichts hinzuzufügen. Aus seinen Worten sähe man ja schon, daß er ein Rindvieh sei. Aber eine Forderung habe sie, auf die werde sie nicht verzichten, daß er seine Kühe wenigstens woanders bespringen möge. Nicht bei ihr auf dem Wohnzimmerteppich. Nicht vor den Augen der Kinder. Sei das etwa zuviel verlangt? Bitteschön: Solle Herr Ravid – solle Joel – selber beurteilen, ob sie sich auf etwas Übertriebenes versteife.

Joel lauschte beiden mit äußerst konzentriertem, tief ernstem Ausdruck, als spiele man ihm aus der Ferne irgendein Madrigal vor, aus dessen sämtlichen Stimmen er die eine falsche heraushören solle. Er mischte sich nicht ein und ließ keine Bemerkung fallen, selbst dann nicht, als Kranz sagte, also gut, wenn das so ist, dann laß mich meine Siebensachen packen, eineinhalb Koffer voll, und auf Nimmerwiedersehen verschwinden. Kannst alles behalten. Ist mir egal. Und auch nicht, als Odelia sagte, es stimmt schon, daß ich eine

Flasche Säure habe, aber er hat eine Pistole in seinem Wagen versteckt.

Zum Schluß, als die Sonne untergegangen war und die Kälte mit einem Schlag zunahm und jener winterüberlebende oder womöglich auch ein anderer Vogel zart-süße Zwitscherweisen anstimmte, sagte Joel: »Gut. Hab's vernommen. Jetzt gehen wir rein, weil es langsam kalt wird.«

Das Ehepaar Kranz half ihm, Geschirr, Gläser, Brille, Zeitungen, Buch, Sonnencreme, Schirmmütze und Radio in die Küche zu tragen. Dort, immer noch barfuß und bis zur Taille nackt und im Stehen, urteilte er: »Hör, Arik. Wenn du schon tausend Dollar für Dubi und tausend Dollar für Gili ausgegeben hast, schlage ich vor, du gibst Odelia zweitausend. Tu das als erstes morgen früh, sobald die Bank aufmacht. Falls du nichts hast – nimm einen Kredit auf. Überzieh dein Konto. Oder ich leih dir's.«

»Aber warum denn?«

»Damit ich eine dreiwöchige Reise nach Europa machen kann«, sagte Odelia, »drei Wochen lang siehst du mich nicht.«

Arik Kranz lachte auf, seufzte, murmelte etwas, nahm es wieder zurück, schien leicht zu erröten und sagte schließlich: »Ist recht. Ich kauf' die Idee.«

Danach tranken sie Kaffee, und beim Abschied, während die Kranzens das Geschirr, in dem sie Joel ein spätes Mittagessen gebracht hatten, in einem Plastikbeutel verstauten, luden sie ihn nachdrücklich ein, »mit seinem ganzen Harem« zum nächsten Schabbatabendessen zu ihnen zu kommen, »jetzt, nachdem Odelia dir gezeigt hat, was für eine Küchenchefin sie ist, und das war noch gar nichts. Sie kann noch zehnmal mehr, wenn sie richtig in Fahrt kommt.«

»Übertreib nicht wieder, Arie. Komm schon nach Hause«, sagte Odelia. Damit gingen sie beide voll Dankbarkeit und beinah miteinander versöhnt.

Als Netta abends aus der Stadt zurückkam und sie gemeinsam beim Kräutertee in der Küche saßen, fragte Joel seine Tochter, ob ihrer Meinung nach etwas Wahres an jenem Standardausspruch ihres Polizistengroßvaters sei, dem zufolge alle eigentlich die gleichen Geheimnisse hätten. Netta wollte wissen, wieso er das plötzlich frage. Worauf Joel ihr kurz von dem Schiedsrichterjob erzählte, den Odelia und Arik Kranz ihm von Zeit zu Zeit aufbürdeten. Statt seine Frage zu beantworten, sagte Netta in einem Ton, aus dem Joel fast ein wenig Zuneigung herauszuhören glaubte: »Gib zu, daß du ganz gern so den lieben Gott spielst. Guck bloß, wie total von der Sonne verbrannt du bist. Soll ich dich einreiben, damit du dich nicht schälst?«

Joel sagte: »Meinetwegen.«

Und nach einigem Nachsinnen sagte er: »Eigentlich nicht nötig. Hier hab' ich dir was von der gebratenen Leber mit Zwiebeln übriggelassen, die sie mir gebracht haben, und es ist auch Reis und Gemüse da. Iß was, Netta, und hinterher gucken wir die Fernsehnachrichten.«

35.

In den Fernsehnachrichten kam ein eingehender Bericht über die Krankenhäuser, in denen ein Streik ausgebrochen war. Greise und Greisinnen sowie chronisch Kranke lagen hilflos in uringetränkten Laken, und ringsum beleuchtete die Kamera Zeichen von Schlamperei und Dreck. Eine alte Frau winselte unaufhörlich mit dünner, eintöniger Stimme wie ein verwundetes Hündchen. Ein hinfälliger, aufgeschwemmter Alter, der aussah, als werde er unter dem Druck der in ihm aufgestauten Flüssigkeiten von innen heraus zerbersten, lag reglos da und starrte mit leerem Blick. Und dann war da noch ein verschrumpelter Greis, Schädel und Gesicht von dichten Stoppeln bedeckt und ansonsten von äußerst dreckigem Aussehen, der trotzdem nicht abließ, zu grinsen oder zu kichern, selbstzufrieden, stillvergnügt, während er der Kamera einen Spielzeugteddy entgegenhielt, aus dessen aufgeschlitztem Bauch schlappe, schmutzige Watteinnereien quollen.

Joel sagte: »Meinst du nicht, Netta, daß dieser Staat in die Brüche geht?«

»Schau mal, wer da redet«, sagte sie und schenkte ihm ein Gläschen Brandy ein. Worauf sie fortfuhr, eine Papierserviette nach der anderen in präzise Dreiecke zu falten, die sie in einen Serviettenhalter aus Olivenholz steckte.

»Sag mal«, begann er erneut, nachdem er zwei Schluck aus seinem Glas genommen hatte, »wenn es von dir abhinge – würdest du lieber vom Wehrdienst befreit werden oder ihn antreten?«

»Aber es hängt ja gerade von mir ab. Man kann ihnen meine Geschichte verraten oder nichts davon sagen. Bei den Untersuchungen sehen sie gar nix.«

»Und was wirst du tun? Es ihnen offenbaren oder nicht? Und was würdest du sagen, wenn ich es ihnen verriete? Wart eine Sekunde, Netta, bevor du ›meinetwegen‹ sagst. Es wird Zeit, daß wir endlich mal wissen, wo du genau stehst. Mit zwei Telefongesprächen könnte man das doch regeln, so rum oder anders rum. Also sollten wir mal feststellen, was du möchtest. Obwohl ich mich nicht verpflichte, genau das zu tun, was du möchtest.«

»Weißt du noch, was du mir gesagt hast, als der Patron dich unter Druck gesetzt hat, für ein paar Tage zu verreisen und die Heimat zu retten?«

»Hab' ich was gesagt. Ja. Ich glaube, ich habe gesagt, meine Konzentrationsfähigkeit sei zurückgegangen. So was Ähnliches. Aber wieso gehört das hierher?«

»Sag, Joel, was kratzt es dich eigentlich? Was machst du für Verrenkungen? Wieso kümmert's dich so sehr, ob ich nun einberufen werde oder nicht?«

»Augenblick mal«, sagte er ruhig, »entschuldige. Wir wollen nur den Wetterbericht hören.«

Die Sprecherin sagte, in der Nacht sei die zeitweilige Pause der Winterregen vorüber. Ein neues Tief werde gegen Morgen auf die Küstenebene stoßen. Regen und Wind würden wieder einsetzen. In den Binnentälern und im Gebirge bestehe Frostgefahr. Und noch zwei Meldungen zum Abschluß: Ein israelischer Geschäftsmann ist bei einem Unfall in Taiwan ums Leben gekommen. Die Angehörigen sind benachrichtigt. In Barcelona hat sich ein junger Mönch aus Protest gegen die zunehmende Gewalttätigkeit in der Welt verbrannt. Das wär's für heute.

Netta sagte:

»Hör mal. Auch ohne den Wehrdienst kann ich im Sommer ausziehen. Oder sogar schon vorher.«

»Warum? Sind wir knapp an Zimmern?«

»Solange ich zu Hause bin, hast du womöglich Schwierigkeiten damit, die Nachbarin herzubringen? Und ihren Bruder?«

»Warum sollte ich Schwierigkeiten haben?«

»Was weiß ich? Dünne Wände. Schon so ist die Wand zwischen ihnen und uns – diese Wand hier – dünn wie Papier. Meine letzte Abiturprüfung ist am 20. Juni. Danach nehm' ich mir ein Zimmer in der Stadt, wenn du willst. Und wenn du's eilig hast, geht es schon früher.«

»Kommt gar nicht in Frage«, sagte Joel mit einem Ton sanft unterkühlter Grausamkeit, den er gelegentlich bei seiner Arbeit verwendet hatte, um bei seinem Gesprächspartner jedes Fünkchen böser Absichten im Keim zu ersticken. »Kommt nicht in Frage. Punkt.« Aber als er diese Worte aussprach, mußte er kämpfen, um das Zupacken innerer Zornesklauen in seiner Brust zu lösen, wie es ihm seit Ivrias Heimgang nicht mehr passiert war.

»Warum nicht?«

»Keinerlei Mieträume. Schlag dir das aus dem Kopf. Fertig.«

»Würdest du mir kein Geld geben?«

»Netta. Mal vernünftig. Erstens bezüglich deines Zustands. Zweitens, wenn du an der Universität anfängst, wir sind hier doch zwei Meter von Ramat Aviv entfernt, was sollst du da erst von der Innenstadt hergondeln?«

»Ich kann mir ein Zimmer in der Stadt selbst finanzieren. Du brauchst mir nichts zu geben.«

»Wie zum Beispiel?«

»Dein Patron ist nett zu mir. Bietet mir Arbeit in euerm Büro an.«

»Darauf bau lieber nicht.«

»Und außerdem hält Nakdimon doch großes Geld für mich bereit, bis ich einundzwanzig bin, aber er sagt, es würd' ihm nix ausmachen, mir das schon von jetzt an zu geben.«

»Auch darauf würde ich an deiner Stelle nicht bauen.

Wer hat dir überhaupt erlaubt, mit Lublin über Geld zu reden.«

»Sag mal, was machst du denn für Augen. Schau dich selber an. Du hast die Physiognomie eines Mörders. Ich will doch bloß das Feld für dich räumen. Damit du anfangen kannst zu leben.«

»Schau, Netta«, sagte Joel, bemüht, seiner Stimme eine Intimität zu verleihen, die er in diesem Moment nicht empfand, »bezüglich der Nachbarin. Annemarie. Sagen wir mal –«

»Sagen wir mal nichts. Das Allerdoofste ist, draußen zu ficken und sofort heimzulaufen, um zu erklären. Wie dein Freund Kranz.«

»Auch recht. Schließlich und endlich –«

»Schließlich und endlich teil mir nur mit, wann du das Zimmer mit dem Doppelbett brauchst. Das ist alles. Diese Papierservietten, wer hat die überhaupt gekauft, sicher Lisa. Guck bloß, was für ein Kitsch. Warum legst du dich nicht ein bißchen hin, ziehst die Schuhe aus, in ein paar Minuten kommt eine neue britische Serie im Fernsehen. Heute fängt sie an. Irgendwas über die Entstehung des Alls. Solln wir dem mal 'ne Chance geben? Als sie in Jerusalem in ihr Studio umgezogen ist und all das, hab' ich mir in den Kopf gesetzt, das sei wegen mir passiert. Aber damals war ich klein und konnte nicht von euch wegziehen. Eine bei mir in der Klasse, Adva, übersiedelt Anfang Juli in eine Zweizimmerwohnung, die sie von ihrer Oma geerbt hat, auf einem Dach in der Karl-Netter-Straße. Für hundertzwanzig Dollar pro Monat würd sie mir da ein Zimmer mit Meerblick vermieten. Auch wenn du dran interessiert bist, daß ich hier schon vorher verdufte, kein Problem. Du mußt es bloß sagen, und ich bin auf und davon. Da, ich hab' dir den Fernseher angestellt. Steh nicht auf. In zwei Minuten fängt's an. Hab' plötzlich Lust auf Käsetoast mit Tomate und schwarzen Oliven. Soll ich dir auch welchen machen? Einen? Oder zwei? Möchtest du auch warme Milch? Kräutertee? Weil du heute so in der Sonne gebrutzelt hast, solltest du viel trinken.«

Nach den Mitternachtsnachrichten, als Netta eine Flasche Orangensaft nebst Glas mitgenommen hatte und auf ihr Zimmer gegangen war, beschloß Joel, mit einer großen Taschenlampe ausgerüstet, nachzugucken, was sich im Geräteschuppen im Garten tat. Irgendwie meinte er, die Katze mit ihren Jungen sei dort wieder eingezogen. Aber noch unterwegs, bei nochmaligem Nachdenken, hielt er es für wahrscheinlicher, daß da ein neuer Wurf zur Welt gekommen war. Draußen wehte kalte, trockene Luft. Hinter dem Laden, in ihrem Zimmer zog Netta sich aus, wobei es Joel nicht gelang, den Gedanken an ihren eckigen Körper zu vertreiben, der ewig krumm, angespannt und auch vernachlässigt und ungeliebt aussah. Obwohl hier vielleicht ein gewisser Widerspruch vorlag. Vermutlich hatte kein Mann, kein heißhungriger Jüngling je ein Auge auf diesen erbärmlichen Körper geworfen. Und würde es vielleicht nie tun. Obwohl Joel in Betracht zog, daß in ein, zwei Monaten, in einem Jahr, plötzlich dieser weibliche Entwicklungsschub einsetzen werde, von dem die Ärzte einmal mit Ivria gesprochen hatten. Dann würde sich alles ändern, es würden irgendeine breite, haarige Brust und muskulöse Arme kommen und sich ihrer und jenes Dachzimmers in der Karl-Netter-Straße bemächtigen, bezüglich dessen Joel in diesem Augenblick den Beschluß faßte, sich die Lokalität einmal aus der Nähe anzusehen. Allein. Bevor er eine Entscheidung fällte.

So trocken und kristallen war die kalte Nachtluft, daß es schien, man könne sie zwischen den Fingern zerbröseln und dabei einen gewissen schwachen Laut erzeugen, spröde und zart. Den Joel so sehnlich gern auslösen wollte, daß er ihn plötzlich irgendwie hörte. Aber außer Insekten, die vor dem Licht seiner Taschenlampe flüchteten, fand er im Geräteschuppen keinerlei Anzeichen von Leben. Nur eine dumpfe Wahrnehmung, daß alles nicht hellwach war. Daß er umherging, nachdachte, schlief und aß, Annemarie beiwohnte und fernsah und im Garten arbeitete und neue Regale im Zimmer seiner Schwiegermutter anbrachte – und all das im Schlaf. Daß er also, wenn ihm noch Hoffnung blieb, irgend etwas zu entschlüsseln oder wenigstens eine eindringliche Frage zu formulieren, um jeden Preis aufwachen mußte. Selbst um den Preis eines Unheils. Einer Verwundung. Krankheit. Verwicklung. Etwas müßte kommen und ihn aufrütteln, bis er hellwach war. Mit einem Dolchstoß die weiche Fettschicht durchstoßen, die ihn wie eine Gebärmutter umschloß. Erstickungsangst erfüllte ihn, so daß er urplötzlich fast mit einem Satz aus dem Geräteschuppen in die Dunkelheit stürzte. Denn die Taschenlampe war dort geblieben. Auf einem Regalbrett. Brennend. Doch Joel vermochte sich um nichts in der Welt zu überwinden, wieder hineinzugehen und sie mitzunehmen.

Etwa eine Viertelstunde spazierte er im Garten umher, vor und hinter dem Haus, betastete die Obstbäume, stampfte die Erde der Beete nieder, probierte die Torangeln in der vergeblichen Hoffnung, sie würden quietschen, so daß er sie ölen könnte. Keinerlei Quietschton war zu hören, und er setzte seine Wanderung fort. Endlich keimte ein Entschluß in ihm auf: Morgen, übermorgen oder vielleicht am Wochenende würde er in Bardugos Gärtnerladen an der Einfahrt nach Ramat Lotan reinschauen, um Gladiolen- und Dalienknollen sowie Gartenwicken- und Löwenmaulsamen und Chrysanthemenpflänzchen zu kaufen, damit im Frühling alles von neuem blühte. Vielleicht würde er über seinem Wagen eine hübsche Pergola aus Holz bauen, sie mit Schutzlack überziehen und Weinstöcke pflanzen, die an ihr emporwachsen konnten, anstelle des häßlichen Wellblechdachs, das auf Eisenpfeilern ruhte, die immer aufs neue rosteten, so viel er sich auch bemühte, sie wieder und wieder zu streichen. Vielleicht sollte er nach Qalkilya oder Kafr Kassem fahren und ein halbes Dutzend Riesentonkrüge erwerben, die er mit einer Erd-Kompostmischung füllen und mit verschiedenen Geraniensorten bepflanzen könnte, die üppig gedeihen und über die Krugränder hinausquellen und hier in unbezweifelbarer Farbenvielfalt entflammen würden. Das Wort »unbezweifelbar« verursachte ihm wieder eine Art vages Vergnügen, wie jemand, der bereits an einer sich endlos hinziehenden, ermüdenden Diskussion verzweifelt ist, während dann plötzlich, als es schon aussichtslos erschien, seine unangefochtene Rechtfertigung aus einer von ihm selbst völlig unerwarteten Richtung aufleuchtet. Als endlich das Licht hinter Nettas geschlossenen Läden ausging, ließ er den Wagen an, fuhr zum Strand und blieb, sehr nahe am Felsabsturz, am Steuer sitzen, um auf das Tief zu warten, das im Dunkeln vom Meer her angekrochen kam und heute nacht auf die Küstenebene stoßen sollte.

36.

Fast bis zwei Uhr morgens saß er am Steuer, die Wagentüren von innen verriegelt, die Fenster ganz hochgekurbelt, die Scheinwerfer ausgeschaltet, die Kühlerspitze fast über den Felsrand in den Abgrund ragend. Seine Augen, die sich an die Dunkelheit gewöhnt hatten, starrten gebannt auf die Atemzüge des Meerespelzes, der sich immer wieder hob und senkte wie das tiefe, aber ruhelose Atmen eines Riesen. Als erbebe der Riese von Zeit zu Zeit in alptraumdurchlöchertem Schlaf. Mal entschlüpfte ein Laut, der an ein wütendes Prusten erinnerte. Mal einer wie fiebriges Keuchen. Und wieder klang im Dunkeln das Dröhnen der Brecher herauf, die die Küstenlinie anknabberten und mit ihrer Beute in die Tiefe flohen. Hier und da blitzten Schaumköpfe auf dem schwarzen Pelz. Bisweilen kreuzte oben zwischen den Sternen ein fahler, milchiger Strahl, vielleicht das Blinken eines fernen Küstensuchlichts. Im Lauf der Stunden vermochte Joel kaum mehr zwischen dem Rauschen der Wellen und dem Pochen seines Blutes im Schädelraum zu unterscheiden. Wie dünn war doch die Kruste, die innen und außen trennte. In Augenblicken tiefreichender Spannung erlebte er so ein Gefühl von Meer in seinem Hirn. Wie an jenem Flutregentag in Athen, als er die Pistole hatte ziehen müssen, um einen Dussel abzuschrecken, der ihm an Rand des Busbahnhofs ein Messer zu zeigen versucht hatte. Und wie damals in Kopenhagen, als es ihm endlich gelungen war, mit einer in einer Zigarettenschachtel versteckten Minikamera einen berüchtigten irischen Terroristen an einem Apothekenladentisch zu fotografieren. Worauf er dieselbe Nacht in seinem Zimmer in der Pension *Wikinger* im Schlaf ein paar nahe Schüsse

224

hörte und sich daraufhin unters Bett legte und auch, als tiefe Stille herrschte, lieber nicht wieder hervorkam, bis erstes Licht in den Ladenritzen aufschimmerte, und erst dann auf den Balkon hinaustrat und Zentimeter für Zentimeter absuchte, bis er zwei kleine Löcher im Außenputz entdeckte, vielleicht von den Kugeleinschlägen. Pflichtgemäß hätte er nachforschen und eine Antwort finden müssen, aber weil seine Angelegenheiten in Kopenhagen schon abgeschlossen waren, hatte er auf die Antwort verzichtet, seine Sachen gepackt und rasch das Hotel und die Stadt verlassen. Vor seinem Weggehen hatte er jedoch, aus einem ihm immer noch unverständlichen Drang heraus, vorsichtig die beiden Löcher in der Außenwand seines Zimmers mit Zahnpasta zugeschmiert, ohne daß er gewußt hätte, ob es tatsächlich Einschußlöcher waren und ob sie irgendwie mit den Schüssen, die er nachts gehört zu haben glaubte, zusammenhingen und ob – so Schüsse gefallen waren – diese wiederum mit ihm zu tun hatten. Nach dem Ausfüllen war fast nichts mehr zu sehen. Was ist da? fragte er sich und blickte in Richtung Meer, ohne etwas zu sehen. Was hat mich dreiundzwanzig Jahre von Platz zu Platz, Hotel zu Hotel, Bahnhof zu Bahnhof getrieben, in heulend durch Wälder und Tunnels brausenden Nachtzügen, deren gelbe Lokscheinwerfer die Felder der Dunkelheit absuchten? Warum bin ich umhergerannt? Und warum habe ich die kleinen Löcher in jener Wand verstopft und nie ein Sterbenswörtchen davon berichtet? Als sie einmal um fünf Uhr morgens ins Badezimmer kam, während ich mitten beim Rasieren war, hat sie mich gefragt, wohin rennst du, Joel? Warum habe ich ihr mit drei Worten geantwortet, eben Dienst, Ivria, und habe gleich dazugesagt, daß wieder kein warmes Wasser da ist? Und sie, in ihrer weißen Kleidung, aber noch barfuß, die hellen Haare besonders auf die rechte Schulter herabfallend, hat nachdenklich den

Kopf gewiegt, vier- oder fünfmal auf und ab, und hat mich Ärmster genannt und ist rausgegangen.

Wenn ein Mensch mitten im Wald ein für allemal herausfinden will, was ist und was war und was möglich gewesen wäre und was nur Trugbild ist, muß er doch stehenbleiben und horchen. Was zum Beispiel veranlaßt die Gitarre eines Toten, jenseits einer Wand tiefe Cellotöne abzugeben? Wo liegt die Grenze zwischen Sehnsucht und lunar-astraler Krankheit? Warum war er in dem Augenblick erstarrt, in dem der Patron das Wort »Bangkok« aussprach? Was hatte Ivria gemeint, als sie mehrmals, stets im Dunkeln, stets in ihrer leisesten und innersten Stimme, sagte, ich verstehe dich? Was war wirklich vor vielen Jahren bei den Wasserhähnen in Metulla? Und was war der Sinn ihres Todes in den Armen jenes Nachbarn in der kleinen Pfütze auf dem Hof? Gibt es ein Problem bei Netta oder nicht? Und wenn ja – wer von uns beiden hat es ihr vererbt? Und wie und wann hat meine Untreue wirklich begonnen, falls dieses Wort in diesem persönlichen Fall tatsächlich Bedeutung hat? Denn all das ist doch bedeutungslos, es sei denn, wir gehen von der Annahme aus, daß stets in allem ein präzises, tiefes Übel am Werk ist, ein unpersönliches Übel ohne Grund und Ziel außer kühler Todesfreude, das alles langsam mit Uhrmacherfingern auseinandernimmt und schon eine von uns zermürbt und umgebracht hat, und wer das nächste Opfer sein wird, kann man nicht wissen. Und ob man sich irgendwie schützen kann, von Aussichten auf Erbarmen und Gnade ganz zu schweigen. Oder vielleicht nicht sich schützen, sondern aufspringen und davonlaufen. Aber auch wenn ein Wunder geschehen und das gepeinigte Raubtier sich von den unsichtbaren Nägeln losreißen sollte, stellt sich immer noch die Frage, wie und wohin ein Tier ohne Augen schnellen könnte. Über dem Wasser blinkt ein kleines Aufklärungsflugzeug mit heiserem Kolbenmotor, knattert langsam, ziemlich niedrig dahin, von Süd nach Nord, und an den Tragflächenenden blitzen abwechselnd rote und grüne Lichter auf. Da ist es schon weg, und nur das Schweigen des Wassers weht gegen die Windschutzscheibe. Die schon von innen oder außen beschlagen ist. Man sieht nichts. Und die Kälte wird immer strenger. Bald kommt der Regen, den man uns versprochen hat. Jetzt werden wir die Fenster von außen abwischen, ein bißchen warmlaufen lassen, von innen abtauen, und dann machen wir kehrt und fahren von hier nach Jerusalem. Den Wagen parken wir vorsichtshalber in der nächsten Straße. Im Schutz des Nebels und der Dunkelheit dringen wir bis zum zweiten Stock vor. Ohne das Treppenhauslicht einzuschalten. Mit Hilfe eines krummen Drahtstücks und dieses kleinen Schraubenziehers hier zwingen wir das Türschloß zum Nachgeben, ohne den leisesten Laut zu verursachen. Um sich so, barfuß und stumm, in seine Junggesellenwohnung einzuschleichen und still, plötzlich und besonnen vor ihnen aufzutauchen, Schraubenzieher in der einen, krummen Draht in der anderen Hand, Entschuldigung, laßt euch nicht stören, ich bin nicht hier, um euch eine Szene zu machen, meine Kriege sind bereits vorüber, nur um dich zu bitten, mir den verschwundenen Wollschal und *Mrs. Dalloway* wiederzugeben. Und ich werde mich bessern. Ich hab' schon ein bißchen damit angefangen. Was Herrn Eviatar anbetrifft – Schalom, Herr Eviatar, würden Sie bitte so freundlich sein, uns eine alte russische Weise vorzuspielen, die wir geliebt haben, als wir noch so klein waren: Wir haben alles verloren, was uns teuer war, / Und nimmer kehrt es wieder. Danke. Damit begnügen wir uns. Und Verzeihung für den Überfall, da bin ich schon auf und davon. *Adieu, Proschtschai.*

Kurz nach zwei kehrte er zurück und parkte den Wagen, wie immer, rückwärts und genau in der Mitte des Unterstands: Nase zur Straße, für jeden Schnellstart bereit. Danach machte er einen letzten Streifengang durch den vorderen und rückwärtigen Garten und prüfte die Wäscheleine, um sicherzugehen, daß nichts daran hing. Einen Augenblick überkam ihn Angst, weil er unter der Tür des Geräteschuppens im Garten einen schwach flackernden Lichtschein wahrzunehmen glaubte. Doch sofort fiel ihm ein, daß er vor dem Weggehen dort seine brennende Taschenlampe zurückgelassen hatte, und die Batterie lag offenbar noch in den letzten Zügen. Statt den Haustürschlüssel, wie beabsichtigt, ins eigene Schlüsselloch zu stecken, erwischte er aus Versehen die Tür der Nachbarn. Zwei, drei Minuten lang versuchte er wechselweise mit Feingefühl, List und Gewalt beharrlich, sie aufzukriegen. Bis er seinen Irrtum entdeckte und den Rückzug antrat, aber in diesem Moment öffnete sich die Tür, und Ralph brummte dreimal verschlafen mit Bärenstimme: *Come in, please, come in, come in,* schau dich doch an, als erstes – ein Drink, du siehst ja völlig erfroren aus und so bleich wie der Tod.

37.

Und nachdem er ihm in der Küche einen und noch einen Drink eingeschenkt hatte, Whisky ohne Soda und ohne Eis diesmal und kein Dubonnet, versteifte sich der rosige, beleibte Mann, der an einen holländischen Gutsherrn aus einer Reklame für erlesene Zigarren erinnerte, darauf, Joel keine Gelegenheit zu Rechtfertigungen – oder Erklärungen – zu geben. *Never mind.* Egal, was dich da mitten in der Nacht zu uns führt. Jeder Mensch hat doch Feinde, und jeder hat seine Sorgen. Wir haben dich nie gefragt, was du machst, und du mich übrigens auch nicht. Aber du und ich betätigen uns vielleicht eines Tages noch in einem netten Gemeinschaftsjob. Ich hab' was zu bieten. Natürlich nicht mitten in der Nacht. Wir reden darüber, sobald du bereit bist. Du wirst mich mindestens zu allem fähig finden, zu dem du selber fähig bist, *dear friend.* Was kann man dir anbieten? Ein Nachtessen? Oder eine warme Dusche? Nein? Also dann, jetzt ist schon Bettzeit sogar für große Buben.

In einer Art schläfrigen Mattigkeit, die ihn plötzlich aus Müdigkeit oder Zerstreutheit überkam, ließ er sich von Ralph ins Schlafzimmer führen. In dem er, im grünlich-gedämpften Unterwasserlicht, Annemarie wie ein Baby auf dem Rücken schlafen sah, die Arme zur Seite und die Haare auf dem Kissen ausgebreitet. Neben ihrem Gesicht lag eine kleine Stoffpuppe mit langen Wimpern aus Leinenfäden. Fasziniert und erschöpft blieb Joel an der Kommode stehen und betrachtete die Frau, die ihm nicht sexy, sondern rührend unschuldig erschien. Und während er sie noch anschaute, fühlte er sich zu müde, um Ralph Widerstand zu leisten, der ihn nun mit energischen, aber väterlich sanften Bewegungen zu entkleiden begann, ihm den Hosengürtel löste, das Hemd herauszog und flink aufknöpfte, Joels Brust aus dem Unterhemd befreite, sich niederbeugte, um ihm die Schnürsenkel aufzuknoten und ihm einen Socken nach dem anderen von den Füßen zu streifen, die Joel ihm gehorsam hinhielt, ihm dann den Reißverschluß der Hose öffnete, die er, ebenso wie die Unterhose, herunterzog und auf die Erde fallen ließ, und ihn schließlich, den Arm um seine Schulter gelegt wie ein Schwimmlehrer, der einen ängstlichen Schüler dem Wasser näherbringt, zum Bett steuerte, die Decke anhob, und als Joel dann, ebenfalls auf dem Rücken, neben Annemarie lag, die nicht aufgewacht war, die beiden mit großem Mitgefühl zudeckte, ihnen *good night* zuflüsterte und entschwand.

Joel stützte sich auf die Ellenbogen und musterte in dem grünlich-schwachen Wasserlicht das Gesicht des hübschen Babys. Sanft und liebevoll küßte er sie, fast ohne die Haut mit den Lippen zu berühren, auf die zwei Winkel ihrer geschlossenen Augen. Sie umarmte ihn wie im Schlaf und konzentrierte ihre Finger auf seinen Nacken, bis ihm die Haare leicht zu Berge standen. Als er die Augen zumachte, empfing er sekundenlang ein Warnsignal aus seinem Innern irgendwo, paß auf, Freundchen, prüf die Fluchtwege, doch sofort antwortete er diesem Signal mit den Worten, das Meer läuft nicht weg. Damit begann er, sich ganz ihrem Wohl zu widmen und sie mit Vergnügen zu überhäufen, als verwöhne er ein verlassenes kleines Mädchen, und auf sein eigenes Fleisch gab er kaum acht. Und gerade deswegen hatte er Wonne. So daß sich sogar seine Augen plötzlich füllten. Vielleicht auch deshalb, weil er, als er schon langsam in Schlummer versank, spürte oder erriet, daß ihr Bruder die Decke über ihnen zurechtzog.

38.

Vor fünf Uhr wachte er auf und zog sich leise an, wobei ihm irgendwie wieder in den Sinn kam, was er den Nachbarn Itamar oder Eviatar einmal über die biblischen Worte *schebeschiflenu* und *namogu* hatte sagen hören, daß nämlich das erste einen polnischen Klang habe, während das zweite eine unbezweifelbar russische Aussprache geradezu herausfordere. Er konnte der Verlockung nicht widerstehen, leise *namogu,* unbezweifelbar, *schebeschiflenu* vor sich hin zu summen. Aber Annemarie und ihr Bruder schliefen weiter, sie im breiten Bett, er im Fernsehsessel, und Joel schlich sich auf Zehenspitzen hinaus, ohne sie aufzuwecken, und da war tatsächlich der versprochene Regen eingetroffen, wenn es auch eigentlich nur ein graues Geniesel im Dunkel der Straße war. Gelbe Dunstlachen bildeten sich rings um die Laterne. Und der Hund Ironside kam heran und schnüffelte an seiner Hand mit der Bitte, gestreichelt zu werden. Was Joel ihm gewährte, während er im Geist rekapitulierte:

> Verehrer
> Krisen
> das Meer.
> Vor halberfüllter Leidenschaft
> vom Winde verweht
> und wurden zu einem Fleisch.

Und als er gerade sein Gartentor öffnete, gab es plötzlich eine matte Aufhellung am Oberende des Sträßchens, der nadelspitze Regen wurde von trübem Weiß beleuchtet, so daß es einen Moment schien, als fiele er nicht, sondern steige vom Erdboden auf, und schon machte Joel einen Satz und hing genau in dem Augenblick am Fenster des Susita, in dem der Zeitungsbote es einen schmalen Schlitz breit herunter-

kurbelte, um die Zeitung hinauszuwerfen. Als der Bote, ein
älterer Mann, vielleicht Rentner, mit zähflüssigem bulgari-
schem Akzent, darauf beharrte, er werde nicht dafür bezahlt, aus dem Wagen zu klettern und sich mit Briefkästen
abzugeben, zumal er, um die Zeitung in den Briefkasten zu
stecken, den Motor abstellen und den Rückwärtsgang ein-
legen müsse, damit der Wagen auf der Schräge nicht ins
Rollen gerate, denn die Handbremse tauge nichts, unterbrach ihn Joel, zückte seine Geldbörse, drückte dem Mann
dreißig Schekel in die Hand mit den Worten, zu Pessach bekommen Sie von mir wieder was, und bereitete damit dem
Problem ein Ende.

Doch als er in der Küche saß, die Hände an der eben ein-
geschenkten Kaffeetasse wärmte und sich über die Zeitung
beugte, dämmerte es ihm aufgrund der Verbindung, die er
zwischen einer Kurznachricht auf Seite zwei und einer
Traueranzeige hergestellt hatte, daß der Sprecher sich
abends am Ende der Fernsehnachrichten geirrt hatte. Der
mysteriöse Unfall war nicht in Taiwan, sondern in Bangkok
passiert. Der Getötete, dessen Familie Nachricht erhalten
hatte, war kein Geschäftsmann, sondern Jokneam Ostaschinsky, den einige seiner Kollegen Cockney und andere
den Akrobaten nannten. Joel legte die aufgeschlagene Zeitung zusammen. Faltete sie dann quer und behutsam noch
einmal längs. Und legte sie auf die Ecke des Küchentischs,
trug seine Kaffeetasse zum Spülstein, schüttete den Inhalt
aus, spülte, seifte ein und spülte wieder und wusch auch
seine Hände, falls sie von der Druckerschwärze der Zeitung
schwarz geworden waren. Danach trocknete er Tasse und
Teelöffel ab und räumte beide ordentlich weg. Trat von der
Küche ins Wohnzimmer, wußte nicht, was er dort anfangen
sollte, und ging den Flur entlang an den geschlossenen Türen der Kinderzimmer, in denen seine Mutter und seine
Schwiegermutter schliefen, und an der Tür des Zimmers mit

dem Doppelbett vorbei, worauf er vor der Studiotür stehenblieb aus Angst, jemanden zu stören. Da er nirgendwo hingehen konnte, betrat er das Bad und rasierte sich, wobei er zu seiner Freude feststellte, daß diesmal warmes Wasser in Fülle vorhanden war. Deswegen zog er sich aus und stieg in die Duschkabine, wo er duschte und sich die Haare wusch und sich noch einmal von Ohr bis Fuß gründlich einseifte, ja sogar einen eingeseiften Finger in den After steckte und dort von innen rieb und den Finger danach mehrmals sorgfältig wusch. Dann kletterte er hinaus und trocknete sich ab, und bevor er sich anzog, begoß er denselben Finger vorsichtshalber noch mit seinem Rasierwasser. Um zehn nach sechs kam er aus der Dusche und mühte sich nun bis halb sieben, den drei Frauen Frühstück zu machen: holte Marmelade und Honig heraus, schnitt frisches Brot auf und bereitete sogar einen fein geschnittenen Gemüsesalat mit Öl und getrocknetem Ysop und schwarzem Pfeffer und mit Zwiebel- und Knoblauchwürfelchen bestreut. Füllte die Kaffeemaschine mit erstklassigem Kaffeepulver und deckte den Tisch mit Tellern, Besteck und Servietten. So brachte er die Zeit herum, bis seine Uhr Viertel vor sieben zeigte, und jetzt rief er Kranz an und fragte ihn, ob er auch heute ihren Zweitwagen haben könne, denn Avigail werde möglicherweise das Auto brauchen, während er in die Stadt oder vielleicht auch nach außerhalb fahren müsse. Kranz sagte sofort: kein Problem, und versprach, Odelia und er würden innerhalb einer halben Stunde mit ihren beiden Wagen im Konvoi vorfahren und ihm nicht den kleinen Fiat, sondern den blauen Audi dalassen, der erst vor zwei Tagen gewartet worden und nun bestens in Schuß sei. Joel dankte Kranz und richtete Grüße an Odelia aus, und in dem Augenblick, in dem er den Hörer auflegte, fiel ihm plötzlich ein, daß weder Lisa noch Avigail da waren, beide waren schon vorgestern zum Winterfestival auf den Karmel gefahren und würden erst morgen wiederkommen, so daß er umsonst den Tisch für vier gedeckt und auch Kranz mit Frau vergeblich im Konvoi herbemüht hatte. Doch aufgrund irgendeiner sturen Logik entschied Joel, was heißt, gestern habe ich ihnen einen großen Gefallen getan, da können sie mir heute ruhig einen kleinen tun. Vom Telefon kehrte er in die Küche zurück und räumte die Gedecke wieder vom Tisch außer einem für sich und einem für Netta. Die um sieben von selber aufwachte, sich wusch und in der Küche nicht in Haremshosen und Zelthemd, sondern in ihrer Schuluniform, blauem Rock und hellblauer Bluse, auftauchte und Joel in diesem Moment hübsch und anziehend, ja fast weiblich erschien. Im Weggehen fragte sie, was passiert sei, und er hielt mit der Antwort zurück, weil er Lügen haßte, und sagte zum Schluß nur: Nicht jetzt. Bei Gelegenheit werd' ich's dir erklären. Offenbar werde ich bei derselben Gelegenheit auch eine Erklärung dafür liefern müssen, daß Kranz und Odelia, da stehen sie schon vor dem Haus, ihren Audi bringen, obwohl unser Wagen völlig intakt ist. Das ist das Problem, Netta, wenn die Erklärungen losgehen, ist das schon ein Zeichen, daß irgendwas vermasselt ist. Jetzt geh lieber, damit du nicht zu spät kommst. Entschuldige, daß ich dich heute nicht hinfahre. Obwohl ich hier gleich zwei Wagen zur Verfügung haben werde.

Sobald sich die Tür hinter seiner Tochter geschlossen hatte, die die Kranzens nun auf eigene Initiative in ihrem kleinen Fiat auf dem Weg in die Stadt zur Schule fuhren, sprang Joel ans Telefon. Und stieß sich unterwegs an dem Schemel im Flur. Als er nun wütend auf den Hocker eintrat, kippte das Telefon auf den Boden und klingelte im Sturz. Joel schnappte die Gabel, hörte aber nichts. Nicht einmal das Wählgeräusch. Anscheinend war der Apparat beim Aufprall kaputtgegangen. Er versuchte ihn durch Schläge aus verschiedenen Winkeln zu reparieren, doch ohne Erfolg. Deshalb rannte er schnaufend zu den Vermonts, erinnerte sich aber in vollem Lauf, daß er selbst einen weiteren Apparat in Avigails Zimmer verlegt hatte, damit die alten Frauen von dort aus anrufen konnten. Zu Ralphs Verblüffung murmelte er also, Verzeihung, ich erklär's später, machte genau vor ihrer Tür kehrt und rannte zurück nach Hause, wo er endlich das Büro anläutete und herausfand, daß er sich umsonst beeilt hatte: Zippi, die Sekretärin des Patrons, sei »genau in dieser Sekunde« zur Arbeit gekommen. Hätte Joel zwei Minuten vorher angerufen, hätte er sie nicht erreicht. Sie habe schon immer gewußt, daß zwischen ihm und ihr solch eine Telepathie herrsche. Und überhaupt, seitdem er weg sei – aber Joel unterbrach sie. Er müsse seinen Bruder so bald wie möglich treffen. Heute. Heute morgen. Zippi sagte, wart einen Moment, und er wartete mindestens vier Minuten, bevor er erneut ihre Stimme hörte. Und mußte sie dann anschreien, die Entschuldigungen wegzulassen und weiterzugeben, was man ihr gesagt hatte. Wie sich herausstellte, hatte der Lehrer Zippi seine Antwort Wort für Wort diktiert und sie angewiesen, Joel vom Blatt vorzulesen, ohne eine Silbe zu ändern oder hinzuzufügen: Nichts brennt. Wir können in der näheren Zukunft kein Treffen für dich arrangieren.

Joel hörte zu und hielt an sich. Fragte Zippi, ob man schon wisse, wann die Beerdigung stattfinde. Sie bat ihn erneut zu warten, und diesmal ließen sie ihn noch länger an der Strippe ausharren als bei seiner ersten Frage. Als er gerade den Hörer aufknallen wollte, sagte sie zu ihm: Steht noch nicht fest. Und als er sich erkundigte, wann es Sinn habe, wieder anzurufen, wußte er schon, daß sie ihm nicht ohne vorherige Beratung Auskunft geben würde. Endlich kam die Antwort: Am besten, du verfolgst die Traueranzeigen in der Presse. Daraus erfährst du's.

Als sie in anderem Ton fragte, wann sehen wir dich denn

endlich mal, erwiderte ihr Joel leise: Ihr werdet mich recht bald zu Gesicht bekommen. Dann hinkte er auf seinem angeschlagenen Knie los, startete augenblicklich Kranz' Audi und fuhr direkt ins Büro. Sogar das Frühstücksgeschirr, seins und Nettas, spülte und trocknete er diesmal nicht ab. Ließ alles, einschließlich der Krümel, auf dem Tisch. Vielleicht zur Verwunderung zweier oder dreier Wintervögel, die es sich angewöhnt hatten, diese Krümel nach dem Frühstück aufzupicken, wenn Joel die Tischdecke auf dem Rasen ausschüttelte.

39.

»Wütend«, sagte Zippi, »ist nicht der richtige Ausdruck. Er, ja, trauert.«

»Verständlich.«

»Nein, du verstehst nicht: Er trauert nicht nur um den Akrobaten. Er trauert um euch beide. Ich an deiner Stelle, Joel, wäre heute nicht hergekommen.«

»Sag. Was war da, in Bangkok. Wie ist das passiert. Sag mal.«

»Weiß nicht.«

»Zippi.«

»Weiß nicht.«

»Er hat dir gesagt, du sollst mir nichts erzählen.«

»Ich weiß nicht, Joel. Dräng nicht. Nicht nur für dich ist es schwer, damit zu leben.«

»Wen beschuldigt er? Mich? Sich selber? Die Schufte?«

»Ich an deiner Stelle, Joel, wäre jetzt nicht hier. Geh nach Hause. Hör auf mich. Geh.«

»Ist jemand bei ihm drinnen?«

»Er will dich nicht sehen. Und ich drücke das noch milde aus.«

»Melde ihm nur, daß ich hier bin. Oder vielleicht« – Joel legte ihr plötzlich harte Finger auf die schlaffe Schulter – »wart lieber. Sag's ihm nicht.« Und mit vier Schritten hatte er die Zwischentür erreicht, trat ohne Anklopfen ein und fragte noch im Zumachen hinter sich, wie es passiert sei.

Der Lehrer, dicklich, gepflegt, mit den Zügen eines wählerischen Kulturmäzens, das graue Haar präzise und geschmackvoll geschnitten, die Fingernägel sorgfältig gerundet, die rosigen Pausbacken von einem weiblich angehauchten Rasierwasser umweht, hob die Augen zu Joel. Der bedacht war, den Blick nicht zu senken. Im selben Moment sah er in den kleinen Pupillen die gelbe Grausamkeit eines feisten Katers aufblitzen.

»Ich habe gefragt: Wie ist das passiert?«

»Das ist gleichgültig«, erwiderte der Mann in singender französischer Satzmelodie, die er diesmal übertrieben durchschwingen ließ, als genieße er seine Bosheit.

Joel sagte: »Ich habe ein Recht darauf, es zu erfahren.«

Darauf der Mann, nicht fragend und nicht ironisch: »Wirklich.«

»Sieh mal«, sagte Joel, »ich habe einen Vorschlag.«

»Wirklich«, wiederholte der Mann. Und fügte hinzu: »Das hilft jetzt nichts mehr, Genosse. Niemals wirst du erfahren, wie es passiert ist. Ich werde persönlich dafür sorgen, daß du es nie zu wissen bekommst. Du wirst damit leben müssen.«

»Ich muß damit leben«, sagte Joel, »aber warum ich. Du hättest ihn nicht dorthin schicken dürfen. Du hast ihn geschickt.«

»An deiner Stelle.«

»Ich«, sagte Joel, indem er die Mischung aus Trauer und Wut niederzuringen versuchte, die in ihm aufzusteigen begann, »ich wäre überhaupt nicht in diese Falle gegangen. Ich habe die ganze Geschichte von vornherein nicht abgekauft. Diese ganze Wiederholungssendung. Hab' ich nicht geglaubt. Von dem Augenblick an, in dem ihr mir erzählt habt, die junge Frau will mich wieder dort haben und überhäuft euch mit allen möglichen persönlichen Andeutungen über mich, habe ich gleich ein ungutes Gefühl gehabt. Das hat gestunken. Aber du hast ihn geschickt.«

»An deiner Stelle«, wiederholte der Patron, diesmal besonders gedehnt, wie mit dem Schraubenzieher die Worte in ihre Silben zerlegend, »aber jetzt –« und wie auf Bestellung ließ das uralte quadratische Bakelit-Telefon auf seinem

238

Tisch ein heiseres Schnarren ertönen, worauf der Mann vorsichtig die angeknackste Gabel hochnahm und »ja« sagte. Und dann saß er zehn Minuten lang zurückgelehnt da und lauschte reg- und wortlos, außer, daß er noch zweimal »ja« sagte.

Joel wandte sich also ab und trat an das einzige Fenster. Das auf ein grau-grünes, zähflüssiges, fast breiiges Meer, eingeschlossen zwischen zwei Hochhäusern, hinausging. Er erinnerte sich daran, daß ihn vor kaum einem Jahr noch die Aussicht fasziniert hatte, dieses Zimmer vielleicht an dem Tag zu erben, an dem der Lehrer sich in sein Naturapostel-Philosophen-Dorf in Obergaliläa zurückziehen würde. Insgeheim hatte er sich ja zuweilen eine nette kleine Szene ausgemalt: Er würde Ivria hier zu sich einladen, unter dem Vorwand, sich mit ihr über die Umgestaltung des Zimmers beraten zu wollen. Über neue Möbel. Über die Belebung des tristen Büros, in dem allenthalben Verschleißerscheinungen auftraten. Hier, sich gegenüber, wollte er sie hinsetzen. Auf den Stuhl, auf dem er vor einer Minute selber gesessen hatte. Wie ein Kind, das seine Mutter nach vielen Jahren grauer Mittelmäßigkeit staunen läßt. Hier, von diesem klösterlichen Zimmer aus, gebietet dein Ehemann über einen Geheimdienst, den manche für den erfolgreichsten der Welt halten. Und jetzt wird es Zeit, den vorsintflutlichen Schreibtisch zwischen den zwei metallenen Aktenschränken auszuwechseln und den Couchtisch mit diesen drei lächerlichen Korbsesseln hier wegzuschaffen. Was meinst du, meine Liebe? Vielleicht ersetzen wir dieses Schrottgestell durch ein Tastentelefon mit automatischem Speicher. Schmeißen die lumpigen Gardinen raus. Sollen wir, als Andenken an vergangene Tage, die Mauern Jerusalems von Litvinowsky und die Safeder Gasse von Reuven an den Wänden lassen oder nicht? Siehst du einen Sinn darin, diese Sammelbüchse des Jüdischen Nationalfonds hier aufzubewahren, mit dem

Schlagwort *Erlösung bringet dem Land* und mit der Landkarte Palästinas von Dan bis Beer Scheva, die hier und da, wie Fliegendreck, mit Landeinsprengseln, die die Juden bis 1947 erworben haben, gepunktet ist? Was wollen wir hierlassen, Ivria, und was für immer wegwerfen? Und auf einmal, wie mit einem leichten Lendenzucken, das neu erwachende Begierde ankündigt, schoß Joel durch den Kopf, daß es noch nicht zu spät war. Daß der Tod des Akrobaten ihn eigentlich seinem Ziel nähergebracht hatte. Daß er – wenn er wollte und wohldurchdacht und präzise vorging, ja von diesem Augenblick an seine Schritte so plante, daß ihm kein Fehler unterlief – in ein oder zwei Jahren imstande wäre, Netta unter dem Vorwand, sich über die Renovierung des Büros beraten zu wollen, hierher zu bitten, sie genau da, sich gegenüber, vor den Schreibtisch zu setzen und ihr bescheiden zu erklären: Man könnte deinen Vater eigentlich als so eine Art Nachtwächter bezeichnen.

Und als er an Netta dachte, überkam ihn augenblicklich die blendend scharfe Erkenntnis, daß er sein Weiterleben ihr zu verdanken hatte. Daß sie ihn diesmal nicht nach Bangkok hatte fahren lassen, obwohl er sich im tiefsten Innern danach sehnte. Daß er ohne ihre blinde Sturheit, ohne ihre kapriziöse Intuition, ohne das Alarmsignal ihres sechsten Sinns, den sie der lunar-astralen Krankheit verdankte, jetzt selber an Jokneam Ostaschinskys Stelle in jenem hermetisch verschlossenen Bleisarg läge, vielleicht im Bauch eines Lufthansa-Jumbos, der eben vom Fernen Osten im Dunkeln am Himmel Pakistans oder Kasachstans nach Frankfurt unterwegs war, und von dort nach Lod und weiter zu dem felsigen Friedhof in Jerusalem, wo Nakdimon Lublins verschnupfte Stimme ihm *kire'utja, malchutja, beseman kerav,* nach Gottes Gemahlin, Gottes Reich, zur Kampfzeit, nachnäseln würde. Allein Netta hatte ihn vor dieser Reise bewahrt. Vor dem Locknetz, das jene Frau gewoben, und vor dem Schicksal, das der rundliche, grausame Mann ihm bestimmt hatte, den er manchmal bei Notkontakten seinen Bruder nannte. Und der nun »gut, danke« sagte, den Hörer auflegte, sich Joel zuwandte und genau an dem Punkt fortfuhr, an dem sein Satz zehn Minuten vorher vom Schnarren des ramponierten Telefons unterbrochen worden war: »– aber nun ist das vorbei. Und ich bitte dich, jetzt zu gehen.«

»Einen Moment«, sagte Joel, indem er wie gewohnt einen Finger zwischen Hals und Hemdkragen entlangführte, »ich hatte gesagt, ich habe einen Vorschlag.«

»Danke«, sagte der Patron, »zu spät.«

»Ich«, fuhr Joel, die Kränkung übergehend, fort, »ich erbiete mich freiwillig. Sogar morgen. Sogar noch heute nacht.«

»Danke«, sagte der Mann, »wir sind schon bedient.« An seinem – verstärkt hervortretenden – Akzent meinte Joel leichte Verachtung abzulesen. Oder verhaltenen Zorn. Oder vielleicht nur Ungeduld. Er hatte die Worte mit einem so koketten Singsang versehen, als parodiere er einen Neueinwanderer aus Frankreich. Dann stand der Mann auf und sagte abschließend: »Vergiß nicht, meiner liebsten Netta auszurichten, sie möchte mich bitte in der Sache, in der ich mit ihr gesprochen habe, zu Hause anläuten.«

»Wart mal«, sagte Joel, »du sollst noch wissen, daß ich jetzt bereit bin, eine Teilzeitbeschäftigung zu erwägen. Vielleicht eine Halbtagsstelle. Sagen wir, in der Einsatzbewertung? Oder in der Ausbildung?«

»Ich hab' dir gesagt, Genosse: Wir sind schon bedient.«

»Oder sogar im Archiv. Macht mir nichts aus. Ich glaube, ich könnte noch was zustande bringen.«

Doch kaum zwei Minuten später, als Joel das Büro des Patrons verlassen hatte und den Flur entlangging, dessen fleckige Wände man endlich mit einer schalldämmenden

Isolierschicht überzogen und mit billigen Plastikplatten im Holz-Look getäfelt hatte, fiel ihm plötzlich die verächtliche Stimme des Akrobaten ein, der ihm hier vor nicht allzu langer Zeit gesagt hatte, die Neugier habe die Katze um die Ecke gebracht. Also betrat er Zippis Büro und sagte nur: »Laß mich einen Augenblick, ich erklär's hinterher«, wobei er sich das Haustelefon von ihrem Schreibtisch schnappte und, fast flüsternd, den Mann jenseits der Wand fragte, sag, Jeremia, was habe ich getan?

Mit langsamer, didaktischer Geduld bemerkte der Mann: »Du fragst, was du getan hast.« Und fuhr fort, als gebe er den Text zu Protokoll: »Bitte schön. Du sollst eine Antwort bekommen. Eine Antwort, die du schon kennst. Du und ich, Genosse, wir sind doch beide Flüchtlingskinder. Seifen. Die hier haben ihr Leben riskiert, um uns vor den Nazis zu retten. Haben uns hereingeschmuggelt. Und dann haben sie auch noch gekämpft, sind verwundet worden oder gefallen, um uns einen Staat hinzustellen. Komplett. Uns haben sie geradewegs aus dem Dreck aufgerichtet. Und danach haben sie uns noch eine Riesenehre damit erwiesen, daß sie uns im Allerinnersten haben arbeiten lassen. Mitten im innersten Herzen. Das verpflichtet uns ein bißchen, nicht? Aber du, Genosse – als man dich gebraucht und gerufen hat, hast du lieber kühl kalkuliert. Sollten sie jemand anders an deiner Stelle schicken. Sollte doch einer von denen gehen. Also haben sie den geschickt. Also geh jetzt bitte nach Hause und leb damit. Und ruf uns nicht dreimal am Tag an, um zu fragen, wann die Beerdigung ist. Das steht dann in der Presse.«

Zum Parkplatz hinkte er wegen der Prellung, die er sich am Morgen beim Zusammenstoß mit dem Schemel am Knie zugezogen hatte. Irgendwie war er, wie ein bestraftes Kind, versucht, das Hinken zu übertreiben, als hätte er sich ernstlich verletzt. Zwanzig bis fünfundzwanzig Minuten hum-

pelte er also den Parkplatz auf und ab, kam zwei- oder dreimal an jedem Auto vorbei auf der vergeblichen Suche nach
seinem eigenen. Kehrte mindestens viermal an die Stelle zurück, an der er den Wagen geparkt hatte. Und begriff nicht,
was passiert war. Bis er endlich eine kleine Erleuchtung
hatte und kapierte, daß er gar nicht mit seinem eigenen
Auto hergekommen war, sondern mit Kranz' blauem Audi,
der da genau an dem Fleck vor ihm stand, an dem er ihn abgestellt hatte. Während eine angenehme Wintersonne sich
auf der Heckscheibe in eine Menge glitzernde Strahlen
brach. Und damit fügte er sich mehr oder weniger in die Erkenntnis, daß dieses Kapitel abgeschlossen war. Daß er nie
wieder dieses alte, bescheidene, von einer hohen Steinmauer
umgebene, hinter dichten Zypressen versteckte Gebäude,
eingeklemmt zwischen vielen neuen Bauten aus Glas und
Beton, die sämtlich weit höher waren, betreten würde. In
diesem Augenblick bereute er insgeheim ein kleines Versäumnis, das nun nicht mehr reparabel war: Oftmals in seinen dreiundzwanzig Jahren hier hatte er Lust verspürt,
seine Hand auszustrecken und ein für allemal aus der Nähe
zu prüfen, ob immer noch ab und zu jemand eine Münze
in den Schlitz der blauen Sammelbüchse des Jüdischen
Nationalfonds im Büro des Patrons steckte. Nun würde
also auch diese Frage offenbleiben. Beim Fahren dachte Joel
über den Akrobaten, Jokneam Ostaschinsky, nach, der
überhaupt nicht einem Akrobaten ähnlich gesehen hatte.
Vielleicht eher einem verdienten Mann der Arbeiterpartei,
einem Steinbrucharbeiter, der im Lauf der Zeit so was wie
ein Bezirksboß bei der gewerkschaftseigenen Baufirma
Solel Bone geworden war. Ein Mann um die Sechzig mit
strammem Trommelbauch. Einmal, vor sieben oder acht
Jahren, hatte der Akrobat einen häßlichen Fehler begangen. Joel war ihm beigesprungen, um ihn vor den Folgen zu
bewahren, was ihm auch gelang, ohne auf eine Lüge zu-

rückgreifen zu müssen. Nur stellte sich dann heraus, daß Ostaschinsky – in der Art von Menschen, denen man einen so niemals wiedergutzumachenden Gefallen getan hat – Joel gegenüber einen sauertöpfischen, kleinlichen Groll entwickelte und ihn in den Ruf eines arroganten Schöngeistes, eines selbsternannten begünstigten Kronprinzen brachte. Und trotzdem, dachte Joel, während er noch im Stau dahinschlich, wenn man in meinem Fall überhaupt das Wort Freund benutzen darf, ist er ein Freund gewesen. Als Ivria gestorben war und Joel aus Helsinki zurückgerufen wurde und erst wenige Stunden vor der Beerdigung in Jerusalem eintraf, hatte er alles schon bis ins letzte geregelt vorgefunden. Obwohl Nakdimon Lublin näselte, er habe sich überhaupt nicht darum gekümmert. Zwei Tage später hatte Joel sich darangemacht zu prüfen, was er wem schuldete, war fleißig die Quittungsdurchschläge bei der Beerdigungsgesellschaft und in den Anzeigenabteilungen der Zeitungen durchgegangen, und als er überall auf den Namen Sascha Fein stieß, hatte er den Akrobaten angerufen, um ihn zu fragen, wieviel er vorgestreckt habe, worauf Ostaschinsky ihn, wie eingeschnappt anfuhr: Geh *kibinimat,* scher dich zum Teufel. Zwei-, dreimal, nach einem Streit, spät nachts, hatte Ivria geflüstert: Ich verstehe dich. Was hatte sie damit gesagt? Was verstand sie? Inwieweit ähnelten oder unterschieden sich die Geheimnisse einzelner Menschen? Joel wußte, daß man das unter keinen Umständen herausbringen konnte. Obwohl die Frage, was die Menschen – insbesondere verwandte Menschen – übereinander wirklich wissen, ihm immer wichtig gewesen war und nun auch dringend wurde. Tagein, tagaus war sie in weißem Hemd und weißen Stoffhosen herumgelaufen. Und im Winter – auch im weißen Pullover. Die Matrosin einer Flotte, die offenbar ohne sie in See gestochen war. Und sie hatte keinerlei Schmuck angelegt außer ihrem Ehering, den sie aus irgendeinem

Grund gerade am rechten kleinen Finger trug. Man bekam ihn nicht herunter. Ihre dünnen Kinderfinger waren immer kalt. Joel sehnte sich nach ihrer kühlen Berührung auf seinem nackten Rücken. Manchmal nahm er sie gern zwischen seine häßlichen, breiten Hände und versuchte sie zu wärmen, wie man ein verfrorenes Vögelchen wärmt. Nur ein einziges Mal, im vorigen Herbst, hatte sie auf dem Küchenbalkon in Jerusalem zu ihm gesagt: Hör mal. Mir ist nicht gut. Und als er fragte, was ihr weh täte, erklärte sie, er irre sich, es sei nichts Physisches. Einfach so: ihr war nicht gut. Und Joel, der auf einen Anruf von El Al wartete, hatte ihr – ausweichend, um die Sache loszuwerden, um etwas abzukürzen, was leicht in eine lange Geschichte ausarten konnte – geantwortet, das geht vorüber, Ivria. Du wirst sehen, daß alles in die Reihe kommt. Wäre er dem Ruf gefolgt und nach Bangkok gefahren, hätten der Patron und Ostaschinsky sich von da an seiner Mutter, seiner Tochter und seiner Schwiegermutter angenommen. Jeder Verrat, den er im Leben begangen hatte, wäre ihm verziehen worden, wenn er gefahren und nicht zurückgekommen wäre. Ein Krüppel, der ohne Gliedmaßen geboren wurde, kann fast kein Übel anrichten. Und wer konnte ihm Übel antun? Wer Arme und Beine verliert, kann nicht gekreuzigt werden. Würde er je erfahren, was in Bangkok geschehen war? Vielleicht bloß ein banaler Unfall auf einem Zebrastreifen? Oder im Fahrstuhl? Und würde eines Tages, und sei es nach vielen Jahren, den Musikern der Israelischen Philharmonie zu Ohren kommen, daß der Mann, der in diesem Moment in einem hermetisch versiegelten Bleisarg im Bauch des Lufthansa-Jumbos über Pakistan im Dunkeln lag, sie durch seine Klugheit und Courage, mit seiner Pistole, vor dem Blutbad bewahrt hatte, das man vor einigen Jahren bei ihrem Gastkonzert in Melbourne unter ihnen hatte anrichten wollen? In diesem Augenblick überkam Joel eine Woge des Zorns wegen der geheimen Freude, die seit dem Morgen seine Brust durchströmte: Was ist. Ich bin sie los. Sie haben meinen Tod gewollt, und nun sind sie selber gestorben. Er ist tot? Ein Zeichen, daß er versagt hat. Sie ist tot? Hat sie eben verloren. Sehr schade. Ich lebe – Zeichen, daß ich recht gehabt habe.

Oder vielleicht nicht. Vielleicht ist das nur der Lohn des Verrats, sagte er sich an der Ausfahrt aus der Stadt und überholte plötzlich in einem wilden Manöver, von rechts, eine Kette von vier oder fünf Wagen, brauste die leere rechte Spur entlang und schnitt die Nase des ersten Wagens in der Reihe um zehn Zentimeter Breite haargenau in der Sekunde, in der die Ampel umsprang. Statt nach Hause zu fahren, bog er Richtung Ramat Gan ab, parkte am Einkaufszentrum und betrat ein weiträumiges Damenbekleidungsgeschäft. Nach eineinhalb Stunden Abwägen, Vergleichen, Prüfen und genauem Nachdenken kam er mit einem eleganten Paket wieder heraus, darin ein freches, fast gewagtes Kleid als Geschenk für seine Tochter, die ihm das Leben gerettet hatte. Seit jeher hatte er ein ausgezeichnetes Augenmaß und einen originellen, sicheren Geschmack für Frauenkleidung besessen. Nie irrte er sich in Größe, Mode, Stoffqualität, Farbe oder Schnitt. In der anderen Hand trug er eine große Papiertüte und darin, getrennt eingewickelt, ein Schal für seine Mutter, ein Gürtel für seine Schwiegermutter, ein nettes Tuch für Odelia Kranz, ein Nachthemd für Annemarie und sechs teure Seidentaschentücher für Ralph. Und dann war da noch ein schleifenverziertes Päckchen mit einem hübschen, ruhigen Pulli, den er als Abschiedsgeschenk für Zippi gekauft hatte: Man konnte doch nicht spurlos verschwinden nach all diesen Jahren. Obwohl andererseits, was soll's, warum eigentlich nicht ohne Hinterlassung irgendeines Zeichens entschwinden?

40.

Netta sagte: »Du bist ja nicht normal. Das zieh' ich im Leben nicht an. Vielleicht versuchst du's der Putzfrau zu schenken, sie hat meine Größe. Oder ich geb's ihr.«

Joel sagte: »Ist recht. Wie du möchtest. Nur probier's vorher mal an.«

Netta ging hinaus und kehrte in dem neuen Kleid zurück, das wie mit Zauberhand ihre Magerkeit weggefegt und ihr Haltung und Anmut verliehen hatte.

»Sag mal«, fragte sie, »hättest du mich wirklich in so was gern gesehen und hast dich bloß nicht getraut, darum zu bitten?«

»Wieso nicht getraut?« lächelte Joel. »Ich hab's dir doch selber ausgesucht.«

»Was hast du denn am Knie?«

»Nichts. Mich gestoßen.«

»Zeig mal.«

»Wozu?«

»Vielleicht verbind' ich's dir?«

»Es ist nichts. Laß nur. Geht vorüber.«

Sie verschwand und kehrte fünf Minuten später in ihren alten Klamotten ins Wohnzimmer zurück. In den folgenden Wochen zog sie das raffinierte Kleid nicht wieder an. Gab es aber auch nicht, wie angekündigt, der Putzfrau. In ihrer Abwesenheit stahl sich Joel manchmal in das Doppelzimmer und vergewisserte sich, daß das Kleid noch im Schrank hing und wartete. Darin sah er einen gewissen relativen Erfolg. Eines Abends drückte Netta ihm ein Buch von Jair Hurwitz mit dem Titel *Beziehungen und Sorge* in die Hand, und dort stieß er auf Seite 47 auf das Gedicht »Verantwortung« und sagte zu seiner Tochter: »Das ist schön. Obwohl – wie soll ich wissen, daß das, was ich zu verstehen glaube, auch das ist, was der Dichter gemeint hat?«

Nach Tel Aviv fuhr er nicht mehr. Kein einziges Mal bis zum Ende jenes Winters. Dafür kam es vor, daß er nachts am unteren Ende der Sackgasse vor dem Plantagenzaun im Duft der feuchten Erde und der dichtbelaubten Bäume stehenblieb und eine Weile den fern über der Stadt schwebenden Lichterglanz betrachtete – ein Flimmerschein, der mal leuchtend azur, mal orange oder zitronengelb, mal sogar purpurrot war und in seinen Augen zuweilen auch der kränklichen, vergifteten Farbe glich, die beim Verbrennen von Chemikalien entsteht.

Inzwischen hatte er auch seine nächtlichen Fahrten zum Ausläufer des Karmel, zum Trappistenkloster Latrun oder zur Grenze zwischen Küstenebene und Bergland bei Rosch Ha'ain eingestellt. Nun verbrachte er die frühen Morgenstunden nicht länger im Gespräch mit Nachtschichtarbeitern in Tankstellen, noch glitt er in langsamer Fahrt an Straßennutten vorbei. Auch den Gartenschuppen suchte er in der tiefsten Dunkelheit nicht mehr auf. Aber alle drei oder vier Nächte fand er sich vor der Haustür der Nachbarn stehen, und letzthin hatte er bei seinem Kommen eine Flasche guten Whisky oder Likör unterm Arm. Stets achtete er darauf, vor Sonnenaufgang wieder zu Hause zu sein. Des öfteren begegnete er dabei dem alten bulgarischen Zeitungsboten, dem er dann die Zeitung am Fenster seines betagten Susita abnahm und ihm so die Mühe ersparte, anzuhalten, den Motor abzustellen, den Rückwärtsgang einzulegen und auszusteigen, um sie in den Briefkasten zu stecken. Mehrmals sagte Ralph, wir drängen dich nicht zur Eile. Nimm dir Zeit, Joel. Worauf er die Achseln zuckte und schwieg.

Einmal fragte Annemarie unvermittelt: »Sag mal, was hat deine Tochter?«

Joel dachte fast eine ganze Minute nach, bevor er antwortete: »Ich bin nicht sicher, daß ich deine Frage verstanden habe.«

Annemarie sagte: »Also folgendermaßen. Ich sehe euch die ganze Zeit zusammen, aber ich habe noch nie gesehen, daß ihr einander berührt hättet.«

Joel sagte: »Ja. Möglich.«

»Wirst du mir niemals was erzählen? Was bin ich denn für dich, ein Pussikätzchen?«

»Wird schon in Ordnung gehen«, sagte er zerstreut und ging sich einen Drink einschenken. Was hätte er ihr auch erzählen sollen? Ich habe meine Frau ermordet, weil sie versucht hat, unsere Tochter zu ermorden, die ihre beiden Eltern umbringen wollte? Obwohl zwischen uns dreien mehr Liebe als erlaubt gewesen ist? Wie in dem Vers »Vor dir zu dir fliehe ich«? Also sagte er: »Wir reden mal bei Gelegenheit.« Trank und machte die Augen zu.

Zwischen Annemarie und ihm vertiefte sich zusehends eine feine, präzise Leibesverwandtschaft. Wie bei eingespielten Tennispartnern. In der letzten Zeit hatte Joel seine Gewohnheit aufgegeben, mit ihr zu schlafen, als überhäufe er sie mit Gunstbeweisen und ignoriere sein eigenes Fleisch. Denn langsam gewann er Vertrauen zu ihr und begann ihr andeutungsweise zu verraten, wo seine Schwächen lagen. Ihr intime Forderungen zu stellen, die seiner Frau zu offenbaren er all die Jahre zu schüchtern gewesen war, und zu fein, sie flüchtigen Partnerinnen aufzunötigen. Annemarie, konzentriert, mit geschlossenen Augen, fing jeden Ton, jede Note auf. Und beugte sich über ihn und spielte ihm Dinge, von denen er selbst nicht gewußt hatte, wie sehr er sie von ihr gespielt haben wollte. Manchmal schien sie weniger mit ihm zu schlafen, als ihn zu empfangen und zu gebären. Und einen Moment, nachdem sie fertig waren, stürzte Ralph, bärenhaft, zu ihnen, vor freudiger Hochstimmung überquellend wie ein Trainer, dessen Mannschaft gerade einen Sieg errungen hat, servierte seiner Schwester und Joel Gläser voll warmem Punsch mit duftendem Zimt, brachte ein Handtuch, wechselte ihnen Brahms gegen eine leise Country-Music-Platte, dämpfte den Ton und das grünliche Meereslicht noch weiter, wisperte *good night* und verflüchtigte sich.

In Bardugos Gärtnerladen kaufte Joel Gladiolen-, Dahlien- und Gerberaknollen und pflanzte sie für den Frühling. Und vier ruhende Rebschößlinge. Auch sechs hohe Tonkrüge und drei Säcke angereicherter Komposterde erwarb er bei Bardugo. Fuhr nicht erst nach Qalkilya. Stellte diese Krüge dann in den Gartenecken auf und pflanzte Geranien in mehreren Farben hinein, damit sie im Sommer über die Ränder quollen und lodernd die Krüge herabflossen. Anfang Februar fuhr er mit Arik Kranz und dessen Sohn Dubi zum örtlichen Einkaufszentrum und erstand vorbehandelte Latten und lange Schrauben und Metallhalterungen und Winkeleisen in einer Bauhandlung. Innerhalb von zehn Tagen, mit der begeisterten Unterstützung von Arik und Dubi Kranz, aber zu seiner Überraschung auch mit Nettas Hilfe, baute er nun das Wellblechdach samt den Metallröhren über dem Autounterstellplatz ab und errichtete an seiner Stelle eine wunderhübsche Holzpergola. Die er zweimal mit braunem, wetterfesten Lack überzog. Und pflanzte dort die vier Rebstöcke in den Boden, um sie in eine Weinlaube zu verwandeln. Als Joel in der Zeitung eine Anzeige über die Beisetzung seines Freundes auf dem Friedhof von Pardes Chana sah, beschloß er zu verzichten. Blieb zu Hause. Doch zur Gedenkfeier in Jerusalem am 16. Februar, Ivrias Todestag, fuhr er mit Mutter und Schwiegermutter, und wieder war es Netta, die sich entschied, nicht mitzukommen. Sondern dazubleiben und das Haus zu hüten.

Als Nakdimon mit seiner verschnupften Stimme sein ver-

worrenes Kaddischgebet herunternäselte, beugte sich Joel
zu seiner Mutter hinab und flüsterte ihr zu, am schönsten
ist, wie die Brille ihm den Ausdruck eines gelehrten, ja religiösen Gauls verleiht. Lisa flüsterte zornsprudelnd zurück:
Eine Schande! Vor dem Grab! Ihr habt sie alle vergessen!
Avigail, aufrecht, aristokratisch in ihrer schwarzen Man-
tilla, die Kopf und Schultern umhüllte, bedeutete ihnen mit
einer Geste aufzuhören. Worauf Joel und seine Mutter in
der Tat augenblicklich von ihrem Getuschel abließen und
verstummten.

Gegen Abend fuhren alle, einschließlich Nakdimon mit
zweien seiner vier Söhne, in das Haus nach Ramat Lotan zurück. Und stellten nun fest, daß Netta mit Ralphs und Annemaries Hilfe zum erstenmal seit ihrem Einzug den spanischen Eßtisch ausgezogen und im Lauf des Tages ein ganzes
Menü für zehn Personen zubereitet hatte. Mit roter Tischdecke und brennenden Kerzen und würzigem Putenschnit-
zel mit gekochtem Gemüse und gedämpftem Reis und
Pilzen und einer pikanten kalten Tomatensuppe vorneweg,
die in hohen Gläsern mit aufgesteckten Zitronenschnitzen
gereicht wurde. Es war die Suppe, mit der ihre Mutter Gäste
zu überraschen pflegte. In den seltenen Fällen, in denen Gäste das Haus aufgesucht hatten. Auch die Sitzordnung hatte
Netta wohldurchdacht und taktvoll festgelegt: Annemarie
neben Kranz, Nakdimons Söhne zwischen Lisa und Ralph,
Avigail neben Dubi Kranz, und zu beiden Enden des Tisches
Joel und Nakdimon.

41.

Am nächsten Morgen, dem 17. Februar, begann ein grauer
Tag, und die Luft wirkte wie geronnen. Aber es fiel weder
Regen noch ging Wind. Nachdem er Netta in die Schule und
seine Mutter zur fremdsprachlichen Leihbücherei gebracht
hatte, fuhr er weiter zur Tankstelle, wo er volltankte und
noch weiter einfüllte, was irgend ging, nachdem die Auto-
matikpumpe bereits abgestellt hatte, und Öl und Wasser
und Batterieflüssigkeit und Reifendruck prüfte. Nach seiner
Rückkehr ging er in den Garten und beschnitt, wie geplant,
sämtliche Rosensträucher. Streute organischen Dünger auf
die Rasenflächen, die vor lauter Winterregen und Kälte ver-
blichen waren. Düngte auch die Obstbäume zum nahenden
Frühling, wobei er den Dünger gut unter den Moder des
schwärzlich zerfallenden Laubs am Fuß der Stämme
mischte und das Gemisch dann mit Grabforke und Spaten
unterhob. Besserte die Bewässerungspfannen aus und jätete
ein wenig, mit bloßen Fingern, in tiefer Verneigung nieder-
gebeugt, die Blumenbeete. Aus denen er erste Stützpunkte
von Quecken, Sauerklee und Winde entfernte, die da die
Köpfe hoben. Den blauen Flanellmorgenrock, den sie beim
Verlassen der Küchentür trug, erblickte er aus der Tiefe seiner Niedergebeugtheit, ohne das Gesicht sehen zu können,
und zuckte auf der Stelle zusammen, als habe er einen Faust-
schlag in die Magengrube abbekommen oder als setze irgendein Kollaps im Innern der Bauchhöhle ein. Sekundenlang versteiften sich seine Finger. Dann faßte er sich wieder,
unterdrückte seinen Zorn und sagte: »Was ist passiert, Avigail?« Sie brach in Lachen aus und erwiderte: »Was ist, hab'
ich dich erschreckt? Guck bloß mal dein Gesicht an. Als ob
du töten wolltest. Gar nichts ist passiert, ich bin nur rausge-

kommen, um zu fragen, ob du deinen Kaffee hier draußen haben willst oder ob du gleich reingehst.« Er sagte: »Nein. Ich geh' schon rein«, änderte aber seine Meinung und sagte: »Oder besser bringst du ihn mir raus, damit er nicht kalt wird«, und überlegte es sich erneut anders und sagte in verändertem Ton: »Niemals, hörst du, niemals wieder darfst du ihre Kleider anziehen.« Und was Avigail aus seiner Stimme heraushörte, ließ ihr breites, helles, ruhiges slawisches Bäuerinnengesicht tief rot anlaufen: »Das ist nicht ihre Kleidung. Diesen Morgenrock hat sie mir vor fünf Jahren gegeben, weil du ihr selber einen neuen in London gekauft hattest.«

Joel wußte, daß er sich hätte entschuldigen müssen. Erst vorgestern hatte er selbst ja Netta gedrängt, den hübschen Regenmantel zu tragen, den er Ivria in Stockholm ausgesucht hatte. Doch die Wut oder vielleicht sein Ärger über das Aufwallen eben dieser Wut bewirkte, daß er – statt einer Entschuldigung – bitterböse, ja fast drohend zischte: »Das ist gleich. Hier bei mir werde ich das nicht dulden.«

»Hier bei dir?« fragte Avigail in ihrem didaktischen Tonfall wie die nachsichtige Rektorin einer progressiven Volksschule.

»Hier bei mir«, wiederholte Joel ruhig, indem er sich das feuchte Erdreich an seinen Fingern am Hosenboden der Jeans abwischte, »hier bei mir wirst du nicht in ihren Kleidern herumlaufen.«

»Joel«, sagte sie einen Augenblick später in liebevoll-traurigem Ton, »bist du bereit, etwas zu hören? Ich glaube langsam, daß dein Zustand vielleicht nicht weniger ernst ist als der deiner Mutter. Oder Nettas. Nur kannst du deine Nöte natürlich besser verbergen, und das macht die Sache noch schlimmer. Was du meines Erachtens wirklich brauchst –«

»Gut«, fiel Joel ihr ins Wort, »das genügt für heute. Gibt

es nun Kaffee, oder gibt es keinen. Ich hätte selber reingehen und mir welchen machen sollen, statt hier um Gefälligkeiten zu bitten. Bald wird man hier noch Leute von der Anti-Terroreinheit reinbringen müssen.«

»Deine Mutter«, sagte Avigail, »du weißt doch, daß ich innige Beziehungen zu ihr pflege. Aber wenn ich sehe —«

»Avigail«, sagte er, »der Kaffee.«

»Ich verstehe«, sagte sie, ging hinein und kam wieder heraus, in der einen Hand eine Tasse Kaffee, in der anderen einen Teller mit einer säuberlich geschälten und geteilten Grapefruit, die wie eine aufgeblühte Chrysantheme aussah, »ich verstehe. Die Worte tun dir weh, Joel. Ich hätte es selbst spüren müssen. Den Kummer muß anscheinend jeder auf seine eigene Weise tragen. Ich bitte um Verzeihung, falls ich dich, Gott behüte, gekränkt haben sollte.«

»Ist schon recht, fertig«, sagte Joel, wobei ihn plötzlich starker Widerwille gegen die Art, wie sie das Wort »anscheinend« ausgesprochen hatte, überkam, das bei ihr wie »onschejnend« klang. Trotz seiner Absicht, über etwas anderes nachzusinnen, kam ihm auf einmal der Polizeimann Schealtiel Lublin mit seinem Walroßschnauzbart, seiner derben Gutherzigkeit, seiner plumpen Freigiebigkeit, seinen ewigen Zoten, seiner rauchversengten Standardpredigt über die Tyrannei des Gliedes oder die generelle Geheimnisgemeinschaft in den Sinn. Und da merkte er, daß der in ihm aufsteigende Haß sich weder gegen Lublin noch Avigail wandte, sondern gegen das Andenken an seine Frau, die Kälte ihres Schweigens und ihre weißen Kleider. Mit Mühe zwang er sich, zwei Schluck von dem Kaffee zu trinken, als beuge er sich über Abwasser, worauf er Avigail augenblicklich die Tasse und ihre Grapefruitblume zurückgab und sich ohne ein weiteres Wort wieder zu dem längst sauberen Beet herabbeugte, um erneut mit Adleraugen nach Zeichen sprießenden Unkrauts Ausschau zu halten. Sogar seine schwarze Brille setzte er zu diesem Zweck auf. Allerdings betrat er zwanzig Minuten später doch die Küche und sah sie steif aufgerichtet dasitzen, die Schultern in ihren spanischen Witwenschleier gehüllt, wie das Briefmarkenmotiv der unbekannten trauernden Mutter, und reglos durchs Fenster auf jenen Punkt im Garten starren, an dem er bis vor einem Moment noch gearbeitet hatte. Unwillkürlich folgten seine Augen ihrem Blick in dieselbe Richtung. Aber die Stelle war leer. Und er sagte: »Na gut. Ich bin gekommen, um mich zu entschuldigen. Ich hatte dich nicht kränken wollen.«

Danach ließ er den Wagen an und fuhr zu Bardugos Gärtnerladen.

Wohin sonst hätte er dieser Tage, Ende Februar, auch fahren sollen, als Netta schon zweimal, im Abstand von einer Woche, beim Wehrersatzamt gewesen war und nun auf die Untersuchungsergebnisse wartete? Jeden Morgen brachte er sie in die Schule, und zwar immer in allerletzter Minute. Oder danach. Aber zu ihren Musterungen beim Wehrersatzamt fuhr Dubi sie, einer der beiden Kranz-Söhne, ein kraushaariger, schmaler Jüngling, der Joel irgendwie an einen jemenitischen Zeitungsjungen aus den Notzeiten der Masseneinwanderung nach der Staatsgründung erinnerte. Wie sich herausstellte, hatte sein Vater ihn geschickt und ihm offenbar auch aufgetragen, beide Male vor dem Amt auf sie zu warten, bis sie fertig war, um sie dann in dem kleinen Fiat heimzufahren.

»Sagen Sie mal, sammeln Sie vielleicht zufällig auch Dornzweige und Partituren?« fragte Joel diesen Dubi Kranz. Worauf der Jüngling – den Spott völlig ignorierend oder unfähig, ihn herauszuhören – ruhig erwiderte: »Noch nicht.«

Abgesehen davon, daß er Netta zur Schule brachte, fuhr er seine Mutter zu ihren regelmäßigen Vorsorgeuntersu-

chungen in Dr. Litwins Privatpraxis im nächsten Viertel.
Bei einer dieser Fahrten fragte sie ihn plötzlich, ohne jede
Vorwarnung oder Zusammenhang, ob die Sache mit der
Schwester des Nachbarn ernsthaft sei. Worauf er, ohne es
sich zweimal zu überlegen, mit denselben Worten erwi-
derte, mit denen Kranz' Sohn ihm geantwortet hatte. Häu-
fig verbrachte er ein bis eineinhalb Stunden mitten am
Morgen in Bardugos Gärtnerladen. Kaufte verschiedene
Blumenkästen, große und kleine Töpfe aus Ton oder Kunst-
stoff, zwei Sorten spezielle Blumenerde, ein Gerät zum
Lockern des Bodens sowie eine Sprühflasche für Wasser
und eine für Schädlingsbekämpfungsmittel. Das ganze
Haus füllte sich langsam mit Blumentöpfen. Hauptsächlich
Farne, die von der Decke und von den Türrahmen herab-
baumelten. Um sie aufzuhängen, mußte er wieder viel sei-
nen Elektrobohrer an der Verlängerungsschnur benutzen.
Als er einmal um halb zwölf Uhr aus dem Gärtnerladen zu-
rückkam und sein Auto fast einem Tropendschungel auf
Rädern glich, sah er die philippinische Hausgehilfin der
Nachbarn vom unteren Ende der Straße den vollen Einkaufswagen die Steigung etwa eine Viertel Stunde vom
Haus entfernt hinaufschieben. Joel hielt und nötigte sie zum
Mitfahren. Worauf es ihm allerdings nicht gelang, mehr als
die nötigen Höflichkeitsformeln mit ihr auszutauschen.
Von nun an lauerte er ihr – angespannt hinterm Steuer sitzend und durch seine neue Sonnenbrille getarnt – mehrmals
an der Ecke des Supermarktparkplatzes auf, brauste, sobald
sie mit dem Einkaufswagen herauskam, an sie heran und
vermochte sie hineinzuverfrachten. Sie konnte ein wenig
Hebräisch und ein wenig Englisch, begnügte sich aber zu-
meist mit Antworten von drei oder vier Worten. Unaufge-
fordert erklärte Joel sich bereit, den Einkaufswagen zu
verbessern: er versprach, ihm Gummiräder an Stelle der
rasselnden Metalldinger zu verpassen. Und tatsächlich

ging er in die Baustoffhandlung des Einkaufszentrums und erwarb unter anderem Räder mit Gummireifen. Doch er konnte sich partout nicht überwinden, die Tür jener Fremden aufzusuchen, bei denen die Frau arbeitete, und die Male, die es ihm gelang, sie mitsamt ihrem Wägelchen am Supermarktausgang zu entführen und nach Hause zu fahren, konnte er schließlich nicht plötzlich mitten unterwegs im Viertel anhalten, den vollbeladenen Wagen auspacken, ihn umdrehen und die Räder wechseln. So kam es, daß Joel sein Versprechen nicht einhielt, ja sogar vorgab, es nie gegeben zu haben. Die neuen Räder verbarg er vor sich selber in einer dunklen Ecke des Geräteschuppens im Garten. Obwohl er seine ganzen Dienstjahre über stets darauf bestanden hatte, Wort zu halten. Außer vielleicht an seinem letzten Arbeitstag, als man ihn dringend von Helsinki zurückgerufen hatte, so daß er sich nicht mehr, wie versprochen, mit dem tunesischen Ingenieur hatte in Verbindung setzen können. Als ihm dieser Vergleich in den Sinn kam, merkte er zu seiner Überraschung, daß der Monat Februar zwar beinah abgelaufen, also ein Jahr oder mehr seit dem Tag vergangen war, an dem der Krüppel ihm in Helsinki erschienen war, er aber immer noch die Telefonnummer auswendig wußte, die der Ingenieur ihm gegeben und die er sich augenblicklich eingeprägt und seither nicht wieder vergessen hatte.

Abends, nachdem die Frauen ihn allein im Wohnzimmer zurückgelassen hatten, wo er noch die Mitternachtsnachrichten und dann das Schneegestöber auf dem Bildschirm anguckte, mußte er plötzlich gegen die Verlockung ankämpfen, die Nummer mal versuchsweise anzurufen. Aber wie soll jemand den Hörer abheben, der keine Gliedmaßen hat? Und was habe ich zu sagen? Oder zu fragen? Als er aufstand, um den vergebens flimmernden Fernseher abzuschalten, wurde ihm klar, daß der Februar tatsächlich eben zu

Ende gegangen und daher heute eigentlich sein Hochzeitstag war. Also nahm er die große Taschenlampe, trat in das Dunkel des Gartens hinaus und prüfte im Lampenlicht, wie es jedem einzelnen Keimling ging.

Eines Nachts, nach der Liebe, bei einem Glas dampfenden Punsch, fragte Ralph, ob man ihm einen Kredit gewähren könne. Irgendwie verstand Joel, Ralph bitte ihn um eine Anleihe, und wollte wissen, von welchem Betrag die Rede sei, worauf Ralph erwiderte, »bis zwanzig- oder dreißigtausend«, bevor Joel begriff, daß man die nicht von ihm haben, sondern gerade umgekehrt ihm anbieten wollte. Und überrascht war. Ralph sagte: »Wann immer du möchtest. Stets willkommen. Du wirst hier nicht gedrängt.« Und da mischte sich Annemarie ein, den roten Kimono an ihren schmalen Körper drückend, und sagte: »Ich bin dagegen. Hier gibt's kein Business, bevor wir uns finden.«

»Uns finden?«

»Ich meine: jeder ein bißchen Ordnung in sein Leben bringt.«

Joel blickte sie abwartend an. Auch Ralph sagte nichts. Irgendein schlummernder Selbsterhaltungtrieb erwachte plötzlich in Joels Innern und warnte ihn, daß er ihr besser augenblicklich ins Wort fiel. Das Gesprächsthema wechselte. Auf die Uhr sah und sich verabschiedete. Oder zumindest einträchtig mit Ralph über das, was sie gesagt hatte und noch zu sagen beabsichtigte, spöttelte.

»Reise nach Jerusalem, zum Beispiel«, sagte sie und brach in Lachen aus, »wer erinnert sich noch an dieses Spiel?«

»Das reicht«, meinte Ralph, als spüre er Joels Sorge und sähe Grund, sie zu teilen.

»Zum Beispiel«, sagte sie, »gegenüber auf der anderen Straßenseite wohnt ein älterer Mann. Aus Rumänien. Unterhält sich halbe Stunden lang mit deiner Mutter am Zaun.

Und er lebt auch allein. Warum sollte sie nicht zu ihm ziehen?«

»Aber was soll dabei herauskommen?«

»Dabei kommt raus, daß Ralphie dann zu der anderen Mutter bei euch rüberziehen könnte? Wenigstens für eine Versuchsphase. Und du übersiedelst hierher? He?«

»Wie Noahs Arche. Sie ordnet alle paarweise an. Was ist? Steht eine Sintflut bevor?«

Und Joel – bemüht, nicht verärgert, sondern belustigt und wohlgelaunt zu klingen –, sagte: »Du hast das Kind vergessen. Wo sollen wir das in deiner Arche Noah hintun? Darf man noch um etwas Punsch bitten?«

»Netta«, sagte Annemarie so leise, daß ihre Stimme kaum zu hören war und Joel die Worte und auch die Tränen, mit denen sich ihre Augen gleichzeitig füllten, fast nicht mitgekriegt hätte, »Netta ist eine junge Frau. Kein Kind. Wie lange willst du sie noch Kind nennen. Ich glaube, Joel, was eine Frau ist, hast du nie gewußt. Sogar das Wort verstehst du nicht so ganz. Unterbrich mich nicht, Ralph. Du hast es auch nie gewußt. Wie sagt man *role* auf hebräisch? *Tafkid* – Aufgabe, Part? Das ist kein passendes Wort für mich. Ich wollte sagen, daß ihr die ganze Zeit entweder uns die Rolle eines Babys zuweist oder sie für euch selber beansprucht. Manchmal denke ich, Baby, Baby, schön und gut, *sweet, but we must kill the baby*. Jetzt möchte ich auch noch ein bißchen Punsch haben.«

259

42.

In den folgenden Tagen sann Joel über Ralphs Vorschlag nach. Vor allem, als ihm klar wurde, daß die neuen Frontlinien ihn und seine Mutter als Gegner der Idee, das Dachzimmer in der Karl-Netter-Straße zu mieten, seiner Schwiegermutter und Netta als deren Befürworter gegenüberstellten. Und zwar noch vor den anstehenden Reifeprüfungen. Am 10. März erhielt Netta einen ausgedruckten Bescheid des Armee-Computers, in dem es hieß, sie werde in sieben Monaten, am 20. Oktober, eingezogen. Daraus entnahm Joel, daß sie den Ärzten im Wehrersatzamt nichts von ihrem Problem erzählt hatte oder, falls doch, die Untersuchungen ohne Befund verlaufen waren. Gelegentlich fragte er sich, ob das Schweigen nicht verantwortungslos sei. War es nicht seine klare Pflicht, als einziger Elternteil, sie aus eigenem Antrieb zu kontaktieren und ihnen die Tatsachen zur Kenntnis zu bringen? Die Befunde der Ärzte in Jerusalem? Andererseits überlegte er, welche der widerstreitenden Diagnosen er dort pflichtgemäß vortragen mußte. Und war es nicht übel und verantwortungslos, solch einen Schritt hinter ihrem Rücken einzuleiten? Ihr fürs ganze Leben den Stempel einer Krankheit aufzudrücken, um die sich alle möglichen Irrglauben rankten? Schließlich war es Tatsache, daß Nettas Problem nicht ein einziges Mal außer Haus aufgetreten war. Nie. Und seit Ivrias Tod hatte es sogar daheim nur einen einzigen Fall gegeben, der auch schon länger zurücklag. Ende August, und seither hatte sich kein Symptom gezeigt. Ja, selbst was im August geschehen war, wies zumindest eine leichte Ambivalenz auf. Warum sollte er also nicht nach Tel Aviv in die Karl-Netter-Straße fahren, eingehend das Zimmer mit dem versprochenen Meerblick prüfen, die

Nachbarn aushorchen, auf diskrete Weise in Erfahrung bringen, wer die Wohnungspartnerin, diese Klassenkameradin namens Adva, war, und wenn sich das Gelände als rein erwies, ihr hundertzwanzig Dollar pro Monat oder auch mehr geben, zumal er ja abends auf eine Tasse Kaffee bei ihr vorbeischauen und sich so tagtäglich davon überzeugen könnte, daß alles in Ordnung war. Wenn sich aber nun doch herausstellte, daß der Patron ihr ernstlich eine kleine Arbeit im Büro anbieten wollte? Eine untergeordnete Sekretärinnenstelle? Dann wäre er jederzeit in der Lage, ein Veto einzulegen und die Listen des Lehrers zu hintertreiben. Obwohl, auf den zweiten Gedanken: warum sollte er ihr verbieten, ein bißchen im Büro zu arbeiten? Damit wäre er doch gerade der Notwendigkeit enthoben, an den Fäden zu ziehen, alte Beziehungen aufzuwärmen, um sie vor der Einberufung zu bewahren, ohne angegriffene Gesundheit ins Feld zu führen oder ihr das Etikett eines Mädchens, das nicht gedient hatte, anzuhängen? Mühelos könnte der Patron dafür sorgen, daß ihre Arbeit im Büro als Ersatz für den Wehrdienst anerkannt würde. Außerdem wäre es doch nett, wenn es ihm, Joel, gelänge, Netta durch einige wohlüberlegte Schachzüge sowohl vor dem Militär als auch vor dem Stigma zu bewahren, das er laut Ivrias gelegentlich geäußerten irrsinnigen Beschuldigungen angeblich seiner Tochter hatte aufprägen wollen. Ja, mehr noch: sein Standortwechsel bei der Debatte über die Anmietung des Zimmers in der Karl-Netter-Straße würde vielleicht eine Veränderung im häuslichen Kräfteverhältnis nach sich ziehen. Obwohl Joel sich andererseits bewußt war, daß das Bündnis zwischen den beiden alten Frauen in dem Moment aufleben würde, in dem Netta wieder seine Partei ergriff. Und auch anders herum: sollte es ihm gelingen, Avigail für sein Lager zu rekrutieren, würden seine Mutter und seine Tochter sich gemeinsam auf die Gegenseite stellen. Wozu also dann die ganze Anstrengung. Und damit ließ er die Angelegenheit vorerst auf sich beruhen und tat weder etwas in Sachen Einberufung noch in Sachen Karl Netter. Wieder einmal entschied er, es brennt nichts an, morgen ist auch noch ein Tag, und das Meer läuft nicht weg. Und inzwischen reparierte er den defekten Staubsauger des Hauseigentümers, Herr Kramer, und half eineinhalb Tage lang der Putzfrau, den Staub bis zum letzten Krümel aus dem Haus zu entfernen, wie er es alle Jahre in ihrer Wohnung in Jerusalem beim Nahen des Pessachfestes getan hatte. Dermaßen vertieft war er in diesen Einsatz, daß Joel – als das Telefon klingelte und Dubi Kranz wissen wollte, wann Netta zurückkehre – trocken verkündete, hier sei jetzt Großputz und man möge doch bitte ein andermal anrufen. Was Ralphs Vorschlag anbetraf, Geld in irgendeinen diskreten Anlagekanal, der einem Konzern in Kanada angeschlossen war, zu investieren und es dabei innerhalb von achtzehn Monaten zu verdoppeln, prüfte Joel den Gedanken im Vergleich zu anderen Angeboten, die er erhalten hatte. Zum Beispiel verglichen mit der Andeutung, die seine Mutter ihm mehrmals hinsichtlich einer größeren Geldsumme gemacht hatte, die sie verwahre, um ihn beim Eintritt ins Geschäftsleben zu unterstützen. Oder etwa mit dem Blauen vom Himmel, das ihm ein ehemaliger Arbeitskollege versprochen hatte, wenn er sich nur bereitfinde, eine Partnerschaft für eine Privatdetektei mit ihm einzugehen. Oder in bezug auf Arik Kranz, der Joel unablässig drängte, ein Abenteuer mit ihm zu teilen: zweimal pro Woche, im weißen Kittel, wirkte Kranz vier Stunden als ehrenamtlicher Sanitäter im Nachtdienst in einem Krankenhaus, wo er die Hingabe einer Freiwilligen namens Grete genoß und auch von vornherein zwei weitere, Christine und Iris, für Joel auserkoren und geschnappt hatte, unter denen er frei wählen oder sich auch für beide entscheiden könne. Doch die Worte »das Blaue vom Himmel« weckten nichts in ihm. Ebenso wenig wie die Anlageverlockungen oder Kranz' freiwillige Tätigkeit. Absolut nichts regte sich in ihm außer dem vagen, aber konstant vorhandenen Gefühl, daß er nicht recht wach war: daß er umherging, nachdachte, Haus, Garten und Wagen pflegte, mit Annemarie schlief, zwischen Gärtnerladen, Haus und Einkaufszentrum pendelte, die Fenster zu Pessach putzte, bald die Geschichte von Generalstabschef Elasars Leben und Tod fertiglesen würde – aber all das im Schlafen. Wenn er immer noch Hoffnung hegte, etwas zu entschlüsseln, zu begreifen oder wenigstens die Frage klar zu formulieren, mußte er aus diesem dichten Nebel herauskommen. Um jeden Preis aus seinem Schlummer erwachen. Und sei es um den Preis eines Unglücks. Daß etwas kommen und mit einem Dolchstoß die weiche Fettschicht durchtrennen möge, die ihn von allen Seiten einschloß und erstickte wie eine Gebärmutter.

Gelegentlich erinnerte er sich an die hellwachen Augenblicke seiner Dienstjahre, Momente, in denen er wie zwischen Messersschneiden durch die Straßen einer fremden Stadt geglitten war, Körper und Geist so geschliffen scharf, wie sie es zur Zeit der Jagd oder des Beischlafs sein konnten, und sogar die einfachen, alltäglichen, banalen Dinge ihm Hinweise auf die in ihnen enthaltenen Geheimnisse preisgegeben hatten. Die Brechungen des Abendlichts in einer Pfütze. Die Manschettenknöpfe eines Passanten. Die Umrisse gewagt geschnittener Dessous durch das Sommerkleid einer Frau auf der Straße. So daß er manchmal sogar etwas drei oder vier Sekunden vor dessen Eintreffen zu erraten vermochte. Wie das Auffrischen einer Brise oder die Sprungrichtung einer geduckten Katze auf einem Zaun oder die Gewißheit, daß der schräg gegenüber gehende Mann stehenbleiben, sich an die Stirn schlagen, kehrtmachen und zurücklaufen werde. Derart scharf war sein Bewußtsein in jenen Jahren gewesen, und jetzt war alles so stumpf. Verlangsamt. Als sei die Scheibe beschlagen, ohne daß man nachprüfen könnte, ob von außen oder von innen oder – schlimmer – weder noch, da das Glas plötzlich selber diese milchig-trübe Substanz absonderte. Und wenn er jetzt nicht aufwachte und es zertrümmerte, würde die Vernebelung immer stärker, der Schlummer immer tiefer werden, die Erinnerung an die Wachmomente zusehends verblassen und er unwissend sterben wie ein Wanderer, der im Schnee eingeschlafen war.

Bei dem Optiker im Einkaufszentrum besorgte er ein starkes Vergrößerungsglas. Und als er eines Morgens allein zu Hause war, inspizierte er damit endlich den eigenartigen Punkt am Eingang eines der romanischen Klöster auf dem Foto, das Ivria gehört hatte. Eine ganze Weile vertiefte er sich in seine Untersuchung, nahm einen Punktstrahler und seine Brille sowie die Brille des Landarztes und die neu gekaufte Lupe mal in diesem, mal in jenem Winkel zu Hilfe. Bis er zu der These neigte, daß es sich hier weder um einen zurückgelassenen Gegenstand noch um einen verirrten Vogel, sondern um irgendeinen leichten Defekt im Film selber handelte. Vielleicht einen winzigen Kratzer, der beim Entwickeln entstanden war. Die Worte, die Jimmy Gal, der Regimentskommandeur ohne das Ohr, bezüglich der beiden Punkte und der sie verbindenden Geraden benutzt hatte, erschienen Joel über jeden Fehler erhaben, aber auch inhaltslos und letzten Endes auf eine Geistesarmut verweisend, von der er, Joel, sich nicht rein wähnte, obwohl er immer noch hoffte, sich vielleicht davon befreien zu können.

43.

Und dann brach der Frühling mit dem Gesumm tausender
Fliegen und Bienen und einem Schwall von Blütendüften
und Farben aus, die Joel fast übertrieben erschienen. Mit
einem Mal begann der Garten überzuquellen, sich in sinnlichen Knospen und Blüten und üppiger Vegetation zu er-
gießen. Die Obstbäume im rückwärtigen Garten schlugen
aus und waren drei Tage später voll entflammt. Sogar die
Kakteen in den Balkontöpfen warfen sich in grelles Rot
und leuchtendes Orangegelb, als wollten sie die Sonne in
deren Sprache anreden. Es setzte eine Flut ein, die Joel fast
schäumen zu hören glaubte, wenn er nur angestrengt
lauschte. Als hätten sich die Pflanzenwurzeln in scharfe
Krallen verwandelt, die die Erde im Finstern anbohrten,
um massenweise dunkle Säfte aus ihr zu zapfen, die durch
die Röhren der Stämme und Stengel emporschossen und
beim Knospen der Blätter und Blüten dem blendenden
Licht ausgesetzt wurden. Das wieder seine Augen ermüdete, trotz der Sonnenbrille, die er sich zu Winteranfang
gekauft hatte.

Als Joel so an der Hecke stand, gelangte er zu dem Schluß,
daß es mit den Birnen- und Apfelbäumen nicht genug war.
Liguster, Oleander und Bougainvillea wie auch die Hibis-
kussträucher erschienen ihm plötzlich gewöhnlich, ja rich-
tiggehend vulgär. Daher beschloß er, den Rasenstreifen an
der Seite des Hauses unter den zwei Fenstern der Kinderzimmer, in denen jetzt die alten Damen wohnten, zu beseiti-
gen und dort einen Feigen- und einen Oliven- und vielleicht
auch einen Granatapfelbaum zu pflanzen. Im Lauf der Zeit
würden außerdem die Weinstöcke, die er in der neuen Pergola gesetzt hatte, bis hierher ranken, und so würde in zehn,

zwanzig Jahren so etwas wie ein verkleinertes, aber vollendetes Modell eines dämmrigen, dichten erez-israelischen Obstgartens entstehen, wie er sie immer neidvoll in den Höfen der Araber bewundert hatte. Joel plante alles bis ins letzte Detail: schloß sich in seinem Zimmer ein und studierte die einschlägigen Kapitel des landwirtschaftlichen Ratgebers, stellte auf einem Bogen Papier eine Vergleichstabelle über die Vorzüge und Nachteile der einzelnen Sorten auf, ging dann ins Freie, maß mit einem Zollstock die Abstände zwischen einem Setzling zum nächsten ab, bezeichnete die gewünschten Stellen mit kleinen Pflöcken, rief im übrigen täglich Bardugo an, um zu fragen, ob seine Bestellung schon eingetroffen sei. Und wartete.

Am Morgen vor dem Sederabend, als die drei Frauen nach Metulla gefahren waren und ihn allein gelassen hatten, ging er hinaus und hob bei den Pflöcken fünf schöne quadratische Setzgruben aus. Den Grubenboden polsterte er mit einer Schicht feinem Sand vermischt mit Hühnermist. Dann fuhr er seine Schößlinge holen, die bei Bardugos Gartenhandlung angekommen waren: ein Feigenbäumchen, eine Dattelpalme, einen Granatapfelbaum und zwei Oliven. Als er – im zweiten Gang, um die Pflänzchen nicht zu erschüttern – wiederkam, fand er Dubi Kranz, schmal, krausköpfig und verträumt, auf den Eingangsstufen sitzen. Joel wußte, daß beide Kranz-Söhne bereits ihren Wehrdienst abgeleistet hatten, und doch kam ihm der Jüngling da vor ihm höchstens wie sechzehn Jahre vor.

»Hat Ihr Vater Sie hergeschickt, um mir das Sprühgerät zu bringen?«

»Also folgendermaßen«, sagte Dubi, wobei er die Silben dehnte, als könne er sich nur schwer von ihnen trennen, »wenn Sie das Sprühgerät brauchen, kann ich's schnell holen fahren. Kein Problem. Ich bin mit dem Auto der Eltern hier. Sie sind weg. Mutter ist im Ausland. Vater ist über die

Feiertage nach Elat gefahren und mein Bruder zu seiner Freundin nach Haifa.«

»Und Sie? Haben Sie die Haustür zugeknallt und kommen nicht mehr rein?«

»Nein. Es ist was anderes.«

»Beispielsweise?«

»Eigentlich bin ich gekommen, um Netta zu besuchen. Ich dachte, heute abend vielleicht —«

»Schade, daß Sie gedacht haben, Freundchen«, brach Joel in ein sonderbares Lachen aus, das sowohl ihn als den Jüngling überraschte, »während Sie rumgesessen und nachgedacht haben, ist sie nämlich mit ihren Großmüttern ans Ende des Staates gefahren. Haben Sie mal fünf Minuten? Kommen Sie, helfen Sie mir ein bißchen, diese Baumkübel aus dem Auto auszuladen.«

An die drei viertel Stunden arbeiteten sie beide, ohne mehr als das Notwendige zu reden wie »halten Sie mal«, »gerade richten«, »gut festklopfen, aber vorsichtig«. Sie schnitten mit einer Drahtzange die Blechkübel auf und bekamen die Schößlinge heraus, ohne daß die Erdballen um die Wurzeln zerbröselten. Dann vollzogen sie schweigend und präzise die Beerdigungszeremonie, einschließlich des Zuschüttens der Gruben, des Festklopfens und des Anlegens der Bewässerungspfannen. Die geschickten Finger des jungen Mannes gefielen Joel, und auch seine Schüchternheit oder Zurückhaltung begann er fast zu schätzen. Einmal, abends, am Ende eines Herbsttages in Jerusalem, es war Freitag abend, Sabbatbeginn, und die Trauer der Berge erfüllte die Luft, hatten er und Ivria einen kleinen Spaziergang unternommen und den Rosengarten betreten, um das Verlöschen des Lichts zu beobachten. Ivria hatte gesagt, weißt du noch damals, als du mich zwischen den Bäumen in Metulla vergewaltigt hast, da habe ich gedacht, du wärst stumm. Und Joel, der wußte, daß seine Frau kaum je Spaß machte, verbesserte sie sofort mit den Worten: Das ist nicht richtig, Ivria. a) war das keine Vergewaltigung, sondern wenn überhaupt, dann umgekehrt – Verführung. Doch nach diesem A vergaß er zu sagen, was B war. Worauf Ivria sagte: Immer heftest du jede Einzelheit in deinem furchtbaren Gedächtnis ab, läßt keinen Krümel weg. Aber erst, nachdem du die Daten ausgewertet hast. Das ist ja dein Beruf. Und bei mir ist es Liebe gewesen.

Als sie fertig waren, sagte Joel, nun, wie ist das, Neujahrsfest der Bäume am Sederabend zu feiern? Damit lud er den Jüngling zu einer kalten Orangeade in die Küche ein, da sie beide vor Schweiß trieften. Danach machte er auch Kaffee. Und fragte ihn ein bißchen aus über den Wehrdienst im Libanon, seine Auffassungen, die seinem Vater zufolge völlig links waren, und über das, was er jetzt so tat. Dabei ergab sich, daß der Bursche dort bei der Pioniertruppe gedient hatte, Schimon Peres nach seiner Meinung ganz gute Arbeit leistete und er sich gegenwärtig in Feinmechanik weiterbildete. Feinmechanik sei zufällig sein Hobby, das er nun zu seinem Beruf machen wolle. Nach seiner Ansicht, obwohl er da nicht viel Erfahrung besäße, sei es das beste, was einem Menschen passieren könne, wenn das Hobby das Leben erfülle.

Joel mischte sich hier wie scherzhaft ein: »Eine Auffassung besagt doch gerade, das beste sei die Liebe? Meinen Sie nicht?«

Darauf Dubi, in gesammeltem Ernst und einer Erregung, die er so weit zu beherrschen vermochte, daß nur noch ein Flackern in seinem Blick davon übrigblieb: »Ich maße mir noch nicht an, davon etwas zu verstehen. Liebe und all das. Wenn man meine Eltern anguckt, Sie kennen sie ja, kommt man vielleicht zu dem Schluß, daß man Empfindungen und so was am besten eher auf Sparflamme halten sollte. Da ist es schon gesünder, was zu tun, das einem gut von der Hand geht. Was, das irgendein Mensch braucht. Das sind die beiden allerbefriedigendsten Dinge. Die jedenfalls mich am meisten befriedigen: gebraucht werden und gute Arbeit leisten.«

Und da Joel nicht gleich antwortete, faßte der Junge sich ein Herz und fügte hinzu: »Verzeihung. Darf man Sie mal was fragen? Stimmt es, daß Sie ein internationaler Waffenhändler oder so was sind?«

Joel zuckte die Achseln und sagte lächelnd: »Warum nicht?« Doch plötzlich hörte er auf zu lächeln und sagte: »Das war Spaß. Ich bin bloß Beamter. Momentan sozusagen auf einer Art Langzeiturlaub. Sagen Sie mal, was suchen Sie eigentlich bei Netta? Fortbildung in moderner Dichtung? Kurzlehrgang über Israels Dornsträucher?«

Damit war es ihm gelungen, den Jüngling verlegen, ja fast ängstlich zu machen. So daß er nun schnell die Kaffeetasse in seiner Hand auf die Tischdecke abstellte, sie dann sofort wieder anhob und vorsichtig auf die Untertasse plazierte, einen Augenblick an seinem Daumennagel knabberte, sich aber sofort erneut faßte, davon abließ und sagte: »Nur so. Wir unterhalten uns bloß ein bißchen.«

»Nur so«, sagte Joel, indem er einen Moment, starrlinsig, jene versteinerte Katergrausamkeit über seine Kinnladen breitete, die er zu benutzen pflegte, wenn es galt, Lumpen, kleinen Gaunern, Betrügern, Kriechern aus dem tiefsten Sumpf Angst einzujagen, »nur so, bitte nicht hier, Freundchen. Wenn das nur so ist, versuchen Sie's lieber woanders.«

»Ich hab' nur gemeint –«

»Überhaupt gehn Sie besser auf Distanz zu ihr. Vielleicht haben Sie zufällig was gehört. Sie ist nicht hundertprozentig in Ordnung. Hat ein kleines Gesundheitsproblem. Aber daß Sie's nicht wagen, darüber zu quatschen.«

»Hab' so was gehört«, sagte Dubi.

»Was?!«

»Ich hab' was gehört. Na und?«

»Einen Moment. Ich möchte, daß Sie das wiederholen. Wort für Wort. Was Sie über Netta gehört haben.«

»Lassen Sie doch«, sagte Dubi gedehnt, »alle möglichen Gerüchte. Blöder Mist. Regen Sie sich darüber nicht auf. Auch über mich hat's mal so rumgeschwirrt, Nervensache und all das. Meinetwegen, sollen sie tratschen.«

»Sie haben ein Nervenproblem?«

»Ach was.«

»Hören Sie gut zu. Ich kann das leicht in Erfahrung bringen, wissen Sie. Haben Sie oder haben Sie nicht?«

»Hatte mal. Jetzt bin ich okay.«

»Das sagen Sie.«

»Herr Ravid?«

»Ja.«

»Darf ich mal fragen, was Sie von mir wollen?«

»Gar nichts. Bloß, daß Sie Netta nicht alle möglichen Flausen in den Kopf setzen. Davon hat sie so schon genug. Sie offenbar auch. Haben Sie ausgetrunken? Und bei euch ist keiner zu Hause? Soll ich Ihnen vielleicht noch was Leichtes zum Essen machen?«

Danach verabschiedete sich der junge Mann und fuhr im blauen Audi seiner Eltern ab. Joel ging in die Dusche und duschte lange mit sehr heißem Wasser, seifte sich zweimal ein, spülte mit kaltem Wasser nach und murmelte im Hinaustreten: meinetwegen.

Um halb fünf kam Ralph und sagte, wie seine Schwester und er verstünden, sei Joel nicht gewöhnt, das Fest zu begehen, aber da er allein hiergeblieben sei, hätte er vielleicht Lust, zum Abendessen rüberzukommen und sich eine Video-Komödie anzugucken? Annemarie bereite einen Waldorfsalat zu, und er, Ralph, mache irgendein Experiment mit Kalbsbraten in Wein. Joel versprach zu kommen, doch um sieben Uhr abends, als Ralph ihn abholen wollte, fand er ihn voll bekleidet auf der Wohnzimmercouch, umringt von den Zeitungsblättern der Festbeilage, schlafen. Und beschloß, ihn schlafen zu lassen. Joel schlummerte tief und fest in dem leeren, dunklen Haus. Nur einmal, nach Mitternacht, stand er auf und tastete sich Richtung Toilette vor, ohne die Augen aufzuschlagen oder Licht anzuschalten. Die Töne des Fernsehers oder Videogeräts bei den Nachbarn jenseits der Wand wechselten in seinem Halbdämmer mit den Balalaika-Klängen jenes Lastwagenfahrers, der eine Art Liebhaber seiner Frau gewesen sein mochte. Statt der Toilettentür fand er die zur Küche, tappste weiter in den Garten hinaus, pinkelte mit geschlossenen Augen, kehrte, ohne aufzuwachen, auf die Wohnzimmercouch zurück, deckte sich mit dem karierten Überwurf zu und versank in seinen Schlaf wie ein antiker Stein im Staub bis um neun Uhr am nächsten Morgen. So verpaßte er jene Nacht einen geheimnisvollen Anblick – riesige Storchenschwärme in breitem Strom, einer nach dem anderen ununterbrochen, fluteten nordwärts unter dem Vollmond des Frühlingsmonats Nissan am wolkenlosen Firmament, Tausende oder Zehntausende geschmeidige Schatten schwebten mit leisem Flügelrauschen über die Erde. Und es war ein anhaltendes, stures, unablässiges und doch zartes Wimmeln, wie der Strom zahlloser kleiner weißer Seidentaschentücher über eine große schwarze Seidenbahn, überflutet vom lunar-astralen Silberglanz.

44.

Als er am Feiertag morgen um neun Uhr aufgestanden war, trottete er in seiner zerknitterten Kleidung zur Dusche, rasierte sich, duschte erneut lange und gründlich, zog saubere weiße Sportsachen an und ging hinaus, um zu sehen, wie es seinen neuen Schößlingen – dem Granatapfelbaum und der Dattelpalme und den beiden Olivenbäumchen – ging. Er begoß sie ein wenig. Riß hier und da winzige Köpfchen neuer Wildkräuter aus, die offenbar im Lauf der Nacht, nach dem sorgfältigen Jäten des Vortags, herausgekommen waren. Und während der Kaffee in der Kaffeemaschine durchlief, rief er in der Kranzschen Wohnung an, um sich bei Dubi dafür zu entschuldigen, daß er gestern vielleicht grob zu ihm gewesen sei. Wobei er sofort gewahr wurde, daß er sich gleich zweimal entschuldigen mußte, das zweite Mal, weil er den Jüngling jetzt aus dem späten Feiertagsschlaf gerissen hatte. Aber Dubi sagte, keine Ursache, ist doch natürlich, daß Sie sich um sie sorgen, macht nichts, obwohl Sie wissen sollten, daß sie eigentlich prima für sich selber sorgen kann. Übrigens, falls Sie mich noch mal für den Garten oder was brauchen, ich hab' heute nichts Besonderes vor. Nett, daß Sie mich angerufen haben, Herr Ravid. Sicher bin ich nicht böse.

Joel fragte, wann Dubis Eltern zurückerwartet würden, und als er erfuhr, daß Odelia morgen aus Europa wiederkomme und Kranz noch heute nacht von seiner Spritztour nach Elat zurückkehre, um zu Hause zu sein, wenn eine neue Seite aufgeschlagen werden sollte, sagte Joel sich, daß der Ausdruck ›eine neue Seite aufschlagen‹ unzulänglich sei, weil er sich dünn wie Papier anhörte. Und er bat Dubi, seinem Vater auszurichten, er möge ihn anrufen.

sobald er zurück sei, es gäbe da vielleicht eine Kleinigkeit für ihn.

Dann ging er in den Garten hinaus und betrachtete ein Weilchen das Nelken- und Löwenmaulbeet, sah aber nicht, was er dort tun sollte, und sagte sich: Hör auf damit. Jenseits der Hecke bemühte sich der Hund Ironside, in förmlicher Pose mit eng nebeneinander stehenden Beinen auf dem Fußsteig sitzend, nachdenklichen Blicks dem Flug eines Vogels zu folgen, dessen Name Joel nicht kannte, obwohl ihn das unbezweifelbare Blau seines Gefieders faszinierte. In Wirklichkeit gibt es keine neue Seite. Vielleicht nur eine fortdauernde Geburt. Und Geburt heißt Entbindung, und Entbinden fällt schwer, und wer kann sich überhaupt völlig entbinden? Einerseits wird man seinen Eltern Jahre über Jahre weitergeboren, und andererseits beginnt man schon selber zu gebären, obwohl man auch noch nicht fertig geboren ist, und so gerät man in Entflechtungskämpfe von hinten und von vorn. Plötzlich fiel ihm ein, daß es womöglich Grund gab, seinen Vater zu beneiden, seinen melancholischen rumänischen Vater im braun gestreiften Anzug oder seinen stoppelbärtigen Vater von dem verdreckten Schiff, die jeweils ohne Hinterlassung von Spuren verschwunden waren. Und wer hatte ihn denn diese ganzen Jahre über gehindert, spurlos im australischen Brisbane in der geborgten Identität eines Fahrlehrers zu verschwinden oder etwa in einem Wald nördlich des kanadischen Vancouver, um dort das Leben eines Jägers und Fischers in einer Blockhütte zu führen, die er für sich und jene Eskimomätresse bauen würde, deren Phantasiebild Ivria immer so angeregt hatte? Und wer hinderte ihn, jetzt zu verschwinden? »Du Idiot«, sagte er liebevoll zu dem Hund, der – jäh entschlossen, von seiner Porzellanhundgestalt abzuweichen und zum Jäger zu werden – auf zwei Beinen stand, die Vorderpfoten auf den Zaun gestützt, und wohl hoffte, auf diese Weise jenen Vogel

273

fangen zu können. Bis der ältliche Nachbar von drüben ihn pfiff und bei dieser Gelegenheit mit Joel Festtagsgrüße tauschte.

Auf einmal wurde Joel von starkem Hunger gepackt. Wobei ihm einfiel, daß er seit gestern mittag nichts zu sich genommen hatte, weil er angezogen auf der Wohnzimmer-couch eingeschlafen war. Auch heute morgen hatte er nur Kaffee getrunken. So ging er zum Nachbarhaus und fragte Ralph, ob etwas Kalbsbraten vom Vorabend übrig sei und er die Reste zum Frühstück bekommen könne. »Es ist auch noch Waldorfsalat da«, sagte Annemarie freudig, »und Suppe. Aber die ist scharf gewürzt, vielleicht ist es nicht gut, so was Scharfes morgens als erstes zu essen.« Joel lachte leise, weil ihm plötzlich einer von Nakdimon Lublins Sprü-chen in den Sinn kam – wenn Mohammed am Verhungern ist, er auch den Schwanz des Skorpions frißt –, und antwor-tete ihr gar nicht erst, sondern winkte nur mit der Hand, bringt alles, was ihr habt.

Sein Fassungsvermögen an jenem Festtagsmorgen schien schier grenzenlos zu sein. Nachdem er die Suppe nebst Bra-ten- und Salatresten vertilgt hatte, schämte er sich nicht, auch noch Frühstück zu verlangen: Toast, verschiedene Käse und Joghurt. Und als Ralph einen Moment den Kühl-schrank aufmachte, um Milch herauszunehmen, erspähten seine geübten Augen Tomatensaft in einem Glasbehälter, worauf er unverfroren fragte, ob er den auch noch beseiti-gen dürfe.

»Sag mir was«, begann Ralph Vermont, »ich will dich um Himmels willen nicht drängen, aber ich wollte nur mal fragen.«

»Frag«, sagte Joel, den Mund voller Käsetoast.

»Ich wollte, wenn es geht, mal so fragen: Liebst du meine Schwester?«

»Jetzt?!« stieß Joel leicht verdattert hervor.

»Auch jetzt«, erklärte Ralph gelassen, aber mit der Klarheit eines Mannes, der sich seiner Pflicht bewußt ist.

»Warum fragst du?« erwiderte Joel zögernd, als hoffe er, der Augenblick möge vorübergehen, »ich meine, warum fragst du an Annemaries Stelle. Warum fragt sie nicht. Was soll diese Vermittlung?«

»Schau mal, wer da redet«, sagte Ralph, nicht spitz, sondern heiter, eher belustigt über die Blindheit seines Gesprächspartners. Und Annemarie, wie in stiller Anhänglichkeit, mit halb geschlossenen Augen, als bete sie, hauchte: »Ja. Ich frage schon.«

Joel führte bedächtig einen Finger zwischen Hals und Hemdkragen entlang. Füllte die Lungen mit Luft, die er dann langsam prustend wieder ausstieß. Beschämend, dachte er, einfach beschämend für mich, daß ich keinerlei Informationen, nicht einmal die grundlegendsten Daten über diese beiden gesammelt habe. Ich hab' doch keine Ahnung, wer sie sind. Oder woher und warum sie hier aufgetaucht sind, und was sie hier überhaupt suchen. Trotzdem vermied er es, eine Lüge auszusprechen. Die wahre Antwort auf ihre Fragen wußte er noch nicht.

»Ich brauche noch etwas Zeit«, sagte er, »kann euch in diesem Moment keine Antwort geben. Es muß noch ein bißchen Zeit vergehen.«

»Wer drängt dich?« fragte Ralph, und für einen Augenblick meinte Joel einen Blitz väterlicher Ironie über sein greises Schuljungengesicht flitzen zu sehen, auf dem des Lebens Leid keinerlei Zeichen hinterlassen hatte. Als sei das pralle Kindergesicht, das zu altern begonnen hatte, nur eine Maske, unter der sekundenlang ein bitterer und ein listiger Zug hervorlugten.

Und noch immer freundlich, ja fast dümmlich lächelnd, faßte der vierschrötige Farmer mit seinen rosigen, wild gefleckten Händen Joels breite, häßliche Pranken, die braun

275

wie Brot und mit Gartenschlamm unter den Nägeln waren, und legte sie behutsam auf je eine Brust seiner Schwester, wobei er dermaßen präzise zielte, daß Joel die Verhärtung der Nippel genau in der weichen Mitte einer jeden Handfläche spürte. Annemarie lachte leise. Während Ralph sich langsam, fast wie gezüchtigt auf einen Schemel in der Küchenecke niederließ und schüchtern fragte: »Falls du dich entscheidest, sie zu nehmen, meinst du dann, daß ich ... daß vielleicht auch für mich noch ein Plätzchen da wäre? In der Nähe?«

Danach riß Annemarie sich los und stand auf, um Kaffee zu machen, denn das Wasser kochte. Beim Kaffeetrinken schlugen die Geschwister Joel vor, die Video-Komödie anzugucken, die sie am Vorabend gesehen hatten, ihm wegen seines frühen Einschlafens aber entgangen war. Joel erhob sich von seinem Platz und sagte, eventuell in ein paar Stunden. Ich muß jetzt erst mal wegfahren, um was zu regeln. Dann dankte er den beiden und ging ohne weitere Erklärung und startete den Wagen und fuhr aus dem Viertel und aus der Stadt. Im reinen war er mit sich selbst, mit dem Körper, mit dem Gedankenspiel, wie schon lange nicht mehr. Vielleicht, weil er seinen mächtigen Hunger überwunden und viele schmackhafte Speisen gegessen hatte, oder vielleicht, weil er haargenau wußte, was er tun mußte.

45.

Unterwegs auf der Küstenstraße kramte er aus den Gedächtnisschubladen die Einzelheiten hervor, die er im Verlauf der Jahre hier und da über das Privatleben des Mannes gehört hatte. Derart vertieft war er in seine Grübeleien, daß die Netania-Kreuzung ihn durch ihr jähes Auftauchen bald nach der nördlichen Ausfahrt aus Tel Aviv verblüffte. Er wußte, daß seine drei Töchter seit einigen Jahren verheiratet waren – eine in Orlando, Florida, eine in Zürich – und eine dem Botschaftsstab in Kairo angehörte oder zumindest vor ein paar Monaten noch angehört hatte. Damit waren seine Enkel nun also über drei Kontinente zerstreut. Seine Schwester saß in London. Während seine frühere Frau, die Mutter seiner Töchter, seit zwanzig Jahren mit einem Musiker von Weltruhm verheiratet war und ebenfalls in der Schweiz, nicht weit von der mittleren Tochter nebst Familie, lebte, möglicherweise in Lausanne.

In Pardes Chana war also, soweit man ihn nicht falsch unterrichtet hatte, von den Ostaschinskys nur noch der alte Vater übrig, der nach Joels Kalkulation mindestens achtzig sein mußte. Wenn nicht eher schon an die neunzig. Einmal, als sie beide die ganze Nacht über im Einsatzraum auf eine Nachricht aus Zypern gewartet hatten, hatte der Akrobat gesagt, sein Vater sei ein fanatischer Hühnerzüchter und völlig übergeschnappt. Mehr hatte er nicht erzählt, und Joel nicht nachgefragt. Jeder Mensch hat seine Schande auf dem Dachboden. Wobei er jetzt, während er nördlich von Netania auf der Küstenstraße dahinfuhr, erstaunt feststellte, daß viele neue Villen mit schrägen Dächern und Staufläche darunter gebaut wurden. Obwohl es doch bis vor kurzem weder Keller noch Böden im Land gegeben hatte. Gleich

277

nachdem Joel die Einuhrnachrichten im Autoradio gehört hatte, traf er in Pardes Chana ein. Und beschloß, sich nicht erst mit dem Friedhof aufzuhalten, da sich schon feiertägliche Mittagsruhe über die Moschawa zu legen begann und er nicht stören wollte. Nach zweimaligem Fragen bekam er heraus, wo das Haus stand. Nämlich etwas abgelegen, hart am Rand der Zitruspflanzung, am Ende eines schlammigen Feldwegs, der von fast bis zu den Autofenstern emporragendem Dorngestrüpp halb abgewürgt wurde. Nachdem er geparkt hatte, mußte er sich einen Durchgang durch die dichte, wild wuchernde Hecke bahnen, die von beiden Seiten des mit eingesunkenen und geborstenen Betonplatten belegten Pfads beinah zusammengewachsen war. Deshalb machte er sich darauf gefaßt, einen verschlampten alten Mann in einem verschlampten Haus anzutreffen. Ja, zog sogar in Betracht, daß er mit seinen Informationen womöglich nicht auf dem laufenden war und der Alte bereits gestorben oder in irgendein Heim verbracht worden sein könnte. Zu seiner Überraschung fand er sich jedoch, aus dem Gestrüpp hervorstoßend, vor einer in psychedelischem Himmelblau gestrichenen Tür wieder, rings umgeben von stehenden, hängenden und schwebenden kleinen Blumentöpfen voller Petunien und weißer Narzissen, die sich hübsch in die an der Vorderfront des Hauses entlangkriechende Bougainvillea einfügten. Zwischen den Blumentöpfen baumelten zahllose Porzellanglöckchen an verschlungenen Fäden, so daß Joel hier die Hand einer Frau, ja vielleicht sogar einer jungen vermutete. Fünf- oder sechsmal, mit Pausen dazwischen, klopfte er an die Tür, und zwar immer fester, da er damit rechnete, daß der Alte schwerhörig sein mochte. Doch die ganze Zeit schämte er sich über den ungebührlichen Lärm, den er inmitten der feinen Pflanzenstille, die den ganzen Ort umgab, veranstaltete. Und spürte auch mit nagender Sehnsucht, daß er schon einmal an einem ähnlichen Ort gewesen war und sich damals wohl und behaglich gefühlt hatte. Die Erinnerung war ihm warm und lieb, obwohl es eigentlich gar kein Erinnern gab, denn er bemühte sich völlig vergeblich, den ähnlichen Ort ausfindig zu machen.

Als keine Antwort kam, ging er um das einstöckige Haus herum und pochte an ein Fenster, zu dessen beiden Seiten er eine weiße, zu zwei gerundeten Flügeln geraffte Gardine sah, wie die Vorhänge an den Fenstern der symmetrisch gezeichneten Häuschen in Kinderbüchern. Durch den Zwischenraum zwischen den Flügelgardinen bot sich ihm ein sehr kleines, aber gemütliches Wohnzimmer dar, das mustergültig sauber und aufgeräumt war: ein Bucharenteppich, ein Couchtisch aus einem bearbeiteten Olivenstamm, ein tiefer Sessel und noch ein Schaukelstuhl vor dem Fernsehgerät, auf dem ein Glas der Sorte stand, in der vor dreißig, vierzig Jahren Dickmilch und Joghurt vermarktet wurden, mit einem Chrysanthemenstrauß darin. An der Wand sah er ein Bild des verschneiten Hermon mit dem Kinneret zu seinen Füßen, in bläulichen Morgendunst gehüllt. Aus Berufsgewohnheit erkannte Joel den Punkt, von dem aus der Maler die Landschaft gesehen hatte: am Fuß des Arbel offenbar. Doch wie war sein immer schmerzvoller bohrendes Gefühl zu erklären, daß er in diesem Zimmer schon mal gewesen war, ja darin sogar eine Weile ein Leben voll starker, vergessener Freude gelebt hatte?

Er ging weiter zur Rückseite des Hauses und klopfte an die Küchentür, die in demselben grellen Blau gestrichen und ebenfalls von zahllosen Petunientöpfen und Porzellanglöckchen umringt war. Aber eine Antwort kam auch von dort nicht. Als er auf die Klinke drückte, stellte er fest, daß die Tür nicht abgeschlossen war. Dahinter fand er eine winzige, wunderbar saubere und aufgeräumte Küche, ganz in Weiß-Bläulich gehalten, während sämtliche Möbel und Geräte altmodisch waren. Joel entdeckte auch hier auf dem

Küchentisch so ein altes Joghurtglas, nur sprossen daraus
Ringelblumen, keine Chrysanthemen. Und aus einem weiteren, das auf dem altertümlichen Kühlschrank thronte,
rankte sich ein starker, schöner Süßkartoffelstengel die
Wand empor. Nur mit Mühe vermochte Joel die jähe Lust
zu unterdrücken, sich auf dem Korbschemel niederzulassen
und hier in der Küche zu bleiben.

Endlich wandte er sich jedoch ab und beschloß nach
leichtem Zögern, die Verschläge im Hof abzusuchen, bevor
er zurückkehrte und tiefer ins Haus vordrang. Drei gleiche
Hühnerhäuser standen dort, gepflegt, umrahmt von hohen
Zypressen und kleinen Rasenvierecken mit Kakteenstein-
gärten in den Ecken. Joel bemerkte, daß es klimatisierte
Hühnerställe waren. Und als er einen betrat, sah er einen
hageren, kleinwüchsigen, wie in sich zusammengedrückten
Mann dastehen und mit schräggestelltem Kopf und einem
zugekniffenen Auge gegen das Licht ein Reagenzglas prüfen, das zur Hälfte mit einer milchig-trüben Flüssigkeit ge-
füllt war. Joel entschuldigte sich für seinen vorher weder
abgesprochenen noch angekündigten Überraschungsbe-
such. Stellte sich als einen alten Freund, einen Arbeitskolle-
gen seines verstorbenen Sohnes, das heißt Jokneams, vor.

Der alte Mann blickte ihn verwundert an, als habe er im
ganzen Leben noch nicht den Namen Jokneam gehört, bis
Joel einen Augenblick unsicher wurde – womöglich war er
doch bei dem falschen Alten gelandet – und den Mann
fragte, ob er Herr Ostaschinsky sei und ob der Besuch ihn
störe. Der Alte, in gebügelter Khakikleidung mit breiten
Militärtaschen – vielleicht eine improvisierte Uniform aus
dem Unabhängigkeitskrieg –, die Gesichtshaut so schrun-
dig wie rohes Fleisch, der Rücken ein wenig bucklig zusam-
mengesunken, erinnerte vage an eine Art nächtliches Raubtier, einen Mungo oder einen Dachs, und nur seine Äuglein
sprühten zwei scharfblaue Blitze von der Farbe seiner Haus-

türen. Ohne Joels ausgestreckte Hand zu ergreifen, sagte er mit klarer Tenorstimme im Tonfall der im Lande Alteingesessenen: »Jawooohl, der Besuch stört. Und noch einmal jawooohl, ich bin Serach Ostaschinsky.« Eine Minute später fügte er mit verschlagen gewitztem Blinzeln hinzu: »Siiie haben wir auf der Beerdigung nicht geseeehen.«

Wieder war es an Joel, sich zu rechtfertigen. Fast wäre ihm die Ausrede entschlüpft, er sei damals nicht im Land gewesen. Doch er ging auch diesmal der Lüge aus dem Weg. Und sagte: »Sie haben recht. Ich bin nicht gekommen.« Worauf er ein Kompliment über das ausgezeichnete Erinnerungsvermögen des Alten hinzusetzte, das dieser ignorierte.

»Und warum sind Sie dann heute zu mir gekommen?« fragte er. Und starrte dabei lange nachdenklich nicht auf Joel, sondern schräg gegen das Himmelslicht blinzelnd auf die spermaartige Flüssigkeit in dem Reagenzglas.

»Ich bin gekommen, um Ihnen etwas zu erzählen. Und auch, um festzustellen, ob ich hier auf irgendeine Weise helfen kann. Aber, falls es möglich ist, könnten wir uns vielleicht im Sitzen unterhalten?«

Das verkorkte Reagenzglas mit der trüben Flüssigkeit steckte der Alte wie einen Füllhalter in die Tasche seines Khakihemds. Dann sagte er: »Ich bedaure. Keine Zeit.« Und weiter: »Sie sind auch ein Geheimagent? Ein Spion? Ein gesetzlich legitimierter Mörder?«

»Schon nicht mehr«, sagte Joel, »vielleicht könnten Sie mir nur zehn Minuten widmen?«

»Nuuu, fünfe«, erwiderte der Alte kompromißbereit. »Bitte sehr, legen Sie los. Ich bin ganz Ohr.« Doch mit diesen Worten drehte er sich blitzgeschwind um und trat in das dämmrige Stallinnere, womit er Joel zwang, ihm auf den Fersen zu folgen, ja ihm fast nachzurennen, während er von einer Batterie zur andern sprang und die Wasserhähne zu Beginn der an den Hühnerzellen entlanglaufenden Metalltröge ausrichtete. Ein ständiges leises Gackern, wie eifriges Geklatsche, erfüllte die mit Dung-, Federn- und Futtermischungsgeruch getränkte Luft.

»Reden Sie«, sagte der Alte, »aber kurz und knapp.«

»Das ist so, Herr Ostaschinsky. Ich wollte Ihnen sagen, daß Ihr Sohn in Wirklichkeit an meiner Stelle nach Bangkok gefahren ist. Mir hatte man die Reise dorthin ursprünglich aufgetragen. Ich habe mich geweigert. Und Ihr Sohn ist statt mir gefahren.«

»Nuuu? Wus weiter?« gab der Alte ungerührt zur Antwort. Und auch ohne in seinem zügigen, effizienten Fortschreiten von Batterie zu Batterie innezuhalten.

»Man könnte vielleicht sagen, daß ich ein bißchen Mitverantwortung an dem Unglück trage. Verantwortung, aber natürlich keine Schuld.«

»Nuuu, das ist ja fein von Ihnen, daß Sie das sagen«, bemerkte der Alte, indem er unablässig die Gänge des Hühnerverschlags ablief. Mal verschwand er einen Moment, um jenseits einer Batterie wiederaufzutauchen, so daß Joel beinah der Verdacht kam, er habe irgendwelche Geheimwege unter den Käfigen hindurch.

»Ich habe mich wirklich geweigert zu fahren«, sagte Joel, als debattiere er, »aber wenn es von mir abgehangen hätte, wäre Ihr Sohn auch daheim geblieben. Ich hätte ihn nicht geschickt. Ich hätte überhaupt keinen geschickt. Da war was, das mir von Anfang an nicht gefallen hat. Unwichtig. Tatsächlich ist mir bis heute nicht klar, was da in Wahrheit passiert ist.«

»Wus ist passiert. Wus ist passiert. Sie haben ihn umgebracht. Dus ist passiert. Mittels einer Pistole haben sie ihn umgebracht. Mittels fünf Patronen. Würden Sie hier mal bitte halten?«

Joel faßte den Gummischlauch mit beiden Händen an den beiden Stellen, die ihm der Alte gezeigt hatte, der nun blitzschnell ein Schnappmesser aus dem Gürtel zog, damit ein kleines Loch in den Schlauch bohrte, sofort einen blanken Metalldrehhahn hineinsteckte, festdrückte und weiterglitt, und Joel hinter ihm her.

»Ist Ihnen bekannt«, fragte Joel, »wer ihn umgebracht hat?«

»Weeer schon. Hasser Israels haben ihn umgebracht. Weeer denn sonst? Liebhaber der griechischen Philosophie?«

»Schauen Sie«, sagte Joel, doch im selben Moment war der Alte verschwunden. Als hätte es ihn nie gegeben. Wie vom Erdboden verschluckt, der hier mit einer Schicht penetrant stinkenden Hühnerdrecks bedeckt war. Joel begann den Alten zwischen den Batteriereihen zu suchen, lugte unter die Käfige, beschleunigte seine Schritte, rannte, blickte rechts und links in die Gänge, bekam sie durcheinander, als irre er in einem Labyrinth umher, ging denselben Weg zurück zum Ausgang hinauf und die nächste Reihe wieder hinunter, bis er es aufgab und verzweifelt rief: »Herr Ostaschinsky!«

»Wie mir scheint, sind Ihre fünf Minuten schon abgelaufen«, antwortete der Alte, der urplötzlich hinter einem kleinen Edelstahltresen genau zu Joels Rechten hochschoß, in der Hand diesmal eine Spule dünnen Draht.

»Sie sollten bloß wissen, daß man mir aufgetragen hatte zu fahren und Ihr Sohn nur wegen meiner Weigerung dorthin geschickt worden ist.«

»Das habe ich doch schon aus Ihrem Munde vernommen.«

»Und ich hätte Ihren Sohn nicht dorthin geschickt. Ich hätte niemanden hingeschickt.«

»Auch das habe ich vernommen. Gibt es noch eine Angelegenheit?«

»Haben Sie gewußt, Herr Ostaschinsky, daß Ihr Sohn

einmal den Musikern des Philharmonischen Orchesters das Leben gerettet hat, als Terroristen ein Blutbad unter ihnen anrichten wollten? Darf man Ihnen erzählen, daß Ihr Sohn ein guter Mensch gewesen ist? Ehrlich? Und couragiert?«

»Nuuu, wus. Brauchen wir denn ein Orchester? Welchen Gefallen finden wir an Orchestern?«

Verrückt, entschied Joel, ruhig zwar, aber unbezweifelbar. Und ich bin auch verrückt, daß ich hergekommen bin.

»Jedenfalls möchte ich Ihnen mein Beileid ausdrücken.«

»Er ist doch auf seine Weise auch ein Terrorist gewesen. Und wenn jeder Mensch seinen Tod sucht, seinen privaten Tod, der ihm gut dünkt, nuuu, so wird er ihn in der Fülle der Tage letzten Endes auch finden. Wus ist daran so wichtig.«

»Er ist ein Freund von mir gewesen. Ein ziemlich guter Freund. Und ich wollte sagen, da Sie hier, wenn ich recht verstanden habe, ziemlich allein sind…, möchten Sie vielleicht bei uns sein? Das heißt, zu Besuch? Zum Wohnen? Eventuell sogar für längere Zeit? Wir sind, würde ich sagen, eine erweiterte Familie…, eine Art städtischer Kibbuz. Beinah. Und wir könnten mühelos, wie soll ich sagen, Sie bei uns aufnehmen. Oder gibt es vielleicht was anderes, das ich tun könnte? Brauchen Sie etwas?«

»Brauchen. Wus braucht man. ›Und reinige unser Herz‹ wäre gebraucht. Aber dabei gibt es weder Helfer noch Hilfeempfänger. Jeder Mensch für sich allein.«

»Trotzdem möchte ich bitten, daß Sie nicht einfach rundheraus ablehnen. Daß Sie mal nachdenken, ob man irgend etwas für Sie tun kann, Herr Ostaschinsky.«

Wieder huschte die Verschlagenheit eines Mungos oder Dachses über das schrundige Gesicht des Alten, der Joel beinah zublinzelte, wie er vorher die trübe Flüssigkeit im Reagenzglas angeblinzelt hatte, als er sie gegen das Himmelslicht betrachtete: »Haben Sie beim Tod meines Sohnes die

Hand im Spiel gehabt? Sind Sie hergekommen, sich Vergebung zu erkaufen?«

Und auf dem Weg zur elektrischen Kontrolltafel am Eingang des Hühnerhauses, den er flink und etwas schlängelnd zurücklegte wie eine Eidechse, die schnell ein offenes Stück zwischen zwei Schatten überquert, wandte er plötzlich sein Runzelgesicht und durchbohrte den hinter ihm herrennenden Joel mit den Augen: »Nuuu, also weeer dann?«

Joel begriff nicht.

»Sie haben mir erzählt, nicht Siiie hätten ihn geschickt. Und haben gefragt, was ich brauche. Also dann, ich brauche zu wissen, weeer ihn geschickt hat.«

»Bitte schön«, sagte Joel höchst beflissen, als trampele er den göttlichen Namen mit Füßen, aus Rachedurst oder Gerechtigkeitseifer, »aber bitte. Zu Ihrer Information. Jeremia Cordovero hat ihn geschickt. Unser Patron. Der Leiter unseres Büros. Unser Lehrer. Dieser vielgerühmte Geheimnisvolle. Unser aller Vater. Mein Bruder. Er hat ihn geschickt.«

Unter seinem Tresen tauchte der Alte langsam auf, wie eine Wasserleiche aus den Meerestiefen emporgeschwemmt wird. An Stelle der Dankbarkeit, die Joel erwartet hatte, an Stelle des Sündenablasses, den er sich in diesem Augenblick redlich verdient zu haben glaubte, an Stelle der Einladung zu einem Glas Tee in dem vom Zauber nie erlebter Kindertage erfüllten Haus, in jener schmalen Küche, der sich sein Herz wie einem verheißenen Land entgegensehnte, an Stelle offener Arme kam der harte Schlag. Den er irgendwo auch dunkel erwartet – und erhofft – hatte. Der Vater brauste plötzlich auf, schwoll an, sträubte sich am ganzen Körper wie ein räubernder Mungo. Und Joel zuckte vor dem Speichel zurück. Der nicht kam. Der Alte zischte ihn nur an: »Verräter!«

Und als Joel sich umdrehte, um sich, gemessenen Schritts, aber innerlich auf der Flucht, aus dem Staub zu machen, rief er ihm erneut nach, als steinige er ihn mit einem scharfen Kiesel: »Kain!«

Es war ihm wichtig, das Haus samt seinem Zauber zu umgehen und geradewegs zu seinem Auto vorzustoßen. Deshalb zwängte er sich durch die Sträucher, die einst eine Hecke gewesen waren und nun wild wucherten. Bald umschloß ihn eine haarige Dunkelheit, ein feucht-wirrer Farnpelz, in dem er, von Klaustrophobie befallen, anfing, auf die Zweige einzutrampeln, herumzuzappeln, gegen das dichte Laub zu treten, das die Tritte durch seine Weiche absorbierte, Stengel und Zweige umzubiegen, so daß er bald über und über zerkratzt war, wild atmete, die Kleidung von Kletten, Dornen und trockenen Blättern übersät, und es ihm schien, als versinke er nach und nach in weicher, gründämmriger Watte, während er gegen sonderbare Wellen von Panik und Verlockung ankämpfte.

Danach reinigte er sich, so gut er konnte, ließ den Motor an, fuhr schnell, im Rückwärtsgang, den Sandweg zurück. Und kam erst wieder zu sich, als er das eine Rücklicht splittern hörte, das beim Zurückstoßen an den schrägen Stamm eines Eukalyptusbaums geprallt war, von dem Joel hätte schwören mögen, daß er bei seiner Herfahrt nicht dagewesen war. Aber dieser Unfall gab ihm seine Selbstbeherrschung zurück, so daß er den ganzen Heimweg äußerst umsichtig fuhr. Als er das Netania-Kreuz erreicht hatte, schaltete er sogar das Radio ein und hörte gerade noch den letzten Teil eines alten Werks für Cembalo, dessen Name und Komponisten er allerdings nicht aufschnappte. Dann wurde eine Bibelliebhaberin interviewt, die ihre Gefühle gegenüber König David schilderte, einem Mann, dem man im Lauf seines langen Lebens viele Todesnachrichten übermittelt hatte, worauf er jeweils seine Kleider zerriß und herzzerreißende Klagelieder anstimmte, obwohl in Wirklichkeit jede Todesbotschaft für ihn gute Botschaft war, weil jeder

Tod ihm Gewinn und manchmal sogar Rettung brachte. So war es beim Tod Sauls und Jonatans auf dem Gilboa und beim Tod Abners, Sohn des Ner, und beim Tod des Hethiters Urija, ja selbst beim Tod seines Sohnes Abschalom. Joel stellte das Radio ab und parkte den Wagen wohlgeübt im Rückwärtsgang, die Front zur Straße, genau in der Mitte der neu errichteten Pergola. Und ging ins Haus, um zu duschen und sich umzuziehen.

Als er aus der Dusche kam, klingelte das Telefon, und er hob auf und fragte Kranz, was er wolle.

»Gar nichts«, sagte der Makler, »ich dachte, du hättest Dubi Nachricht für mich hinterlassen, dich anzurufen, sobald ich aus Elat zurück sei. Also, nun sind wir wieder da, diese Schöne und ich, und jetzt muß ich die Bude aufräumen, denn morgen kommt Odelia per Flugzeug aus Rom zurück, und ich will nicht gleich wieder Schwierigkeiten mit ihr kriegen.«

»Ja«, sagte Joel, »jetzt erinnere ich mich. Hör mal. Ich hab' ein Business mit dir zu besprechen. Kannst du eventuell morgen vormittag kurz vorbeischauen? Um wieviel Uhr kommt deine Frau zurück? Wart mal. Eigentlich paßt es morgens nicht gut. Ich muß den Wagen zur Reparatur bringen. Hab' ein Rücklicht zertrümmert. Und nachmittags geht auch nicht, weil meine Frauen aus Metulla zurückkehren müßten. Vielleicht übermorgen? Arbeitest du überhaupt während der Pessachwoche?«

»Nun aber wirklich, Joel«, sagte Kranz, »doch kein Problem. Ich komme jetzt. In zehn Minuten stehe ich vor der Tür. Setz Kaffee auf und geh in Abfangbereitschaft.«

Joel kochte Kaffee in der Maschine. Auch zur Versicherung muß man morgen, dachte er. Und Kunstdünger auf den Rasen tun, denn der Frühling ist doch schon da.

46.

Arik Kranz, braungebrannt, selbstzufrieden, in einem Hemd mit spiegelnden Nieten, überhäufte Joel beim Kaffeetrinken mit detaillierten Beschreibungen dessen, was Grete zu geben habe und was man in Elat zu sehen kriege, sobald die Sonne ein bißchen herauskomme. Und wieder bestürmte er Joel, aus seinem Kloster auszubrechen, bevor es zu spät sei, und sich ein fetziges Leben zu machen. Und warum nicht, sagen wir, eine Nacht pro Woche? Du kommst zum freiwilligen Dienst von zehn bis zwei Uhr nachts mit mir ins Krankenhaus, Arbeit gibt's fast keine, die Patienten schlafen, die Schwestern sind wach und die freiwilligen Hilfsschwestern noch wacher. Dann pries er weiter Christine und Iris, die er für Joel hüte, aber nicht ewig würde hüten können, und wenn er zu spät komme, sei's zu spät. Es war ihm auch nicht entfallen, daß Joel ihm einmal beigebracht hatte, wie man »ich liebe dich« auf burmesisch sagt.

Und dann, da sie an diesem Abend allein waren, ließ Joel Kranz den Kühlschrank inspizieren und für sie beide ein Junggesellenessen mit Brot, Käse, Joghurt und Wurstomelette herrichten, während er selbst eine Einkaufsliste für den nächsten Morgen aufstellte, damit Mutter, Schwiegermutter und Tochter nachmittags bei ihrer Rückkehr aus Metulla einen wohlgefüllten Kühlschrank vorfanden. Außerdem überlegte er, daß die Reparatur des Rücklichts mehrere hundert Schekel kosten würde und er diesen Monat schon einige Hunderter für den Garten und die neue Pergola investiert hatte und noch ein Sonnenboiler und ein neuer Briefkasten und auch ein oder zwei Schaukelstühle fürs Wohnzimmer sowie später Gartenbeleuchtung zur Diskussion standen.

Kranz sagte: »Ich habe von Dubi gehört, er hat dir ein bißchen bei der Pflanzarbeit geholfen. Alle Achtung. Vielleicht verrätst du mir den Hokuspokus, der ihn in Gang setzt, damit er auch in unserm Garten mal was tut?«

»Hör mal«, sagte Joel eine Minute später, wie gewohnt unmerklich von einem Thema zum andern übergehend, »wie ist das jetzt mit Wohnungen? Mehr Angebot oder mehr Nachfrage?«

»Kommt drauf an, wo.«

»In Jerusalem zum Beispiel.«

»Warum?«

»Ich möchte, daß du für mich nach Jerusalem fährst und feststellst, was ich für eine Wohnung mit einem Wohn- und zwei Schlafzimmern und eigentlich auch noch einem kleinen Studio in Talbiye bekommen kann. Noch ist sie vermietet, aber der Mietvertrag läuft bald ab. Du kriegst die Einzelheiten und die Papiere von mir. Warte. Ich bin noch nicht fertig. Wir haben in Jerusalem noch eine Wohnung, zwei Zimmer, mitten in Rechavia. Prüf bitte auch, was die heute auf dem Markt wert ist. Ich erstatte dir natürlich alle Auslagen, denn möglicherweise mußt du dafür ein paar Tage in Jerusalem bleiben.«

»Ach was. Joel. Schäm dich. Von dir nehme ich keinen Schekel. Wir sind doch Freunde. Aber sag mal, was, hast du wirklich beschlossen, deinen kompletten Besitz in Jerusalem abzustoßen?«

»Warte. Wir sind nicht fertig. Ich möchte, daß du bei diesem Kramer, deinem Freund, klärst, ob er bereit ist, mir dieses Haus zu verkaufen.«

»Sag, Joel, ist was passiert?«

»Warte. Wir sind nicht fertig. Ich möchte auch, daß du diese Woche mit mir eine Dachwohnung in Tel Aviv anschaust. In der Karl-Netter-Straße. Die Stadt zum Greifen nah, wie du sagst.«

289

»Moment. Laß einen Atem holen. Laß einen zu Verstand kommen. Du hast vor –«

»Wart ab. Außerdem bin ich daran interessiert, hier in der Nähe ein Einzimmerappartement mit allem Komfort und separatem Eingang zu mieten. Was mit garantierter Privatsphäre.«

»Mädchen?«

»Nur eine. Höchstens.«

Der Makler in seinem Glitzerhemd stand mit schrägem Kopf und leicht offenem Mund von seinem Platz auf. Und setzte sich wieder hin, bevor Joel ihn noch dazu auffordern konnte. Zog plötzlich ein flaches Metallschächtelchen aus der Gesäßtasche, steckte sich eine Tablette in den Mund, verstaute die Schachtel wieder und erklärte, das seien Tabletten gegen Sodbrennen, das Omelette mit der gebratenen Wurst setze ihm ein wenig zu. Vielleicht brauchst du auch eine? Dann lachte er leise und sagte verwundert, mehr zu sich selbst als zu Joel: *Wallah, eine Revolution!*«

Danach tranken sie noch einen Kaffee und erörterten kurz die Einzelheiten. Kranz rief zu Hause an, um Dubi aufzutragen, einiges für die Rückkehr seiner Mutter vorzubereiten, weil er selber bis spät dableiben müsse und vielleicht von Joel direkt ins Krankenhaus zu seinem freiwilligen Dienst fahren werde, und morgen früh möge Dubi ihn bitte um sechs Uhr wecken, da er Herrn Ravids – Joels – Wagen zu Guettas Werkstatt bringen wolle, wo Joav Guetta das Rücklicht ohne Voranmeldung und zum halben Preis reparieren werde. Also vergiß es nicht, Dubi – »Einen Moment«, sagte Joel, worauf Kranz abbrach und die Sprechmuschel mit der Hand abdeckte, »sag Dubi, er solle mal in einer freien Minute bei mir reinschauen. Ich will was von ihm.«

»Soll er jetzt kommen?«

»Ja. Nein. Am besten in einer halben Stunde. Damit wi

beide erst den Plan für unseren Wohnungstausch fertig aushecken können. Die Stühle für die Reise nach Jerusalem herrichten.«

Als Dubi eine halbe Stunde später in dem kleinen Fiat seiner Mutter eintraf, mußte sein Vater sich schon auf den Weg zu seinem Krankenhausdienst machen, den er, wie er sagte, in Horizontallage in einer Kammer hinter dem Schwesternzimmer verbringen werde.

Joel ließ Dubi auf dem tiefen Sessel im Wohnzimmer Platz nehmen und setzte sich ihm gegenüber auf die Couch. Bot ihm was Kaltes oder Warmes oder Scharfes zum Trinken an, aber der schmale, kleinwüchsige Krauskopf, der mit seinen Streichholzgliedern wie sechzehn und nicht gerade wie der Veteran einer Kampfeinheit aussah, lehnte höflich ab. Joel entschuldigte sich noch einmal für seine gestrige Grobheit. Und dankte ihm erneut für seine Hilfe beim Pflanzen. Strengte dann eine leichte politische Unterhaltung mit ihm an, gefolgt von einer über Autos. Bis Dubi, auf seine ruhige Art, begriff, daß es dem Mann schwerfiel, zum Thema zu kommen, und er einen taktvollen Weg fand, ihm auf die Sprünge zu helfen: »Netta sagt, Sie würden furchtbar an sich arbeiten, um ein vollendeter Vater zu sein. Da seien Sie richtig so – ambitioniert. Wenn's Ihnen brennt, zu erfahren, was los ist, kann ich Ihnen problemlos erzählen, daß Netta und ich reden. Gehen nicht gerade miteinander. Noch nicht. Aber falls ich ihr zusage, kein Problem. Denn sie sagt mir zu. Sehr. Und das wär's in dieser Phase.«

Ein oder zwei Minuten prüfte Joel diese Worte und konnte, sosehr er sich auch anstrengte, keinerlei Fehler an ihnen finden.

»Gut, danke«, sagte er schließlich, wobei gegen seine sonstige Gewohnheit ein flinkes Lächeln über sein Gesicht huschte, »nur behalten Sie in Erinnerung, daß sie –«

»Herr Ravid. Nicht nötig. Ich erinnere mich dran. Ich weiß es. Lassen Sie das. Sie tun ihr nichts Gutes.«

»Was sagten Sie noch, sei Ihr Hobby? Feinmechanik, richtig?«

»Das ist mein Hobby, und das wird mein Beruf sein. Und Sie, als Sie mir gesagt haben, Sie seien Beamter, haben Sie da so was Geheimes gemeint?«

»So ungefähr. Ich habe bestimmte Waren – und Händler – bewertet, und manchmal habe ich auch gekauft. Aber das ist schon vorüber, und jetzt habe ich eine Mußephase. Was Ihren Vater nicht hindert, es für seine Pflicht zu halten, mir Zeit zu ersparen, indem er meinen Wagen zur Werkstatt bringt. Auch recht. Ich möchte Sie um einen Gefallen bitten. Etwas, das ein bißchen mit Mechanik zusammenhängt. Schauen Sie sich doch bitte mal dieses Ding hier an: Können Sie sich irgendwie erklären, wieso das nicht umkippt? Und wie die Pfote an der Basis befestigt ist?«

Dubi stand ein Weilchen schweigend da, den Rücken Joel und dem Zimmer, das Gesicht dem Bord über dem Kamin zugewandt, wobei Joel plötzlich feststellte, daß der Junge einen leichten Buckel hatte oder seine Schultern nicht gleich hoch waren, oder vielleicht handelte es sich nur um eine leichte Krümmung der Halswirbelsäule. Nicht eben James Dean kriegen wir hier, aber andererseits geben wir auch nicht gerade Brigitte Bardot. Ivria wäre vielleicht sogar recht zufrieden mit ihm gewesen. Immer hat sie gesagt, alle möglichen behaarten Ringkämpfer würden nur ihre Abscheu erregen. Von Heathcliff und Linton hat sie offenbar letzteren vorgezogen. Oder wollte es nur. Oder arbeitete bloß an sich. Oder betrog sich selber. Nebst Netta und mir. Es sei denn, unsere Geheimnisse sind alles in allem doch nicht alle gleich, wie dieses Aas, dieser elektrizitätserfindende Puschkin von der Obergaliläer Polizei behauptet hat. Der womöglich allen Ernstes bis zuletzt geglaubt haben mag, ich hätte seine Tochter im Dunkeln bei den Wasserleitungen gepackt und zweimal vergewaltigt, bis sie einwilligte, meine Frau zu werden. Und danach hat er mir noch damit vor dem Gesicht herumgefuchtelt, daß mir angeblich drei Dinge fehlen, auf denen die Welt beruht, Lust, Freude und Mitgefühl, die nach seiner Theorie gebündelt auftreten, so daß also, wenn dir, sagen wir, Nummer zwei abgeht, auch eins und drei nicht vorhanden sind, und umgekehrt. Und wenn man denen zu sagen versucht, guckt mal, es gibt auch Liebe, legen sie einen dicken Finger an das Fleischsäckchen, das sie unter ihren Äuglein hängen haben, ziehen die Haut etwas nach unten und sagen dir mit tierischem Hohn: Tatsächlich?

»Gehört das Ihnen? Oder war es schon vor Ihrem Einzug da?«

»War da«, sagte Joel.

Worauf Dubi, noch immer mit dem Rücken zu Mann und Zimmer, leise erwiderte: »Das ist schön. Vielleicht mit ein paar Mängeln behaftet, aber schön. Tragisch.«

»Das Tier ist schwerer als die Basis, nicht wahr?«

»Ja. Stimmt.«

»Wieso kippt es dann nicht um?«

»Nehmen Sie's nicht übel, Herr Ravid. Sie stellen nicht die richtige Frage. In physikalischer Hinsicht. Statt zu fragen, wieso es nicht umkippt, müssen sie einfach feststellen: Wenn es nicht umfällt, ist das ein Zeichen dafür, daß sein Schwerpunkt über der Basis liegt. Das ist alles.«

»Und was hält es? Gibt es auch darauf eine Patentantwort?«

»Nicht so sehr. Ich könnte mir zwei Systeme vorstellen. Vielleicht drei. Und eventuell auch mehr. Warum ist Ihnen das so wichtig?«

Joel beeilte sich nicht mit der Antwort. Er war es gewohnt, manchmal seine Entgegnungen hinauszuzögern, sogar auf einfache Fragen der Art »wie geht's« oder »was haben sie in den Nachrichten gesagt«. Als seien die Worte persönliche Gegenstände, von denen man sich nicht gern trennte. Der Jüngling wartete. Und betrachtete inzwischen auch interessiert Ivrias Foto, das erneut auf dem Bord prangte. Ebenso abrupt wiederaufgetaucht, wie es verschwunden war. Joel wußte, daß er nachforschen und herausfinden mußte, wer das Foto weggenommen und wer es warum wieder hergestellt hatte, und wußte ebenfalls, daß er es nicht tun würde.

»Nettas Mutter? Ihre Frau?«

»Gewesen«, präzisierte Joel. Und antwortete verspätet auf die vorherige Frage: »Ist eigentlich nicht so wichtig. Lassen Sie. Es hat keinen Sinn, es zu zerbrechen, nur um festzustellen, wie es befestigt wurde.«

»Weswegen hat sie sich umgebracht?«

»Wer hat Ihnen denn so was gesagt? Wo haben Sie das gehört?«

»So wird hier geredet. Obwohl keiner es genau weiß. Netta sagt —«

»Egal, was Netta sagt. Netta war überhaupt nicht da, als es passiert ist. Wer hätte gedacht, daß hier Gerüchte auftauchen. Es war nichts weiter als ein Unfall, Dubi. Ein Stromkabel war herabgefallen. Über Netta werden doch auch alle möglichen Gerüchte in Umlauf gesetzt. Sagen Sie mal, haben Sie eine Ahnung, wer diese Adva ist, die, die Netta irgendein Zimmer vermieten will, das sie anscheinend von ihrer Großmutter geerbt hat, irgendwo auf einem Dach in Alt-Tel-Aviv?«

Dubi drehte sich um und wühlte ein wenig in seinem Kraushaar. Dann sagte er ruhig: »Herr Ravid, ich hoffe, Sie sind mir nicht böse wegen dem, was ich Ihnen jetzt sage. Hören Sie auf, Erkundigungen über sie einzuholen. Hören Sie auf, hinter ihr herzuspionieren. Lassen Sie von ihr ab.

Lassen Sie sie ihr eigenes Leben leben. Sie sagt, Sie würden die ganze Zeit an sich arbeiten, um der perfekte Vater zu sein. Hören Sie lieber auf zu arbeiten. Verzeihen Sie mir, daß ich mir das so – herausnehme. Aber Sie tun ihr meines Erachtens keinen Gefallen. Nun muß ich schon gehen, es ist einiges im Haus zu richten, weil meine Mutter morgen aus Europa zurückkommt und mein Vater möchte, daß die Bude sauber ist. Gut, daß wir miteinander gesprochen haben. Auf Wiedersehen und gute Nacht.«

Als Joel dann seine Tochter zwei Wochen später, am Abend nach dem ersten Teil ihrer Reifeprüfung, vor dem Spiegel das Kleid zurechtziehen sah, das er ihr an dem Tag gekauft hatte, an dem er von dem Unglück in Bangkok erfahren hatte, jenes Kleid, das ihre eckige Figur aufhob und ihr aufrechte Haltung und Sanftheit verlieh, beschloß er daher, diesmal zu schweigen. Sagte kein Wort. Bei ihrer Rückkehr von dem Rendezvous gegen Mitternacht erwartete er sie in der Küche, und sie unterhielten sich ein wenig über das Nahen der heißen Jahreszeit. Joel war fest entschlossen, die Veränderung zu akzeptieren und ihr nicht im Weg zu stehen. Er hegte die Überzeugung, daß es sein gutes Recht sei, in seinem und Ivrias Namen so zu entscheiden. Außerdem beschloß er, falls seine Mutter oder seine Schwiegermutter sich auch nur mit einem Wort einmischen sollten, diesmal mit solcher Schärfe zu reagieren, daß allen beiden die Lust vergehen werde, in Nettas Angelegenheiten hineinzureden. Von jetzt an würde er energisch sein.

Einige Tage später, um zwei Uhr nachts, las er die letzten Seiten des Buchs über den Generalstabschef zu Ende, doch anstatt das Licht zu löschen und einzuschlafen, ging er in die Küche, um kalte Milch aus dem Kühlschrank zu trinken, und fand dort Netta in einem ihm bisher nicht bekannten Morgenrock sitzen und ein Buch lesen. Als er sie, wie gewohnt, fragte, was liest die Dame, antwortete sie mit halbem Lächeln, sie lese nicht direkt, sondern bereite sich auf die Reifeprüfung vor, gehe den Geschichtsstoff über die Mandatszeit durch. Joel sagte: »Dabei könnte ich, wenn du willst, nun vielleicht sogar gerade ein bißchen helfen.«

Netta erwiderte: »Ich weiß, daß du das kannst. Soll ich dir ein Brot machen?« Und ohne seine Antwort abzuwarten und ohne Zusammenhang mit ihrer Frage, fügte sie hinzu: »Dubi geht dir auf die Nerven.«

Joel überlegte ein wenig, ehe er antwortete: »Du wirst dich wundern. Mir scheint er ganz erträglich.«

Darauf antwortete Netta zu seinem bassen Erstaunen in einem Ton, der sich fast glücklich anhörte: »Du wirst dich wundern, Vater. Aber das ist genau, was Dubi mir von dir gesagt hat. Und beinah mit den gleichen Worten.«

Am Abend des Unabhängigkeitstags luden die Kranzens ihn nebst Mutter, Schwiegermutter und Tochter zum Barbecue in ihrem Garten ein. Und Joel überraschte sie, indem er nicht ausweichend antwortete, sondern lediglich fragte, ob er auch das benachbarte Geschwisterpaar mitbringen dürfe. Worauf Odelia erwiderte, aber gern. Gegen Ende des Abends erfuhr Joel von Odelia in einer Wohnzimmerecke, daß sich auf ihrer Europareise Gelegenheit geboten hatte, ein bißchen flatterhaft zu werden, zweimal, mit zwei verschiedenen Männern, und sie keinen Grund gesehen habe, das vor Arie geheimzuhalten, und nun gerade nach dieser Geschichte sich ihre Beziehung verbessert habe, so daß man sagen könne, sie seien, zur Stunde zumindest, relativ versöhnt miteinander. Was wir nicht wenig dir zu verdanken haben, Joel.

Joel seinerseits bemerkte bescheiden mit den Worten eines legendären Kämpfers: »Was hab' ich denn schon getan. Ich wollte doch insgesamt bloß heil wieder nach Hause kommen.«

47.

Ende Mai warf dieselbe Katze auf demselben alten Sack im Geräteschuppen erneut. Zwischen Avigail und Lisa brach ein heftiger Streit aus, fünf Tage sprachen sie nicht miteinander, bis Avigail es edelmütig auf sich nahm, trotz ihrer völligen Unschuld, aus reiner Rücksichtnahme auf Lisas Zustand, um Verzeihung zu bitten. Lisa zeigte sich ebenfalls zur Versöhnung bereit, allerdings erst, nachdem sie einen leichten Anfall erlitten und zwei Tage im Tel-Haschomer-Krankenhaus gelegen hatte. Und obwohl sie es nicht sagte, ja genau das Gegenteil behauptete, war völlig klar, daß sie den Anfall auf Avigails Grausamkeit zurückführte. Der ältere Arzt erklärte Joel bei einer Unterredung im Ärztezimmer, er stimme mit Dr. Litwin darin überein, daß eine gewisse, aber nicht sehr bedeutsame Verschlechterung eingetreten sei. Doch Joel hatte es längst aufgegeben, ihre Sprache entschlüsseln zu wollen. Nach der Aussöhnung gingen die beiden morgens wieder ihrer ehrenamtlichen Tätigkeit nach und besuchten abends ihren Yogakurs, wozu sich nun noch eine weitere Mitarbeit in der Gruppe *Bruder zu Bruder* gesellte.

Dann, Anfang Juni, noch während der Reifeprüfungen, übersiedelten Netta und Dubi in das Mietzimmer der Dachwohnung in der Karl-Netter-Straße. Eines Morgens leerte sich der Kleiderschrank im Doppelzimmer, die Dichterbilder wurden von den Wänden genommen, Amir Gilboas skeptisches Lächeln verursachte Joel nicht länger den wiederkehrenden Drang, der Gestalt auf dem Foto mit gleicher Münze zurückzuzahlen, und auch die Dornzweig- und Partiturensammlung verschwanden aus den Regalen. Wenn er nachts keinen Schlaf fand und seine Füße ihn auf der Suche nach kalter Milch in die Küche trugen, mußte er nun im Stehen trinken und wieder ins Bett gehen. Oder die große Taschenlampe nehmen und in den Garten hinaustreten, um das Wachstum seiner neuen Schößlinge im Dunkeln zu beobachten. Einige Tage später, nachdem Dubi und Netta ihre Habseligkeiten einigermaßen eingeräumt hatten, wurden Joel, Lisa und Avigail eingeladen, den Meerblick aus ihrem Fenster zu genießen. Auch Kranz und Odelia kamen, und als Joel zufällig unter einer Vase den Scheck entdeckte, den Arik Dubi in Höhe von zweitausend Schekel ausgestellt hatte, schloß er sich einen Augenblick auf der Toilette ein, schrieb einen Scheck über dreitausend Schekel auf Nettas Namen aus und schmuggelte ihn unbeobachtet unter den von Kranz. Gegen Abend, wieder heimgekehrt, übersiedelte er mit Kleidung, Papieren und Bettzeug aus dem engen, stickigen Studio in das frei gewordene Doppelbettzimmer, das auch durch die verzweigte Klimaanlage gekühlt wurde wie die Räume der Großmütter. Doch der – unverschlossene – Panzerschrank blieb in Herrn Kramers Studio zurück. Zog nicht mit ihm in sein neues Zimmer um.

Mitte Juni erfuhr er, daß Ralph zu Herbstbeginn nach Detroit zurückkehren mußte und Annemarie sich noch nicht entschieden hatte. Laßt mir ein bis zwei Monate, sagte er zu den Geschwistern, ich brauche noch ein bißchen Zeit. Nur mit Mühe vermochte er seine Überraschung zu verbergen, als Annemarie kühl erwiderte, bitte schön, du kannst entscheiden, was du willst und wann du willst, aber danach muß ich mich fragen, ob ich an dir interessiert bin und wenn ja – als was. Ralphie hätte für sein Leben gern, daß wir heiraten und ihn dann als Kind adoptieren. Aber ich glaube momentan nicht so sehr, daß das mein Fall wäre, dieses ganze Arrangement. Und du, Joel, bist das Gegenteil von vielen anderen Männern: im Bett sehr rücksichtsvoll, aber außerhalb schon ein wenig langweilig. Oder vielleicht langweile ich dich schon ein bißchen. Und du weißt doch, daß Ralphie mir am teuersten ist. Also denken wir beide darüber nach. Und sehen mal.

Irrtum, dachte Joel, es war ein Irrtum, in ihr eine Kindfrau zu sehen. Obwohl sie in ihrem Elend gehorsam und gut die Rolle verkörpert hat, die ich ihr zugeteilt hatte. Nun stellt sich heraus, daß sie eine Fraufrau ist. Warum läßt mich diese Entdeckung zurückschrecken? Macht es wirklich Schwierigkeiten, Begierde und gebührende Achtung miteinander zu vereinen? Besteht ein Widerspruch zwischen den beiden, weshalb ich jene Eskimomätresse nie hatte und nie hätte haben können? Vielleicht habe ich letzten Endes diese Annemarie belogen, ohne sie anzulügen. Oder sie mich. Oder wir einander gegenseitig. Warten wir ab und sehen zu.

Zuweilen erinnerte er sich, wie ihn die Nachricht an jenem verschneiten Winterabend in Helsinki erreicht hatte: Wann genau hatte es angefangen zu schneien? Wie er sein Versprechen gegenüber dem tunesischen Ingenieur gebrochen hatte. Wie er sich verächtlich gemacht hatte, weil ihm fahrlässigerweise entgangen war, ob der Krüppel vor ihm sich in einem mechanisch betriebenen Rollstuhl fortbewegt hatte oder von jemandem geschoben worden war, wobei ihm, Joel, eine nie wiedergutzumachende Fehlleistung unterlaufen war, da er nicht entschlüsselt hatte, wer oder was, wenn überhaupt, den Rollstuhl damals fuhr. Nur ein- oder zweimal im Leben gewährt man dir einen einzigen Augenblick, von dem alles abhängt, einen Augenblick, auf den hin du die gesamten Jahre des Umherrennens und der List geübt und geplant hast, einen Augenblick, in dem du – hättest du ihn ergriffen – vielleicht etwas über die Sache erfahren hättest, ohne deren Kenntnis dein Leben nur eine ermüdende Folge von Erledigungen, Alltagsplanung, Ausweichmanövern und Problembeseitigung ist.

Manchmal sann er über seine Augenmüdigkeit nach und schob ihr die Schuld für jenes Versäumnis zu. Oder darüber, warum er jene Nacht zwei Häuserblocks entlang durch den weichen Schnee gestapft war, anstatt einfach vom Hotelzimmer aus anzurufen. Und daß der Schnee dort blau und rosa wie eine Hautkrankheit geworden war, wo immer der Laternenschein auf ihn traf. Und wie er das Buch und den Schal hatte verlieren können, und was für ein Unsinn es gewesen war, sich auf der Steilstrecke des Kastel im Auto des Patron zu rasieren, nur um ohne Bartstoppeln nach Hause zu kommen. Hätte er darauf bestanden, wäre wirklich hartnäckig geblieben, ja hätte er den Mut besessen, es zum Streit oder sogar zum Bruch kommen zu lassen, hätte Ivria sich vermutlich gefügt und eingewilligt, das Kind Rakefet zu nennen. Wie er es gern gewollt hatte. Andererseits muß man auch selber nachgeben. Wenn auch nicht in allem. Wie weit aber? Wo ist die Grenze? Gute Frage, sagte er plötzlich laut, indem er die Heckenschere niederlegte und sich den Schweiß abwischte, der ihm von der Stirn in die Augen rann. Und seine Mutter sagte: »Du redest schon wieder mit dir selbst, Joel, wie ein alter Junggeselle. Du wirst ja zum Schluß noch verrückt, wenn du nichts tust. Oder du wirst, Gott behüte, krank oder fängst an zu beten. Am besten trittst du ins Geschäftsleben. Dafür hast du ein bißchen Talent, und ich geb' dir etwas Geld für den Anfang. Soll ich dir Sprudel aus dem Kühlschrank holen?«

»Du Dussel«, sagte Joel auf einmal, nicht zu seiner Mutter, sondern zu dem Hund Ironside, der in den Garten gestürzt kam und in ekstatischem Amoklauf Kreise auf dem Rasen zu ziehen begann, als seien die Freudensäfte in seinem Innern bis ins Unerträgliche angeschwollen, »dummer Hund, nun geh schon!« Und zu seiner Mutter sagte er: »Ja. Wenn's dir nicht schwerfällt, hol mir bitte ein großes Glas Sprudel aus dem Kühlschrank. Nein. Bring besser gleich die ganze Flasche. Danke.« Und nahm die Schere wieder zur Hand.

Mitte Juni rief der Patron an: Nein, nicht um Joel zu erzählen, was sich hinsichtlich jenes Fehlschlags in Bangkok herausgestellt hatte, sondern um sich nach Netta zu erkundigen. Es habe hoffentlich keine Schwierigkeiten im Hinblick auf ihre Einberufung zum Militär gegeben? Waren letzthin irgendwelche neuen Untersuchungen durchgeführt worden? Im Wehrersatzamt vielleicht? Sollten wir – das heißt, sollte ich – die Personaldienststelle der Armee kontaktieren? Gut. Würdest du ihr bitte ausrichten, sie möge mich anrufen? Zu Hause, am Abend, nicht im Büro? Ich denke auch daran, sie hier bei uns zu beschäftigen. Jedenfalls würde ich sie gern sehen. Richtest du's ihr aus?

Joel hätte beinah, ohne die Stimme zu heben, gesagt, scher dich zum Teufel, Cordovero. Beherrschte sich aber und verzichtete. Zog es vor, wortlos den Hörer aufzulegen. Und schenkte sich ein Gläschen Brandy und dann noch eines ein, obwohl es elf Uhr morgens war. Vielleicht hat er recht, daß ich ein Flüchtlingskind, ein Stück Seife, bin und sie mich gerettet und einen Staat geschaffen und dies und das aufgebaut und mich sogar in den innersten Kreis eingeführt haben, aber er und sie alle werden sich nicht mit weniger als meinem ganzen Leben und dem ganzen Leben aller anderen, einschließlich Nettas, zufriedengeben, und das bekommen sie nicht. Fertig. Wenn das ganze Leben der Heiligkeit des Lebens und alldem geweiht ist, ist das doch kein Leben, sondern Tod.

Ende Juni dann bestellte Joel Gartenbeleuchtung und einen Sonnenboiler, und Anfang August holte er, obwohl die Verhandlungen mit Herrn Kramer, dem El-Al-Vertreter in New York, noch liefen, schon Handwerker, um das Fenster, durch das der Garten ins Wohnzimmer blickte, vergrößern zu lassen. Auch einen neuen Briefkasten kaufte er. Und einen Schaukelstuhl, der vor dem Fernseher stehen sollte. Und noch ein zweites Fernsehgerät mit kleinem Bildschirm für Avigails Zimmer, damit die beiden alten Damen zuweilen den Abend dort verbringen konnten, während Annemarie und er sich ein Nachtessen für zwei bereiteten. Denn Ralph ging abends neuerdings zu dem rumänischen Nachbarn, Ironsides Herrchen, über den Joels Nachforschungen ergeben hatten, daß er auch so eine Art Schachgenie war. Oder der rumänische Nachbar kam auf eine Gegenpartie zu Ralph. All diese Dinge prüfte Joel mehrmals und fand keinerlei Fehler daran. Mitte August wußte er schon, daß das, was er beim Verkauf der Wohnung in Talbiye bekommen konnte, fast genau zum Erwerb der Kramerschen Wohnung hier in Ramat Lotan reichen würde, wenn der Mann sich nur zum Verkauf überreden lassen wollte. Und tatsächlich benahm er sich inzwischen hier schon wie jemand auf seinem eigenen Grund und Boden. Während Arik Kranz, der eigentlich verpflichtet war, in Herrn Kramers Auftrag ein Auge auf die Wohnung zu haben, schließlich den Mut fand, Joel in die Augen zu blicken mit den Worten: »Hör mal, Joel, kurz gesagt, ich bin dein Mann, nicht seiner.« Hinsichtlich des diskreten Einzimmerappartements mit allem Komfort, separatem Eingang und garantierter Privatsphäre, an das er ursprünglich gedacht hatte, um ein Plätzchen für Annemarie und sich zu haben, meinte er jetzt, es sei vielleicht überflüssig, da man Avigail angeboten hatte, im neuen Jahr nach Jerusalem zurückzukommen und dort ehrenamtlich, als Sekretärin der *Gesellschaft zur Förderung der Toleranz* zu wirken. Die eigentliche Entscheidung zögerte er fast bis zu Ralphs Abreise nach Detroit hinaus. Vielleicht, weil Annemarie eines Abends zu ihm gesagt hatte: Ich fahre statt alldem nach Boston, um Berufung beim Gericht einzulegen und noch um meine Töchter aus meiner zwei netten Ehen zu kämpfen. Wenn du mich liebst, kanns du ja mitkommen und mir eventuell sogar was helfen? Joel hatte nicht geantwortet, aber, wie üblich, bedächtig den Finger zwischen Hals und Hemdkragen entlanggeführt und die Luft ein Weilchen in den Lungen behalten, bevor er sie langsam prustend durch einen schmalen Spalt zwischen den Lippen wieder ausstieß.

Danach hatte er zu ihr gesagt: »Das ist schwer.« Und auch: »Mal sehen. Ich glaube nicht, daß ich fahre.«

Als er jene Nacht aufwachte und in Richtung Küche tappte, sah er blendend scharf, anschaulich bis in die letzten Schattierungen, einen schlanken englischen Landedelmann von vor hundert Jahren vor seinen Augen bedächtig in Stiefeln einen geschlängelten Sumpfweg entlangstapfen, eine doppelläufige Flinte in der Hand, langsamen Schritts wie in Grübeleien versunken, vor ihm her ein gefleckter Jagdhund in vollem Lauf, der abrupt anhielt und seinen Herrn von unten nach oben mit seinen Hundeaugen so voll Hingabe, Staunen und Liebe anblickte, daß Joel von Schmerz, Sehnsucht und der Trauer ewigen Verlusts überflutet wurde, weil er begriff, daß sowohl der nachdenkliche Mann als auch sein Hund jetzt im Staub eingeschlossen waren und für immer eingeschlossen bleiben würden und nur jener Sumpfweg sich bis heute weiterschlängelt, menschenleer, zwischen grauen Pappeln unter einem grauen Himmel im kalten Wind und einem Regen so fein, daß man ihn mit den Augen nicht sehen, sondern ihn nur einen Augenblick berühren kann. Und in einem Augenblick war alles verschwunden.

48.

Seine Mutter sagte: »An dem hellblauen Karohemd ist dir
ein Knopf abgegangen.«

Joel sagte: »In Ordnung. Heute abend werde ich ihn annähen. Du siehst doch, daß ich beschäftigt bin.«

»Heute abend wirst du ihn nicht annähen, weil ich's dir
dann schon gerichtet habe. Ich bin deine Mutter, Joel. Obwohl du's längst vergessen hast.«

»Genug.«

»Wie du sie vergessen hast. Wie du vergessen hast, daß
ein gesunder Bursche jeden Tag arbeiten muß.«

»Gut. Schau. Ich muß jetzt gehen. Soll ich dir vorher von
drinnen deine Tablette mit einem Glas Wasser holen? Oder
zwei, drei Kugeln Eis?«

»Eine Kugel in den Kopf gib mir. Komm her. Setz dich
hier neben mich. Sag mir mal: Wo willst du mich hintun?
Draußen in den Geräteschuppen? Oder willst du mich in ein
Altersheim stecken?«

Behutsam legte er also Zange und Schraubenzieher auf
den Terrassentisch, wischte sich die Handflächen an den
Hintertaschen seiner Jeans ab, zögerte einen Augenblick
und ließ sich dann am Ende der Schaukel zu ihren Füßen
nieder.

»Reg dich nicht auf«, sagte er, »das ist nicht gut für deine
Gesundheit. Was ist denn passiert? Hast du dich etwa schon
wieder mit Avigail gestritten?«

»Wozu hast du mich hierhergebracht, Joel? Wozu
brauchst du mich überhaupt?«

Er blickte sie an und sah ihre leisen Tränen – es war ein
stummes Babyweinen, das sich nur zwischen ihren offenen
Augen und den Wangen abspielte, ohne irgendeinen Laut

abzugeben, ohne ihr Gesicht zu bedecken, ja ohne die Verzerrung des Weinens.

»Genug«, sagte er, »hör auf damit. Du wirst nirgends hingesteckt. Keiner verläßt dich. Wer hat dir bloß diesen Quatsch in den Kopf gesetzt?«

»Du kannst ja sowieso nicht, du Grausamer«, sagte sie.

»Was kann ich nicht?«

»Deine Mutter verlassen. Denn du hast sie doch schon verlassen, als du so klein warst. Als du angefangen hast, wegzulaufen.«

»Ich weiß nicht, wovon du redest. Ich bin dir niemals weggelaufen.«

»Die ganze Zeit, Joel. Immerzu auf der Flucht. Wenn ich mir heute morgen nicht als erstes in der Früh dein blaukariertes Hemd geschnappt hätte, hättst du deine Mutter nicht mal einen Knopf für dich annähen lassen. Es gibt so eine Geschichte über den kleinen Jigor, dem ein Buckel auf dem Rücken gewachsen ist. So ein *cocoşat*. Unterbrich mich nicht mittendrin. Hat doch der dumme Jigor angefangen, vor seinem Buckel zu flüchten, was ihm auf dem Rücken angewachsen ist, und so rennt er ohne Ende. Bald sterb' ich, Joel, und hinterher hättst du mir plötzlich gern alle möglichen Fragen gestellt. Ist es da nicht besser für dich, du fängst zu fragen an? Sachen, die ich über dich weiß, weiß sonst keiner.«

Joel strengte also seine Willenskraft an und legte eine breite, häßliche Hand auf ihre magere Vogelschulter. Und wie in Kindertagen vermengten sich Abscheu und Erbarmen und noch andere Gefühle, die er weder kannte noch wollte, und einen Moment später zog er, in unsichtbarer Panik, die Hand zurück und wischte sie am Hosenboden ab. Dann stand er auf und sagte: »Fragen. Welche Fragen? Gut. Ist recht. Ich werde Fragen stellen. Aber ein andermal, Mutter. Jetzt habe ich keine Zeit dafür.«

Lisa sagte, wobei ihre Stimme und ihr Gesicht jäh greisenhaft welk wurden, als sei sie nicht seine Mutter, sondern seine Groß- oder Urgroßmutter: »Also gut. Ist recht. Geh.«

Nachdem er sich ein wenig in Richtung des hinteren Gartenteils entfernt hatte, fügte sie gewissermaßen mit innerem Händeringen und nur die Lippen bewegend hinzu: »Gött, hab' Erbarmen mit ihm.«

Gegen Ende August stellte sich heraus, daß die Kramersche Wohnung sofort zu erwerben war, er aber neuntausend Dollar auf den Preis darauflegen müßte, den Kranz ihm für die Wohnung in Talbiye herausholte, die die Erben des verstorbenen Nachbarn Itamar Vitkin kaufen wollten. Deswegen beschloß er, nach Metulla zu fahren und diese Summe von Nakdimon zu erbitten, sei es als Vorschuß auf die laufenden Einnahmen, die Netta und ihm aus dem Besitz zustanden, den Lublin ihnen vererbt hatte, sei es im Rahmen einer anderen Regelung. Nach dem Frühstück hob er die Reisetasche, die er schon eineinhalb Jahre nicht mehr benutzt hatte, vom obersten Schrankbord herunter, packte ein Hemd, Unterwäsche und Rasierzeug hinein, weil er annahm, vielleicht über Nacht dort in dem alten Steinhaus am Nordrand der Moschawa bleiben zu müssen, falls Nakdimon Schwierigkeiten machte oder ihm Steine in den Weg legte. Ja, fast war er gewillt, dort ein oder zwei Nächte zu verbringen. Doch als er den Reißverschluß der Nebentasche aufzog, fand er dort einen rechteckigen Gegenstand und fürchtete kurz, es könne womöglich eine uralte Pralinenschachtel sein, die da wegen seiner Zerstreutheit vor sich hinrottete. Mit besonderer Vorsicht zog er den Gegenstand heraus, der, wie nun sichtbar wurde, in vergilbtes Zeitungspapier eingeschlagen war. Als er ihn sanft auf den Tisch legte, sah er, daß es sich um ein finnisches Blatt handelte. Er zögerte kurz, bevor er sich entschied, die Verpackung auf eine sichere Methode, die man ihm einmal in einem seiner

Spezialkurse beigebracht hatte, zu lösen. Aber zum Schluß entpuppte es sich lediglich als das Buch *Mrs.Dalloway*. Das Joel auf dem Regal geradewegs neben sein Double stellte, das er genau im letzten August im Buchladen des Ramat Lotaner Einkaufszentrums besorgt hatte, weil er irrig davon ausgegangen war, dieses Exemplar sei im Helsinkier Hotelzimmer liegengeblieben. So kam es, daß Joel seine Absicht, an diesem Tag nach Metulla zu fahren, aufgab und es bei einem Telefongespräch mit Nakdimon bewenden ließ, der innerhalb einer Minute begriff, um welche Summe es ging und für welchem Zweck, und Joel im selben Moment mit den Worten unterbrach: »Kein Problem, Käpten. In drei Tagen hast du's auf deinem Bankkonto. Die Nummer weiß ich ja schon.«

49.

Und diesmal ging er ohne Zögern und ohne die mindesten
Bedenken in dem Gassengewirr hinter dem Führer her. Der
ein schmaler, sanfter Mann mit ewigem Lächeln und run-
den Bewegungen war und sich oft höflich verbeugte. Die
feuchte, schwüle Hitze, wie in einem Gewächshaus, gebar
aus den Sumpfdünsten eine Wolke schwirrender Insekten.
Immer wieder überquerten sie unterwegs brackige Kanäle
auf morschen Holzbrücken, deren Bohlen von der Feuchtigkeit zerfressen waren. Fast reglos stand und dünstete die
dicke Wasserbrühe in diesen Rinnen. Und auf den überfüllten Straßen bewegten sich stille Menschenmassen ohne
Hast in einem Duftschwall von Moder und Weihrauch aus
den Haustempeln. Auch der Rauch vom Verbrennen feuchten Holzes mischte sich unter diese Gerüche. Wie ein Wunder kam es ihm vor, daß er seinen Fremdenführer nicht in
dieser dichtgedrängten Menge verlor, in der fast alle Männer seinem Mann sehr ähnlich sahen, eigentlich auch die
Frauen, ja man hier sogar nur mit Mühe zwischen den Ge-
schlechtern unterscheiden konnte. Wegen eines religiösen
Verbots, das das Töten von Tieren untersagte, wimmelte es
in den Höfen, auf den Gehsteigen und im Staub der unge-
pflasterten Gassen von räudigen Hunden, katzengroße Rat-
ten überquerten kolonnenweise ohne Furcht und Eile die
Straße, dazu struppige, beulenübersäte Katzen und graue
Mäuse, die scharfe rote Äuglein auf ihn richteten. Immer
wieder zerquetschten seine Schuhe mit sprödem Knacken
Kakerlaken, die zum Teil Frikadellengröße erreichten.
Träge oder gleichgültig waren sie, versuchten kaum, ihrem
Schicksal zu entfliehen oder waren vielleicht von einer In-
sektenseuche befallen. Beim Auftreten spritzte dann jeweils

ein Strahl fettigen Safts von brauntrüber Färbung unter seinen Füßen hervor. Aus dem Wasser stieg der Gestank offenen Abwassers und toter Fische und bratenden Fetts und verfaulender Meeresfrüchte auf, eine penetrante Dunstmischung von Fortpflanzung und Tod, das aufreizende faulige Gären der feuchtheißen Stadt, die ihn aus der Ferne stets anzog, während er sie bei seiner Ankunft immer nur auf Nimmerwiedersehen verlassen wollte. Aber er blieb seinem Führer auf den Fersen. Oder womöglich war es gar nicht mehr der erste, sondern ein anderer, zweiter, dritter, eine willkürliche Gestalt in der Menge wohlgestalteter, weiblicher Männer oder tatsächlich ein Mädchen in Jungenkleidung, ein feingliedriges, schlüpfriges Wesen unter Tausenden ähnlichen Wesen, die wie Fische durch den Tropenregen glitten, der hier heruntergeschüttet, als leere man mit einem Schlag aus allen oberen Stockwerken Kübel voll gebrauchten Wassers auf die Straße, das Wasch- und Kochwasser von Fischen. Die ganze Stadt lag in einem Sumpfdelta, dessen Grundwasser des öfteren, mit oder ohne Anschwellen des Flusses, ganze Wohnviertel überflutete, deren Bewohner man in ihren Hütten bis zu den Knien im Wasser stehen und, gebückt wie in tiefer Verneigung, mit Blechdosen in den Händen in ihren Schlafräumen Fische fangen sah, die die Flut emporgespült hatte. Auf der Straße herrschte ständiges Geknatter mit dem Geruch verbrannten Diesels, weil die Massen uralter Autos gar keine Auspuffrohre besaßen. Zwischen klapprigen Taxis fuhren Rikschas, von Jünglingen oder Greisen gezogen, und Dreiräder als Trettaxis. Halbnackte, zum Skelett abgemagerte Männer schleppten auf den Schultern zwei Wassereimer an beiden Enden eines federnd gekrümmten Tragjochs vorüber. Glutheiß und dreckig durchzog der Fluß die Stadt und trug auf seinem schlammigen Wasser einen trägen, dichten, stockenden Verkehrsstrom von Lastschiffen, Hausbooten, Kähnen,

Flößen, beladen mit rohem, blutigem Fleisch, Gemüse, Stapeln silbriger Fische. Zwischen den Booten und Kähnen dümpelten geborstene Holzfässer und die aufgedunsenen Kadaver ertrunkener Tiere aller Größen, Büffel, Hunde, Affen. Nur am Horizont, an den wenigen Stellen, an denen sich eine Öffnung zwischen den zerfallenen Hütten auftat, ragten Paläste, Türme und Pagoden mit dem trügerischen Goldschimmer ihrer sonnendurchglühten Türmchen auf. An den Straßenecken standen kahlgeschorene Mönche in ihren orangenen Kutten mit leeren Kupferschalen in den Händen schweigend da und warteten auf Reisspenden. In den Höfen und an den Hüttentüren thronten kleine Geisterhäuser wie Puppenhäuschen, mit Miniaturmöbeln und goldfarbenen Verzierungen ausgestattet, in denen die Seele des Toten bei ihren lebenden Verwandten wohnt, deren Treiben beobachtet und täglich eine winzige Portion Reis mit einem Fingerhut voll Reisbier erhält. Apathische kleine Dirnen von zwölf Jahren, deren Fleisch hier zehn Dollar kostet, saßen auf Zäunen und Bordsteinkanten und spielten mit einer Art Stoffpuppen. Aber in der ganzen Stadt hatte er nie auch nur ein einziges Pärchen sich auf der Straße umarmen oder unterhaken gesehen. Und nun waren sie schon aus der Stadt heraus, und der warme Regen fiel und fiel auf alles nieder, und der Fremdenführer, dessen Schritte so elastisch waren, als tänzele er, ohne zu tanzen, als schwebe er, machte jetzt keine höflichen Verbeugungen mehr, lächelte nicht länger, ja wandte nicht einmal mehr den Kopf, um zu sehen, ob der Kunde womöglich abhanden gekommen sei, und der warme Regen fiel unablässig auf den Büffel, der den Karren mit Bambusstangen zog, auf den mit Gemüsekisten beladenen Elefanten, auf die mit trübem Wasser überschwemmten, quadratischen Reisfelder und auf die Kokospalmen, die aussahen wie monströse Frauen, denen Dutzende schwerer, weicher Brüste an Brust, Rücken und

Schenkeln wuchsen. Warmer Regen auf die Strohdächer von Pfahlbauten, deren Pfähle breitgespreizt im Wasser staken. Und dort badete eine Dorffrau in ihren Kleidern fast bis zum Hals in dem brackigen Kanal oder legte Fischfallen aus. Und der erstickende Luftstrom. Und Schweigen in dem armseligen Dorftempel und da ein kleines Wunder – der warme Regen hörte nicht auf, sondern fiel und fiel irgendwie auch in den Tempelräumen, die durch Spiegelwände unterteilt waren, um die unreinen Geister zu täuschen, die sich nur in geraden Linien fortbewegen können, weswegen all das gut und schön ist, was sich aus Kreisen, Rundungen und Bögen zusammensetzt, während das Gegenteil Unglück bringt. Der Führer war bereits verschwunden, und der pockennarbige Mönch, vielleicht ein Eunuch, erhob sich von seinem Platz und sagte in sonderbarem Hebräisch: Noch nicht fertig. Noch nicht genug. Der warme Regen ließ nicht nach, bis Joel gezwungen war, aufzustehen und die Kleidungsstücke auszuziehen, in denen er auf der Couch im Wohnzimmer eingeschlafen war, und er nun nackt und schweißüberströmt den flimmernden Fernseher ausmachte und die Klimaanlage im Schlafzimmer einschaltete, sich kalt duschte, hinaustrat, um die Rasensprinkler abzustellen, wieder hereinkam und sich schlafen legte.

50.

Und am 23. August, abends um halb zehn Uhr, fädelte er
vorsichtig und präzise seinen Wagen zwischen zwei Subarus
auf dem Besucherparkplatz ein, parkte ihn startbereit, die
Front zur Ausfahrt, überprüfte sorgfältig, ob alle Türen abgeschlossen waren, ging in die mit trübsinnig flimmerndem
Neon beleuchtete Aufnahme und fragte, wie man zur Orthopädie III kam. Bevor er den Aufzug betrat, musterte er,
wie er es all diese Jahre gewohnt gewesen war, mit kurzem,
aber eingehend genauem Blick die Gesichter der dort bereits
Stehenden. Und fand alles in Ordnung.

Auf der Orthopädie III, vorm Schwesterntisch, stoppte
ihn eine ältere Schwester mit dicken, derben Lippen und
menschenfeindlichen Augen und zischte ihn an, um diese
Zeit seien nun wahrlich keine Krankenbesuche mehr möglich. Joel hätte beinah, gekränkt und verletzt, den Rückzug
angetreten, vermochte aber doch noch elend und niederge-
schlagen zu murmeln, verzeihen Sie, Schwester, anscheinend liegt ein Mißverständnis vor. Ich heiße Sascha Schein
und bin nicht hergekommen, um einen Kranken zu besuchen, sondern möchte zu Arie Kranz, der mich um diese
Zeit hier an Ihrem Tisch hätte erwarten sollen.

Im selben Moment leuchtete ihr Kannibalengesicht auf,
ihre groben Lippen teilten sich zu einem liebevoll warmen
Lächeln, und sie sagte, ah, Arik, natürlich, was bin ich doch
für eine Eselin, Sie sind Ariks Freund, der neue Freiwillige.
Herzlich willkommen. Viel Glück. Vielleicht darf ich Ihnen
als erstes eine Tasse Kaffee machen? Nein? Also gut. Setzen
Sie sich. Arik läßt ausrichten, er habe gleich für Sie Zeit.
Eben ist er runtergegangen, eine Sauerstoffflasche holen.
Arik ist unser Engel. Der fleißigste, großartigste und

menschlichste Freiwillige, den ich hier je gehabt habe. Einer der sechsunddreißig Gerechten. Inzwischen kann ich Sie mal auf eine kleine Runde durch unser Reich führen. Übrigens, ich heiße Maxine. Das ist eine weibliche Form von Max. Es würde mich nicht stören, wenn Sie mich einfach mit Max anreden. Alle nennen mich so. Und Sie? Sascha? Herr Schein? Sascha Schein? Was ist das eigentlich, ein Witz? Was haben Sie da bloß für einen Namen gezogen? Dabei sehen Sie nun gerade wie ein im Lande Geborener aus – das hier ist das Zimmer der Schwerkranken unter besonderer Aufsicht –, wie ein Bataillonskommandeur oder Generaldirektor. Moment. Sagen Sie nichts. Lassen Sie mich raten. Mal sehen: ein Polizeioffizier? Ja? Und Sie haben sich ein Disziplinarvergehen zuschulden kommen lassen? Ihr internes Gericht, oder wie man das nennt, hat Ihnen zur Strafe eine freiwillige Dienstzeit zum Wohl der Öffentlichkeit auferlegt? Nein? Sie brauchen mir nicht zu antworten. Dann eben Sascha Schein. Warum nicht. Für mich ist jeder Freund von Arik hier ein Ehrengast. Wer ihn nicht kennt, wer nur seinen Stil betrachtet, könnte meinen, Arik sei auch bloß so ein kleiner Furz. Aber wer Augen hat, erkennt, daß das alles Angabe ist. Daß er bloß so eine Schau abzieht, damit man ihm nicht gleich ansehen soll, was für ein Goldjunge er wirklich ist. Ja, hier waschen Sie sich die Hände. Benutzen Sie diese blaue Seife, und seifen Sie bitte gut-gut damit ein. Und da sind Papierhandtücher. So. Jetzt greifen Sie sich einen Kittel und ziehen ihn über. Suchen Sie sich einen aus von denen, die hier hängen. Wollen Sie mir wenigstens verraten, ob ich mit meiner Vermutung heiß, kalt oder lau gewesen bin? Diese Türen hier gehören zu den Toiletten für Kranke, die aufstehen können, und für Besucher. Die Personaltoiletten liegen am anderen Ende des Flurs. Und da ist ja Arik. Arik, zeigen Sie bitte Ihrem Freund, wo die Wäschekammer ist, damit er saubere Laken und Bezüge auf den

Wagen legen kann. Die Jemenitin auf drei möchte ihre Flasche geleert haben. Nicht rennen, Arik, das brennt nicht, alle fünf Minuten bittet sie drum, und meistens hat sie gar nichts drin. Sascha? Ist recht. Meinetwegen eben Sascha. Obwohl – wenn der wirklich Sascha heißt, bin ich Ofra Chasa. Gut. Noch was? Ich segel ab. Ich hab' Ihnen vergessen zu sagen, Arik, daß Grete angerufen hat, als Sie unten waren, sie käme heute nacht nicht. Sie kommt statt dessen morgen.

So begann Joel zwei halbe Nächte pro Woche als freiwilliger Hilfssanitäter zu arbeiten. Wozu Kranz ihn schon lange gedrängt hatte. Und in kürzester Zeit entschlüsselte er mit Leichtigkeit, worin der Makler ihn belogen hatte: Tatsächlich hatte er dort eine befreundete Mitfreiwillige namens Grete. Und tatsächlich verschwanden die beiden manchmal um ein Uhr morgens für etwa eine Viertel Stunde. Und Joel nahm auch wirklich zwei Lernschwestern wahr, die Christine und Iris hießen, konnte sie aber selbst nach zwei Monaten nicht auseinanderhalten. Und strengte sich auch nicht besonders aus. Aber es traf nicht zu, daß Kranz hier die Nächte eng umschlungen verbrachte. In Wahrheit erfüllte der Makler seine Aufgabe als Sanitäter mit tiefem Ernst. Mit Hingabe. Und mit einem leuchtenden Gesicht, das Joel gelegentlich veranlaßte, ein paar Sekunden innezuhalten und ihn insgeheim zu beobachten. Zuweilen überkamen Joel auch merkwürdige Gewissensbisse mit dem Wunsch, sich zu entschuldigen. Obwohl er sich unter keinen Umständen klarzumachen vermochte, wofür er sich eigentlich entschuldigen sollte. Sondern sich nur sehr bemühte, nicht hinter Kranz zurückzubleiben.

In den ersten Tagen ließ man ihn sich hauptsächlich um die Wäsche kümmern. Die Krankenhauswäscherei arbeitete offenbar auch während der Nachtschicht, denn um zwei Uhr nachts kamen regelmäßig zwei arabische Arbeiter die Wäsche aus der Station abholen. Joels Aufgabe bestand darin, die Sachen nach Kochwäsche und Synthetik zu sortieren. Die Taschen der schmutzigen Pyjamas zu leeren. Und auf einem entsprechenden Formular einzutragen, wieviele Laken, Kopfkissenbezüge und so weiter. Blutflecken und Dreck, Harnsäuregestank, Schweiß- und Eiterdunst, Kotspuren an Laken und Pyjamahosen, Klumpen von getrocknetem Erbrochenen, verschüttete Medikamente, der stickige Hauch gemarterter Leiber – all das erweckte bei ihm weder Brechreiz noch Überdruß oder Abscheu, sondern insgeheim starke Siegesfreude, der Joel sich nicht mehr schämte, ja, die er nicht einmal, nach sonstiger Gewohnheit, zu entschlüsseln suchte. Vielmehr gab er sich ihr in stummer innerer Erhebung hin: Ich lebe. Deshalb nehme ich teil. Und nicht die Toten.

Manchmal hatte er Gelegenheit, Kranz zuzusehen, wie er – mit einer Hand das Bett auf Rollen schiebend, in der anderen eine Infusionsflasche hochhaltend – dem Notaufnahmeteam half, einen verwundeten Soldaten auf die Station zu fahren, der per Hubschrauber aus dem Südlibanon eingeflogen und zu Beginn der Nacht operiert worden war. Oder eine Frau, deren Beine bei einem nächtlichen Verkehrsunfall abgeschnitten worden waren. Gelegentlich erbaten Max oder Arik seine Mithilfe, um einen Menschen mit Schädelbrüchen von der Bahre ins Bett zu heben. Schrittweise, im Lauf einiger Wochen, gewannen sie Vertrauen in seine Übung. Er fand in sich jene Konzentrationsfähigkeit und Präzision wieder, von deren Verlust er Netta erst vor kurzem zu überzeugen versucht hatte. War imstande, falls die diensthabenden Schwestern stark überlastet waren und Hilferufe aus verschiedenen Richtungen gleichzeitig kamen, eine Infusion zurechtzurücken, einen Katheterbeutel zu wechseln und auf das Pumpen einer Sonde zu achten. Aber besonders wurden in ihm ungeahnte Beruhigungs-

und Beschwichtigungskräfte offenbar. Er konnte ans Bett eines jäh aufschreienden Verletzten treten, ihm die eine Hand auf die Stirn und die andere auf die Schulter legen und das Schreien zum Versiegen bringen, nicht weil seine Hände den Schmerz weggesaugt hätten, sondern weil er von fern erkannt hatte, daß es mehr ein Furcht- als ein Schmerzensschrei gewesen war. Und die Furcht vermochte er durch Berührung und zwei, drei einfache Worte zu lindern. Sogar die Ärzte nahmen diese Fähigkeit bei ihm wahr, so daß der Nachtarzt ihn manchmal von seinen Schmutzwäschestapeln rief oder rufen ließ, er möge kommen, jemanden zu beruhigen, den nicht einmal eine Pethidin-Spritze zur Ruhe hatte bringen können. Er sagte dann zum Beispiel: »Entschuldigen Sie, die Dame, wie heißen Sie? Ja. Es brennt so. Ich weiß. Das brennt furchtbar. Sie haben recht. Höllische Schmerzen. Aber das ist ein gutes Zeichen. Das muß jetzt brennen. Das ist ein Zeichen, daß die Operation gelungen ist. Und morgen brennt's schon weniger, und übermorgen wird's nur noch jucken.« Oder: »Macht nichts, Freund. Erbrich dich. Nur nicht schämen. So ist's gut. Danach geht's dir besser.« Oder: »Ja. Ich sag's ihr. Ja. Sie war hier, als Sie geschlafen haben. Ja, sie liebt Sie sehr. Das sieht man gleich.«

Auf eine sonderbare Weise, die Joel nicht mehr zu verstehen oder vorauszusehen versuchte, spürte er gelegentlich am eigenen Leib ein wenig von dem Schmerz der verletzten Patienten. Oder es schien ihm wenigstens so. Und diese Schmerzen faszinierten ihn und versetzten ihn in eine Stimmung, die an Vergnügen erinnerte. Mehr als die Ärzte, mehr als Max, Arik, Grete und all die andern war Joel begabt, verzweifelte Anverwandte, die unter Umständen losbrüllten oder sogar Gewalt androhten, zum Schweigen zu bringen. Er wußte die exakte Mischung von Erbarmen und Bestimmtheit, Zuneigung, Trauer und Autorität an den Tag zu legen. In der Art, wie ihm häufig die Worte »das weiß ich leider nicht« über die Lippen kamen, schwang irgendein wissender Unterton mit, wenn auch vage und in viele Schichten von Verantwortung und Zurückhaltung gehüllt, so daß die verzweifelten Verwandten nach einigen Minuten von dem mysteriösen Gefühl erfüllt waren, daß es hier einen Bundesgenossen gab, der für sie und in ihrem Namen mit Kraft und Tücke gegen das Unheil ankämpfte und nicht so leicht unterzukriegen war.

Eines Nachts befahl ihm ein unbekannter junger Arzt, fast noch ein Jüngling, auf eine andere Station hinunterzugehen und im leichten Galopp die Tasche zu bringen, die der Arzt dort im Ärztezimmer auf dem Tisch vergessen hatte. Als Joel vier bis fünf Minuten später ohne Tasche zurückkehrte und erklärte, das Zimmer sei abgeschlossen gewesen, brüllte ihn der junge Mann an, ja dann such doch, bei wem der Schlüssel ist, du Vollidiot. Doch diese Demütigung erniedrigte Joel nicht, sondern war ihm fast angenehm.

Wurde Joel Zeuge eines Todesfalls, versuchte er es so einzurichten, daß er sich freimachen und den Sterbeverlauf beobachten konnte, wobei er jede Einzelheit mit dem geschliffenen Wahrnehmungsvermögen, das er dank seines Berufslebens entwickelt hatte, in sich aufnahm, alles im Gedächtnis verankerte und sich dann wieder daran machte, Spritzen zu zählen, Toilettenbecken zu spülen oder dreckige Wäsche zu sortieren, und unterdessen den Verlauf der Todeswehen in Zeitlupe erneut vor sich ablaufen ließ, das Bild immer wieder anhielt und jedes winzige Detail prüfte, als sei ihm aufgetragen, die Spuren eines sonderbaren Irrlichts aufzudecken, das vielleicht nur in seiner Einbildung oder vor seinen müden Augen herumgegeistert war.

Oft mußte er einen senilen, sabbernden alten Mann, an Krücken schlurfend, zur Toilette geleiten, ihm helfen, die Hose herunterzulassen und sich niederzusetzen, worauf

317

Joel auf die Knie ging und dem Alten die Beine hielt, der nun langsam und qualvoll seine blubbernden Eingeweide entleerte, und danach mußte er ihm das Gesäß abwischen, ihm vorsichtig und mit großer Geduld, um ja keinen Schmerz zu verursachen, den mit Hämorrhoidenblut vermengten Stuhl abtupfen. Zum Schluß wusch er sich die Hände lange mit Seifenwasser und Karbol, brachte den Greis zurück ins Bett und lehnte behutsam die Krücken ans Kopfende. Und das alles in völligem Schweigen.

Einmal, um ein Uhr morgens, gegen Ende der freiwilligen Dienstschicht, als sie bei türkischem Kaffee in der Kammer hinter dem Schwesternzimmer saßen, sagte Christine oder Iris: »Du hättest Arzt werden sollen.«

Nach einigem Nachdenken erwiderte Joel: »Nein. Ich hasse Blut.«

Und Max sagte: »Lügenbold. Ich hab' schon alle möglichen Lügner gesehen, meine Güte, aber einer wie dieser Sascha ist mir im Leben noch nicht untergekommen: ein glaubwürdiger Lügner. Ein Lügner, der nicht lügt. Wer möchte noch Kaffee?«

Grete sagte: »Wenn man ihn anschaut, meint man, er würde überhaupt in anderen Welten schweben. Hört und sieht nichts. Da, sogar jetzt, während ich von ihm rede, sieht er aus, als hörte er gar nicht zu. Hinterher stellt sich dann heraus, daß alles bei ihm abgeheftet ist. Nimm dich vor ihm in acht, Arik.«

Und Joel setzte mit besonderer Behutsamkeit die Kaffeetasse auf der fleckigen Resopaltischplatte ab, als fürchte er, dem Tisch oder der Tasse weh zu tun, führte zwei Finger zwischen Hals und Hemdkragen entlang und sagte: »Der Junge auf Zimmer vier, Gilead Danino, hat schlecht geträumt. Ich habe ihm erlaubt, ein bißchen am Schwesterntisch zu sitzen und zu malen, und ich habe ihm auch eine spannende Geschichte versprochen. Also, ich geh' zu ihm

Vielen Dank für den Kaffee, Grete. Erinner mich dran, Arik, vor Schichtende die angebrochenen Tassen zu zählen.«

Um Viertel nach zwei, als die beiden sehr müde und still zum Parkplatz hinausgingen, fragte Joel: »Bist du in der Karl-Netter gewesen?«

»Odelia war. Hat mir gesagt, du hättst auch dagesessen. Und ihr hättet zu viert Scrabble gespielt. Vielleicht spring' ich morgen auch mal rüber. Diese Grete kostet mich sämtliche Kräfte. Vielleicht bin ich schon ein bißchen zu alt dafür.«

»Morgen ist schon heute«, sagte Joel. Und plötzlich sagte er noch: »Du bist in Ordnung, Arik.«

Und der Mann erwiderte: »Danke. Du auch.«

»Gute Nacht. Fahr vorsichtig, Kumpel.«

So begann Joel Ravid nachzugeben. Da er beobachten konnte, fand er es schön, schweigend zu beobachten. Mit müden, aber offenen Augen. Bis in die Tiefe der Dunkelheit. Und wenn man den Blick scharf einstellen und für Stunden und Tage oder auch über Jahre hinaus auf dem Ausguck bleiben muß, gibt es ja sowieso nichts Besseres zu tun. In der Hoffnung auf eine Wiederkehr eines dieser seltenen, unerwarteten Augenblicke, in denen die Dämmerung sich für den Bruchteil einer Sekunde aufhellt und ein Flackern, ein flüchtiges Blinken kommt, das man nicht verpassen und von dem man sich nicht gedankenabwesend überrumpeln lassen darf. Weil es vielleicht das bezeichnet, angesichts dessen man sich fragt, was wir haben. Außer Erregung und Demut.

1987-1988